Lichte Stoffe

Larissa Boehning

# Lichte Stoffe

Roman

Eichborn BERLIN

3 4 5 09 08


Umschlaggestaltung: Christiane Hahn unter Verwendung
eines Bildmotivs von © gettyimages
Lektorat: Wolfgang Hörner
Layout: Cosima Schneider
Satz: Fuldaer Verlagsanstalt, Fulda
Druck und Bindung: Clausen & Bosse, Leck
(Eichborn Berlin)

ISBN 978-3-8218-0737-9



Eichborn Verlag, Kaiserstraße 66, 60329 Frankfurt am Main

Mehr Informationen zu Büchern und Hörbüchern aus dem Eichborn Verlag finden Sie unter www.eichborn.de

*Für meine Familie*

*What we call the beginning is often the end*
*And to make an end is to make a beginning*
*The end is where we start from*

# 14:40 Uhr, JFK Airport

Am Ende des Ganges, der an das Innere eines aufgezogenen Blasebalgs erinnerte, standen zwei Männer in Leuchtwesten. Einer hielt ein Klemmbrett vor dem Bauch, der andere drückte mit dem Daumen den Auslöser eines Zählgerätes, ein Schnappen für jeden Passagier. Als Nele an ihnen vorbeiging, steckten das Klemmbrett und der Zähler ihre Köpfe zusammen. Das Klemmbrett flüsterte etwas. Auf der Brusttasche seiner Weste stand Mr. Provoke. Obwohl sie sich mit aller Kraft vorgenommen hatte – schon in dem Moment, da sie die kleine Valium geschluckt und den Gang betreten hatte –, keine Zeichen zu sammeln, wirklich, nie mehr Hinweise zu sammeln und auszudeuten; obwohl sie sich das so sehr vorgenommen hatte, löste das Vorhaben sich augenblicklich in Luft auf, als sie diesen Namen las. Den Mann anschauen, die Zahl herausfinden, sagte sie sich, dann weiß ich, wann wir vom Himmel fallen. Es war nur noch eine Frage des Zeitpunktes. In jedem Falle über dem Atlantik. Mr. Provoke kritzelte lächelnd auf seinem Klemmbrett herum. Sie machte einige Schritte auf das Oval der Tür zu, das Zählgerät klickte in ihrem Ohr, jetzt war sie eine Zahl, die auf dem Grund des Ozeans unauffindbar bleiben würde. Die Stewardessen im Eingang lächelten synchron, sie steckten mit Mr. Provoke und dem Zählmeister unter einer Decke. Sie teilten etwas. Sie waren keine Menschen. »Willkommen an Bord«, sagte eine Tonbandstimme. Noch eine scheinheilige Stewardeß kam ihr entgegen, das perfekt geschminkte Gesicht starr, jedes Haar am Hinterkopf verzurrt, als hätte ihr jemand befohlen, die Glätte einer Flugzeugnase zu imitieren. Im Hintergrund die angeschlagenen Aluminiumkisten. Zum Trost reichte die Stewardeß einen Korb mit Bonbons. Es roch nach Aufbackbrötchen, kalkigem Tee, nach einem zu blumigen Parfum, nichts, was man riechen wollte in den letzten Stunden seines Lebens. Sphärische Klänge und das Plätschern eines Springbrunnens. Es rauschte in Neles Ohren, seit man ihr die Bordkarte am Schalter ausgehändigt und der tulpenrote Mund der Mitarbeiterin sie darauf hingewiesen hatte, daß dieser Flug nonstop und für Nichtraucher sei. Fenster oder Gang? Was machte es für einen Unterschied. Ein Vorhang, und dann ein Kinosaal mit Sitzreihen und Zwischengängen, erwartungsvolle Gesichter, aufrecht sitzende Menschen, die sich eindeutig darauf freuten, über dem Atlantik vom Himmel zu fallen. In der ersten Reihe saß ein Mann mit Bürstenhaarschnitt, vor dem Gesicht ein Buch mit dem Titel: *Denke nach und werde reich.* Mr. Provoke und die andere Sicherheitsweste hatten ihre Arbeit jetzt schon erledigt, gingen ein Feierabendbier trinken. Nele schaute zurück, sah das blaue Licht, das den Ausgang kennzeichnete, die Bonbon-Stewardeß, ihr eingefrorenes Gesicht, und machte kehrt. Es ging nicht mehr. Sie stieß mit einem Mann zusammen. Unwirsch drückte er sich ihr entgegen. Hinter seinem Rücken eine der Scheinheiligen, die Nele den abgerissenen Teil ihrer Bordkarte aus der Hand nahm. Der Bauch des Mannes schob sie tiefer in die Kinositzreihen. »Hier, meine Dame, 92 A«, sagte die Scheinheilige. Nele suchte in ihrem Kopf nach so etwas wie logischem Denken. Aber überall nur wirres Zeug. »Jetzt setzen Sie sich doch endlich«, sagte der Mann, den Oberkörper in Tweed, an den Beinen Jeans. »Der

Fensterplatz ist Ihrer. Ich hoffe, wir bleiben zu zweit in der Reihe. Wäre komfortabel, nicht?«

Er sah aus wie jemand, der Bescheid wußte. Vielleicht konnte sie ihm alles erzählen? Von Eric, dem leeren Haus, den unerklärlichen Auflösungserscheinungen? Von der Begegnung mit ihrem Großvater, von dem gestohlenen Kunstwerk; und wie der alte Mann sie gebeten hatte, nein, ihr vorgeschrieben hatte, ihn nicht in diese Geschichte mit hineinzuziehen. Vielleicht konnte sie dem Tweedmann sogar von Gail erzählen, die sie am Rande Ohios vom Standstreifen aufgelesen hatte und die kurz danach im Fluß verschwunden war? Neles Körper wurde in den Sitz gefaltet. Der Tweedmann blockierte den Fluchtweg. Im Zwischenraum der Sitzlehnen vor ihr erschien das überschminkte Gesicht einer Toten, schon im Begriff zu verwesen, dann wurde die Seite umgeblättert, eine rosa Tasche um den Hals eines Pudels, nächste Seite, zwei Nackte, halb im Wasser, halb am Strand, der Mann verdeckte den Busen der Frau mit seinem Arm, sie schien zu ertrinken, aber hielt noch ein Flakon in die Kamera. Nele schloß die Augen und gab, ohne es zu wollen, einen Seufzer von sich. Jemand berührte sie an der Schulter. »Gleich gibt's was zu trinken, ein Häppchen ...«, und sie hörte sich, durch einen Schleier plötzlich einsetzender Müdigkeit, viel zu laut sagen: »Ich scheiß auf Ihr Häppchen.« Als Antwort die sonore Stimme eines Stewards, wieder vom Tonband. Oder war es der Pilot? Ja, es war der Pilot! Den gab es doch auch noch. Er hörte sich so gern über die Lautsprecher reden, schließlich sah ihn niemand. In der Art eines viel zu langen, überfreundlichen Händedrucks, man mußte den Beteuerungen seiner Seriosität grundsätzlich mißtrauen. Schönlinge, dachte Nele, mit ihren sonoren Stimmen, und sind davon überzeugt, diese Maschinen zu beherrschen, wer beherrscht schon solche Maschinen. »Ich wollte Sie nicht unbedingt beleidigen«, wandte sie sich zum

Tweedmann in der dumpfen Erinnerung an das eben Gesagte. Er zuckte mit den Schultern, schien damit beschäftigt, seine Beine übereinanderzuschlagen. Die Enge der Sitzreihe verwehrte es ihm. Nele schloß wieder die Augen. Eine Mumie in einer Zeitschrift, eine Ertrinkende kurz danach, alles Zeichen, der feingliedrige Tweedmann, die Schwere der Stoffe an seinem Körper würde ihn unter Wasser ziehen, sie, kraftlos wie in diesem Augenblick, würde sich sofort ergeben. Selbst schuld, dachte sie, warum steigst du auch in ein Flugzeug. Kochst die dicke Suppe aus Zeichen. Ihr Magen zog sich zusammen, sie umklammerte ihre Körpermitte, an den Fingerspitzen die Rippen spürbar. Eine Hand auf ihrem Rücken, auf ihrem Oberarm. Langsam drang der Gedanke zu ihr durch, daß es nicht Gails Hand, sondern die des Tweedmannes sein mußte. Aufrichten, gerade sitzen, nicht durch den Spalt der Sitze spähen und geschminkte Tote sehen, aus dem Fenster schauen, hier, die zwei Fenster, wie Augen, zwei Stück, die Blenden Augenlider. Tief einatmen. Lieber an Eric denken, als an Gail. An das Gefühl denken, in einem Bett zu liegen, das auf festem Boden steht. Das Laken, die schneebedeckten Alpen von oben. Erics über die langen Jahre des Zusammenseins mehr als vertraut gewordenes Gesicht. Sie konnte nicht mehr sagen, welche Farbe seine Augen hatten. Nur daran erinnerte sie sich genau: wie er in Situationen, die ihn verlegen machten, sich mit zwei Fingern am Ohr kratzte, mit der Linken den Handrücken der Rechten massierte; sein Lachen mit dem Grübchen in der einen Wange. Immer wenn er telefonierte, durchkreuzte er den Raum. Er stand selten still. Wenn er sich unbeobachtet fühlte, konnte sein Gesicht in einer Ratlosigkeit zusammenfallen, als schiene er von der simplen Tatsache, am Leben zu sein, überfordert. In diesen Momenten fühlte Nele sich ihm nahe. In diesen Momenten liebte sie ihn, diese hoffnungslose Frohnatur. Wie er nickte und schwieg, allen Konflikten aus dem Weg ging, präsent blieb nur durch seinen sehnigen, vom früheren Leistungsturnen geformten Körper. Ohne Zweifel hatte sie am Ende nur noch das verbunden: gern auf der Flucht zu sein. Mit einem Ruck setzte sich das Flugzeug in Bewegung. »Wir fahren rückwärts«, entfuhr es ihr.

»Vor uns ist der Terminal«, sagte der Mund ihres Nachbarn, »scheint eine kluge Entscheidung des Piloten zu sein.«

Ein Lautsprecher über ihrem Kopf raunte: »Wir wollen Sie mit den Sicherheitsgefahren vertraut machen.«

»Jetzt sagen sie uns die Wahrheit«, sagte Nele zum Tweedmann.

»Na, dann spitzen wir mal die Ohren.«

Eine Stewardeß blieb einige Reihen vor ihnen stehen, hielt einen Sitzgurt über ihren Kopf. Die Lautsprecherstimme flüsterte. Auf den Bildschirmen lief ein Ablenkungsvideo mit Stränden, Palmen und Sonnenuntergängen. Ja, natürlich, Sonnenuntergänge! Abrupt wurde es von den Schirmen gelöscht. Nele hörte wenig, dann: Sicherheitsgurt, Sicherung bei Druckverlust, Sicherheitsschwimmweste, Sicherheitsnotwasserung, mit Sicherheit ging alles zu Ende. Die Stewardeß ließ eine Atemmaske aus den Lautsprechern fallen, grinste dabei falsch, hielt das durchsichtige Plastik vor den Mund, schlüpfte sofort in eine neongelbe Weste, flötete mal links, mal rechts in Luftschläuche, probierte dabei einen bardotschen Augenaufschlag, hielt eine Trillerpfeife hoch und ließ sich, beherrscht und perfekt in Form gebracht, betrachten. Der Tweedmann konnte seinen Blick nicht von ihr wenden, so war es mit diesen Mädchen, man mußte sie anschauen, weil sie sich so bereitwillig auslieferten. Die Gänge waren zu schmal, das Make-up der Stewardeß zu einer Maske geronnen, hier werde ich nie mehr rauskommen, dachte Nele, eine wirkliche Sicherheitsgefahr, was mache ich hier, das Flugzeug zu alt, uralt, es ist so alt wie ich selbst, es fliegt seit dreißig Jahren, das Aluminium beweist es, die abgerissenen Aufkleber darauf, die Luft, die unter der Deckenverkleidung vibriert und ganz sicher nicht dorthin gehört. Sie rollten immer noch rückwärts, ihr Sitz vibrierte, die kleinen Fenster vibrierten, alle Menschen zitterten mit. Und die Welt draußen war betoniert, glatt, verläßlich und fest. Und sie saß hier auf diesem Berg falscher Entscheidungen, einem Hügel zusammengefegter Porzellanscherben nach einer Verlobung, die schon am nächsten Tag wieder annulliert worden war. Sie nahm mit großer, sie selbst überraschender Klarheit die sehnigen Hände ihres Nachbarn wahr, Altersflecken auf dem Handrücken, grünblaulilafarbene Adern, kurzgeschnittene Fingernägel, kein Schmuck, sehr sortierte Hände, wie sie ruhig und gefaltet auf seinen Oberschenkeln lagen. Keine Hände, die grobe Dinge verrichtet hatten. Sie hatten einen vertrauensvollen Umgang mit Papier gehabt, Tastaturen vielleicht, einem Montblanc sicherlich. Nie mit so simplen, überflüssigen Dingen wie Turnschuhen und ihren Stoffen. Am Handgelenk eine klassische Uhr mit zwei Zifferblättern, zwei Uhrzeiten – eine schwarz, eine weiß, die irgendwie miteinander konkurrierten. Sein braungraues Haar fiel vom Mittelscheitel aus in einer fast geraden Linie in seine Stirn, durch seine fein zerknitterte Haut schimmerte etwas Gräuliches; er hatte schmale Lippen, nur die weich vorgewölbte Unterlippe sah nach einer Lust am Widerspruch aus. Um den Mund herum saß auch dieses Zynische, das alten Männern, die ihr Leben lang nicht aus ihren Köpfen herausgekommen waren, zuweilen anhing. Er hatte sehr große Ohrmuscheln. Sie schienen so gewachsen zu sein, um alles, was Wort war, einzufangen. Oder hörte er Musik? Tiefliegende Augen, müde vom Lesen vielleicht. Was sah er, das Schwarze oder die Zwischenräume? Jetzt begann er, versonnen einen Lederknopf seines Tweedjacketts zu drehen. Darunter trug er die passende Weste, hellblaues Hemd, hellblaue Krawatte. Ihre Schläfrigkeit ließ Nele mutig werden. »Guten Tag«, sagte sie und hielt ihm ihre Hand zur Begrüßung hin.

Er reagierte nicht, natürlich, er war beleidigt, sie hatte ihn beleidigt, er schaute nur verlegen zu seiner Tasche hoch, hinter den weißen Kiemenklappen verborgen. Nele schloß die Augen, floh in das Gefühl, sich grenzenlos hinzugeben. Jemand nahm ihre Hand, es war eine trockene, warme Hand. Altersflecken, Inseln, die niemand kartographieren würde. »Wir kriegen das schon hin«, hörte sie jemanden sagen.

Im schwarzen Hohlraum ihres Kopfes trat sie gegen die Schuhe, die vor dem in die Wand eingebauten Flurschrank lagen. In Erics und ihrem alten Haus. Sie trat zu und die Schuhe sprangen auseinander, fielen übereinander, einer flog in den Schrank, sie trat wieder, ein weiterer flog gegen die Tür, prallte ab, blieb davor liegen, es machte den Eindruck, als wäre er selbst gegen die Tür gelaufen. Sie trat gegen alles, was vor ihren Füßen lag, und gerade waren es in dem Haus nur noch die Schuhe, alles andere war schon weggeräumt oder verkauft. Sie trat gezielt gegen die Turnschuhe, die flogen am weitesten, federten am Boden ab und sprangen in zufällige Richtungen. Sie trat sie wie Fußbälle. Sie flogen gegen alle Wände, gegen den Fuß der Treppe, gegen die offene Schlafzimmertür, gegen die Bettkante, unters Bett. Sie trat ihre Pumps, aber die taumelten nur wie haltlose Wesen, entschuldigend, immer etwas beleidigt. Sie trat Stiefel, die rutschten und blieben mit den verdrehten Hälsen schwarzer Schwäne liegen. Wieder ein Turnschuh und über die Eifrigkeit seines Fluges lachen. Abprall an der Heizung, der Nachhall des Stoßes in den Rippen. Das Bedürfnis, die Eingangstür zu öffnen, die Schuhe aus dem Haus zu treten, auf den Weg davor. Auf den von Rasen umrandeten Betonfluß, auf die Dächer der Autos, die in der Straße parkten; sie die Straße hinuntertreten, bis hinein in die sich selbst drehende Drehtür des Bürogebäude, das sie jeden Morgen, fünf Jahre ihres Lebens, betreten hatte, alle diese Schuhe dort hineintreten, damit sie zu Teig verarbeitet werden konnten. All den anderen Ballast dazu, das Übriggebliebene, die Erinnerungen, die kein Mensch freiwillig haben will, alles hinterher und von der Tür durchquirlen lassen wie von einem Knethaken. Ein Fertigbrot aus Fertigwaren und anderen unerklärlichen Zutaten. Und das war dann das letzte, was sie gemacht hatte, bevor sie mit vierhundert anderen Menschen vereinzelt vom Himmel fiel. Die Valium wollte nicht wirken, dachte sie, viel zu spät geschluckt, nur, um den Weg zum Flughafen noch auf die Reihe zu kriegen. Sie flehte die Tablette an. Die aerodynamische Stewardeß lehnte sich in die Reihe vor ihnen, ein Namensschild am Revers: *Shelley loves to fly with you.* Nele sagte zum Tweedmann, »I love Shelley«, er sagte, »Wie schön«. Dann reagierte er nicht mehr, hielt wohl nur – doch, er mußte es sein – ihre Hand.

Der Flugzeugkörper, in dem sie saßen, bebte, die Plastikverkleidung knarrte, die zwei Bullaugen waren am unteren Rand beschlagen, dahinter ein dunkelgraues, glattes Asphaltmeer und ein Streifen Ufer, ein Flügel, der sich von hier aus bis dorthin streckte, über ihn mußte sie gehen, um gerettet werden zu können. An der Düse entlang, die alle Luft des Himmels einzog, daß keine mehr zum Durchfliegen blieb, und die viel zu kleinen Räder unter ihnen, Autoreifenfahrradräder, mit Bremsbacken in diesem reißenden Stillstand gehalten. Der Körper mußte jetzt schon auseinanderbrechen, noch hier, auf dem glatten Grau, wo Abriebstreifen von der Selbstüberschätzung der Beschleunigung, des Abhebens und Aufsetzens erzählten. Dann sprang das Bild der Startbahn auf alle Bildschirme, hundertfach sich verjüngend auf ein zentralperspektivisches, nichtiges Pünktchen hin. Vor ihnen war Flugstau. Das ist es, sagte sie sich, was ich auch habe. Sie drückte die Fingerknöchel auf die Augen, daß im Schwarz weiße Muster auftauchten, und spürte nach einer endlosen Zeit – hatte sie geschlafen? –, wie die Beschleunigung sie in den Sitz drückte. Nicht losfahren, betete sie, nicht so schnell fahren, nicht zerreißen, die Rädchen halten das nicht aus, nicht von der Erde lassen, nicht so senkrecht, wir fallen hintenüber, die Erdanziehung, ein Pfeil, viel zu spitz in den Himmel geschossen, viel zu schwer, ein Bumerang aus Eisen, er kommt zurück, jetzt gleich, rast in den Boden, in die Wohnhäuser, Straßen, Einkaufszentren, die Nase kippt, wir kippen, vornüber, kein Sprit mehr – der Gurt schnitt sie gerade in der Mitte durch, was schon mal half. »Keine Angst«, flüsterte jemand ihr zu. »Gleich vorbei.« Vorbei, sprach sie nach, ja, vorbei und hätte schlimmer kommen können. Sie kommt dorthin, wohin das Mädchen Gail verschwunden war. Sie würde fallen, zehn Komma fünf Sekunden freier Fall, vielleicht auch elf, zwölf, keinen Boden mehr, bis die Betonhaut des Meeres kam, irgend etwas, das ihr Sitz durchschlagen würde. Und dann tauchen, hinabsinken, sie käme dort an, wo sie sich mal hingesehnt hatte: zum Blattfetzenfisch, zur Scholle, zum Kalmaren – es könnte schlimmer kommen, sagte sie sich, als in einem Lianenwald aus Seetang zu liegen und zu schlafen.

»Sehen Sie, wir sind oben«, sagte jemand zu ihr, »Flughöhe.«

»Nein, es geht erst los. Gleich sind wir verschwunden.«

»Ich dachte, erst mal kommt Europa.«

Alle Menschen waren durch Sitzlehnen ersetzt worden. »Ein halbleeres Flugzeug«, hörte sie den Tweedmann mit seiner eisbonbonkühlen Stimme sagen, »hat etwas von der Absurdität einer halbleeren Kirche. Oder viel mehr noch, sage ich jetzt mal, erinnert es mich an einen Swimmingpool, in dem nie jemand badet.«

Sie konzentrierte sich auf ihren Atem, von der Gürtelschnalle aus bis an die Kuppel ihres Rachens. »Erzählen Sie mir doch einfach was«, sagte ihr Nachbar leise, »reden Sie mit mir, dann können wir vergessen.« Vergessen, echote sie, ja, das will ich. Reden. »Ja«, sagte sie, »ich erzähle Ihnen alles.«

»Wenn ich gedurft hätte«, begann der Mann und erst jetzt sah sie, daß er zwischenzeitlich eine runde Hornbrille aufgesetzt haben mußte, ein Zeichen von Gutmütigkeit. Menschen, die aus der Mode gekommene Brillen trugen, konnten einem nichts tun. »Wenn ich gedurft hätte, säße ich jetzt im Frachtraum.«

»Da ist es kalt.«

»Egal. So befällt mich die Vision, daß sich dort unten schon alle Gurte gelöst haben, ein Schwelbrand, unsere Transportkisten schwarz –«

»Oh, Gott, erzählen Sie mir was anderes.«

»Ein Großteil unserer Bilder, unwiederbringlich verloren. Nur, weil diese Idee in der Welt ist, Bilder von hier nach dort zu bringen. Sie müssen überall sein, müssen zu den Menschen kommen, nicht mehr die Menschen zu ihnen. Jetzt bringen wir die Amerikaner zu den Europäern. Und zusätzlich haben wir noch einige Größen Europas im Gepäck, die also mit diesem unvorstellbaren Aufwand dorthin zurückgebracht werden, wo sie hergekommen sind. Gemälde, sagt unser Direktor immer, seien dazu da, mobil zu sein. Er will geradezu das Museale auflösen, so kommt es mir manchmal vor, er will mit allen anderen Bildern, die frei zirkulieren, konkurrieren. Und gleichzeitig – aber das meint wohl nur er – verlöre sich nichts von der Aura der großen Kunstwerke, nein, im Gegenteil, sie mehre sich noch durch globale Präsenz. Ach, Gott, meine Kollegen sind da gleichmütiger, zumindest tun sie ganz cool. Die sitzen in den anderen Maschinen, wir sitzen alle in unterschiedlichen Flugzeugen, es ist wie bei einer Flugzeugentführung«, Nele stöhnte, der Tweedmann flüsterte, »aber so was darf man ja nicht mehr sagen, sonst nehmen sie uns gleich mit.«

»Uns?« fragte sie. Der Mann reagierte nicht.

»Es ist ein Viertel unserer Sammlung, können Sie sich das vorstellen?« Sie schüttelte still den Kopf, welcher Sammlung? Und konzentrierte sich darauf, mit einem Finger die Prospekthefte durchzugehen, die vor ihr in der Tasche des Sitzes steckten, sie suchte den in Zacken geschnittenen Rand der Tüte, die irgendwo zwischen dem Hochglanz stecken mußte.

»Was ist ein Viertel«, sagte sie langsam und versuchte, sich zu konzentrieren.

»Eine unvorstellbare Menge, eine Menge im Wert von knapp zwei Milliarden Dollar. Und das ist nur die Versicherungssumme.«

»Zwei Milliarden Dollar. Im Bauch von diesem Ding«, sagte sie und dachte, ich rede so langsam, ich muß ihn unendlich langweilen, den armen Mann.

»Nicht Dollar«, sagte er, »Bilder. Bilder im Wert von. Unikate. Unwiederbringlich verloren. Ich wünschte, ich säße im Frachtraum.«

»Gehen Sie doch dorthin. Jemand bringt eine Decke. Dann haben Sie's warm.«

Nach einer Weile fragte der Mann: »Wissen Sie überhaupt, was ein Unikat ist?«

Da war die Zackenrandtüte, ganz hinten, als letzte hinter all dem Hochglanz. Vorsichtig die Tüte auffalten, wie hübsch weiß sie im Inneren ist.

»Wir könnten uns einander vorstellen. Wo wir uns so aneinander festhalten.«

Sie drehte sich zu ihm. Am Rand ihres Blickfeldes war die Lehne des Sitzes zerfasert wie Mohairwolle, alles zerfasert wie Mohair, wessen Idee war es gewesen, daß sich alles so auflöste?

Nur der Tweed des Sakkos war kratzig und steif, er fühlte sich gut an gegen all das Mohair, der feste Tweed zwischen den Fingern.

»Mein Name?« fragte sie und wünschte, die Wörter lägen nicht so zäh auf ihrer Zunge herum, auch jedes in Mohair gestrickt. Keines aus Versehen verschlucken, es mußte in der Luftröhre steckenbleiben.

»Ich kann anfangen. Mir fällt es schließlich leichter zu sagen, wer ich bin.«

»Nele Niebuhr«, unterbrach sie ihn. Neighbour, dachte sie, es klingt wie neighbour. Es mußte schon immer so geklungen haben. »Ich bin Ihr Nachbar«, sagte sie und sah das Lachen des alten Mannes, er legte den Kopf ein bißchen zur Seite beim Lachen. Sehr elegant. Und verletzlich, so seinen weichen Hals zu zeigen.

Eine Aluminiumkiste wanderte an ihnen vorbei, obenauf ein Wald aus Plastikflaschen, und nur ein Blinzeln später waren ihre Knie unter einem Klapptisch versteckt und zwei verschiedenfarbige Augen starrten sie an, eines orange, eines rot. »Ich dachte«, sagte die Stimme des Mannes, »es tut Ihnen gut, beides zu trinken, etwas Süßes und etwas Salziges, das ist Orangensaft und das Tomatensaft. Bitte bekleckern Sie sich nicht.« Die Stewardessen auf Pumps, wie unbequem, und goldene Nadeln durch die Einstecktücher am Hals gestochen. Vielleicht waren die Tücher an ihren Hälsen festgesteckt, dachte Nele, während die Mohairränder der Sitze weicher und weicher wurden, jeder goldene Knopf bis in die Haut durchgenäht, an die Wirbelsäule gezwirnt, damit nie ein Knopf verlorenging auf den Gängen, weil dort schon andere leuchtende Punkte lagen, Pfeillichter, grüne Lichter, Blinkschnüre.

Die Stimme sagte: »Miss Nele, Sie können jetzt mal die Tüte wegstecken. Hier, das wird Ihnen guttun.«

Ein überschaubares, plastikgraues Industriegebiet fand auf dem Klapptisch Platz, weiße Verschalungen, durchsichtige Dächer, ein Salatgarten, ein sandsteinfarbenes tortenrundes Häuschen, auf dem Dach gelbe, schokobraune und erdbeerrote Muster, vielleicht ein Zirkus, dachte sie, der sein Zelt am Rande des Niemandslandes aufgeschlagen hat. Wie mein Zuhause, sagte sie in ihrem Kopf, genau wie mein früheres Zuhause, dort, wo ich jetzt hinfahre. Was für eine idiotische Idee. Zurückzukehren an so einen verlassenen Ort. Es konnte kein Zirkus sein. Wer würde ihn schon besuchen? Es gab dort keine Menschen mehr. Nur noch Autobahnen.

In die Häuser von oben hineinschauen, in die asphaltierten Wege zwischen der Blockbebauung schauen und studieren, ob sich darin etwas bewegt. Wo waren die Menschen hingegangen? Hatten sie sich versteckt? Sicher hatten sie sich versteckt, machten sich unsichtbar, verschwanden, wie alles verschwand, nur die Straßen blieben. Ein spitzfindiger Ignorant hatte jede von ihnen nach Bäumen benannt. So klangen die schnell asphaltierten Wege, als wären sie langsam gewachsen. Nur ihre Straße, in der sie groß geworden war, hatte keinen schönen Baumnamen abbekommen. Da hatte die Phantasie des Vertuschers ausgesetzt. Die Straße, in der sie den bisher überwiegenden Teil ihres Lebens verbracht hatte, hieß Industriestraße. Wie sollte es dort etwas geben, dachte sie sich, in das ich zurückkehren könnte, wenn davon geredet wurde, das Industriezeitalter sei einfach mal vorbei.

»Keinen Hunger«, hörte sie die bekannte Stimme fragen, »darf ich Ihren Joghurt übernehmen?«

Kurz danach rollte eine Aluminiumkiste voller Whiskeyflaschen und Parfumpackungen an ihnen vorbei, die Flugbegleiterin mit dem bardotschen Augenaufschlag hielt ein Faltblatt in die Reihe, eine Wolke Duft von irgendwo, und Nele wußte: hinten im Heck saß ein alter Mann, der das Parfum schüttelte, verpackte, den Schnaps brannte, die Kisten rollte und in unendlicher Gelassenheit mit seinen Kumpels, dem Piloten, dem Co-Piloten, dem Praktikanten, einige Gläser probierte. Die Nadeln an den Tüchern der Stewardessen waren gar keine Nadeln, es waren Tropfen reinen Whiskeys, und sie sagte, »Ich nehme eine Flasche, kaufen Sie mir was, mein Geld ist in meiner Tasche«, und der Mann tat alles, auch wenn seine Hände, sein Gesicht schon in Mohair gestrickt waren, er manchmal vier Augen zu haben schien, so aussah, als hätte ein Kubist ihn gemalt; und als Nele ihn nach einer Weile wieder ansah, war es, als hätte der Raumspezialist Ken'ichi, dieser stille Programmierer und Experte für jede virtuelle Realität, als hätte dieser immer um alle anderen besorgte Amerikaner, der jetzt mit Eric zusammen nach Las Vegas gegangen war, um dort eine Kathedrale für ihre Turnschuhe zu eröffnen – als hätte Ken'ichi im Photoshop den Gaußschen Weichzeichner zu stark auf das Gesicht angewandt. Es war in vollkommener Unschärfe verschwunden.

»Nein, brauchen Sie nicht bezahlen, trinken wir zusammen, Miss Nele. Und dann erzähle ich Ihnen was, ich lenke Sie ab. Was kann ich sagen? Vielleicht, wie ich das halte, mit der Kunst. Es zählt nur, was da ist. Es geht um eine Idee, die begreifbar gemacht wurde. Um die Stofflichkeit einer Idee. Wissen Sie, ich träume von Bildern und wache morgens auf und fühle das Bild in meiner Hand. Ich fühle selbst das Licht des Bildes in meiner Hand. Das Licht bei Vermeer.« Er lachte sie an, ganz erleichtert, glücklich, er verstreute sich von seinem Sitz aus zu ihr hinüber, in vollkommener Weichrandigkeit, so aufgelöst konnte die Welt sein, und sie hielt es aus, das erste Mal hielt sie es mit einem grenzenlosen Staunen aus. »Vermeer, dieser Zauberer, der brach das Licht mit nur einer Farbe. Mit Vorliebe brach er es durch ein Blau, ein Blaugrün, die Farbigkeit der Bilder entsteht nicht durch die Farbigkeit des Lichts, sondern die Gegenstände, die Figuren leben auf in ihrer eigenen Farbe. Aber diese Farben, die den Dingen eigene Farbe, malte er als Licht, er löste sie auf in klitzekleine Reflexe, in flimmernde Bewegungen, und deswegen wirkt alles in seinen Bildern, als könnte man es aus dem Licht herausheben, aus dem Bild herausheben, so wirkt noch etwas Lächerliches wie ein Stück Papier, ein Spiegel, ein Weinglas, als wäre es in seiner Schönheit begreifbar gemacht, als wäre es warm oder kalt, schwer oder leicht. Es ist das Licht, das die Dinge zum Greifen nah an den Betrachter heranrückt. Was ist für uns sonst noch Licht, ja? Licht an, Licht aus, Neonlicht, Reklame, Computerlicht, Stand-by, und wir himmeln Glühbirnen an, die hundert Jahre alt werden. Kennen Sie Vermeer?« Er schaute sie direkt an, für Sekunden war der Weichzeichner verschwunden, Apfel Z, dachte Nele, Ken'ichi hat reagiert, Apfel Z, einen Schritt rückwärts, der Mann schaute ernst und nachdrücklich, und Nele sagte: »Ich kenne das Meer. Ein Meer aus Licht. Mein Freund ist dort mit Ken'ichi. Sie bauen eine Kirche für einen Schuh. Für Jesus. Der hier, an meinen Füßen. Der ist von Gail. Damit bin ich zu meinem Großvater gegangen, ich bin wirklich hingegangen.« Jetzt, dachte sie, jetzt habe ich mich verraten.

»Na ja, schon gut«, sagte der Mann und klang wie ein Vater, den sie angelogen und der sie bei ihrer Lüge erwischt hatte, final enttäuscht. Nie wiedergutzumachen. »Miss Nele, was kann ich Ihnen dann erzählen. Vielleicht Turner? Wir haben auch einen Turner unten im Frachtraum, ich gebe zu, leider nicht das wunderbare *Regen, Dampf und Geschwindigkeit*, leider, das gehört ja der National Gallery, und fast alles andere hängt in der Tate, läßt sich nichts machen, man kann nicht alles haben, wir haben den *Brand des Parlaments*, kennen Sie das? Wissen Sie, daß vorn im Bild eine Lampe leuchtet, dort, wo die Menschen stehen und ans andere Ufer blicken, gegenüber, dahin, wo das Feuer alles wegfrißt, dieses wahnsinnige Feuer, das frißt sich in den nachtblauen Himmel und alle Bauten der Menschen sind so klein im Vergleich zum Feuer, und es ist so unendlich schön, so beweglich, so glänzend, dieses Feuer, die Menschen dagegen so häßlich, pestgrün und stumm, der Fluß zwischen Feuer und Menschen ist zweigeteilt, zur einen Hälfte spiegelt sich in ihm das Feuer, zur anderen die moosige Menschentraube, und diese Leute vorn im Bild haben sich das Licht des Feuers gezähmt in ihrer kleinen Lampe, die wirkt so kindisch, diese kleine Lampe, gegen das grenzenlose Feuer, so wie die Bauwerke lächerlich wirken, weil sie sich einfach im Feuer auflösen, wie sich alles auflöst, was der Mensch sich ausdenkt und erbaut. Weil er nie das Feuer in den Griff bekommen hat, nie das Licht. Aber Turner, der hat es in den Griff bekommen, er hat die Angst vor dem Feuer in das Bild gebannt. Wofür sonst ist die Kunst erfunden worden, als dafür, unsere Ängste zu bannen?« Eine Stewardeß tänzelte auf ihren Pumps vorbei, die Arme, dachte Nele, ich sollte ihr sagen, daß man in Turnschuhen besser laufen kann, ich wünschte, man gäbe ihr ein Paar schöne Monzas, oder Galaxys, den Superstar, am besten auch Jesus, der paßt zu ihren leuchtenden Whiskeyknöpfen. »Erzählen Sie noch eine Geschichte.«

»Ich erzähle keine Geschichten. Ich bin kein Lügner«, sagte der Mann traurig, »ich bin Jurist und liebe diese Bilder. Pensioniert zwar, aber ich fühle mich immer noch verpflichtet, sonst würde ich nicht mitfliegen, ich bezahle den Flug selbst, nur, weil ich es nicht aushalte, daß die Bilder allein sind, ich bezahle die ganze Reise aus meiner Tasche, aber das ist das Beste, was ich machen kann, ich könnte sowieso keine Nacht ruhig schlafen, bis sie wieder an einem sicheren Ort hängen, bewacht, kein Risiko, daß sie vom Himmel fallen könnten, beschädigt werden, verschwinden, außer natürlich, ein Verrückter macht sich an ihnen zu schaffen, das kann immer passieren, ein Amokläufer, der sich an einem Bild rächen möchte, weiß der Himmel, warum das passiert, warum will man sich an Bildern rächen? Rächt sich einer an Fernsehern? An Kinos? Mir schmeckt der Whiskey sehr gut, Miss Nele, Ihnen auch?«

Ja, sehr gut, der Whiskey zusammen mit der kleinen Tablette. Wenn nur das Flugzeugding, in dem sie saßen, weniger zittern würde.

Und dann stellte sich ihr mit vollkommener Klarheit, der Kehrseite des Rausches, ein Gedanke ein. Diesen Mann würde sie nach dem Kunstwerk, nach allem fragen können. Er wußte wirklich Bescheid.

»Das Bild, von dem meine Großmutter auf den Kassetten erzählt hat – ich bin hineingerannt in das Leben dieses Fremden, der mein Großvater ist, und dann verschwunden«, es ging nicht so richtig, das Reden, die Unschärfe an allem verflüchtigte sich nicht.

»Keine Ahnung, wovon Sie reden«, begann der Mann. Nele hörte, wie ihr Herz im Whiskey schlug. Sie wollte sagen: Es kann nicht alles verschwinden, es muß etwas geben, das bleibt.

Sie starrte aus dem Fenster, ein undefinierbarer Zeitpunkt des Tages. Eine Wolkendecke schirmte den Erdboden ab. Sie hörte den Mann sagen: »Hoppers Sonntagsbild, die Ladenzeile, verstehen Sie?«, sie wandte sich ihm zu, er öffnete und schloß seine drei kubistischen Augen nacheinander, das in der Mitte auf der Nasenwurzel war größer als die anderen beiden. »Dieser Sonntagmorgen, an den muß ich denken, die Sonne fällt von rechts ins Bild, sie wirft endlos lange Schatten, Laub tänzelt über den Bürgersteig, ein bißchen Sand vielleicht auch, alle Jalousien heruntergelassen und keiner sagt ein Wort. Hinter den Fenstern kann kein Mensch mehr wohnen, oder? Der Friseurladen mit seinem barbers poll im Mittelpunkt des Bildes, die Streifen drehen sich unendlich. Wissen Sie, wofür die Farben stehen? Blau für die Adern, Rot für das Blut, das beim Schneiden fließt, Weiß für den Verband, den es dann braucht. Die Farben der amerikanischen Flagge. Eine Spirale speist sich aus dem Immergleichen, schraubt sich rauf und rauf, sieht aus, als sei sie immer in Bewegung, so was gefällt uns. Den Friseur soll es daran erinnern, daß er nur etwas kürzt, was von allein nachwächst. Wir lassen es verschwinden, aber es taucht wieder auf.«

Ja, dachte Nele, ein Ort, aus dem die Bewohner abgewandert sind. Der Himmel gewitterwolkengrau, ein Wind, der durch nichts gebremst wird, und eine Straße, die in beiden Rändern des Bildes verschwindet. »So hab ich auch gewohnt«, sagte Nele leise. »In der Industriestraße, mit meinen Eltern, viele Jahre lang, und Nachbar Ade Schleichwegs Swimmingpools lehnten an jeder Mauer, auch an der Schallschutzmauer, die die kleine Wohnwelt von der Autobahn abschottete. Die Ausstiege aus den Pools ragten wie Treppen in den Himmel. Ein norddeutscher Himmel, ähnlich dem über Chicago. Und die Becken leuchteten darunter türkis, die meisten hatten Grünspan angesetzt, und manchmal stand auf der Rückseite der Pools, mit weißer Wandfarbe geschrieben, der Preis.«

»Wunderbar«, sann der Mann, »wie sein *Benzin.* Das haben wir auch dabei. Da ist dieses Feuer, denken Sie an Turner, nur brennt hier das trockene Gras. Die Köpfe der Zapfsäulen, drei Stück, zentral im Bild, dort steht der kleine Tankwart mit Schlips und Weste, ein einsamer, aufrechter Mann. Der dafür sorgt, daß unser Durst gestillt wird, damit wir immer in Bewegung bleiben können, er steht still und sorgt dafür, daß es keinen Stillstand gibt, man sagt, Hopper …«, Nele faßte sich an den Bauch, eine Übelkeit stieg in ihr hoch, sie mußte an Gail denken, wie sie beide für Stunden, Tage nebeneinander im Auto gesessen und sich kennengelernt hatten, so schnell, weil sie immer in Bewegung gewesen waren. Ein dumpfer Schmerz brachte ihre Eingeweide in Aufruhr. »... an ihm vorbei geht der Lichtstrahl, der aus der Tür des Tankwarthäuschens fällt. Hinter ihm brennt das Gras. Aber das sieht er nicht, das ist der Trick in den Bildern Hoppers, die Menschen lassen sich nicht beeindrucken von der Verlassenheit ihrer Umwelt, von der Gefahr, die darin steckt, sie haben sich diese Unbehaustheit selbst geschaffen, nun passen sie sich an und leben mit der Gewißheit, alles zu haben, von dem sie immer geträumt haben. Und sehen ihre Armut nicht mehr. Auf eine Art sind sie schon tot, im Waffenstillstand mit dem Ende, sie haben ihren Frieden mit der Verlorenheit geschlossen, kein schlechter Friede, es ist einer, in dem ausgehalten wird, was erobert wurde. Das hat Hopper in seinen Bildern sichtbar gemacht, der Zauberer, Miss Nele, was sagten Sie – ist Ihnen nicht gut?«

Die Zackenrandtüte und ganz still sitzen. Erleichterung, was für eine Erleichterung. So festes Papier, der Aufdruck einer Firma, ganz bunt, was steht dort? Wir entwickeln Ihre Urlaubsfotos! Legen Sie Ihren Film in die Tüte und geben Sie ihn bei der Stewardeß ab! Denken Sie daran, wie schnell alles gehen kann! So viele Ausrufungszeichen auf einer so kleinen Tüte. Oder sagte man Anrufungszeichen? Der alte Mann strich sich mit vornehmer Zurückhaltung über seine Tweedweste und wich aus in den Gang. Nele blieb erschöpft sitzen und sah mit einem Mal kein Mohair mehr. Eine Stewardeß hielt ihr ein königsblaues Plastiktablett hin. Nele faltete den Zackenrand um und stellte die Tüte auf das Tablett, im Gesicht des Mannes lag ein unsicheres Lächeln, nicht ausweichend, eher konzentriert; und sie wollte der Stewardeß danken, die so selbstverständlich die Tüte wegtrug, »Nicht entwickeln«, sagte sie, aber die Stewardeß war schon weg. Das Licht im Flugzeugkörper war in einem künstlichen Zenit gefangen, Trennvorhänge inmitten der Gänge, auf den Bildschirmen lief ein Film ohne Ton, vielfach hintereinandergelegt, das immer gleiche Bild. Die Stewardeß kam zurück. Ohne Fotos. Statt dessen reichte sie beiden Kissen und verpackte Schlafbrillen.

Der Tweedmann riß die Folie auf, steckte seine Hornbrille in die Hemdtasche und zog das schwarze Stoffoval über.

»Ein bißchen ausruhen«, sagte er. »Dann kann ich auch meine Sorgen vergessen. Um den Rothko. Oh, Gott, den Richter. Ich darf einfach nicht daran denken. Ich hör jetzt auf zu denken.« Er lag da, den Kopf gegen die Lehne gedrückt, wie ein Ganove, der vergessen hatte, Löcher fürs Sehen in seine Tarnkappe zu schneiden. Ein Junge wogte auf Ringelsocken durch den Gang, je einen Turnschuh in einer Hand, sein Baseballhemd spannte um den Bauch. Er rutschte in die Reihe vor ihnen, schaute noch einmal kurz über die Lehne des Sitzes, sein Gesicht war rund, sommersprossig, der Blick leer. Mit einem nörgelnden Laut ließ er sich in den Sitz fallen. »Willst du noch?« fragte eine mütterliche Stimme. »Hau ab«, war die Antwort.

Nele wischte mit einer Hand über das Plastik der Innenscheibe. In dem Zwischenraum dahinter hatte sich Rauhreif gesammelt, Eisblumen, die sich nicht berühren ließen, wie Erinnerungen, nicht einschmelzbar.

»Es geht nicht«, sagte der alte Mann, »ich kann's nicht.« Er zog die Schlafbrille auf seine Stirn und starrte Nele an. »Ich konnte das noch nie. Meine Schäfchen gehen lassen. Ein schrecklicher Charakterzug. Hat schon meine Frau gesagt. Bevor sie ging. Deswegen hab ich auch nie Verträge gemacht, in denen Bilder verkauft wurden, bei Sotheby's hätte ich nicht arbeiten können. Das hätte mich umgebracht, etwas verkaufen, das es nur ein Mal auf der Welt gibt. Ein einziges Exemplar.«

»Wie uns«, sagte Nele und mußte mit einem Mal lachen.

»Lassen Sie uns wieder reden. Schnell. Vom Licht? Die Verdichtung des Lichts bei Vermeer. Oder das Licht bei Goya. Franz Marc. Bei Monet. Wenn das Beleuchtete zum Leuchtenden wird. Da fühle ich mich sicher. In der Nacht werden die erratischen Monologe entworfen, denn der Mensch ist ein dunkles Wesen, er weiß nur Bescheid über sich in der Finsternis und am Tage kehrt er zurück in seine Lügen. Lassen Sie uns über das Licht reden, auch wenn es ein Glimmstengelchen ist, an dem ich mich festhalte. Es ist besser, immer besser, als wenn es zu dunkel wird.«

In Neles Kopf formte sich langsam eine Frage. Sie erschien ihr absurd, aber ihr aufgewühlter Körper ließ ihr nur wenig Konzentration zu, sie öffnete einfach den Mund.

»Dann können Sie mir sagen, was Bilder wert sind, heute? Ich hab zwar mal Kunstgeschichte studiert, aber das ist lange her. Nie im Fach gearbeitet. Ich bin Designerin für Turnschuhe geworden. Was ist so ein Bild heute wert?«

»Ich bin nicht der Art Sales Index, aber denken Sie an ein konkretes?«

»Sagen wir: ein Bild von Degas.«

»Grafik oder Malerei?«

»Malerei.«

»Kann man so pauschal nicht sagen.«

»Nur so ungefähr.«

»Ist es im Besitz eines Museums?«

»Nein.«

»Also privat.«

»Sozusagen.«

»Ein Degas? Nun ja, es gibt Bilder von ihm, besonders seine Ballettszenen, klar, aber auch die anderen, die werden schon mal für etwas Siebenstelliges gehandelt. Es sind so leichte, moderne Bilder. Zerbrechlich, würde ich sagen. Nicht so mein Sujet. Aber Degas bleibt Degas.«

Nele schwieg.

»Denken Sie darüber nach, eines zu kaufen?« fragte der Tweedmann mit fröhlicher Ironie.

»Ich besitze quasi eines«, sagte Nele, um Unauffälligkeit bemüht.

»So, so.«

Sie schwieg wieder. Die Zahlen waren nicht greifbar. Sollte wirklich eine siebenstellige Dollarsumme an der Wand in dem typischen amerikanischen Wohnhaus gehangen haben, in dieser von Verwahrlosung bedrohten Nachbarschaft? Sie hatte es vom Haken genommen, den angeschlagenen Rahmen berührt. Damit der alte Mann es anschauen konnte, um seinen Schwindel zu vergessen. Eins, zwei, vier Millionen, es stellte sich keine Idee davon ein.

»Möchten Sie es verkaufen?«

Sie sah ihn an. Er hatte die Schlafbrille auf der Stirn liegen. Zwei helle und zwei dunkle Augenfelder, vier Augen. Sie spürte den Wunsch, etwas mit der Hand zu berühren, das warm war, einen Körper, einen Menschen. Sie war versucht, ihre Finger auf seinen Handrücken, auf die blaugrünen Adern zu legen. Ihr fiel ein, daß jemand mal erzählt hatte, Blut sehe in siebzig Meter Tiefe grün aus.

»War nur so eine Idee.«

»Eine Idee«, echote der Tweedmann und machte das Leselicht über ihren Köpfen an, eine Weile beobachtete Nele mit ihm den Lichtkegel, der zwischen sie fiel.

Sie schloß die Augen und hielt die Schlafbrille in den Händen. Kein Schwindel mehr, keine Entschuldigungen.

Der alte Mann räusperte sich. Vor dem Schwarz ihrer geschlossenen Augen meinte sie zu sehen, wie er die Unterlippe vorschob, das Zeichen seines Widerspruchsgeistes. »Sie könnten meine Tochter sein«, flüsterte seine Stimme plötzlich, es klang fast wie ein Flehen, »wieso besitzen Sie einen Degas. Lassen Sie sich nicht übers Ohr hauen damit. Ich kann Ihnen nur meine Hilfe anbieten. Der Kunstmarkt ist so verrückt wie der Aktienmarkt. Die Preise sind virtuell, sie hängen an Stimmungen, Gefühlen, Geschichten. Für mich klingt das, als gäbe es hier ein Problem mit dem Bild«, er flüsterte immer noch, Nele ließ sich hineinziehen in das Gefühl, einem konspirativen Ereignis beizuwohnen, »Beutekunst? Ist das ein Stichwort, mit dem Sie etwas anfangen können? Restitutionsansprüche der früheren Besitzer. Damit habe ich auch zu tun gehabt. Wo hängt das Bild?« Nele hörte diese Stimme im Schwarz, wie sie fortfuhr, eine Stimme, die sie an eine andere Stimme erinnerte, eine zweite Stimme, die Stimme des Großvaters, der einen Punkt an der Wand anstarren mußte, damit ihn der Schwindel nicht aus seinem Sessel riß, dieser Fremde, der ihr Großvater war, der Vater ihrer Mutter, der nach so vielen Jahren aufgetaucht war, der am Leben war, alt, aber lebendig.

»Ach, lassen Sie uns über etwas anderes reden. Ihr Licht, vielleicht.«

»So stellen Sie sich das vor, ja?«, er lachte laut, mit bedrohlicher Freundlichkeit, »nein, so einfach kommen Sie mir nicht davon, soviel ist sicher.«

# Filzpelz

Seit gestern ging ein Wind über das südliche Schleswig-Holstein, er zog, einem Pinselstrich gleich, feinen Sprühregen hinter sich her. Evi Niebuhr, Neles Mutter, lehnte mit der Stirn an der Glasscheibe, hatte den Fenstergriff in der Hand, schaute über das Balkongitter hinaus auf die Einfahrt. Der Baumwollvorhang, den sie mit einer Hand geteilt hatte, um in die Nähe des Fensters zu kommen, hatte sich hinter ihr wieder geschlossen. Jenseits des rostigen Eisengitters, das den Balkon umrahmte, wanderte ihr Blick den Betonboden aus sechseckigen Pflastersteinen ab, das kantige Linienmuster, die moosgrünen Fugen zwischen den Steinen deutlich zu erkennen. Es sah aus, als seien die Steine auf grünem Samt gebettet.

Konzentriert suchte Evi weiter die Blumenrabatten dahinter ab, Krokusse und Schneeglöckchen blühten schon, ansonsten war die Erde dunkel und feucht und sog das farblose Licht der Morgendämmerung auf. Hinter dem Beet die weißgetünchte Grundstücksmauer, auf die der Efeu, von der Garage aus, geklettert war. Die Rückseiten der Swimmingpools, die seit Jahren auf dem Grundstück ihres Nachbarn Ade Schleichweg herumstanden; an jede Mauer gelehnt, die das Gewicht der Becken tragen konnte. Sie ragten weit in den Himmel, selbst noch über die Schallschutzwand hinaus. Türkise Umschläge. Wie Luftpost, dachte Evi, so ragen sie in den Himmel. Erwartete, erhoffte, nie geöffnete Briefe, die weit größer waren als ihr Haus.

Ihr Körper war steif von der Kälte, aber sie wollte nicht zurück ins Bett. Das Tier, oder was immer es war, hatte wieder geschrieen. Im Aufwachen noch dachte sie eine Weile, der Schrei sei nur in ihrem Kopf gewesen, Teil eines Traumes. Aber das Tier schrie, es klagte, und klang dabei, als säße es direkt unter dem Balkon. »Bernhard«, sagte Evi leise gegen die Fensterscheibe, »hast du das auch gehört?«

Ihr war, als bewegte sich etwas auf dem Dach der Garage. Aber es war nur das Blattwerk des Efeus. Wieder ein Schrei, wie von einem Menschen, der sich einen Zeh klemmte oder die dünne Haut der Finger auf der Herdplatte verbrannte. Evi war sich sicher, einen Klagelaut in dem Schrei zu hören. Sie schüttelte sich, weniger vor Kälte als vor der Erinnerung. Gestern morgen hatte es auch schon geschrieen, und Bernhard hatte gesagt, es sei eine Elster und der wäre nicht beizukommen, ein Tier aus der Familie der Raben, hochintelligent. Eine Corvidae und entfernt verwandt mit den Paradiesvögeln. Davon träumst du, hatte sie gesagt, ein Paradiesvogel im Industriegebiet. Nicht im geringsten, hatte er entgegnet, schnörkellos wie immer.

Was auch immer es war, sie wünschte, eines von Ades Becken könnte kippen und es erschlagen. Oder der Balkon bräche vor ihren Augen vom Haus ab und träfe es in der Sekunde des Schreis. Wie ein sich ausbreitender Kopfschmerz, so zog ein Nachhall durch ihren Körper, die Wirbelsäule hinunter. Es tat ihr weh, auf die Wiederkehr des Schreis zu warten. Die Pausen dehnten sich. Fast erleichtert nahm sie den erneuten Schrei wahr. Er klang verzweifelt, so grotesk menschlich und voller Angst. Sie verharrte mit offenem Mund, sah, wie ihr Atem die Fensterscheibe beschlug, und spürte, daß nur Bernhards Anwesenheit sie davon abhielt, irgendeine Art von Antwort zu geben.

Es war immer möglich, sich einem Anflug von Selbstmitleid hinzugeben. Aber das Flehen um Anteilnahme hatte ihr ihre Mutter schon früh und nachhaltig abgewöhnt. Weinerlichkeit war sie mit schneidender Ablehnung begegnet. Wie Nadeln, einmal gesetzt, stachen die Zurückweisungen ein Leben lang. Durch den Filz der Hüte gestochen, Garnitur festgezurrt, verknotet, fertig, das war ihre Mutter. Evi unter dem Tisch des Ateliers. Dieses rätselhafte Wort: Atelier. Eine Wohnung in der Fasanenstraße, in einem Haus, das nicht ausgebombt war; eine Tatsache, über die immer wieder als Wunder gesprochen wurde. Eine runde Eingangshalle, so erinnerte sich Evi, die Wände waren bis zur Hälfte mit Holz getäfelt gewesen, das Leiste für Leiste abgelöst worden war, um es im Bullerofen zu verfeuern. Das Parkett in allen Zimmern, es waren viele, wurde nicht angerührt. Aber die Holzverzierungen über den Türen, Teile des Türrahmens, hatten auch dran glauben müssen. Davon erzählten die fünf, sechs Frauen, die im kleinsten Zimmer saßen, vor den Fenstern hingen Laken, der Tisch in der Zimmermitte war überfüllt mit Stoffen, Filzen, Knöpfen, Schachteln, Werkzeug. Es wurden Hüte hergestellt aus allem, was dafür geeignet schien. Evis Mutter hieß Schärpenkönigin und Quastengundi, manchmal auch einfach nur die Gudrun mit den erfinderischen Fingern. Aus zerrissenen Nylonstrümpfen formte sie Blumen. Aus Jutefasern wurden Sträuße, die federgleich an Kappen wippten. Aus Knöpfen Perlenapplikationen. Evi saß stundenlang unterm Tisch, während die Frauen ihre Schuhe auszogen. So bekam sie die Zehen der Damen zu Gesicht. Bestenfalls in fleischfarbenes Nylon verpackt, darunter die gezähmte Buckellandschaft, an allen Spitzen waren die Strümpfe vielfach gestopft; perfekte kleine Gitter aus Wollfäden. Manchmal aber trugen die Frauen auch keine Strümpfe, und unterm Tisch roch es nach Hornhaut, Leder und Schweiß, eine Mischung, die Evi noch heute in der

Nase steckt, die sie nur einmal in einem dämmrigen Schustergeschäft wieder gerochen hatte, in dem ein alter Mann hinter einem abgeschabten Holztresen Kreuzworträtsel gelöst und dann sofort ihre Schuhe repariert hatte, während sie gegenüber auf einem Schemel gesessen hatte, barfuß.

Was oberhalb der Tischplatte geredet wurde, trug zur Rätselhaftigkeit des Wortes Atelier bei. Es waren, für Evi, Ateliergespräche. Es ging um Brot und Fleisch, Milch, das neue Geld, um Männer, die irgendwie nie vorhanden waren, um ein seltsames Wort, Liebe, das nach Süßigkeiten klang, nach etwas, das sich rar machte, mitunter unerreichbar schien. Es ging darum, wo sie jetzt, fünf, sechs Jahre nach dem Krieg, lebten, bei welcher Tante, Cousine, welchem Großonkel, und sich dort Zimmer, Toilette und Küche teilten, wo sie hinziehen wollten, um der Enge, dem Geschrei der Cousine, den Schrulligkeiten des Großonkels, der unduldbaren Unordnung der Tante zu entkommen. Dazwischen sangen sie Hymnen auf die Hüte, denn plötzlich waren sie wieder gefragt, die Frau von Welt trug einen, der Mann auch, und so kamen sie mit ihrer Produktion kaum hinterher. Die konzentrierte Tüftelarbeit, das Glätten, Bürsten, Binden, Garnieren, all die geübten, wiederkehrenden Handgriffe, machten den Alltag draußen vergessen. Evi sammelte die Stofffetzen und Fadenenden auf, die unter den Tisch gefallen waren. Lang genug gezwirbelt, ergaben sie dickbäuchige Puppen mit wirren Haaren, fusseligen Gesichtern und Spindelbeinen. Sie gab ihnen die Namen, die sie sich für ihre Geschwister gewünscht hatte.

Evi sah ihre Mutter vor sich, aber nicht die junge Frau, die sie dort am Ateliertisch gewesen sein mußte, eine junge Mutter mit einem Kind, das leider eine allgemein sichtbare Verfehlung war. Früh schon hatte Evi gespürt, daß sie höchstens durch demütige Mädchenhaftigkeit verschwinden konnte, so unauffällig wurde, daß das, womit sie ständig aneckte, weniger auffiel. Ihre Hautfarbe. Aber als sie sich aus dem Mädchenkörper herausgeschält hatte und eine junge Frau geworden war, groß, mit einem auffallend schönen Busen, langen Beinen, da konnte sie den Panzer der Unterwürfigkeit nicht länger tragen. Ihn abstreifen bedeutete, sich anders verteidigen zu müssen. Evi entwickelte eine trotzige Borstigkeit, wurde unerbittlich sich selbst gegenüber und haushälterisch im Umgang mit ihren Gefühlen.

Wenn die Frauen über Evis Zukunft sprachen, wählten sie einen Flüsterton, und je leiser sie wurden, desto deutlicher hörte Evi ihre Stimmen. Himmel, Gudrun, was willst du nur mit diesem Mädchen machen? In ein Heim? Weggeben? Dorthin, wo sie herkommt? Vielleicht. Wenn das nur abwaschbar wäre! Aufpassen, immer schauen, was sie macht. Heim, das war ein rätselhaftes Wort. Es klang warm und weich. Aber so, wie die Frauen es aussprachen, mußte es etwas Unangenehmes, fast Obszönes sein.

Evi sah ihre Mutter nur noch als die alte Frau vor sich, die sie zum Schluß gewesen war. Durchscheinend, wie aus Wachs, aber immer noch darauf bedacht, adrett auszusehen, wie sie es nannte. Sie ging nur mit Perücke aus dem Haus, gepudert und mit all dem Schmuck behängt, den ihr im Laufe ihres Lebens die Männer geschenkt hatten, die sie mal vor Evi ihre beharrlichen Liebhaber genannt hatte. Aber all die Mühe reichte nicht mehr aus, sie war zu alt. Die Haut fleckig, wie ein trockener Wüstenboden von Linien durchzogen. Immer mal wieder eine weiße Borste am Kinn oder über der Oberlippe. Gudruns konzentriertes Zupfen scheiterte daran, daß sie die Bartstoppeln nicht mehr sah. Das Grau ihrer Augenbrauen betonte die Künstlichkeit der falschen Haare. Zum Schluß, das war eine seltsame Erinnerung, hatte ihre Mutter nach nichts mehr gerochen. Als käme der nahende Tod zuerst als Geruchlosigkeit daher.

Evi holte wieder Luft. Sie ahnte, wie erleichternd es sein mußte, jetzt die übriggebliebene, hilflose Wut auf ihre Mutter dem Schrei des Tieres entgegenzusetzen. Sie hielt die Luft an, dachte an das, was Bernhard dazu sagen würde (bleib bitte ganz ruhig, ja, nicht aufregen), und spürte den Druck zwischen der oberen und der unteren Zahnreihe im Kiefer.

Von der Autobahn war jetzt, am frühen Morgen, nur ein dumpfes, gleichmäßiges Grollen zu hören, es war dem Rauschen des Windes zum Verwechseln ähnlich. Evi schob den Kopf durch den Vorhang, spähte ins Dunkel des Schlafzimmers, sah Bernhard ausgestreckt im Bett liegen, die Hände über dem Bauch gefaltet, wie er fast jeden Morgen dalag, friedlich, geradezu vom Schlaf verzückt. »Bernhard«, fragte sie laut, »was will dieses Tier hier?« Er blieb regungslos liegen. Die kühle Luft drang unter ihr Nachthemd. Sie hockte sich auf die Bettkante, Müdigkeit umschloß sie. »Hast du das gehört?«

»Ihr seid nicht zu überhören«, murmelte Bernhard und rollte sich auf die Seite.

»Es soll verschwinden.«

»Leg dich hin«, sagte er.

»Es muß ein Säugetier sein, nur große Tiere schreien so.«

»Da draußen ist kein Dschungel, Evi.«

»Doch.«

»Na gut«, sagte er schlaftrunken, »wenn du dir sicher bist.«

»Es muß weg.«

»Vielleicht sollten wir ihm helfen«, bemerkte Bernhard, schon etwas wacher. »Vielleicht hat es Schmerzen.«

»Dann bleibt's doch erst recht!«

Das Geschrei war mit einem Mal ganz nah. Evi drückte ihren Körper in die Matratze. »Du mußt es zum Schweigen bringen«, stöhnte sie.

»Hör nicht hin«, sagte Bernhard mit dem ihm eigenen pragmatischen Tonfall in der Stimme. Er drehte ein Ohr in sein Kopfkissen, legte eine Handfläche auf das andere. Er war aufgewacht, als Evi durch den Vorhang gegangen war. Er hatte ihren Rücken zwischen den Stoffkanten gesehen, hatte die Augen wieder geschlossen, er wollte im Nebel seines Halbschlafes bleiben, im milchigen Dunst eines Traumes, den er, über eine Zeit des Dahindämmerns, vielleicht zu einem guten Ende führen konnte. Er konzentrierte sich auf die Bilder des Traumes: Bäume in einem Park, deren Blätter die Formen von Spielkartenfarben hatten, Pik, Herz, Karo, Kreuz, übergroße Pik-Asse an allen Bäumen, und er fokussierte seinen Blick auf den Park, aber das Bild löste sich von den Rändern her auf, der Park schmolz, die Bäume verschwanden, das Geschrei drang noch durch seine Hand in den Kopf ein, und er konnte sich nicht dagegen wehren: mit dem Schwinden des Traumbildes kehrte die Erinnerung zurück, mit selbstverständlicher Großzügigkeit nahm sie den freien Platz ein und begann, sich abzuspulen, gerade so, wie jeden Morgen ein Tag begann. Mit aller Konzentration, die er aufzubringen vermochte, schob er die Lüge, die sein Alltag geworden war, beiseite. Aber sie kehrte beständig zurück; der Spielkartenpark war entschwunden. Wenn nur das Tier die Klappe halten könnte, dachte er, dann könnte ich mit Sicherheit noch weiterschlafen.

Als hätte es seinen stillen Wunsch erhört, schwieg es für einen Moment. In die Stille hinein wagte Bernhard, ein Auge zu öffnen. Das lenkte ihn von sich selbst ab. Er sah Evi auf ihrer Seite des Bettes liegen, eine Armlänge von ihm entfernt. Die dunkelbraunen, drahtigen Haare standen, vom Schlaf verlegen, um ihr Gesicht herum ab. Seit er sie kannte, trug sie ihre Haare kurz geschnitten, aus ihren weichen Locken wurden Wellen. Ein Träger ihres Nachthemdes war von der Schulter gerutscht, auf dem Oberarm die vernarbte Pockenimpfung, dort war ihre

Haut wesentlich dunkler, fast bitterschokoladenbraun, und die Fläche der Narbe glänzte. Mit einer Hand hielt sie die Bettdecke fest. Ihre Nägel waren heller als ihre Haut, es sah immer ein bißchen so aus, als läge Schildplatt auf ihren Fingerspitzen. Jeden Augenblick rechnete er damit, daß sie aufsprang, hin und her lief, sich mit verschwenderischen Gesten durch den Raum bewegte, wobei sie ihren Körper wie ein Kraftwerk einsetzen konnte, sie verbrannte Unmengen von Energie durch ihre unablässige Bewegung, schien sich aber, einer Autobatterie gleich, dadurch wieder aufzuladen. Nur durfte sie nie stehenbleiben. Stehenbleiben schien sie zu überfordern.

Er betrachtete ihr Profil, das Auge geschlossen, eingebettet zwischen Stirn und dem hohen Wangenknochen, ihre Augenbraue aus feinen, sehr dunklen Haaren, stupsnasig würde er ihre Nase nennen, sie sagte immer nur, daß dieser Haken wohl von ihrem Erzeuger stammen mußte, von dem Mann, der ihr auch Locken, Hautfarbe und womöglich das Talent zur Sammlung und Aufbereitung von Sperrmüll und allerlei Restbeständen vererbt hatte. Eine Düne aus Bettwäsche hatte sich zu ihren Füßen aufgeworfen. Sie war durchzogen von einer schwarzen Falte, die in einem Stoffauge endete, das Bernhard anzustarren schien. Das Tier schrie wieder. Als wäre Evi geschlagen worden, zuckte sie zusammen, warf ihre Bettdecke übers Bett, sprang zur Gardine, durch deren Fasern noch kein Licht schimmerte, und rief durch den Spalt des gekippten Fensters: »Hau ab, du Miststück!« Das Tier stieß noch zwei Schreie aus – es war ein seltsam menschlicher Laut, klagend, bettelnd und irgendwie vorwurfsvoll, ob Vogel oder was, es klang grotesk, fand Bernhard – und verstummte dann.

»Es hat's kapiert«, sagte Evi und wartete zugleich darauf, Widerspruch von ihrem Mann zu hören.

»Das arme Ding.«

»Bernhard?« Es war keine Frage, eher ein Befehl.

»Ja?«

»Du mußt dich darum kümmern. Du mußt es –«

»Ich weiß, ich weiß. Ich schlafe nur noch.«

»Ich bitte dich darum.«

»Wenn es eine Elster ist, der ist nicht beizu…«

»Das ist keine Elster!«

»Ich –«, begann Bernhard und spürte, daß er alles dafür geben würde, wirklich alles, um nur noch einmal in einen Schlaf zu tauchen, der die Gegenwart, diesen Tag, der so ungefragt begonnen hatte, wieder vertrieb. Schon war Evi mit ihrem Morgenmantel aus dem Zimmer, und die Scharniere der Tür quietschten ihr leise nach.

Eine halbe Stunde später stand Bernhard im Pyjama im Keller und überlegte müde, wie er das Grundstück absichern konnte. Irgendwo mußte er noch eine Rolle Nato-Stacheldraht und mindestens einen halbvollen Kanister Rattengift haben. Die Holzregalbretter zogen Linien durch den Raum, durchhängenden Notenlinien nicht unähnlich, darauf standen dicht an dicht die milchglasfarbigen Plastikkisten mit Aufklebern, auf denen Bernhard den Inhalt der Kisten vermerkt hatte: Glühbirnen, Dünger, Farben, Papier. Drei Kisten jedoch trugen die Aufschrift *Verschiedenes*, eine treffende Umschreibung, wie Bernhard fand, für den Reichtum eines jeden kleinteiligen Kosmos, der über Jahre hinweg in diesen Kisten entstanden war. Es bereitete ihm das Vergnügen eines Entdeckers, jedes Mal wieder, wenn er die Kisten aus dem Regal ziehen und hineinschauen konnte. Was für wunderbare Dinge dort zu finden waren. Schnallen von Gürteln, die er in den siebziger Jahren getragen hatte. Neles alter Kinderschulranzen, Plexiglasscheiben, aus denen er vor Jahren mal ein Terrarium gebaut hatte, eine Brille mit untertassengroßen Gläsern für irgendein Faschingsfest, auch lange her, einige Tüten mit Ikea-Schrauben, darauf der Satz: *Verzeihung, fehlt Ihnen was?*, das ausgeleierte, verknotete Kabel eines alten Telefonhörers; irgendwo würde sich auch der graubeige Apparat, der dazugehörte, finden. Vergilbte Diarähmchen in ihrem Reiterregiment, noch aus Studientagen, und viele, viele unbenutzte Jahreskalender in Buchformat mit Kunstlederumschlag, das alljährliche Weihnachtsgeschenk von seinem Arbeitgeber Dieckmann-Brot, in Goldschrift stand sein Name unter der Jahreszahl. Mit zunehmender Konzentration suchte er den Kalender von diesem Jahr. Langsam wurde ihm bewußt, daß er ihm nicht mehr überreicht worden war. Am 5. Januar, traditioneller Arbeitsbeginn im neuen Jahr, war er nur ins Zimmer von Herrn Biesenraten gerufen worden. Kein Kalender. Kein neues Jahr. Herr Niebuhr, Sie wissen um unsere Restrukturierungsmaßnahmen seit der Übernahme. Bernhard steckte den Kopf in die Kiste daneben. Auslaufmodelle der Brottüten, deren Sicherheitsverschluß er damals zusammen mit einem Verschlußspezialisten entwickelt hatte. Sein erstes Besteckset, ein Weltempfänger mit Kassettenteil, der Fuß einer Schreibtischlampe, seiner alten Schreibtischlampe, in der Mitte des runden Bleches ein robuster Schalter aus Bakelit. Bernhard drückte ihn mehrmals, lauschte dem scharfkantigen Schnappen, wußte sofort, wo die Lampe auf seinem Schreibtisch, wo der Schreibtisch gestanden hatte: in seinem Studienzimmer, West-Berlin, Grunewald, wie hieß die Straße noch? Sechs Quadratmeter, Mansarde, hinter der Lampe die Gardine mit eingewebtem Blumenmuster, der kleine Vorgarten, Meisenstraße, ein rotes Backsteinhaus, direkt an der Ecke zur Clayallee. Der Fußweg zur Uni, märkischer Sand, der unter den Gehwegplatten hervorquoll, schuppige Kiefern in den Gärten, und unweit dieser friedlichen Welt war eine Mauer gebaut worden, nicht recht vorstellbar, am Rande dieses

Dorfes im Südwesten Berlins. Sein weltabgewandtes, höchst eiliges Studieren, beschleunigt durch die nie ausgesprochene, daher überpräsente Mahnung des Vaters, lieber gestern als morgen fertig zu werden. Das Porträt des Vaters, das zu Hause über dem Kühlschrank hing, ein Kopf zum Eisschrankbauch, immer tadellos gekleidet, gradlinig gescheitelt und pflichtbewußt; Pflicht war meist eines der ersten Worte, die er hörte, wenn er nach Hause zu den Eltern kam. Niemals etwas nur machen, es immer so machen, daß man seine Pflicht perfekt erfüllte. Dann war er einigermaßen sicher vor dem Blick des Vaters, der vom Kühlschrank hinunter alles sah.

Dabei blätterte er die Jahreskalender durch, einen nach dem anderen, und mit jeder weißen Seite, die er umblätterte, verstärkte sich sein Gefühl, unter einem Schwund von Erinnerung zu leiden. Was hatte er in den Jahren gemacht, was gedacht? Wie waren die Tage dieser Jahre vergangen? Er riß mit Daumen und Zeigefinger die vorgestanzten unteren Ecken aus den Seiten des Kalenders und sah zu, wie die Schnipsel Richtung Boden schwebten. Zurück blieb im Stoß der Seiten die ausgerissene Rundung. Als er den Lederumschlag zuklappte, trug er sich für Augenblicke in dem sicheren Gefühl, die Zeit, die dieser Kalender umfaßte, doch im Griff gehabt zu haben.

Er drückte den Bakelitschalter der Lampe. Jeder Klick verstärkte den Sog, der die Bilder nach und nach an die Oberfläche holte. Evelyn Dahlke, die verhuschte Tochter der Vermieterin Gudrun Dahlke, hatte sich aus einem unbemerkten Zimmer geschält, war wie ein Schatten an ihm vorbei durchs Treppenhaus gezogen. Hatte mal hier im Türrahmen, mal dort auf der Stufe zum Geschäft gestanden, das Gudrun Dahlke hier betrieb – eine Huthandlung mit Hutmacherei – und ungeübt geraucht. Hatte sperrig und zugleich verlegen gegrüßt, gelächelt, sich weggedreht, immer irgendwie gewirkt, als passe sie nicht zu der Welt, die sie umgab – oder die Welt nicht zu ihr. Und war zugleich mit ihrem ungewöhnlichen Körper, ihrer hellbraunen Hautfarbe und den Locken, die Bernhards Neugierde weckten, ihn aufforderten, mehr als präsent gewesen. Gudrun Dahlke, eine kleine Frau mit einem weichen Gesicht, das Bernhard aus irgendeinem Grund immer an Plüschpantoffeln denken ließ; Gudrun Dahlke, wie sie in breitem Berlinerisch jeden vor ihrer Tochter warnte. Hoffentlich ham se nen Tag Zeit mitgebracht, sagte die Chefin zu Kunden, wenn Evi nach hinten geschickt worden war, um einen fertiggestellten Hut zu holen. Zu Bernhard sagte sie: Passen Sie auf, die färbt ab. Unter ihrer Hand wird noch Leinen schwarz.

Evelyn, die alle immer nur Evi riefen, überzeugte ihn schließlich, nach einer schier endlosen Zeit des Herumschleichens umeinander, daß es das beste sei, dieses backsteinrote, nach Filz und Wolle riechende Haus zu verlassen, mitsamt der Fadenspinnerin Gudrun, die jeden Abend mit so unendlicher Geduld ihre Auslagen im Schaufenster unter knisterndem Seidenpapier verschwinden ließ, aus den schwarzen Huthügeln wurden unschuldige Schneelandschaften. Evi überzeugte ihn, daß es wichtig sei, weit, weit weg zu gehen. Sie kamen bis nach Norddeutschland, bis hierher. Sein Vater sprach lange Jahre kein Wort mehr mit ihm, nachdem er ein Foto von der Zukünftigen seines Sohnes gesehen hatte. Seine Ehe mit Evi war zu seiner einzigen, aber beharrlichen Rebellion gegen seinen Vater geworden.

Bernhard legte den Lampenfuß zu den anderen Sachen, schob die Kiste zurück ins Regal. Eine Sehnsucht nach alten Gegenständen, nach Dingen, mit denen er etwas verband, durchzog ihn. Etwas in der Hand halten, das Geschichte hatte, mit seiner Geschichte verbunden war, das nicht schon zum Wegwerfen hergestellt wurde, als ginge es darum, die Geschichte, die an den

Dingen hing, mit wegzuwerfen. Als wäre dies der tiefere Sinn von Sollbruchstellen. Das Vergessen zu beschleunigen. Und all das Zeug, das Evi sammelte, mit dem der Keller und das Haus verstopft waren, die Restbestände, die angeblich leicht schadhafte Ware, die sie aufkaufte mit dem Vorsatz, sie auf dem Flohmarkt wieder zu verkaufen, der Müll anderer Leute, das Übriggebliebene, das komplett Überflüssige, das niemand mehr haben wollte – all das war das Gegenteil dessen, wonach er sich sehnte. Evis Sammeleifer hatte in den letzten Jahren einen Anflug von Manie bekommen. Der Gedanke war Bernhard erst gekommen, als sie das dritte Klavier in die Garage zog, ein durchgenudeltes, verstimmtes Instrument, das noch jetzt nach Zigaretten roch, dem Gestank, der sich über die Jahre, die es in einer Hamburger Hafenkneipe gestanden, im Holz festgesetzt hatte. Evi sammelte fremde Geschichten ein, die keiner mehr kannte, keiner entschlüsseln konnte. Seine Kisten, das war etwas anderes. Er hob Dinge auf, die ihm wohlvertraut waren. Evi hob Dinge auf, weil andere sie wegschmeißen wollten. Die Abstände zwischen den Flohmärkten, auf denen sie verkaufte, wurden immer größer. Der Müll in Haus, Keller und Garage immer solider. Er mußte sein Terrain hartnäckig verteidigen: diesen einen Raum mit seinen Plastikkisten. Er spürte, wie er Evi dazu auffordern wollte, daß sie den Müll loswerden mußten. Und zugleich merkte er, daß er sich nicht traute, einen Konflikt zu provozieren. Ihm war, als sei der Kellerboden nur eine leicht überfrorene Eisfläche. Würde er mit dem Fuß aufstampfen, das Eis hielte nicht. So käme all das an die Oberfläche, was er seit Wochen zu verbergen suchte. So lange, damit es sich vielleicht irgendwie von allein erledigt. Konnte das passieren? Wohl kaum. Aber jetzt war sein Geheimnis schon zu groß, als daß er es ihr mitteilen konnte. Es hatte angefangen, seinen Alltag zu durchwuchern. Es war zur Selbstverständlichkeit geworden, selbstverständlicher als die Wahrheit. Er konnte den einen Satz nicht aussprechen. Nur an ihn zu denken fühlte sich an, wie mit nur einer Absicht nach einem Seziermesser zu greifen. Ein präziser Schnitt. Wer schnitt sich schon ins eigene Fleisch?

Seit September des letzten Jahres wußte er es, seit sechs Wochen war es nicht mehr zu leugnen. Begonnen hatte es mit dem Anruf aus der Geschäftsleitung, Frau Jensens Stimme, wir bitten Sie um einen Gesprächstermin, Herr Niebuhr, ihre unbeteiligte, viel zu freundliche Stimme, da hatte Bernhard sofort das flaue Gefühl im Magen gespürt, es aber auf den letzten Kaffee geschoben, der dritte an dem Nachmittag, definitiv der zweite zuviel. Er war durch die schmalen Gänge der Unternehmenszentrale mit dem längst aus der Mode gekommenen Terrazzoboden gegangen, vom ersten in den vierten Stock, hatte einen Kollegen im Treppenhaus getroffen, der ihn gegrüßt hatte mit dem Witz, daß das Treppenhaus ausschließlich für sie gebaut sein mußte, weil alle anderen Mitarbeiter den Fahrstuhl benutzten. Um mit den jungen Praktikantinnen zu flirten!, flötete der Kollege. Bernhard erinnerte in vollkommener Klarheit das Gefühl, einen kurzen Moment erleichtert gewesen zu sein nach diesen belanglosen Worten, der kleinen freundlichen Ablenkung, die anhielt, bis er an die Vorzimmertür von Herrn Biesenraten klopfte – und das puderweiße Gesicht von Frau Jensen sah, wie sie ihn anstarrte, ihn durch ihr Büro in das ihres Chefs führte, wie sie verschwand, wiederkam, ein Tablett mit Kaffeetassen, Gläsern und Gebäck abstellte, das Zimmer mit kerzengradem Rücken verließ, als habe sie einen Stock verschluckt. Herr Biesenraten, wie er sich seine Krawatte glattstrich, das Jackett zuknöpfte, Bernhard einen Stuhl an dem kleinen Konferenztisch anbot, das Tablett zur Seite schob, als sei es nur Dekoration, und Bernhard spürte wieder, jetzt, hier in seinem Keller, seinen trockenen Mund, die Hand schon fast ausgestreckt nach einem Glas und einem Wasserfläschchen, aber Biesenraten hatte das Ding nur von ihm weggeschoben, man bot ihm nichts mehr zu trinken an, nicht ihm, Bernhard Niebuhr, seit über dreißig Jahren in der Firma. Da hatte er gewußt, was passieren würde.

Im stillen erklärte er seinem Chef wieder, was für ein hervorragendes System er da entwickelt hatte. Anlieferung, Verladung der Zutaten, Mischmaschinen, die eine halbe Tonne Teig bewältigen konnten, je fünfzig Backformen auf einem Laufbandmeter, Stahlbänder, die direkt in die Öfen fuhren, sensorische Messungen und Übermittlung der Daten an den Zentralcomputer, den Server, wie Biesenraten jetzt eben sagte; in jedem Zustand die volle Kontrolle, selbst im Ofen, selbst in der Schneidemaschine, im Cutter, wie einer der verwechselbaren Jungberater gesagt hatte, selbst dort wußten sie, daß jede Scheibe exakt fünf Millimeter breit ist, Graubrot sechs, und das neue Sandwichtoastbrot, das am Point of Sale, wie das Ladenregal plötzlich hieß, alle Erwartungen übertroffen hatte – das wurde auf acht Komma drei geschnitten, fünfzig Scheiben aus einem Laib, und der Knust wandert nicht mit in die Tüte, der Knust wird zu Brotmehl verarbeitet. Wir produzieren, sagte Bernhard in seinem Kopf, pro Stunde, in vierundzwanzig Stunden, an sieben Tagen der Woche, weil die Öfen immer laufen müssen, wir produzierten pro Stunde eine Tonne Fertigbrot in neun verschiedenen Sorten. Und das mit einem Mitarbeiter am Zentralcomputer und zwei angelernten Bäckern. Da haben wir es hingeschafft. Und dafür, sagte Bernhard in Gedanken zu Herrn Biesenraten, kriege ich noch nicht mal mehr ein Wasser von Ihnen angeboten, geschweige denn einen Keks.

Bernhard hob die Kiste mit den Kalendern hoch, schob sie zurück ins Regal. Er suchte einen Edding-Stift. Als er einen fand, strich er die Bezeichnung *Verschiedenes* durch und schrieb *Dieckmann* darüber. Ihm schmerzte die Brust, wie sie es bei einem Abschied tut, den man mit aller Kraft hatte verhindern wollen.

Keiner der verwechselbaren Unternehmensberaterspione, die plötzlich überall im Gebäude herumwieselten, war bei dem Gespräch dabeigewesen. Biesenraten hatte nicht vom Tisch aufgeschaut. Sein Gesicht war zerfurcht gewesen, die hohe Stirn, die wenigen Haare über den Kopf gekämmt, die buschigen Augenbrauen. Immer dunkelgraue Anzüge und Krawatten mit Blumen. Er war all die Jahre Bernhards Chef gewesen. In Richtung der Tischplatte hatte Biesenraten nur gesagt, er danke ihm für die gute Zusammenarbeit, für sein Verantwortungsgefühl, sein Engagement. Seiner Arbeit sei es zu verdanken, daß totale Sicherheit an einem hochgefährlichen Arbeitsplatz geschaffen worden sei. Ihm sei es zu verdanken, daß kein Mensch mehr in der Produktionshalle arbeiten müsse, weil Maschinen jetzt die Arbeit erledigten. Er, Bernhard Niebuhr, habe die Bäcker in Sicherheit gebracht, sagte Biesenraten. Alles so perfekt optimiert, daß die Menschen nicht mehr in diese unsichere Umgebung mußten, in die tropische Hitze der Backhalle, nicht mehr den Gerüchen ausgesetzt waren, diesem ewig Gärenden, das in der Luft hing, süßlich und schwer. Das konnte kein Mensch lang ertragen. Und so schützte sein über viele Jahre entwickeltes Sicherheitssystem die Bäcker auch vor den Schneidemaschinen, den Stahlbottichen, in denen der Teig aufging, den Laufbändern, die kreuz und quer durch die Produktionshalle liefen. Danke, Herr Niebuhr, hatte Biesenraten gesagt, eine große Leistung. Und ganz leise nachgeschoben, daß er ihn deshalb darum bitte zu verstehen, daß er persönlich nichts dafür könne. Nur sei die Sicherheit perfekt. Es gäbe eben für einen Sicherheitsingenieur nichts mehr zu tun.

Er drehte sich um, ließ seinen Blick durch den Raum streifen. An dem freiliegenden Stück Mauer neben der Tür hing eine

Laubsägearbeit von Nele aus Kindertagen. Ein ovales Schild, mit Holzfarbe bemalt, in der Mitte stand *Papas Büro* in kindlich verzierter Schrift und mit zu Ornamenten verwobenen Linien unterstrichen. Bernhard nahm das Schild von der Wand, schlug einen Nagel in die Mitte des Türblatts, hängte es daran, trat einen Schritt zurück und betrachtete diese kleine Veränderung so lange, bis er sich an sie gewöhnt hatte.

»Was hämmerst du da?« rief Evi von oben. »Hast du irgendwas zum Absichern gefunden?«

»Ja. Hier im Büro«, sagte Bernhard in dem Wissen, daß sie ihn nicht würde hören können. Er fand eine Rolle Maschendrahtzaun. Reste eines Stacheldrahtes, an dem dicke Spinnweben klebten. Er suchte Stahlnägel zusammen und nahm den Hammer. Ging damit nach oben. Evi stand in ihrem Hausanzug aus braunem Nickistoff im Flur, darüber den abgetragenen Pelzmantel ihrer verstorbenen Mutter, seltsamerweise das einzige Erbstück, das Evi aus der Wohnung ihrer Mutter mitgenommen hatte. Obwohl sie sonst nie etwas liegen ließ.

»Damit können wir ja das gesamte Grundstück einzäunen.«

»Ich geh nachher hoch zum Baustoff-Lübbke.«

»Vielleicht hat Ade noch ein paar Meter.«

Bernhard ließ den Stacheldraht auf den Küchentisch fallen, neben die Streifen aus Alufolie, die Evi in der Zwischenzeit zurechtgeschnitten haben mußte. »Und wofür das?«

»Feine Ohren können das Geklirre nicht ertragen«, sagte Evi, schon in der Tür.

»Ich hab auch feine Ohren.«

»Das Tier soll verschwinden, Bernhard.«

»Ich kann auch verschwinden.«

Seine Bemerkung übergehend, sagte sie leise: »Ich mußte heute morgen an Mutter denken. Ich dachte, ich schaue mal nach, wie der neue Ort für sie ist. Ich war wirklich lange nicht mehr da.« Sie lächelte kurz. Er bemerkte eine Unschlüssigkeit in ihrem Gesicht. Als wünschte sie, daß er sie aufhalte.

Ihm wurde kalt, dann schlagartig sehr heiß. Sein Gesicht glühte. Er wußte, daß dies ein Moment gewesen war, in dem er ihr die Ereignisse und Veränderungen der letzten Wochen hätte erzählen können. Warum nur lag gerade das erste Wort so sperrig wie Stacheldraht in seinem Mund herum?

Er stand in der Tür und schaute ihr nach. »Elstern nisten sogar in Brombeerhecken«, sagte er dann. Es fiel ihm ein, als er den Pelz ihres Mantels von hinten sah. »Aber kauf nicht so teure Blumen. Die verwelken sowieso nur«, fügte er an. Evi ging durch die Pforte, zog sie hinter sich ins Schloß, und nur ihr Kopf überragte noch für einen Augenblick die Grundstücksmauer. Nach wenigen Schritten war sie ganz aus Bernhards Blickfeld verschwunden. Er spürte die kalte, feuchte Luft, die noch nach Winter roch, atmete tief. Von hinten drang die Heizungswärme des Hauses an ihn heran, von vorn zwang ihn die Kälte zum Rückzug. Einen Augenblick lang sah er die Spielkartenblätter aus seinem Traum vor sich und wurde ergriffen von einer überwältigenden, lähmenden Sehnsucht, es wäre schon Frühling oder Sommer oder auch Herbst, einfach nur ein anderer Zeitpunkt des Jahres, nicht ausgerechnet jetzt, heute, dieser Dienstagmorgen, und er, ausgerechnet er, Bernhard Niebuhr, der immer noch seiner Frau klarmachen mußte, daß er, nach über dreißig Jahren in einer Firma, gekündigt worden war.

# Das Gähnen der Anarchie

Um fünf Minuten nach halb acht, wie jeden Morgen unter der Woche, zog Bernhard mit der rechten Hand die Eingangstür hinter sich zu. Am Gartentor hielt er inne, drehte sich noch einmal zum Haus und war sich sicher, es bei irgend etwas zu ertappen. Das Haus stand reglos da, zu einer Seite abgeschirmt durch Ades Pools, zur anderen bildeten die hohen Schwarztannen eine Rückendeckung. Ihre Spitzen pendelten sacht im Wind. Etwas Laub vom letzten Jahr drehte sich vor dem Garagentor in einer Böe. Die Alufolien, die ersten, die er am frühen Morgen hatte aufhängen können, zitterten und schellten. Vielleicht war es die betonierte Festigkeit, die Glätte des weißgetünchten Klinkers, die Bernhard zu seinem Mißtrauen anregte. Worauf wartete er? Daß er das Haus, den Vorplatz, die Mauern beim Rissigwerden erwischen könnte?

»Bernhard! Das mußte dir ansehen!« Nachbar Ade Schleichweg stand auf dem Bürgersteig und wirkte sehr verschlafen. Er hatte weiche Tränensäcke unter den Augen, die grauen, etwas zu langen Haare lockten sich im Nacken und sein Walroßbart teilte sich zu zwei dichten, grauen Sturzbächen mit vergilbten Enden. Er trug, wie immer eigentlich, an den Hacken schiefgelaufene Segelschuhe, eine Hose aus ausgeblichener, dunkelblauer Baumwolle, der Stoff an den Knien dünngescheuert, und einen fusseligen Troyer, dessen Kragen wie ein aufgeschlagenes Buch unter seinem Kinn lag. Heute gab es dazu noch die Windjacke mit dem Schriftzug von Dieckmann-Brot auf der Brust. Bernhard hatte sie ihm vor Jahren geschenkt. Ade ging auf die Sechzig zu, wirkte unumstößlich, aller Witterung zu trotzen fähig und irritierte Bernhard dennoch, weil er so ein unerklärliches Leben führte, nicht gewillt, die Zeichen seines Scheiterns zu verbergen, im Gegenteil, er stellte sie geradezu aus. Aber heute morgen wirkte er wie ein ausrangierter Pullover. Bernhard konnte es kaum ertragen, ihn anzusehen.

Ade schleuste ihn um die Ecke auf sein Grundstück.

Ein Tier, das nur noch um den Kopf herum wie eine Katze aussah, schob sich an der Unterkante eines amöbenförmigen Pools entlang. Es machte einige Schritte, rieb die filzigen Matten, die überall an seinem Körper klebten, am Türkis. Ade bückte sich schwerfällig über seinen Bauch hinweg, berührte mit einem Finger die verfilzten Knäuel Fell. Zwischen den Ohren lag, fast wie eine Schirmmütze, ein plattes, längliches Fellknäuel.

»Euch gehört die nicht, oder?«

Bernhard schüttelte den Kopf.

Die Männer schwiegen und starrten das Tier an.

»Das war mal so was Teures, nicht?« sagte Ade nach einer Weile. »Langhaarig und Futter mit Basilikumdekoration.«

»Noch nie gesehen. Muß irgendwo weggelaufen sein.«

»Hätte ich auch gemacht, wenn mich keiner mehr bürstet.«

Das Tier kroch über den Boden. Ein beißender Geruch ging von ihm aus, drang bis zu Bernhard vor. Die Fellknäuel an den Hinterpfoten waren schwarz von Kotresten. Wie bei den Kühen auf der Weide, denen ihre Fladen auf die Hinterläufe fielen.

»Man muß sie rasieren«, sagte Ade im Tonfall eines Fachmannes. Dabei hob er eine Filzmatte hoch, und Bernhard konnte sehen, daß es langes Fell war, das bis zur Haarwurzel und büschelweise verknotet war.

»Lieber einschläfern«, sagte Bernhard. »Wir müssen sie auf jeden Fall zum Schweigen bringen.«

»Die sagt doch keinen Ton.«

»Doch, die muß es gewesen sein.«

»Was muß die gewesen sein?«

Das Tier kroch unter der Kante hervor, es konnte sich nur mit kleinen Schritten fortbewegen, das Fell an den Beinen war mit dem Fell am Unterbauch verknotet.

»Lieber nackt als so einen Pelz tragen«, sagte Ade.

»Wir bringen sie besser zum Arzt.«

»Quark!« wischte Ade durch die Luft.

»Mit Sicherheit ist die todkrank. Voller Ungeziefer.«

»Ich hol mal meinen alten Rasierer.«

»Warte mal! Das ist – nein, komm, wir bringen sie zum Tierarzt. Die regeln das.«

»Ich glaub, die lebt noch ganz gut, wenn sie erst mal den Filz los ist. Zu zweit ist das schnell gemacht.«

»Ich muß zur Arbeit.« Ein Satz wie ein Bollwerk. Niemand konnte ahnen, daß er jetzt – wie die vergangenen Wochen auch – mit dem Bus in den Park fuhr. An der Elbe entlang bis zum Hafen lief. Und zurück. Acht Stunden.

»Dann mach ich's eben allein«, sagte Ade.

»Wir holen uns die Tollwut.«

»Die kriegt noch nicht mal mehr die Klappe auf. Wie soll die uns beißen. Mann, komm!«

Bernhard zögerte. Der Gedanke an den ihm nun schon so bekannten Weg durch den Park lockte nicht sehr. »Hast du gehört, wie die geschrieen hat die letzten Nächte?«

»Nein.«

»Die weckt mich seit einer Woche jeden Morgen um fünf.«

»Ich hab nen festen Schlaf.«

»Dein Glück.«

»Die hat nicht geschrieen.«

Bernhard drehte sich zu seinem Haus um, sah von hier aus den Balkon, das Schlafzimmerfenster. Die zugezogenen Vorhänge beruhigten ihn für einen Augenblick. Die Strenge des Balkongitters auch. Evi war noch nicht zurück von ihrem morgendlichen Spaziergang zum Grab ihrer Mutter. Der Blumenladen öffnete wahrscheinlich erst später, und sie wartete auf einer Bank vor dem Geschäft oder trank nebenan beim Bäcker einen Kaffee.

Ade machte einige Schritte auf den niedrigen Bungalow zu, dessen Rückseite Richtung Schallschutzwand zeigte und nur aus zwei Zimmern, Küche und Bad bestand. Neben der Eingangstür war von Bernhards Standpunkt aus noch der ehemals türkise Schriftzug *Schleichweg Swimmingpools* zu lesen, von dem aber, geradeso wie von den Becken, grüne, spakige Schatten hinunterliefen. Schwarztannen begrenzten den Hof und verdeckten zugleich die Schallschutzwand, die errichtet worden war, als die Landesregierung Ende der sechziger Jahre beschlossen hatte, die Schnellstraße zu einer Autobahn auszubauen. Jetzt überragten die Spitzen der Tannen die Wand. Bernhard und Evi waren kurz nach dem Ausbau hierhergezogen, hatten natürlich über die Autobahn diskutiert, dann aber beschlossen, daß man sich an das Rauschen gewöhnen würde. Jetzt gerade nahm er es gar nicht mehr wahr. Natürlich war das Grundstück mit Haus preiswert gewesen. Heute nannte man das eine gute Verkehrsanbindung. Seiner Meinung nach trug auch Ade Schleichwegs Unfähigkeit, seine Pools zu verkaufen, zum Wertverfall der Gegend bei. Bernhard spürte, wie ein dumpfer Ärger sich in seiner Magengegend sammelte. Manchmal sah er die Becken gar nicht mehr, so hatte er sich an sie gewöhnt. Aber jeder Fremde, der zu

Besuch kam, äußerte Verwunderung über die fleckigen Dinosaurier, auf deren Rücken noch D-Mark-Preise standen, was wahrscheinlich der Grund war, daß potentielle Interessenten, die auf der Autobahn daran vorbeifuhren, sie für zu teuer hielten. Er mußte Ade klarmachen, daß er mal aufzuräumen hatte. Bernhard hielt den Griff seiner Aktentasche fest.

»Die kommt mir nicht beim Tierarzt in die Tonne«, sagte Ade und ging.

Ein Wind pfiff durch die Zwischenräume der Pools. Die Katze starrte ihn an. Bernhard ging einen Schritt auf sie zu, die Aktentasche als Schild vor seinen Knien. Die Katze wich nicht zurück. Sie fixierte Bernhard weiterhin. In einer gleichgültig fordernden Art, die ihn verstörte. Ein Fellknäuel, voller Dreck. Ein filziges, halbtotes Ding, das nach seinen eigenen Exkrementen roch. Es war ein vernachlässigtes Nichts, und es jagte ihm Angst ein.

Ades Haustür quietschte und schlug zu.

»Was schaust du so«, sagte Bernhard zur Katze.

Die Katze schloß und öffnete sehr langsam ihre Augenlider. »Hau ab«, sagte er. Sie bewegte sich nicht. Wie ein trotziger Mensch, der etwas forderte und von Beginn an klarmachte, daß er keinen Millimeter von seiner Forderung zurückweichen würde. Die stoische Bewegungslosigkeit schreckte ihn. Gebündelt und verschnürt starrte sie ihn an. Etwas Anarchisches, das sich nie im Leben durch Alufolien vertreiben ließ. Plötzlich fühlte er sich, als wäre er nackt, vollkommen durchschaut.

Er mußte wieder an Biesenraten denken, an seinen alten Chef, der nur dank einer Altersregelung nach der Übernahme Chef hatte bleiben dürfen. Der sich aber auch angewöhnt hatte, von Restlaufzeit zu sprechen. Wie er überhaupt das Vokabular der jungen Unternehmensberater übernommen hatte, die vom Konzern, der sie aufgekauft hatte, geschickt worden waren. Als hätte Biesenraten ihr Wörterbuch gelesen und beschlossen, daß die simpelsten Dinge plötzlich neue Namen verdienten, als wollte man sie aus ihrer Normalität heraus adeln. So hieß die Backhalle jetzt *Production Center*, die Abläufe darin wurden zusammengefaßt unter *Transport and Logistics*. Selbst die Bäcker bekamen englische Titel, der alte Herr Hinrich am Zentralcomputer mußte sich plötzlich mit *Server Management* am Telefon melden, was er – als Zeichen seines privaten Widerstands – so nölend aussprach, daß es niemand verstehen konnte. Bernhard war nicht mehr der Mitarbeiter für Arbeitssicherheit, oder, wie später, der Abteilungsleiter für Sicherheit am Arbeitsplatz, er hatte plötzlich, unter Verlust einer Hierarchiebezeichnung, nur noch *Security and Services* geheißen.

»Restlaufzeit« und »Security and Services« waren Erfindungen der unauffälligen Jungen, deren Haupteigenschaft darin zu bestehen schien, so austauschbar gleich auszusehen, daß Bernhard niemals sagen konnte, ob jetzt gerade der Herr Hartmann oder der Herr Schmidtgens an ihm vorbeigegangen war.

Die Ankündigung und dann das zähe Durchsetzen der neuen Namen hatte sich für Bernhard wie der Anfang vom Ende angefühlt. Der Begriff auf den neu gedruckten Visitenkarten. Am Abend hatte er die Männer vom privaten Sicherheitsdienst über das Werksgelände streunen sehen und das erste Mal den Gedanken gehabt, ihnen nicht unähnlich zu sein. Er hatte es kaum ertragen können, sie anzusehen. Ihre bulligen Körper, die hilflos zackigen Gesten. Wie sie sich mit aller Kraft gegen die Bedeutungslosigkeit ihres Jobs behaupten wollten.

Einmal hatte Bernhard Biesenraten und einen der beiden Unternehmensberater in der Kantine gesehen. Sie hatten sich Salate aus dem Kühlregal genommen, eine Kelle Soße über das Grün, ein Brötchen dazu, wie alles Brot in der Kantine, direkt aus der Produktion, noch warm. Während die Männer aßen, hatte der Berater – vom Anzug bis zur Gestik, das war Bernhard damals aufgefallen, einem Spion nicht unähnlich – davon gesprochen, daß man für die Optimierung auf jeden Fall mit weichen Übergangslösungen arbeiten müsse, der Pool der Leute, die überflüssig seien, wäre zu groß, die Länge ihrer Restlaufzeiten belaste die Bilanzen noch die nächsten fünf Jahre, die Freistellungen müßten durchgesetzt werden, Widerstand gäbe es immer. Restlaufzeiten, das Wort hatte Biesenraten wiederholt. Als Bernhard es so aus dem Munde von Biesenraten gehört hatte, überkam ihn der Eindruck, als redeten die zwei Männer über Maschinen, denen man dank Abschreibung und mangels Ausbaufähigkeit noch ein Gnadenbrot gewährte, kurz bevor sie auf den Schrottplatz wanderten oder in den Ostblock verkauft wurden. Aber auch dort würde man bald solche Geräte nicht mehr haben wollen.

Ade kam zurück, hob die Katze hoch und setzte sie in die Rundung des amöbenförmigen Pools. Er legte sie auf die Seite, die Katze sträubte sich nicht. Er schnitt mit einer Schere die Fellplatten herunter. Dann schaltete er den Bartstutzer an. Eine rosa-weiße Straße nach der nächsten zog sich über den Rücken und Bauch der Katze. Die Rippen zeichneten sich unter der hellen Haut ab. Ihr Puls raste, die Schläge waren als Pochen an jeder rasierten Stelle zu sehen. Die bereits abgeschnittenen Knäuel lagen auf dem Türkis wie Büschel aus getrocknetem Seegras. Zuletzt schnitt Ade den Fellschirm vom Kopf, stutzte vorsichtig die Haare im Gesicht. Bernhard konnte den Blick nicht abwenden. Die Katze hatte nicht einmal weggeschaut. Sie fixierte Bernhard, sie blinzelte nicht, sie forderte ihn zum Hinsehen auf. Als Ade fertig war, allen Filz um sie herum zu einem Berg zusammenschob, begann sie zu schnurren. Sie sah aus wie ein Neugeborenes. Sie schnurrte, wirklich, sie schnurrte, schüttelte sich, stand auf, machte einen Buckel und gähnte genüßlich. Bernhard rechnete eine Sekunde lang damit, daß sie gleich über ihn lachte. Ihre unergründliche Heiterkeit war frei von Scham. Natürlich, sagte Bernhard zu sich selbst, kein Tier schämt sich.

Ade pustete gegen den Rasierapparat, strich sich danach mit Zufriedenheit über seinen Walroßbart. Bernhard verfolgte die Bewegung, und das erste Mal fiel ihm etwas auf, das er noch nie vorher bemerkte hatte. Ihm fiel auf, daß sein Nachbar Ade seinen ungeliebten Namen Adolf, der so plötzlich aus der Mode gekommen war, verkürzt hatte zu einem Abschiedsgruß, Ade, Adé, als wünschte er sich verabschieden zu können, durch jeden Ruf, jede Frage, jedes Aussprechen, wieder und wieder ein Abschied, Adolf, Adé. Für einen Augenblick verspürte er den Wunsch, es Ade gleichzutun. Sich von sich selbst zu verabschieden. Und unter dem Wunsch lag – nur wie das Schimmern eines Straßenlichtes auf einer Pfütze – das Wissen, daß er die Lüge zum Abschiednehmen nutzte. Je länger er log, desto weiter rückte die Wahrheit ins Abseits, Adé. Und in der Lüge war er nicht nackt. Nichts war schlimmer, als nackt zu sein.

Dann wartete er auf einen Schrei. Aber die Katze sprang nur aus dem Becken, schaute noch einmal zu beiden Männern hoch, um dann vollkommen entblößt und dabei erschreckend gelassen, wie Bernhard fand, Richtung Toreinfahrt und schließlich auf die Straße zu traben.

Er nahm den Bus, der bis vor das Tor von Dieckmann-Brot fuhr, grüßte den alten Portier am Eingang, der zwar ein Gesicht machte, als sähe er ihn zum ersten Mal, ihn aber passieren ließ.

Heute konnte Bernhard nicht anders. Er wußte, er war des Platzes verwiesen worden. Niemand wünschte ihn hier mehr zu sehen. Aber er folgte einem Automatismus, der Gewohnheit der Jahre. Er ließ sich von der süßlichen, schweren Luft aufs Werksgelände ziehen, hin zum Backsteingebäude, der Backhalle, dort öffnete er per Code die Seitentür und stand nach wenigen Minuten zwischen den Laufbändern, Öfen, Schneidemaschinen und Auskühlrosten. Für jede Brotsorte eine Produktionslinie. An der Wand neben ihm einige Spinde, darin hingen die weißen, antibakteriellen Anzüge, die jeder tragen mußte, der sich den Maschinen, dem Teig näherte. Einweg-Papierhauben für den Kopf, Einweg-Papierüberzieher für die Schuhe.

Im Inneren der Halle war fast alles silbriggrau, die Farbe des Stahls, der Nirostaflächen. Nur die Transportbänder waren türkisgrüne Flüsse, auf denen die Brotlaibe wie kleine Scheite geflößt wurden. Und signalrot waren die Transportkisten, in denen das fertig produzierte Brot die Halle verließ. Sie wanderten knapp unter der Hallendecke auf endlosen Straßen, wurden durch eigens für sie entwickelte Spiralen nach oben und durch Rutschen nach unten, ans Ende einer jeden Produktionslinie, gebracht. Dort stapelten sie sich in einem Tempo, das der Brotherstellung entsprach. In den haushohen Rundtürmen, ähnlich einem Parkhaus für Hunderte von Autos, kühlten die Kastenbrote aus. Hatte der Sensor die richtige Temperatur gemessen, wurden sie von dort über Transportbänder zu den Schneidemaschinen gebracht, perfekt geschnitten, pasteurisiert und verpackt.

Der Stahl aller Geräte wirkte unerschütterlich, bekam fast die Farbe von Beton, und das grünliche Neonlicht lief in langen Spurstreifen auf halber Höhe zwischen Boden und Decke durch die Halle. Die Laibe, die aus den Öfen kamen, käferbraun, glänzend, alle von der gleichen Form; sie machten auf Bernhard immer den Eindruck, als seien sie hier die Fremdkörper. Von draußen fiel ein flaches Frühlingslicht durch die Panzerglasscheibe der Notausgangstür. Das Licht paßte, ähnlich wie die Brotlaibe, nicht in diesen Raum. Die weißen Teiglinge, von

Spritzen in tausendfach wiederverwendbare Backformen gedrückt, umgestülpt, mit Mehl bestäubt, und so einzeln, freigeschoben, wie es hieß, über die Laufbänder transportiert, ließen Bernhard für Sekunden an die nackte Katze denken. Sie hatten die gleiche Farbe. Nur war an ihnen nichts Heiteres, nichts Souveränes. Es waren eben Teigklumpen.

Er wollte hier sein und nicht mehr gehen. In seiner Produktionshalle, in seinem Betrieb, in seinem Büro, zwischen seinen Sicherheitsentwicklungen, Dokumentationen und Protokollen. Er ging, in dem Wunsch, so vollendet Teil der Maschinerie zu sein, daß er nicht weiter auffiele, Schritt für Schritt in die Backhalle hinein. Da war die Rex, die Toast-Schneidemaschine, die mit brotmesserlangen Skalpellen in ihrem Inneren die Laibe in Scheiben schnitt. Zehn Kastenlaibe auf einmal fuhren durch den Sicherheitsvorhang, verschwanden im Schlund. Kamen auf der anderen Seite heraus; die Scheiben wurden zusammengehalten von Stützen, die sie zugleich weitertransportierten. Ein computergesteuerter Wagen rollte zwei kreisrunde Tröge, auf Bullerwagen aufgesetzt, vorbei, darin gärte der Sauerteig. Später würde einer der angelernten Bäcker in einem Nebenraum zur Produktionshalle mittels einer Sonde prüfen, ob das Teiglockerungsmittel ausgereift war. Alle Daten wurden per Funk an den Server weitergegeben. Und dort hinten im Computerraum saß Hinrichs, der alte Spezialist, dem nicht gekündigt werden mußte, weil er in diesem Jahr noch in Rente gehen würde.

Für Bernhard war es eine Pracht, diesen präzis kontrollierten Ablauf zu betrachten. Die Reibungslosigkeit, die Perfektion der Arbeitsschritte, keine Bewegung zuviel. Es war zwei Minuten nach neun Uhr am Morgen. Die roten Transportkisten zogen ihre Kreise durch die Halle, wanderten in Spiralen zu ihren Laufbändern hoch und durch die Rutschen hinunter. Auf jeder Kiste das Dieckmann-Logo, die Ähren, der Laib, das Mädchen mit den wehenden Haaren und dem strahlenden Kindergesicht. Es war eine perfekte Straße geschaffen worden. Nicht nur computergesteuerte Rezepturen, Waagen, Knetmaschinen und Portionierer. Sondern auch automatisierte Schnitt- und Verpackungsprozeduren. Am Ende aller Straßen kontrollierten Computerwaagen, ob jede Packung das ihr aufgedruckte Gewicht hatte, jedes Paket wurde gemessen, und wenn der Computer etwas zu beanstanden hatte, fiel es durch eine Öffnung in den Ausschußcontainer. Für die anderen ging es nun in die Expedition, die direkt an die Produktionshalle grenzte. Dort arbeiteten noch einige Menschen. Sie sausten mit ihren Gabelstaplern durch die Regalreihen, rasten so knapp um die Kurven, daß sie ihre Rückspiegel abfuhren, lieferten sich Rennen, als sei das ihr Lebenszweck. Manchmal dachten sie auch daran, die Paletten mit den roten Transportkisten, in denen paßgenau die Brottüten lagen, in den Regalen der haushohen Halle zu stapeln.

Der Produktionsleiter Hinrichs drehte das Gesicht vom Bildschirm weg, als Bernhard den Raum betrat. Die Glastür fiel ins Schloß und sperrte die Maschinengeräusche der Halle aus. Nur das Ventilatorensummen der Großrechner war hier zu hören.

»Mensch, was machen Sie denn hier?« fragte Hinrichs.

»Wollte nur mal so vorbeischauen. Moin sagen.«

»Moin«, sagte Hinrichs.

Die Ventilatoren surrten. Hinrichs ließ einen Kugelschreiber schnappen. Dann holte er Luft: »Bin auch nur noch ne Woche hier. Und dann soll mein Leben als Kapitän vorbei sein? Wirste endlich Lotse, sagt meine Frau immer, freu dich doch. Wissen Sie, Herr Niebuhr, was mit den meisten Lotsen passiert, die früher mal Kapitän waren? Die kriegen nach einem halben Jahr nen Herzinfarkt. Wegen Unterforderung.«

Das war eine lange Rede, fand Bernhard, gemessen an dem, was Hinrichs sonst sagte. Sein runder Bauch spannte unter dem weißen Kittel. Ein Knopf stand ab wie der Bauchnabel Hochschwangerer. Immer ein Zentimetermaß und einen Bleistift in der linken Brusttasche. Hinrichs nannte die Maschinen nicht bei ihren Herstellernamen, die Rex, die Pfleiderer, die Harthaus. Er nannte sie die Schneiderin, den Backzahn, die Regentonnen. Die Transportkisten nannte er die roten Elefanten.

Die beiden Männer starrten durch die Glasfenster der Kommandobrücke. Nach einer Weile sagte Bernhard: »Eine Woche ist eine kurze Zeit.«

»Ja, schnips, vorbei«, sagte Hinrichs.

»Ich bin bis – bis zu meinem Ausstieg ungefähr siebentausend Tage hierhergekommen.«

»Klingt nicht nach viel«, bemerkte Hinrichs.

»Plus Wochenenden ist das mehr als mein halbes Leben.«

»Die Elefanten in Abschnitt D sind heute etwas träge«, sagte Hinrichs. »Siebentausend.«

»Ich werde dieses Jahr siebenundfünfzig.«

»Schon vorab meinen herzlichen.«

Bernhard hob eine Schere auf, die vor dem Drucker lag, und reichte sie dem Produktionsleiter. Der zog, ohne hinzuschauen, eine Schublade auf und legte sie hinein.

»Herr Hinrichs«, begann Bernhard und wich einen Schritt zurück, »darf ich Sie etwas fragen?«

»Klar.« Hinrichs drehte sich mit dem Bürostuhl um.

»Sagen Sie mir mal aus Ihrer Sicht. Nur so, wie Sie es empfunden haben, ja, sagen Sie …«, Bernhard mußte sich spontan räuspern und spürte den Drang, sich an etwas festzuhalten, »sagen Sie, ist Ihnen eine Situation in Erinnerung, irgendeine Situation in der langen Zeit unserer Zusammenarbeit, in der ich – unter Umständen – womöglich mal eine Entscheidung getroffen habe, eine, die Ihnen nicht sinnvoll erschien?«

»Versteh ich nicht, die Frage«, sagte Hinrichs.

»Hab ich mal irgend etwas falsch gemacht?« fragte Bernhard und schaute geradeaus durch die Kontrollfensterscheibe.

Nach einer Weile sagte Hinrichs: »Höchstens, vielleicht, daß Sie alles immer ganz richtig gemacht haben. Daß Sie immer alle Aufgaben mehr als pflichtgemäß erfüllt haben. Daß sie immer so verläßlich waren. Allen geholfen, für Sicherheit gesorgt haben. Das war gut. Aber, wissen Sie was? Ich hab zwar selbst ne Lebensversicherung abgeschlossen, und nicht zu knapp. Aber dieses verrückte Leben läßt sich nicht versichern. Nichts ist so verdammt unsicher wie unser kleines, sicheres Leben hier. Tut mir leid, Ihnen das zu sagen, Herr Sicherheitsingenieur.«

Bernhard verließ das Kontrollzentrum. »Wollte Ihnen damit nicht zu nahe treten«, rief Hinrichs ihm hinterher, »aber Sie haben mich ja gefragt.«

Er rutschte vorsichtig in die hintere Reihe im Bus, als könnte der Sitz unter seinem Körpergewicht zusammenbrechen. Ganz still und aufrecht saß er da und ließ die Außenwelt zu einem flüchtig vorbeiziehenden Einerlei werden.

Nach Minuten, nach gleichgesichtigen Stationen, fuhr er, anfänglich sehr langsam, dann immer schneller, wie eine Million Brote und mehr vor ihm, in ein Dunkel, in dem es heiß war. Ihm brach der Schweiß aus. Eingefaßt in eine Form, die ihn beängstigend fest hielt. Er war gelähmt. Im Körperinneren begann er zu zittern, aber beherrschte sich, wie immer, ließ das Beben nicht an die Oberfläche kommen. Er glühte wie ein Teigling, schmolz zusammen in einer Scham, deren Hitze sich aus seiner immerwährenden Beherrschung speiste. Eine Kruste brach auf, wie Laibe aufbrechen. Es schmerzte. Es fühlte sich an, als hätte ihn der Computer geprüft und aus irgendeinem Mangel an Eigenschaften durch den Rost fallen lassen. Er schloß die Augen. Seine Enttäuschung, mehr noch die Angst, roch wie Vergorenes, viel zu süß, unerträglich matschig. Vor seinem inneren Auge zog sich alles, die Backhalle, das Bürogebäude, der Himmel darüber, die Sicherheitszäune, die Gabelstapler, die Wege, Hinrichs, die Kantine, die zwei Ununterscheidbaren, Biesenraten, der Flur, das Treppenhaus, seine Bürotür, sein Bürozimmer zu einem stecknadelgroßen Punkt zusammen. In dem Moment, da er so komprimiert dasaß, schlug die Energie nach außen um und setzte ihre Kräfte frei. Er öffnete seine Aktentasche, hielt sie kopfüber und sah zu, wie aus allen Fächern Papiere auf den Boden des Busses rutschten. Seine Augen brannten. Er ahnte, daß ein Trümmerfeld ein Ort war, aus dem man sich selbst vertrieb. Eine junge Frau hob die Papiere auf und reichte sie ihm mit einem entschuldigenden Lächeln. Da kündigte die elektronische Stimme seine Station an. Er floh aus dem Bus.

Hirschpark, Hamburg-Blankenese, unterhalb der Elbchaussee, dort lief er, mal direkt am Ufer der Elbe, mal durch die gestreckten Parkanlagen, bis nach Klein Flottbek in den Jenischpark. Beobachtete das erste Blühen der Bäume, sah den Frühling ausbrechen, um weiter bis nach Altona zu wandern, von wo aus er den Hamburger Hafen sehen konnte. Er wünschte, er hätte sein Fernglas mitgenommen, um die Namen der Containerschiffe lesen zu können: *Diamond Queen, Phantomas, Liberty.* Er ging an einigen herausgeputzten Cafés vorbei, in denen ausschließlich, so schien es, junge Leute saßen, die plauderten, lachten, völlig entspannte und zugleich geschäftig wirkende Gesichter machten. Er beschleunigte seinen Gang und lief am späten Nachmittag den Weg wieder zurück. Manchmal war er mit einem Schiff für einige Zeit gleichauf, manchmal wurde er von mehreren überholt. Er beobachtete die rot-schwarzen Lotsenboote, die vorneweg die trägen Tanker flankieren. Dachte an Hinrichs. Es begann zu nieseln, und Bernhard suchte in seinem Aktenkoffer den Knirps-Regenschirm. Er fand ihn nicht mehr.

Er ging weiter. Die Sonne brach durch die Wolken, hatte aber keine Kraft mehr, die feucht-kalten Parkbänke aufzuwärmen. Er lief immer weiter, und wenn er, aus unvorhersehbaren Gründen, an Evi denken mußte, ihr Gesicht vor sich sah, ihren fragenden, erwartungsvollen Blick, dann ging er schneller, manchmal rannte er fast. Er machte Schritte über Pfützen hinweg, umwanderte schlammige Wegabschnitte. An den schmalen Sohlen seiner Lederschuhe klebte Erde und Dreck. Er zählte seine Schritte. Er passierte Menschen, die aussahen, als trotteten sie durch die Welt, ohne sich je über etwas, das ihnen begegnete, zu wundern. Er begegnete atemlosen Joggern. Paaren mit Hund. Müttern mit Kindern. Eine Frau schob einen olivgrünen Kinderwagen, der ein Regendach mit Camouflagemuster hatte. Sie schob den Wagen mit wütender Entschlossenheit, als sei sie auf der Flucht durch ein Kriegsgebiet. Er traf Schulkinder, die in Gruppen gingen. Ihre Schritte waren kurz in den gestauchten Beutelhosen, ihre Taschen und Rucksäcke hingen ihnen wie unzumutbar schweres Gepäck am Rücken, die Reißverschlüsse ihrer Jacken halb geöffnet, die Hände versteckt in den Ärmeln, als hätten sie Angst davor, mit irgend jemanden in Berührung zu kommen. Die Jungs hatten ihre Schirmmützen tief in die Stirn gezogen. Bernhard konnte ihre Gesichter nicht sehen. Manchmal spuckten sie blitzschnell neben sich auf den Weg. Darin ähnelten sie Hunden, die im Vorbeitraben ihre Markierungen setzten.

An diesem Dienstagabend fragte Evi ihn nach der jährlichen Frühjahrsmesse in Süddeutschland. Ob er nicht hinfahren würde? Doch, doch, versicherte er, zusammen mit Hinrichs, natürlich. Es seien neue Geräte auf den Markt gekommen. China mische sich in die Produktionstechniken ein. Mit Billiggeräten. Perfekte Nachbauten teurer europäischer Entwicklungen. Und aus Polen käme eine Mischmaschine, die er sich unbedingt einmal ansehen möchte. Knapp so groß wie ihr Wohnhaus müsse sie sein.

»Und Hinrichs kommt mit?« fragte Evi erstaunt, der sei doch schon so alt. »Mal schauen«, sagte Bernhard und glaubte das, was er sagte, plötzlich selbst, »vielleicht fahr ich auch allein.«

»Ab übermorgen also«, sagte Evi.

»Ja. Wie immer, vier Tage. Sonntagabend bin ich wieder da.«

Sie waren wie Wucherungen, die Lügen, raubten ihm die Kraft für die Wahrheit. Mit jedem Tag mehr rückten die Wörter, die er brauchte, um Evi zu erzählen, was passiert war, in eine unbegreifbarere Ferne. Es war, als gingen sie ihm im Park verloren. Gleichzeitig schien sich die Wahrheit zu wenden, so schwerfällig wie die Containerschiffe auf der Elbe; sie stand quer zu seinem Alltag, war nicht mehr mit ihm zu vereinbaren. An diesem Abend, das spürte Bernhard genau, stand sie unerreichbar quer im Strom der Normalität. Es gab keine Möglichkeit mehr, sie auszusprechen. Am Mittwoch ging er wieder durch den Hirschpark, den Jenischpark, bis nach Altona und zurück, ging all die Wege, die er nun schon gut kannte. Er ging so schnell, daß der Matsch der Wege gegen seine Hosenbeine spritzte, er umrundete keine Pfützen mehr, nahm keine Schulkinder, Mütter, Hundebesitzer mehr wahr. An diesem Tag schien kein Schiff den Hafen zu verlassen oder anzulaufen. Bernhard lief nach vorn gebeugt durch die Endmoränenlandschaft, sich selbst bewußt darüber, daß er aussehen mußte wie auf der Flucht. Als er am Abend vor seiner angekündigten Abreise aus dem Bus in der Industriestraße stieg, wußte er immer noch nicht, wie er es schaffen konnte, ab morgen vier Tage lang nicht dazusein. Bernhard ging an Ades Toreinfahrt vorbei, verspürte den Wunsch, einfach weiter geradeaus zu gehen, nicht am nächsten Tor zu Hause sein zu müssen. Ade stand an der geöffneten Heckklappe seines alten Golfs und verstaute so etwas wie einen Seesack im Kofferraum. Bernhard blieb stehen. Ade schlug die Klappe mit Kraft zu und nickte in Bernhards Richtung.

»Urlaub?« fragte Bernhard.

»Nee. Arbeit«, sagte Ade und kam langsam ans Tor, strich den Walroßbart mit Daumen und Zeigefinger.

Bernhard betrachtete durch die Gitterstäbe hindurch die Schwimmbecken. Von hier aus hatten sie die Farbe von Gletschereis. Ade, sein altes Auto, sein Bungalow, waren umgeben von einer Handvoll haushoher Gletscher.

»Warum verkaufst du keine Becken«, sagte Bernhard.

»Warum fragst du mich so einen Scheiß«, sagte Ade.

Sie schwiegen.

»Es muß doch Leute geben, die sich das leisten –«

»Dieses Alufoliengeklirre bei euch da drüben. Das nervt echt«, unterbrach Ade ihn.

»Es war gegen die Katze.«

»Welche Katze?«

»Die verfilzte.«

»Die ist doch weg.«

»Das ist nicht sicher.«

»Also, ich würde mal sagen, du könntest die Girlanden abmachen.«

»Ja.«

»Na ja. Bin eh weg. Wäre schön, wenn sie danach ab sind.«

»Wo fährst du hin?«

Ade strich die Bartenden gen Boden, die nikotingelben Flekken unter der Nase wirkten neben seinen Händen weniger gelb. Zwischen Zeige- und Mittelfinger waren Haut und Nagel auch gelb. »Lukrativer Nebenjob. Von irgendwas muß ich mir ja meine Brötchen kaufen. Drei Wochen arbeiten, davon kann ich drei Monate leben.«

»Hochinteressant«, sagte Bernhard nur. Für eine Sekunde sah er sich, wie er in die Kisten mit dem Brotausschuß griff, mit dem Plan, Ade etwas davon mitzubringen. Er hätte immer schon etwas davon mitbringen können, hätte es im Keller sammeln, einfrieren können. Er hätte sich einen Vorrat aus dem Überschuß anlegen können. Aber wie hätte er das Brot vom Gelände schmuggeln können, am Portier vorbei?

»Außerdem muß man bei dem Job nichts tun, wird den ganzen Tag mit Essen versorgt. Man muß nur so tun, als ob Krieg ist.«

»Krieg?«

»Ja«, sagte Ade, »nicht jeder ist so fein raus wie du.« Er schaute Bernhard direkt an. Bernhard schaute an Ades Gesicht vorbei. Er fokussierte den Bungalow. »Bin gar nicht fein raus«, sagte er leise.

»So isses halt. Die, die Arbeit haben, schuften sich krumm. Besser, als keine zu haben. Aber man stirbt gleich früh. Der eine wegen Streß, der andere wegen Gram.«

»Nein«, sagte Bernhard. »Ich wurde, ich habe – Urlaub.«

»Schön für dich. Und, fährste weg?«

»Nein.«

»Solltest dich mal ein bißchen erholen. Siehst danach aus.«

»Keine Zeit zum Erholen.«

»Ach.« Ade griff in die Luft, als versuchte er eine Mücke zu fassen.

»Was heißt lukrativ?« fragte Bernhard, er spürte eine unendliche Müdigkeit, die von unten her an ihm hochkroch.

»Bei dem Job? Hundert Euro am Tag. Ich bleib drei Wochen.«

»Im Krieg.«

»So ähnlich.«

»Kann ich vier Tage mitkommen?«

Ade lachte laut. »Du willst auch noch in deinem Urlaub arbeiten? Mann, Bernhard. Schalt mal ab.«

»Kann ich mitkommen?«

Ade strich weiter seinen Bart, das Geräusch der Finger in den drahtigen Haaren. Ade lachte nicht mehr. Bernhard betrachtete ihn durch die Gitterstäbe des Tores hindurch. Schwer zu sagen, wer von ihnen beiden derjenige hinter den Stäben war.

»Wenn du willst.«

»Mir ist gerade nicht nach Urlaub. Evi hat viel zu tun. Wir können nicht weg. Sie wird froh sein, wenn ich mal ein paar Tage nicht da bin. Wann fährst du?«

»Morgen früh. Also, wirklich früh. So um sechs. Ich muß am Nachmittag dort sein.«

»Kommt genau hin«, sagte Bernard leise.

»Was?« fragte Ade.

»Bis wohin müssen wir fahren?«

»Nürnberg. Und noch ein bißchen weiter. Aber, das ist kein Spaß, ich sag's dir.«

»Ich komm mit«, sagte Bernhard, mit einem Mal war seine Stimme ganz fest.

Ade musterte ihn. Es lag Mißtrauen in seinem Blick, das spürte Bernhard, und ein Zweifel, der in die Zukunft gerichtet war: Was hatte er sich damit nur aufgehalst, diesen Mann mit Aktenkoffer mitzunehmen in den Krieg.

»Gut, kommste mit«, sagte Ade dann und zuckte mit den Schultern. »Du scheinst ja echt zu wollen.«

»Ja«, sagte Bernhard, »ich will.«

»Sag später nicht, ich hätte dich nicht gewarnt.«

Bernhard hörte Ades Worte kaum noch. Er umfaßte seine Aktentasche fester. »Morgen früh um sechs. Hier«, sagte er mit einer ihn plötzlich durchströmenden Fröhlichkeit und ging.

# BILDER

Die Halle hatte keinen anderen Namen bekommen. Man nannte sie schlicht die Trauerhalle, sie hatte den Charme eines modernen Bahnhofsgebäudes. Wo dort Züge fuhren und die Luft erfüllt war von automatischen Ansagen über Abfahrten und Ankünfte, gab es hier keine Bewegung. An der Stirnseite ein Podest aus Sichtbeton, dort standen für gewöhnlich die Särge. Platz für Blumen drum herum. Dahinter, nur im Relief angedeutet, ein kubistischer Jesus. Es lief eine Musik vom Band. Sehr leise. Irgend etwas mit Geigen. Evi saß in der dritten Reihe und ihr war warm in dem Pelzmantel. Aber sie fühlte sich darin zu sicher, als daß sie ihn hätte ausziehen wollen.

Es war erst das zweite Mal, daß sie hier war. Nachdem sie die Urne mit der Asche ihrer Mutter aus dem Boden des Berliner Friedhofes hatte graben lassen und zusammen mit dem Grabstein im Kofferraum des Autos liegen sah, waren ihr Zweifel an dem Unternehmen gekommen. Ihre Mutter hatte ausdrücklich im Berliner Sand, wie sie es nannte, beerdigt werden wollen. Erst hatte Evi, als einzige Tochter, diesem Wunsch stattgegeben. Dann war ihr der Gedanke gekommen, daß sie ihre Mutter in der Nähe haben wollte. Das Hinterteil des Autos hing tief, als sie über die Autobahn von Berlin Richtung Hamburg fuhren. Bernhard schimpfte während der gesamten Fahrt: Wie absurd, teuer, unnötig. Aber Evi wußte, daß sie es so wollte. Sie wollte ihre Mutter in ihrer Nähe haben. Ihre Mutter konnte sich nicht mehr wehren. Einmal im Leben konnte Evi ihr gegenüber etwas durchsetzen. Sie nahm Schritte hinter sich wahr, wie die Tür zurück ins Schloß rutschte. Wie jemand sich zwei, drei Reihen hinter ihr hinsetzte. Dann wieder die Musik. Hatte sie von vorn begonnen?

»Guten Morgen, Frau Niebuhr«, sagte eine Stimme.

Evi drehte sich um. Es war Herr Schultens, ein Nachbar aus der Straße, der Opel-Händler, im allgemeinen Opel-Schultens genannt. Sein Wildleder-Blouson saß etwas schief auf seinen Schultern, er trug ein Polohemd unter dem V-Ausschnitt seines Pullovers, er hatte sich – das fiel Evi auf – wohl seit ein, zwei Tagen nicht rasiert. Für einen Augenblick meinte sie ein ganz bestimmtes Männerparfum riechen zu können. Er wirkte trotz seiner gewählten, teuren Kleidung geringfügig verwahrlost. Auf eine Art erschüttert, dachte Evi.

Sie wollte verbergen, daß er sie störte. Sie hatte allein sein, sich auf ihre Gedanken konzentrieren wollen. Freundlich, aber knapp sagte sie: »Guten Morgen.«

Herr Schultens stand neben ihrer Sitzreihe.

»Ich komm mal zu Ihnen.«

Sie zog die Stirn in Falten. Seine Haut wirkte solariumgebräunt. Seit jeher beobachtete Evi alle Schattierungen, alle Hautfarben. Was Sonnenstrahlen bei ihr, bei ihrer Tochter Nele, bei Bernhards Sommersprossenhaut bewirkten. Ihre eigene Haut hatte die Farbe einer hellen Milchschokolade, Kakao war viel rötlicher, Mahagoni brauner, Zartbitter schwärzer. Manchmal dachte sie darüber nach, ob es so viele Hautfarben geben mußte, wie es Menschen gab. Jeder hatte seine Farbe. Manche halfen nach, eine andere zu bekommen.

Herr Schultens ließ sich nicht beirren, setzte sich neben sie und begann einfach zu reden. »Völlig unbegreiflich«, sagte er,

»das ist mir lange nicht mehr passiert. Mann, es ist das normalste der Welt und ich begreif es nicht. So muß ich als Kind gewesen sein, daß ich's einfach nicht verstehe. Fernsehgucken, das geht noch. Mehr nicht. Im Autohaus kann ich nicht sein, da stör ich nur. Da dachte ich, gehe ich mal hier hin. Vielleicht finde ich hier mal einen klaren Gedanken, vielleicht.«

»Ja, das geht hier gut.«

»Ja. Es ist nicht so, daß ich nicht damit gerechnet hätte. Ich bin ja auch nicht blöd. Er war siebenundachtzig. Aber bei so Bollwerken geht man davon aus, daß sie ewig leben. Ich hab einfach gedacht: Es trifft nur die anderen. Lächerlich! Aber ich hab's wirklich gedacht. Meine Frau sagt nur, ich hab halt die Blindheit der Überheblichen. Danke, sag ich da. Aber meine Frau redet viel, wenn der Tag lang ist. Ich bin nicht blind. Ich dachte nur: Das passiert einfach nicht.«

»Was?«

»Daß mein Vater stirbt.« Seine Stimme klang vorwurfsvoll.

»Das tut mir leid.«

»Ja, mir auch.«

»Meine Mutter ist vor drei Monaten...« Evi verschluckte den Satz. Vor drei Monaten hatte sie die Umbettung vorgenommen. Gestorben war ihre Mutter vor über drei Jahren.

»Das tut mir auch leid.«

»Danke.«

»Nein, das wollte ich eigentlich nicht sagen«, begann Herr Schultens, »ich wollte eigentlich sagen, daß ich wohl verstehen kann, wie Sie sich fühlen.«

»Ja«, sagte Evi, »vielleicht.« Sie atmete sein Parfum ein, das von seiner Kleidung ausging, vermischt mit einem Waschmittelduft. Und hoffte, daß er sich leergeredet hatte. Und gleichzeitig hoffte sie, daß er einfach weiterredete. Dann blieben ihr alle Gedanken erspart.

»Ich bin wirklich sprachlos.«

»Kommt nicht oft vor?«

Er lachte. Er schaute sie direkt an. Für einen Augenblick lang dachte Evi: voll neugieriger Zuneigung. Aber die Offenheit in seinem Gesicht wich einer Haltung. Sein Blick wurde präzis, als registrierte er die Vor- und Nachteile einer Sache, die er zu kaufen bereit war.

Seit ihrer Kindheit meinte sie diesen Blick zu kennen, in dem die Frage steckte: Wo kommt sie her, wer waren denn ihre Eltern? Trotz der Gewöhnung reagierte sie mit Ablehnung, seit jeher. Früher offensiver, heute subtiler. Sie wollte nicht die Andere sein, die Außergewöhnliche, die sich erklären sollte. Was hätte sie seit jeher darum gegeben, eine durchschnittliche Berliner Göre gewesen zu sein. Sie witterte vorauseilend Vorurteile. Warum mußte sich nie jemand anderes erklären?

»Der ist so ein zäher Mensch gewesen. Noch jeden Tag ans Meer gegangen, geschwommen, getaucht. Und schläft dann einfach vor dem Fernseher ein. Allein«, sagte er, »aber daran bin ich nicht schuld. Der Sturkopf hockt da auf seiner Insel und nimmt nie das Telefon ab, wenn ich anrufe. Ist sich zu gut für mich. Bin ja nur Autoverkäufer geworden. Mach ja nur nen siebenstelligen Umsatz im Jahr. Dann stirbt man allein.«

Evi mußte daran denken, wie nur sie damals, bei der ersten Beerdigung in Berlin, am Grab gestanden hatte. Bernhard hatte keinen Parkplatz gefunden und das Gebiet großräumig umkreist. Sie war ganz allein gewesen mit den Friedhofsleuten, und ein untersetzter Mann, der den Sarg gezogen hatte, fragte: Bleiben wir so eine große Gesellschaft? Auf ihre Bestätigung hin sagte er: Das hält uns von gar nichts ab. Dann machen wir es uns besonders schön, und hielt daraufhin eine Rede, die wie für Evis Mutter gemacht schien, forderte erst Evi, dann seine Kollegen auf, Erde zu werfen, stimmte mit einem brummenden Baß ein

Lied an, ganz leise, und die Melodie zog an ihrem seltsam leeren Kopf vorbei, die Luft war regenfeucht, die Bäume grau wie die Erde, nur die Nelken leuchteten und Evi war dem Sargträger so dankbar gewesen, daß sie ihn umarmt, ihre Wange an seine gedrückt hatte – was der Mann in großzügiger Selbstverständlichkeit hingenommen hatte.

»Kommt vor«, sagte sie leise.

»Ja«, sagte Herr Schultens, »und dann dieses schöne Haus, ganz voller Elektronikschrott und Setzlingen und dazwischen seine Bilder.«

Sie meinte den Kies unter den Sohlen ihrer Winterstiefel noch einmal zu hören. Sie meinte das Gefühl wieder zu spüren, wie sie die geharkten Wege Richtung Friedhofsausgang gegangen war und zugleich rückwärts gezogen wurde. Auf einer Art Laufband in Bewegung, ohne voranzukommen. Die Erinnerung in ihrer Hand, als sie die Hand der Mutter gehalten hatte. Als sie am Bett saß und darauf wartete, daß die Mutter noch etwas sagen würde. Aber ihre Mutter schwieg beharrlich. Wie sie ihr Leben lang geschwiegen hatte. Und erst, als Evi zu ihr sagte, so, Mama, ich gehe jetzt, ich komm erst morgen früh wieder, da hatte ihre Mutter die Augen aufgemacht und doch etwas gesagt. Sie hatte gesagt: Er muß das Bild noch haben. Eine Villa imGrunewald. Mehr noch kannst du davon kaufen. Er hatte es mir geschenkt. Und ich hab's ihm zurückgegeben. Es ging nichtanders. Es tut so weh.

Für einen Moment hatte sie geschwiegen und auf die Art geschluckt, wie man Tränen verschluckt. Evi hatte, wie immer, an ihrer Statt zu weinen begonnen. Dann hatte ihre Mutter wieder Luft geholt und gesagt: Wenn er stirbt, gehört das Bild eigentlich dir.

Wer, er? hatte Evi gefragt, obwohl sie wußte, von wem ihre Mutter sprach. Ihre Mutter schloß die Augen wieder, als denke sie angestrengt nach. Einige Zeit später war Evi gegangen.

Es war etwas, an das sie lange nicht gedacht hatte. Sekundenlang erschien es ihr, als hätte das Geschrei von heute morgen etwas damit zu tun. Ein Faden, den sie nicht weiter aufnehmen konnte. Als hätte ihre Mutter gerufen.

Jetzt fragte sie leise: »Was für Bilder?«

»Er war Kulissenmaler und Taucher. Er hat unter Wasser gemalt. In Öl.« Herr Schultens legte einen Unterarm auf die Rükkenlehne der Vorderbank. Damit war Evi der Weg aus der Reihe abgeschnitten. »Er war berühmt für seine Fähigkeit, ohne Sauerstoffgerät sehr tief zu tauchen, siebzig, achtzig Meter. Er zog noch sein eigenes Gemüse. Er wollte nie, daß ich ihn besuchen komme. Und dann bin ich vor einem Jahr hingefahren, stand vor der Tür. Mutig, was? Das ganze Haus voll mit diesem Kram. Totales Chaos, wie ich das liebe. Und an den Wänden seines Ateliers hingen dann diese Bilder. Er kopierte immer nur das eine Original, das er unter Wasser gemalt hatte, er kopierte seit vierzig Jahren nur sich selbst.«

»Das verstehe ich nicht.«

»Was?« fragte Herr Schultens und schaute sie wieder mit diesem Blick an. »Was verstehen Sie nicht?«

»Wie man ein Bild unter Wasser malen kann.«

»Verstehe ich auch nicht. War wohl eine Wette. Mit irgendeinem amerikanischen Filmproduzenten, vor über fünfzig Jahren. Wenn er es schaffen würde, ein Ölbild unter Wasser zu malen, sollte er ne Menge Geld von dem Amerikaner bekommen. Wette gewonnen, Haus gebaut, ordentlich gefeiert, mich gezeugt. Wie er das geschafft hat, das mit dem Bild, keine Ahnung. Er stieg da runter und malte in Öl. Es muß ein gutes Bild gewesen sein. In einem Augenblick hinbekommen. Das hat er mir damals bei meinem Besuch erzählt. Er wußte, daß er es hinbekommt. Daß er das Licht im Wasser irgendwie in das Bild hineinbekommt.« Er sah Evi fragend an. »Die Kopien haben mir immer noch gut gefallen. Ich glaub, mein Vater war kein untalentierter Maler. Aber das ist ja auch kein Grund, ihn auf einen Sockel zu heben. Je weiter weg, desto größer. Dabei hatte er es nur bis zum Mittelmeer geschafft. Der große Weltreisende war er nicht. Er hat sich fünf Satelliten aufs Dach geschraubt. Über tausend Kanäle. Aus jedem Land. Das war seine Weltreise zum Schluß. Das kann ich jetzt sagen. Er kann sich nicht mehr wehren. Ich hab immer auf ein nettes Wort gewartet. Auch damals. Deswegen bin ich nur hingefahren. Hab ihm seine Bude aufgeräumt und darauf gewartet, daß er mal Danke sagt. Hab ihm die Setzlinge in den Garten getragen. Ja, auch so etwas hab ich gemacht. Hab ihm die ganze Zeit zugehört, wie er mir seine Geschichten erzählt hat. Eine abstruser als die andere. Und ich: immer Ja und Amen. Einfach nur, weil ich dachte, dann kommt mal was Nettes. Beim Rückflug hab ich die Bordbar leergetrunken. Keiner hat's gemerkt. Das hab ich noch nie jemandem erzählt. Sie sind die erste, der ich das erzähle«, er räusperte sich, »aber ich halt jetzt mal besser den Mund, Frau Niebuhr, ich bin ja kein Volltrottel, der nichts merkt. Ich merke auch, daß Ihnen das peinlich ist.«

Es war Evi nicht peinlich. Sie suchte nach einer Frage, wie sie ihn wieder zum Reden animieren konnte. Sie brauchte gar nicht zu suchen.

»Jetzt muß ich wieder allein da hin«, begann Herr Schultens, »das Haus betreten und niemand ist da. Ich frage mich manchmal, wo er jetzt ist. Wo ist man, wenn man nicht mehr ist? Kindische Frage, nicht. Wenn ich an ihn dachte, wie er da in seinem Haus saß, dann hab ich mir sagen können: Okay, der ist da unten, zwei Flugstunden weg, aber da. Hat sich zwar aus dem Staub gemacht, aber irgendwie da. Wenn sich einer aus dem Staub macht und nicht mehr da ist, was dann? Ich kann nicht begreifen, daß er jetzt an keinem Ort mehr ist. Ich muß das

Haus auflösen. Jetzt muß ich mich um alles kümmern. Jetzt braucht er mich plötzlich. Aber kriegt davon nichts mehr mit. Wie ich da Lust zu habe, in seinen Papieren zu wühlen!«

»Was machen Sie mit den Bildern?«

»Väter«, sagte er nach einer Weile, »sind nie da und dann sterben sie einfach.«

»Sie haben ihn wenigstens noch einmal gesehen«, sagte Evi.

Herr Schultens reagierte nicht. Er starrte mit leerem Blick an ihr vorbei.

»Ich gehe davon aus, ich stelle mir vor, ich versuche, mich davon zu überzeugen, daß mein Vater noch lebt«, begann sie vorsichtig.

»Er war viel kleiner«, bemerkte Herr Schultens, »als ich ihn in Erinnerung hatte. Ein ganz kleiner Mann. Nur hilflos war er nicht. Nee, auf keinen Fall.«

»Aber Sie haben etwas von ihm, das übriggeblieben ist. Meine Mutter sagte so etwas, am Abend vor ihrem Tod. Ich weiß nicht, ob das wirres Zeug war, irgendeine Erinnerung, etwas Erfundenes. Ich werd's wohl nie erfahren.« Während sie das sagte, wurde ihr bewußt, daß auch sie davon noch nie jemandem erzählt hatte. Weder Bernhard, noch Nele. Sie hatte diesen Satz wie ein Geheimnis mit sich herumgetragen. Warum erzählte sie es ausgerechnet jetzt diesem Fremden?

»Ich hab nur die Kopien«, sagte Herr Schultens. »Die zählen nicht richtig. Mann, warum kopiert man sich sein Leben lang selbst?«

Evi stand abrupt auf. »Warum trägt man sein Leben lang Geheimnisse mit sich herum? Und nimmt sie dann mit ins Grab.«

»Ich hätte gern das Original«, sann Herr Schultens und stand auch auf. »Vielleicht sollte ich mich auf die Suche nach dem Original machen. Ich möchte es wahnsinnig gern besitzen. Das möchte ich, wirklich.«

»Das Bild des Amerikaners?«

»Ja. Vielleicht sollte ich es suchen. Ich sollte es finden. Es ist schließlich ein Bild meines Vater. Ich hör schon, was meine Frau dazu sagt: Hast du keine anderen Sorgen? Aber ich finde das angemessen, ja, je länger ich drüber nachdenke. Das ist schließlich ein Bild meines Vaters! Daß ich da nicht früher drauf gekommen bin. Das muß ich machen, ich muß es finden.«

Evi deutete mit einer Geste an, daß sie aus der Sitzreihe heraustreten wollte, Herr Schultens ging rückwärts und bot ihr dann seine Hand an, als wollte er ihr helfen, über einen schmalen Flußlauf zu steigen.

»Das ist eine gute Idee«, sagte sie und griff nach seiner Hand, die Zärtlichkeit der Geste berührte sie, ihr schoß eine aufsteigende Hitze in die Wangen, sie glühte. »Ja. Das sollte ich auch machen. Das Bild meines Vaters finden.«

# 15:37 Uhr, Neufundlandbank

»Sie kennen Eberhard Schlotter. Haben wir auch im Gepäck. Ein Deutscher. Haben wir hier in diesem Flugzeug. Zusammen mit dem Marc, den Klees, den Cézannes und dem Picasso. Aber auf den Schlotter paß ich auf. Doppelt und dreifach paß ich auf den auf.« Der Tweedmann war betrunken, er sagte die Wahrheit. Nele war anlehnungsbedürftig und voller Tatendrang zugleich, sie trank mit ihm weiter. Leider brachte der Whiskey das Mohair zurück.

»Kenn ich nicht«, sagte sie nach einer Weile, die sie zum Abwägen gebraucht hatte, ob sie lügen sollte. Sie hatte, das war ihr Eindruck, lange nicht mehr die Wahrheit gesagt. Es fühlte sich an wie nackt auf einer befahrenen Straße zu stehen.

»Kennen Sie nicht. Ich erzähle es Ihnen trotzdem. Falls Sie das Bild mal sehen sollten. Der machte etwas Lustiges, in wenig lustigen Zeiten. Er hängte den vereinzelten, traurigen Gegenständen in seinen Stilleben Schatten an, die ihnen gar nicht gehörten. Er hängte einer Flasche einen Fischschatten an, einer Blechdose eine Frauensilhouette. Einem Glas einen Amöbenschatten. Einer Schere einen Nerzschatten. Er hängte sogar etwas Unsichtbarem einen Schatten an. Er hängte allen Dingen so kleine Abgründe an, aber spannte übers Bild einen Schein der Ordnung. Er lebte in Spanien, da sind die Schatten ausgeprägter. Sie fallen zwischen die Häuser wie Grenzmarkierungen. Aber wenn Schatten und Objekt nicht übereinstimmen, dann schaudert's mir ein wenig. Ich finde so einen unabhängigen Schatten bedrohlich.« Er lachte wieder.

»Und wozu?« fragte Nele und fand, sie klang dabei wie ein Mädchen. Es war befreiend, plötzlich, die eigene Ratlosigkeit schreckte sie nicht mehr. Sie konnte einfach fragen. Nichts zu wissen war wunderbar.

»Wozu, wozu?« fragte der alte Mann zurück. »Keine Ahnung«, er lächelte und strich den Tweed seines Ärmels glatt, obwohl er vollkommen faltenlos war, »weil es Spaß macht zu lügen. Weil es eine Freiheit ist und eine Kunst. Er lügt und wir schauen uns diese offensichtlichen Flunkereien an und beginnen, über Schatten nachzudenken. Machen Sie sich nie Gedanken über das Lügen?«

»Doch, immer.«

»Dann wird Schlotter Ihnen gefallen. Man muß sich das mal vor Augen führen. Wir wissen um unsere Chromosomen, wir wissen, welche Region im Gehirn glüht, wenn wir über Gott nachdenken, wir wissen alles mögliche über die Entstehung der Erde, aber was eigentlich genau eine Lüge ist, das ist nach wie vor einigermaßen ungeklärt.«

»Wirklich?«

»Um Ihnen einen Einblick zu geben, fasse mal kurz zusammen: Es gibt die politische Lüge. Journalisten, die zuviel fragen, werden von unseren Politikern realitätsfixiert genannt. Vielleicht könnte man das Wort Politik durch Lügen ersetzen« lachte er, »dann wäre alles klar. Politiker wären Lügner, Politikwissenschaft die Wissenschaft vom Lügen, Diplomatie das höfliche Lügen mit anderen Mitteln, Krieg das Lügen mit finalen Mitteln, um denjenigen, der einen des Lügens bezichtigt, auszuschalten. Dann gibt es die private Lüge. Ich mußte Überstunden machen, ich stand im Stau, ich bin in eine Demonstration geraten. Ja, sagte meine Frau immer, zu einem Zeitpunkt, als ich noch dachte, sie wisse nichts, ja, natürlich, Schatz. Warum ich log? Weil ich mich schämte. Vor mir selbst am meisten. Manchmal redete ich mir solche Sachen ein: Meine Frau färbt sich auch die Haare, biegt sie da nicht die Wahrheit? Sie malt gerne, aber sie kopiert nur große Kunstwerke inklusive Unterschrift des Malers, waren diese Kopien nicht auch Lügen?« Er räusperte sich verlegen, schaute sie an, als prüfe er ihre Verschwiegenheit. »Wie wir den Irrtum lieben, weil wir das Leben lieben. Also, weiter. Dann gehen wir ins Theater und da sagt ein Schauspieler: Dort zieht das Heer Napoleons ein, und zeigt auf den Orchestergraben. Ich bezahle den Mann da oben, damit er mich belügt. Und dann gibt es die List, der Kunstgriff der Notwehr. Für Fortgeschrittene, sozusagen. Sie bedrohen mich, um herauszufinden, wo meine Brieftasche ist. Ich lüge Sie an, Sie greifen in die falsche Richtung, ich bekomme Ihren Arm zu fassen und drücke Sie auf den Boden. Ich bekäme noch Applaus für meine Lüge. Ach ja, das sind die auffälligen Kandidaten. Unauffälliger ist meine gute Freundin, die Selbsttäuschung. Vielleicht ist sie auch eine Irrationalität, man belügt sich ja wider besseres Wissen selbst und glaubt es. Kennen Sie das? Wenn man einem Durchschnittsmenschen seine Lebenslüge nimmt, bringt man ihn gleichzeitig um sein Glück. Sagte ein erfahrener Mann. Ich quäl Sie mal nicht weiter mit meinen Aufzählungen«, sagte er fröhlich und fuhr fort, »aber dann gibt es noch unsere geliebte, alltägliche Notlüge. Sie haben mir einen Kuchen gebacken, und ich will Ihnen nicht sagen, daß ich Sahnetorten hasse. Was mache ich? Was würden Sie machen? Die Wahrheit sagen? Sie vielleicht, aber ich, ich esse ein Stück, quetsche es irgendwie in mich hinein und sage, vielen Dank, daß Sie mir diesen leckeren Kuchen gebacken haben. Ist das verwerflich? Würden Sie mir das nie verzeihen? Wissen Sie, was für mich Erwachsenwerden bedeutete, damals, vor einiger Zeit? Zu begreifen, daß es keine Wahrheit gibt, daß sie immer an einem knapp verrutschten Ort liegt, höchstens eine Schnittmenge aller beteiligten Perspektiven. Im Feld der gemeinsamen Angelegenheiten, in einer Ehe, liegt sie herum wie ein Haufen Perlen. Man schaut und kann nie sicher sein, wo man noch eine findet.«

Nele wanderte den mäandernden Gedanken in ihrem Kopf nach. Sie wanderte und wanderte, was durch den Whiskey nicht gerade beschleunigt vonstatten ging, dann sagte sie eine Belanglosigkeit, die irgendwie unvermeidbar schien, sie sagte, »Nur, wenn ich was mache, zeigt sich die Wahrheit. In unserem Handeln können wir nicht lügen«, gab danach das Denken auf und sah lieber an sich hinunter, um herauszufinden, was ihr so alles an den Füßen klebte, welche vergangenen, filzgrauen, verbeulten, wahrhaft beweglichen, womöglich erfundenen Schatten.

»Ja, als meine Frau ging, schuf sie Wahrheiten. Daß ich ihr nicht die Wahrheit gesagt habe, das ist mein wahrhaftiges Handeln. Vermeidungsstrategien eben. Nichts ist so ambivalent wie die Lüge. Und wir denken, unsere Sprache ist der Wahrheit verpflichtet. Das, was wir am beharrlichsten abstreiten, kommt der Wahrheit doch meist am nächsten. Als ich noch jung war und als Rechtsanwalt gearbeitet hab, da wurden mir die besten Lügen erzählt, vollständige, glaubwürdige Geschichten. So ist die Lüge eben hilfreich und verwerflich, großartig abgedichtet und simpel verknotet, sie ist notwendig, abscheulich, schlichtend, aufwühlend, immer beides. Wir sind blind bei sehendem Auge, wenn wir lügen. Wir verteufeln sie und lügen selbst. Na hoppla, schon wieder so eine kleine Ausrede gefunden. Oder? Oder bin nur ich es, der lügt?«, er stupste sie herausfordernd mit dem Ellenbogen an, »Aber wenn wir uns glauben, dann wird aus der Lüge eine Wahrheit. Nur unser Glaube verändert die Temperatur, wenn wir etwas glauben, wird es unsere eigene Geschichte. Warum schauen Sie immer nach unten? Was liegt da unten herum?« Er kicherte wie ein Junge, der einen dreckigen Witz erzählt hatte.

Nele schaute und schaute, und unendlich langsam stellte sie fest, daß ein Mensch im Flugzeug keine Schatten warf, überall nur so irritierende, flüchtige Flecken. Dafür, wandte der Tweedmann ein, werfe das Flugzeug einen auf die Erdoberfläche. Jedoch ähnele der dem Flugkörper nur, solange dieser über einen glatten Ozean fliege, mit einer Sonne, die im Zenit stehe.

Aber über ihnen stand die Sonne schon lange nicht mehr im Zenit, sie war dazu geneigt, im Westen unterzugehen. Im Osten schälte sich gerade der Mond aus dem Himmel, eine noch ganz fadenscheinige Angelegenheit. Und für gedehnte Minuten würden sich Mond und Sonne gegenüberstehen, der hohe Himmel zwischen ihnen, und es machte den Eindruck, als forderten sich zwei Auguren zum Duell heraus. Der eine in einem sich verdunkelnden, bald schwarzblauen Mantel, dessen übriggebliebenes Auge in die Nacht abstrahlte und der, weil er kein eigenes Licht aussenden konnte, allem anderen seine Farbe nahm. Gegen die andere, die in flatterigen Kleidern ihre Energie in den Tag verschleuderte, mit entzückender Gleichgültigkeit. Das Verrückte war, daß keiner von beiden gewinnen konnte. Verglühte die Sonne, wurde der Mond unsichtbar. Ein vertracktes Duell. Das sich jeden Tag wiederholte. Und manchmal die Menschen an das Selbstverständliche und Unfaßbare erinnerte, daß alles Lebendige, bis in jede Struktur, in jeden Instinkt und Gedanken, in jedes Gefühl hinein, von dieser zusammengehörenden, vollkommen sich ergänzenden Gegensätzlichkeit durchzogen war.

»Lüge oder Wahrheit. Jetzt frag ich Sie was«, sagte Nele, »jetzt traue ich mich.«

»Zu spät.« Er lachte.

»Wie ist das mit Bildern, die im Zweiten Weltkrieg oder kurz danach verschwunden und die bis heute nicht aufgetaucht sind?«

»Was soll mit denen sein?«

»Wem gehören die?«

Der Tweedmann schaute sie direkt an. »Aha. Da lag ich ja nicht falsch mit meiner Vermutung«, begann er. »Man muß sich zuerst etwas fragen: Wer ist für ihren ersten Ortswechsel verantwortlich? Nehmen wir ein historisches Beispiel, sagen wir, Hermann Göring. Eher so ein Renaissancetyp sei er, sagte der von sich. Vier Tage nach der Kapitulation Deutschlands. Als er von einem Militärbeamten verhört wurde. Hätte er doch nur Werke aus der Epoche gesammelt! Aber er und Hitler hatten einen Wettbewerb des Sammelns betrieben, der die größten und wirrsten Standortveränderungen für Kunstgüter in Europa erzeugte, die es jemals gegeben hatte. Dagegen war Napoleons Sammelwut ja ein Witz. Göring sammelte fast alles, was ihm in die Finger kam. Die Gruppe Kunstschutz, wie die Nazis das nannten, war dafür verantwortlich, daß erst in Frankreich, dann in Polen, Italien, Rußland, ach, von Norwegen bis Griechenland Kirchen, Museen, Privatwohnungen geplündert wurden. In grenzenloser Raffsucht wurden sagenhafte Mengen an Kunstwerken in das Gebiet des Deutschen Reiches transportiert. Allein in Paris inventarisierten und versiegelten die Nazis fast vierzigtausend Wohnungen. Ständig gingen Sammeltransporte nach Deutschland ab. Und Reichsmarschall Göring vorneweg, um sich die schönsten Stücke für seine Privatsammlung auszuwählen. Sekttrinkend, eskortiert von einem Berliner Kunsthändler namens, ich glaube, Hofer, der verwaltete Görings Sammlung. Ein Gnom und ein Speichellecker suchten sich dort im Musée Jeu de Paume, wo alles Raubgut Frankreichs für den Reichsmarschall ausgestellt wurde, nonchalant das aus, was ihnen gefiel, ließen es schätzen, anschreiben, einpacken, damit es möglichst hurtig in einer der Göringschen Residenzen wieder ausgestellt wurde. Carinhall war ja fürstlich ausgestattet. Und im dortigen Luftschutzkeller hing all das, was er außerhalb verboten und gebrandmarkt hatte. Einmal die Woche stieg der Herr hinab und erfreute sich an der sonst ach so entarteten Kunst. Ich bin geneigt zu sagen, wie die spanischen Könige, die des Hofmalers Akte in die Wände ihrer Gemächer einmauern ließen. Nur, um ihre Goyas von der Inquisition zu schützen. Ab und zu rissen sie die Mauern ein und erschauderten vor dem bedrohlichen Flimmern, dieser vorausgemalten Auflösung, die Goya auszeichnete.

Na ja, der Vergleich ist nicht gut. Göring war sein König und seine Inquisition in Personalunion. Auch in seinen sieben anderen Residenzen waren die Wände nicht leer. Aber als Hitler, der gescheiterte Maler, merkte, daß sein Stellvertreter ihm die besten Stücke vor der Nase wegschnappte, da begann die Sache groteske Züge anzunehmen. Hitler plante in seiner Geburtsstadt Linz ein deutsches Reichsmuseum, das die Sammlungen des Louvre und des Metropolitan zu Provinzveranstaltungen degradieren sollte. Und nachdem er begriffen hatte, daß er von Göring geprellt worden war, überwachte er die Beutezüge mit Argusaugen. Alles rollte in den Führerbau am Königsplatz in München. Insgesamt, wenn ich mich richtig erinnere, circa zweiundzwanzigtausend Gegenstände, in drei, vier Jahren. Ab 1944 ging es dann aber erst noch mal richtig los. Torschlußpanik. Da holte eine Einsatzgruppe die gotischen Glasfenster aus dem Straßburger Münster, Michelangelos Madonna wurde aus der Kathedrale von Brügge geklaut, der Teppich von Bayeux nach Berlin verschleppt. Gleichzeitig waren in Deutschland die Verantwortlichen und Verwalter damit beschäftigt, sichere Orte für ihre beweglichen Schätze zu finden. Es blieben nur die Bergwerke. Da, wo die Rüstungsindustrie schon war. Nur die Berliner Museen lagerten ihre besten Stücke in den zwei bombensicheren Flaktürmen in der Innenstadt ein. In den letzten Kriegstagen befahl Hitler dann noch die Verlegung dieser Kunstsammlungen in den Westen. Aber da sagten die Direktoren nein. Als Hitler wohl bewußt wurde, daß es nicht mehr zu schaffen war, diese wahnsinnige Menge Kulturgut im Alpenraum unterzubringen, gab er ja den bekannten Befehl, sie zu zerstören. In seinem Bunker brütete er noch über den Plänen für das monströse Museum in Linz. Zum Glück gab es an einem der größten Sammelpunkte, in Alt Aussee, eine Verschwörung gegen den Befehl. Statt die Sammlung zu sprengen, sprengten der zuständige Restaurator und seine Gehilfen nur die Zugänge zu den Depots. Die Stollen wurden dann von uns, der US-Armee, gesichert. Wir nahmen ja ganz gezielt die Minen in Deutschland ein. Während die Briten daran vorbeimarschierten. Später öffnete die Armee die Stollen. Daß dabei einiges abhanden kam, ist ja kein Geheimnis. Die zuständigen Offiziere hatten zu wenig Information. Sie brauchten Informationen, Bestandslisten, all das. Wo was eingelagert war. Eine, die Archivliste für Berlin, zum Beispiel, geriet in falsche Hände. Sie wurde über zehntausend Mal gedruckt und verschwand danach auf Nimmerwiedersehen. Mit dieser Liste in der Hand, da hätte man einige hübsche Schätze an lächerlich gesicherten Orten finden können. Man sagte ja immer der Roten Armee nach, unter ihrer Ägide seien Kunstwerke abhanden gekommen. Aber im großen Stil kamen sie in der amerikanischen Besatzungszone abhanden. Das ist der Zynismus der Geschichte. Die amerikanischen Kunstschutzoffiziere bauten wunderbar funktionierende Sammelstellen für die verstreuten und eingelagerten Kunstgüter. Dort wurde gezählt, inventarisiert, sortiert. Dann kam, auch für diese Offiziere überraschend, der Befehl aus Washington, daß mindestens zweihundert erstrangige Kunstwerke in die Vereinigten Staaten gebracht werden sollten. Und welche Begründung lieferte das Hauptquartier dafür: Sicherheitsverwahrung. Die Kunstwerke sollten sichergestellt werden, mit anderen Worten, das, was die Nazis zuvor gemacht hatten. Der Einsatzstab, der für Göring gearbeitet hatte, hatte das seinerzeit ›Sicherstellung herrenlosen Kunstbesitzes‹ genannt. Und so argumentierte jetzt das Weiße Haus, die Regierung der Vereinigten Staaten! Die Offiziere in ihren Sammelstellen schrieben Protestbriefe. Aber das änderte nichts mehr daran. Am 7. Dezember 1945, das weiß ich so genau, weil das mein Geburtstag ist, kam ein Armeefrachter in New York an mit Gemälden im Wert von achtzig Millionen Dollar. Alle Bilder wurden sofort nach Washington in die National Gallery gebracht. Über zweihundert Bilder aus Berlin. Es dauerte viele Jahre, bis sie wieder nach Deutschland kamen. So wandern Bilder um die Welt. Können ja nicht protestieren. Ach, es ist so verrückt, über Kunstwerke zu reden. Zuerst wurden Menschen umgebracht. Dann ihr Hab und Gut geplündert. Und zum Schluß gibt es diese leeren Wohnungen, in denen staubschattige Ränder an den Wänden daran erinnern, daß dort mal ein Bild gehangen hat. Man kann eigentlich nicht über die verlorene Kunst reden, wenn man über die verlorenen Menschenleben nachdenkt. Wem gehört Kunst? Menschen! Das haben Sie mich gefragt. Natürlich hat jedes Bild eine Provenienz. Jedes Bild hat seine Geschichte. Es muß zurück an die Wand, den staubigen Schattenrand füllen. Das ist meine Meinung. Es gibt viele Leute, die da anderer Meinung sind. Ich finde, es ist schon unordentlich genug in der Welt. Da könnte man wenigstens in der Kunst aufräumen. Die Crux ist: Ein Gemälde zu besitzen macht aus einem armen Schlucker einen reichen Mann. Aus ein, zwei Soldaten werden Großgrundbesitzer geworden sein. Damit will ich nicht sagen, daß es einfach ist, ein geraubtes Kunstwerk wieder in den Markt einzuschleusen, aber nichts ist unmöglich. Es ist ja einiges wieder aufgetaucht. Nicht unbedingt zurückgegangen an den ursprünglichen Besitzer, das nicht. Es muß, neben dem offiziell Entwendeten, noch so viel in irgendwelchen schlecht klimatisierten Wohnzimmern hängen, da darf ich gar nicht drüber nachdenken. Da wird *mir* schlecht!« Der Tweedmann hatte rote Wangen. Er schüttete Whiskey auf sein Jeansbein. Nele drehte die Verschlußnase des Ausklapptisches hin und her. Fieberhaft versuchte sie darüber nachzudenken, ob sie ihm etwas verraten, zuviel erzählt hatte. Von dem Bild mit den Hüten, an dem die nebenbei ausgesprochene Weissagung hing, daß der Besitzer eine Frau mit Hüten kennenlernen werde, die er liebe, aber nicht lieben dürfe. Das Bild, das womöglich der Grund gewesen war, warum ein amerikanischer Soldat kurz nach Kriegsende eine unerlaubte Liaison mit einer deutschen Hutmacherin begonnen hatte, aus der ihre Mutter entstanden war.

»An was für losen Fäden unser Leben so hängt«, sinnierte Nele, und der Tweedmann sagte: »Na, herzlichen Glückwunsch zu dieser außergewöhnlichen Einsicht.«

# Die Wanderung der Hüte

Nele lag auf dem Sofa im Wohnzimmer, strich mit der linken Hand über die auf den Bezugstoff gedruckten Blüten und Blätter, Ranken, exotische Schmetterlinge dazwischen, und berührte mit einem Finger der rechten Hand die Fugen und Steine der getünchten Mauer, an der das Sofa stand. Die Wand war kühl in der trockenen Heizungsluft des Raumes. Durch das Panoramafenster fiel flaches Sonnenlicht und teilte den Holzfußboden in eine raumfüllende Fläche, aus der eine helle Raute ausgeschnitten war. Draußen im Garten, den Eric und sie erst aus Zeitmangel, dann aus zunehmender Nachlässigkeit hatten verwildern lassen, schlug gerade die alte Rotbuche aus. Ein wenig war es, als explodiere sie. Die jungen Blätter leuchteten im Gegenlicht wie Rotwein in einem Glas. Die überfütterte Nachbarkatze schlenderte breitbeinig und gelassen über die Terrasse.

Nele sah den Staub auf der Fensterscheibe, schob den Zeigefinger in eine der Vertiefungen, die in der Steinmauer waren und wie Einschußlöcher wirkten, der Stein um sie herum abgesprungen. Das Rauhe war dick mit Wandfarbe übertüncht worden. Nur das Blumensofa und diese Löcher in der Wand widersprachen der ansonsten dominanten Gradlinigkeit des Hauses. Ein architektonisches Meisterwerk, wie Eric gern betonte. Im Erdgeschoß schlossen sich zwei große Wohnzimmer an die Eingangshalle an, beide Räume gingen in die Küche über. Nur das Schlafzimmer war mit breiten Schiebetüren von der Eingangshalle getrennt; Türen, die lautlos auf Schienen liefen und in der Wand verschwanden. Alle Wände, bis auf die Steinmauer neben dem Sofa, waren glatt verputzt. Im anderen Wohnzimmer der Kamin. Hier das Panoramafenster. Nele liebte es, auf diesem – wenn man es genau betrachtete – äußerst häßlichen, viel zu großen, unförmigen Sofa zu liegen und die alte Rotbuche im Blick zu haben. Der Baum mußte lange vor dem Hausbau schon hier gestanden haben. Er mußte hier schon gestanden haben, bevor die Stadt sich weit ins Land hinein auszudehnen begonnen hatte. Bevor Wohnblocks und Einkaufszentren entstanden waren, die riesigen Schuhkartons glichen, flankiert von Dutzenden Schnellrestaurants, von Banken, Eisdielen zum Durchfahren, von Kino-Palästen, die Parkplätze für die Bevölkerung einer Kleinstadt anboten. Was war der Stadt anderes übriggeblieben, zur anderen Seite wurde sie begrenzt von einem See, der so groß war wie ein kleines Meer.

Über das Kleid, das sie mit der Jeans trug, rankten aufgestickte Blüten. Sie schaute an sich hinunter und hatte sekundenlang den Eindruck, Kleid und Sofa könnten ineinander übergehen. Aus dem Nebenzimmer hörte sie Erics Stimme, wie er mit den zwei Frauen, dem dicken Mann und dem Veteranen verhandelte. Alle vier waren zusammen mit ihm von der Garage aus in die Eingangshalle des Hauses gekommen, hatten etwas Benzingeruch mitgebracht, und der Dicke hatte gesagt: »Ich will das Sofa mit der Frau da drauf.«

Einer Karawane gleich war die Gruppe durchs Erdgeschoß des Hauses gezogen, ins Schlafzimmer, ins Bad, jeder steckte seinen Kopf in jede Kammer, in die Küche, ins andere Wohnzimmer, noch einmal in die Garage, die Platz für vier nebeneinander geparkte Autos bot. Dort standen jetzt nur noch Erics

Firmenwagen und die knapp zwanzig Umzugkartons, darin seine persönlichen Sachen, das wenige, das er mitnehmen wollte und das nicht schon vorher im Haus gewesen war. Vier Kisten davon waren mit Neles Sachen gefüllt. Der Wagen blieb hier, ging zurück ans Leasingunternehmen. Die Kartons würden morgen von einer Spedition eingeladen und nach Las Vegas gebracht werden. Dort wartete dann ein neuer Firmenwagen auf ihn. Und ein neues Haus, das, wie dieses, wieder voll möbliert und ausgestattet war, so daß Eric nur den Inhalt der Kartons in den Schränken verstauen mußte, um ein Leben, einen Alltag, seine Arbeit beginnen zu können.

Er würde, wie die Kisten, auch morgen schon auf Reisen gehen. Er reiste Nele voraus. Sie sollte in einer Woche nachkommen. Sollte. Seit sie denken konnte, fühlte sie sich überfordert von Entscheidungen, sie zogen Konflikte nach sich, denen sie lieber aus dem Weg ging; und so hatte sie Eric gegenüber ihre Zweifel nie erwähnt. Sollte sie ihm nachgehen? Oder wollte sie das gar nicht? Sie konnte sich nicht vorstellen, in der Wüste zu leben. Sie konnte sich nicht mehr vorstellen, weiterhin eine Beziehung zu führen, die sich in alltäglicher Geschäftigkeit verlor, im Kern so ausgeräumt und leer wie am Ende des Tages das Haus.

Mit seiner tiefen Verkäuferstimme erzählte er den Fremden, die sich für den übrigbleibenden Hausrat interessierten, den Grund der Auflösung. Nur Stichworte, aber Nele hörte den unerschütterlichen Optimismus in seiner Stimme. Daß er den neuen Laden der Firma in Las Vegas eröffnen werde. Das Flaggschiff aller Läden auf dem amerikanischen Kontinent. In dem es jedes Produkt, das jemals hergestellt worden sei, zu kaufen gäbe. Was für ein architektonisches Wunderwerk der Laden werden würde. Die neue Sehenswürdigkeit in der Wüste.

Nele schloß die Augen und sah ihn durch die Straßen dieser entrückten, virtuellen Stadt gehen, allein. Sie wollte sich ihm an die Seite denken, aber es funktionierte nicht. Jeder Straßenzug war die Bühne eines alternden Unterhaltungskünstlers, der aller Unterhaltung überdrüssig war. Eine blinkende Kulisse für die zu alt gewordenen Sänger, Tänzer, Spieler, deren Leben dort verstreut war, wie Licht verstreut wurde, sich die Stadt mit ihrem Leuchten in die angrenzende Wüste verstreute. Als müßte das schier unbegrenzte Reservoir von Sehnsüchten, das durch die Straßen der Stadt schwappte, ausgeleuchtet werden, damit es weniger bedrohlich wirkte. Und im Zentrum lauerten die einarmigen Banditen, sensationslüsternen Zuschauern gleich, auf ihre Chancen.

Dabei wünschten sich alle Anwesenden etwas Greifbares herbei, etwas, das ihnen zurückgegeben würde, das bliebe und der allgemeinen Zerstreuung nicht weiter Vorschub leistete. Aber selbst Körper schienen nur noch aus Licht zu sein, in Vegas.

Sie sah Eric, wie er allein in diesem neuen Laden stehen würde, ein Amphitheater, in dem all ihre Produkte auftraten, gleichzeitig, nicht nacheinander. Große Chöre, aber kein Gesang. Sie strich mit der flachen Hand über den Bezug des Sofas, der Baumwollstoff war glatt, gestärkt, sie dachte für Sekunden, es könnte sein, daß ein Plastiküberzug die Baumwolle verdeckte, den sie nie bemerkt hatte; sie stand auf, starrte den Bezug an, es war kein Plastik, sie legte sich wieder hin. Sie wollte Eric fragen, wer diese Bezüge erfunden hatte, welcher pragmatische Amerikaner die Idee dazu gehabt hatte und darüber sicherlich zum Millionär geworden war. Eric kannte solche Geschichten.

Es klingelte an der Tür, und sie nahm seinen vertrauten Gang wahr, wie er schwungvoll über die Schieferfliesen in der Eingangshalle ging, manchmal übereilig, nie zögerlich auf jeden Fall; sie erkannte Ken'ichi Mishimas Stimme, der als Innenarchitekt für die Firma maßgeblich den Laden hier in Chicago und jetzt auch den in Las Vegas entworfen hatte. Ken'ichi bog um die

Ecke und kam durch das Wohnzimmer auf sie zu, blieb in einigem Abstand stehen, sagte leise »Guten Morgen, Nele«, mit der vorsichtigen Zurückhaltung eines Menschen, der sich immerzu Gedanken um andere machte.

»Willst du auch noch irgendein Möbel haben?«

»Danke nein. Ich wollte Eric nur die neue Präsentation zeigen.«

»Hier«, sagte sie und klopfte neben sich auf den Bezug. Dort lag noch der alte, verstaubte Walkman, den sie im Keller gefunden und nur zu einem Zweck wieder aktiviert hatte. Beim Zusammenräumen ihrer Sachen hatte sie einen Schuhkarton gefunden, in den sie seit Jahren, vielleicht, seit sie in Amerika lebte, keinen Blick mehr geworfen hatte. Alte Briefe, Fotos, Erinnerungsschnipsel und darunter fünf Kassetten in einem gepolsterten Umschlag. Nele hatte einige Zeit gebraucht, bis ihr bewußt geworden war, was für Kassetten das waren. Ihre Großmutter hatte ihr diesen Umschlag in die Hand gedrückt. Bei einem ihrer letzten Besuche in Berlin. Als sie noch in ihrer Ein-Zimmer-Wohnung lebte. Teppichwarme Luft, die Sitzgarnitur, in die man sank und Stunden nicht aufstehen konnte, ihre kleine Oma, die immer fröhlich davon erzählte, daß sie nichts mehr vertrüge, Essen schon gar nicht, und an einem Nachmittag vier, fünf Stücke Sahnetorte aß. Nele erinnerte sich zuerst an ein anderes Gefühl. Ihre Mutter hatte ihr den Tod der Oma zwei Wochen lang verschwiegen. Die Beerdigung in Berlin hatte stattgefunden, die Wohnung war ausgeräumt; ihre Mutter war mit so hohem Tempo durch diesen Abschied gerauscht, daß Nele das erste Mal der Gedanke gekommen war, daß Evi ihre Mutter hatte loswerden wollen, wie man einen Schuldschein loswerden will. Unter der Hand. Dem Schmerzlichsten keine Aufmerksamkeit widmen, in der Hoffnung, daß dann auch der Schmerz ausbliebe. Nele hatte immer nur ihre Verbindung zu Evi, ihrer Mutter, gesehen. Nie aber das Verhältnis, was ihrem vorausging: das Evis zu Gudrun. Mütter waren das Selbstverständlichste der Welt. Evi war immer dagewesen. Geboren als sogenanntes Besatzungskind, Inbegriff dessen, was es zum Zeitpunkt ihrer Geburt nicht geben durfte. Ein Kind vom Befreier, Besatzer oder Feind, je nachdem, wie man es sah. Nele hatte eine lange Zeit für die Einsicht gebraucht, daß diese Tatsache Grund für Evis Bestreben sein mußte, ein unauffälliges, sehr zurückgezogenes Leben zu führen. So passierte es, daß Nele ihre Mutter auf eine Art übersah, sich an ihre Verschwiegenheit gewöhnte, die Abgewandtheit im Zusammenleben in einen alltäglichen Puffer der Distanz verwandelt wurde. Man war sich eben nicht nahe. Ein Brummton blieb. Warum fehlte doch etwas? Warum waren Mütter so selbstverständlich, ihre Liebe aber so kompliziert?

Ken'ichi folgte Neles Aufforderung, schob den Walkman beiseite, setzte sich, legte seine Laptoptasche auf die Knie, zog den Reißverschluß der Tasche auf, darin sein Powerbook, eine mattglänzende Fläche gefrorenen Eises, in der ein angebissener Apfel lag. Mit zwei Fingern malte er Muster auf die Fläche.

»Zeig es mir. Wenn du willst«, sagte Nele, obwohl sie den Laden nicht sehen wollte. »Gerne«, Ken'ichis Gesicht leuchtete, er hatte die Haut eines Jungen vor der Pubertät, er war sehr schmal, hatte zierliche Handgelenke und seine immer wie gebeizt wirkenden Haare fielen ihm von einem Mittelscheitel aus weich ins Gesicht. Eine Strähne war von grauen Haaren durchzogen.

Der Rechner lag auf Neles Oberschenkeln. Der Mauszeiger wurde eine Hand, und sie berührte mit dem ausgestreckten Zeigefinger die silbrig-blauen Raumteiler, die nur aus Licht zu bestehen schienen, silbern und blau wie ein sehr heller, norddeutscher Himmel, sie folgte der Hand, klickte, und hinter den Paravents flog sie an Regalen und Tischen aus Olivenholz vorbei, übergroße Zigarrenkisten, die feinen Zeichnungen im Holz vollkommen echt. Sie flog an Schuhen vorbei, die auf leuchtenden Untersetzern standen, frei im Raum schwebend, so schien es. Ken'ichi erzählte von Logarithmen und neuen Texturen, Nele nickte und landete in einem Seitenraum, dem Art Space, wie Ken'ichi ihn nannte. Hier würden, wie schon in den meisten anderen Läden auf der Welt, junge Künstler ihre Kunst ausstellen. Der Laden muß das Produkt, die Kunst den Laden heiligsprechen, hatte Ken'ichi mal gesagt, und die Chefs, die extra zur Eröffnung aus Deutschland angereist waren, hatten begeistert zugestimmt.

Sie hörte, wie die zwei Frauen durch die Halle gingen und sich berieten, was sie von den Möbeln gebrauchen konnten. »Am besten ist das Haus«, sagte die eine. »Das nebenan ist von Wright, hast du das gesehen?« sagte die andere.

»Laß sie nur alles mitnehmen«, flüsterte Nele, und Ken'ichi sagte, »Mit mir müßtest du Englisch reden. Gefällt es dir nicht?«

»Doch, es ist wunderbar. So transparent.«

Er übernahm wieder die Führung der Fingerhand, wohl, weil Nele sich nicht weiter bewegte, er strich über das Touchpad, er berührte die titaniumfarbene Oberfläche, als trage er Goldstaub auf, klickte mit der Hand auf einzelne Modelle, der Ausschnitt zoomte heran, der Schuh wurde so groß wie der Bildschirm, die Präzisionswaffe der Firma, wie er genannt wurde, rot, schwarz, silberfarben, in der Oberfläche des lackierten Leders spiegelte sich das Licht des Ladens. Die Kamera raste in den Schuh hinein, durch eine Sekunde rot-schwarzer Dichte hindurch. Dahinter tauchten die neueren Modelle auf, die aussahen, als wären ihnen präparierte Sehnen über die Haut gezogen worden, Sohlen zum Aufpumpen, Dämpfungen im Stile antiker Säulen, ein Schuh mit neonfarbenen Säulenheiligen, das hatte mal jemand gesagt, und Nele wußte plötzlich, warum sie die Adern und Sehnen aus Plastilin von Anfang an merkwürdig gefunden hatte: Sie waren nicht dehnbar. Sie flog an den seidigen Oberflächen der Sonderkollektionen vorbei, die Stoffe, ihre gerissenen Kanten, die fransigen Ränder wirkten echt, als ließen sie sich anfassen, und unwillkürlich streckte Nele eine Hand nach dem Bildschirm aus. »Wirklich, toll«, sagte sie leise, Ken'ichi lächelte, kleine, kindliche Grübchen in den Wangen.

»Ja, es sollte ein vollkommen durchlässiger Raum werden, weißt du, ganz osmotisch, der aber trotzdem eine in sich geschlossene Atmosphäre schafft. Keine Mauern, nur Licht, das die Grenzen zieht. Die Menschen werden es intuitiv verstehen, wenn sie reinkommen. Das Grenzenlose. Jedes Label ist eine Art Sonnensystem, ein Kosmos, und alles zentriert sich um ein Produkt, jeweils, in dem einen Produkt spiegeln sich alle anderen Produkte der Division, und als Konsument spüre ich, wenn ich ein Sonnensystem verlasse und in das nächste überwechsele, dann herrschen andere Gesetze. Nicht wie bei uns, immer der gleiche langweilige Newton. Im Sport Performance, hier, weißt du, da soll es keine Schwerkraft mehr geben, alles soll so wirken, als hätten wir sie aufgehoben, ist doch an der Zeit, oder? Weg mit der blöden Schwerkraft«, lachte er, und Nele lachte mit ihm. »Und was liegt nahe?« fragte er sich und sagte: »Ja, natürlich, daß es bei Heritage keine Zeit mehr gibt. Nicht diese langweilige, stupide Zeit, bürokratisch wie ein Tischkalender, nein, das ist vorbei, es stehen dort Schuhe, die vor dreißig Jahren erfunden worden sind und heute milliardenfach getragen werden, auf der ganzen Welt, haben wir da nicht die Zeit ausgehebelt? Also muß es in den Räumen eine sich erstreckende, weit gedehnte Gegenwart geben, weißt du, das ist ein Kosmos des Glücks.«

»Ja«, sagte Nele, »verstehe ich«, und verstand gar nichts mehr.

»Und weil wir diese langweiligen Gesetze aufheben, weil wir den ollen Newton abschaffen, in diesem Laden, an diesem Ort, der doch eine kleine Tradition hat, was die Aufhebung von Gesetzen betrifft, deshalb werden die Leute dorthin kommen.«

Nele betrachtete für Sekunden sein Gesicht und dachte, er erinnert mich an meine Mutter, er hat die Farbe meiner Mutter, fast die Farbe von trockenem Buchenlaub. Nur wirkte seine Haut wie die eines Vierzehnjährigen. Die Haut ihrer Mutter war rauher, dicker, zumindest im Gesicht. Sie hatte sich undurchlässiger gemacht, mit den Jahren.

»Und weißt du, warum?« fragte Ken'ichi sie. »Weil alle diese Sehnsucht nach dem Augenblick haben, diese wahnsinnige Sehnsucht danach, den Augenblick bis zum Platzen aufzufüllen, daß es ein bedeutungsvoller, ein gewaltiger Augenblick wird, der wie ein Schwarzes Loch alles andere, das ganze langweilige, abgelutschte, lineare Leben, in sich hineinsaugt. Wir bieten ein Stück sauberer Ewigkeit in unserem Laden in Vegas, deswegen werden alle dorthin kommen.«

Nele kratzte sich knapp unterm Ohr. Aus der Küche hörte sie Erics Stimme, es schienen weitere Interessenten gekommen zu sein, Eric nannte die Preise für die Miele-Spülmaschine, den Kühlschrank, den Herd, all die Sachen, die sie damals beim Einzug übernommen hatten und die er jetzt nicht mitnehmen wollte, weil er es sinnlos fand, Dinge mitzunehmen, die man am anderen Ort auch wieder kaufen konnte. Seine Stimme klang glücklich, voller Vorfreude, dachte sie, er klingt wie ein Mensch, der sich auf den morgigen Tag, auf den Tag danach freut. Ich liebe ihn für seinen Optimismus, dachte sie, ich liebe ihn dafür, daß er in jedem Augenblick schon immer vom nächsten träumt. Daß er Ken'ichis abgelutschte Gegenwart gar nicht zu kennen scheint.

»Beeindruckend, euer Vorhaben.«

»Wieso euer?« fragte er. »Wir. Eric, du, ich, wir.«

»Ja. Wir«, sagte sie leise. Das Stand-by-Licht am Computer pulsierte im Rhythmus eines Herzens. Wenigstens das Ding ist noch am Leben, dachte sie. Ihr war, als stände sie hinter einem Vorhang, Eric und alle anderen auf der gegenüberliegenden Seite.

Nele griff nach dem Walkman, spulte die Kassette, die sie gerade abgehört hatte, kurz zurück, setzte sich – unter Ken'ichis erstauntem Blick – die alten Kopfhörer auf. Sie wollte die Stimme ihrer Großmutter hören. Etwas, das sie eben gerade gesagt hatte. Es knisterte, dann das Klappern einer Tasse auf der Untertasse. Erst in diesem Moment, als sie das nun zum zweiten Mal hörte, kam ihr der Gedanke, daß die Kassetten gar nicht für sie besprochen waren. Sie war mit dem Du der Großmutter nicht gemeint. Aber sie hörte das jetzt. Gemurmel. Dann die Stimme: »Es war einfach so. Er war nicht da. Und doch war er immer da. Jeden Morgen, wenn ich aufwachte, war er da. Aber weißt du, als was? Meine Hüte hatte ich den ganzen Tag in der Hand. Er war wie die Form, über der wir die Hüte aufgezogen haben. Kein Kunde bekommt je diese Form zu Gesicht, aber sie hat aus einem Stück Filz erst einen Hut gemacht. So war er da. In allem, was ich gemacht habe. Manchmal hätte ich das Lindenholz gern in hohem Bogen aus dem Fenster geworfen. Hätte nur auch nichts geholfen. Der nächste Hut wurde wieder drüber aufgezogen. Ich kann nicht sagen, ich hätte eine Minute meines Lebens nicht an ihn gedacht. Kein Hut vergißt sein Holz.«

»Wenn es den Laden«, begann Ken'ichi, und Nele nahm aus Höflichkeit den Kopfhörer ab, »erst einmal gibt. Wenn er real wird. Nicht mehr nur im Computer ist. Das sind so große Momente, wenn die Idee sich materialisiert. Das wird eine Freude. Auch für dich, Nele.«

»Meinst du.«

»Ja, das reine Glück. Mit Sicherheit.«

»Manchmal will ich nur, daß alles so bleibt wie es ist.«

»Wer sich nicht verändert, geht unter.«

»Unbedingt untergehen wollte ich nicht«, sagte sie. Ken'ichi packte seinen Computer in die Tasche. »Eric hat wohl zuviel zu tun. Ich zeig's ihm morgen im Flieger.«

In der Küche wurden Pappkisten über den Fliesenboden geschoben, Schranktüren geöffnet und geschlossen, in Besteckkästen gewühlt. Von Eric war nichts zu hören, und Nele wußte, daß niemand in dieses Wohnzimmer kam, weil sie wie ein lächerlicher Wachhund auf dem Sofa hockte. Ken'ichi stand auf, ging in den Nebenraum, und sie fand, während sie ihm hinterhersah, daß er immer öfter wirkte, als wäre er einem Comic entsprungen, lebendig gewordene Zeichnung, so perfekt bewegte er sich durch die spröde, langweilige Landschaft, die durch keinen neu erfundenen Logarithmus aufzupeppen war. Aber einem Comic-Helden glaubte man, daß er die Physik überlisten konnte. In der Küche schepperte der Rost des Toasters, der Stecker des Kabels stieß hohl gegen eine Holztür, der Wasserhahn wurde bedient, ein Strahl rauschte und brach abrupt ab; sie hörte, wie eine Frauenstimme sagte: »Die haben wirklich nur das feinste Zeug gesammelt.« Eine andere raunte zurück: »Seine Freundin ist Deutsche. Wahrscheinlich so ein Designfaschist.« »Fetischist«, sagte die andere laut. Nele starrte aus dem Panoramafenster. Die dicke Nachbarskatze schlenderte wieder vorbei, ging in die Richtung, aus der sie gekommen war. Unerklärlicherweise hatte Nele in dem Augenblick damit gerechnet, daß die Katze einen Hut trug.

»Hörst du immer noch diese alten Dinger ab.« Eric stand neben ihr.

»Nein.«

»Hast du den Laden gesehen?«

»Ja.«

»Und?«

Sie hob die Schultern, »Eindrucksvoll.«

»Eindrucksvoll!« Er lachte. »Sag mal, was du wirklich denkst.«

»Nichts.« Sie schwieg. Dann sagte sie leise: »Daß ich dieses Haus hier geliebt habe. Die Möbel, den Garten. Alles. Auch wenn es manchmal so etwas wie ein Museum war.«

»Ich dachte, wir hätten das geklärt, Nele. Keine Diskussion mehr über die Möbel und den Kram.« Er berührte ihre Schulter, näherte sein Gesicht ihrem an. Sie erinnerte sich, wie sie dieses Gesicht mal geliebt hatte. Wie sie mal nicht genug davon bekommen hatte, es zu küssen.

Er sagte nach einer Pause: »Der Veteran will die gesamte Schlafzimmereinrichtung nehmen. So schnell bin ich noch nie so viel losgeworden.«

»Wie erleichternd.« Nele schloß die Augen. Als Nachbild blieb das, was sie zuvor gesehen hatte. Hatte sie das auf englisch gesagt? Sie spürte Erics Hand an ihrem Hals, unter ihren gelockten, dichten Nackenhaaren. »Es sind nur Möbel«, sagte er leise, »einfach nur Möbel, Nele, die wir übernommen haben. Falls ich dich erinnern darf. Holz, ein paar Schrauben. Eigentlich, wenn man nicht nostalgisch ist, billiger Schrott. Wir können uns jetzt gute Sachen kaufen in Vegas. Wenn du für ein Jahr in dieses Sonderkommando aufgenommen wirst, was ja eigentlich schon klar ist, dann können wir uns sowieso alles leisten, Nele. Dann können wir uns die richtigen Sachen kaufen. Wir werden sie aus Deutschland holen, aus Frankreich, Italien und Schweden, wir werden all die Möbel kaufen, die du immer haben wolltest. Wir werden diesen Kram hier nicht vermissen.«

»Du weißt nicht, was das ist, etwas vermissen.«

»Ja, ein Glück«, sagte Eric und stand auf.

Er betrachtete sie von oben. Sie wollte sich nicht so betrachten lassen und stand auch auf.

»Es ist nur ein Umzug. Wir wandern nicht aus.«

»Ich wäre gerne hiergeblieben.«

»Du bist doch jetzt noch eine Woche hier.«

»Eine Woche«, sagte sie.

»Die Stadt geht nicht einfach weg. Nichts geht weg. Nele. Du bist so nostalgisch.«

»Nein.« Sie sah ihn an und es lag ihr auf der Zunge zu sagen: Doch, ich bin schrecklich nostalgisch. Weil ich gehe.

Seine Geste wirkte, als wollte er noch einmal nach ihr greifen, er griff aber an ihr vorbei nach dem Walkman. »Was für Musik?«

»Altes Zeug«, sagte Nele.

»Aus Deutschland.«

»Ja.«

»Willst du mir nicht mal was vorspielen?«

»Später«, sagte sie und nahm ihm das Gerät aus der Hand.

Jemand rief ihn, er ging in die Küche. Was sie in sich hineingeredet hatte, lag auf einem kühlen, tiefen Grund, abseits der Wirklichkeit. Sie hatte nur einen Impuls: ihm nachgehen, ihn festhalten. Aber warum? Sie war nicht nostalgisch, sie brauchte nur immer eine Zeit, um sich an Veränderungen zu gewöhnen. Es war längst beschlossene Sache. Wie aber könnte sie das einfach beschließen, ohne je mit ihm gesprochen zu haben? Sie beraubte ihn der Möglichkeit einzugreifen, etwas zu verändern. Aber konnten sie das noch, sich verändern? Hatte die Gewöhnung, das Alltägliche sie nicht schon so sehr abgeschliffen, daß sie einander gar nicht wiederfinden konnten? Was davon redete sie sich ein, was war wirklich? Es gab zu viel, worüber sie hätte nachdenken können. Sie setzte den Kopfhörer auf und drückte die Taste zum Rückspulen.

Eric verkaufte den Rest.

Sie ging, ohne sich von ihm zu verabschieden, zur Haustür. Von ferne, unter der Stimme ihrer Großmutter, hörte sie die Stimme des dicken Mannes, der sagte: »Oh, dann kann ich das Sofa doch noch nehmen«, sie schaute von der Tür aus zurück in die Halle, dachte ein Abschiedswort, drehte den Griff, zog die Tür auf und stand auf der quadratischen Stufe, die nach einem halben Meter in einen zementierten Fußweg überging. »Nimm das Sofa«, sagte sie zum dicken Mann, bevor die Haustür von allein ins Schloß rutschte, »nur mich gibt's nicht dazu.«

Ihr Auto erschien ihr wie eine Kapsel. Einsam und unantastbar durch die Welt rauschen, ohne sich darüber zu wundern. Bis zum Vorstellungsgespräch hatte sie noch über eine Stunde Zeit. Sie fuhr in Richtung Innenstadt, ließ River Forest, Oak Park und Maywood hinter sich – geschnittene Rasenflächen, alte Bäume, breite, geschwungene Straßen, saubere Bürgersteige und keine Zäune. Durchquerte eine Einkaufsstraße aus Schuhkartongebäuden, und geriet, als sie auf den Eisenhower Expressway bog und beschleunigte, unversehens in den aufstrebenden Sog der Hochhäuser, dahinter der See, als Ahnung nur, weil er von hier aus nicht zu sehen war, ein See ohne Grenzen, kein Ufer mehr am Horizont, über den immer und stetig der Wind zog, und von dort aus, mal säuselnd, mal pfeifend, nie unbemerkt zumindest, als Brise durch die Stadt ging.

Der Schuhkarton mit den alten Fotos, Briefen und dem Umschlag mit den Kassetten lag auf dem Beifahrersitz. Im Kofferraum eine Tasche mit den wichtigsten Dingen für eine Woche. Die gleichmäßige Bewegung des Straßenverkehrs, beruhigend in seiner Geregeltheit. Und die Stimme im Ohr. Die körperlose Anwesenheit ihrer Großmutter. »Du mußt das nicht glauben. Ich kann mir vorstellen, wie du sagst, das ist doch so eine

Geschichte. Dagegen läßt sich nichts einwenden. Ich weiß auch nicht, warum ich das diesem Tonband erzählen kann, aber nicht dir. Manchmal habe ich das Gefühl, mich dafür entschuldigen zu müssen. Und dann denke ich: Warum denn entschuldigen!« Es rauschte und raschelte auf dem Band. Ein Augenblick Stille. Dann: »Er erzählte mir das so. Ich erzähle es dir, wie er es mir erzählt hat. Du sollst wissen, woher das Bild ist. Auch, woher du bist. Doch, das auch.« Stille. »Ich will es versuchen. Mal sehen, wann ich dazu komme. Erst das Bild. Das ist einfacher. Erst das Bild.« Porzellangeschirr, das klapperte. Das Geräusch wurde abgebrochen. Nele sah ihre Oma auf der vorderen Kante ihres Sofas sitzen, im überheizten Wohnzimmer, und ihre feinen, faltigen Hände drückten die Stop-Taste am Kassettenrekorder. Bis sie sich gesammelt hatte. Wieviel Mut brauchte es dazu?

»Er gehörte zur 3. US-Armee, wenn ich mich richtig erinnere, und sie nahmen diesen kleinen Ort Merkers ein. Er sollte die Saline bewachen. Dort waren wohl zum Kriegsende hin Kunstwerke aus den Berliner Museen eingelagert worden. Er war im Schichtdienst mit einigen anderen auf einer Ebene. Er sagte von sich, er habe einfach Adleraugen, schon immer gehabt. Er habe die Pilze im Wald gefunden. Seine Mutter scherzte, daß er ein guter Goldgräber geworden wäre. Er schaute immer und ständig auf den Boden, entdeckte jede Kleinigkeit. Und es gab eigentlich nur eines, meinte er, wovor er sich ekelte, und das waren Ungeziefer und Kriechtiere jeder Art. Er vertrieb sich die Zeit unter Tage, indem er mit der Taschenlampe in jede Ecke leuchtete. Er sagte, er wollte das Getier sehen, bevor es ihn sah. Er machte seinen Rundgang und leuchtete und leuchtete. Und bei einer Patrouille entdeckte er dann am Ende eines toten Nebenganges, ganz weit hinten, wo wohl lange niemand mehr hingekommen war, eine kleine Grotte. Darin die Bilder. Zwei waren noch gerahmt, schöne, verzierte, goldene Rahmen. Eines war eine herausgeschnittene Leinwand, mittlerweile zusammengerollt. Es war warm da unten, stickig. Er kroch in diese niedrige Aushöhlung. Auf allen vieren, und er hatte sich geekelt, hatte er mir erzählt, weil er sich sicher war, daß in dem Moment, da er die Bilder herauszog, eine Horde Schaben oder sonstwas über seine Hände und Arme kriechen würde. Er zog die drei Bilder hervor und leuchtete sie an. Ihm klopfte das Herz bis in den Hals. Alles andere auf seiner Ebene war schon abtransportiert worden. Sie kannten doch die Geschichten, sie wußten doch, was hier gesammelt und weitergebracht worden war. Er erzählte mir, daß er immer wieder die Rahmen anfassen mußte. Der Gips war porös und weich. Und gerade das fühlte sich für ihn so echt an. Es gab ihm das Gefühl, etwas Echtes gefunden zu haben. Die gerahmten Gemälde waren nicht so groß. Ein Akt und ein Stilleben. Das sag ich jetzt. Er sagte: Ein Bild mit einer nackten Schönheit und eines mit Obst in einer Schale. Das Gerollte war das Bild mit den Hüten. Er erzählte mir, daß es für ihn ein unbegreiflicher Moment gewesen sei. Er in diesem Drecksloch. Rundherum Schutt, Steine, schmutzstarre Luft, Angst, was hatte er schon gesehen in letzter Zeit? Bilder, die er am liebsten aus seinem Kopf herausradiert hätte. Und da hockte er jetzt in diesem Gang, und das Licht seiner Taschenlampe erleuchtete diese drei Bilder. Und eines war schöner als das andere. Hatte er jemals solche Farben gesehen, fragte er sich. Das Weiß der Haut. Das Grün der Samtdecke, auf der die Schöne lag. Dann das Blau der Schale und darin das Obst, Orangen, Pfirsiche, Trauben. Ihm kamen die Farben da unten im Grau so vor, als könnte es sie gar nicht geben. Als male jemand, das sagte er mir so, am Grund eines trüben Sees. Er strich die eingerollte Leinwand glatt so gut es ging. Er sah zuerst den grünen Schal, dann den blauen Hut. Zum Schluß das weiße, gepuderte Gesicht der Frau, die hinter den Hüten saß. Er wischte mit dem Ärmel über das Gesicht der Frau und über ihre Hüte. Wo er gewischt hatte, schienen die Farben noch kräftiger zu leuchten. Für Augenblicke dachte er, die Farben verwischt zu haben. Aber dann wurde ihm bewußt, daß das schon der Maler gemacht hatte. Er hörte Schritte, Stimmen. Es waren zwei Jungs, mit denen er des öfteren Karten spielte, sie waren auf dem Weg raus. Von den Zweien hatte auch keiner eine Ahnung von Kunst. Aber – und da glaube ich ihm – auch die beiden wurden gepackt von dem Zauber, der von diesen Bildern ausging. Kannst du dir das vorstellen? Für einen Augenblick sagte keiner etwas. Und das war schon sehr viel. Sie redeten sonst immer. Reden vertrieb die Angst. Und jetzt schwiegen sie und betrachteten den Fund. Harold selbst schlug vor, daß sie auslosen sollten, wer welches Bild mitnehmen konnte. Sie warfen eine Münze. Harold bekam das Bild mit den Hüten. Zuerst war er etwas wütend, denn die goldenen Rahmen gefielen ihm gut. Sie machten Witze, alle waren nervös, ihnen war natürlich klar, daß sie den Fund eigentlich zu melden hatten. Und während sie so zum Spaß um die Bilder spielten, zog mehr und mehr Ernst in ihr Spiel ein. Der Gedanke drang durch, die Idee, was so ein Bild wert sein mochte. Einer sagte, ihnen werde das passieren, was auf dem Bild sei. So werde Gott sie bestrafen für das, was sie im Begriff waren zu tun. Darüber ließ sich wieder gut lachen. Harold würde sein Leben lang an einer Frau kleben, die nur ihre Hüte liebe. Das sagte einer. Der andere werde von seiner Frau dabei erwischt, wie er mit der nackten Schönheit im Bett liege. Auf grünem Samt. Dafür werde er teuer bezahlen, soviel sei sicher. Und der Junge mit dem Obst? Du kriegst alles Obst, was du dir wünschst, aber nie eine Frau! Dann sagten sie nichts weiter. Verpackten nur ihre Bilder – Harold hatte es leicht, er rollte die Leinwand um sein Bein, zog die Uniformhose wieder darüber, band den Stiefel zu. Die anderen beiden ließen sich ihre Bilder jeweils unters Hemd schieben, so daß sie an ihren Rücken klebten. Jacke und Tornister drüber, und schon war auch da nichts mehr zu sehen. Zum Schichtwechsel verließen die drei gemeinsam die Saline. Im Entenmarsch, Harold als letzter. Die mit den Bildern im Rücken gingen so, als hätten sie Stöcke verschluckt. Und Harold bewegte sich, als habe ihm jemand vors Schienbein getreten. Dabei mußten sie ihr Lachen unterdrücken. Und ihre Angst. Sie betrieben Kunstraub. Aber, fluchte Harold, das sei doch eine Lappalie im Vergleich zu dem, was er bisher hier erlebt hatte. Ein Militärfahrzeug holte sie ab, brachte sie zu ihrem Aufenthaltsort. Zum Abschied sagte dann doch noch einer, daß, wer hoch pokere, hoch verlieren werde. Ich würde gerne wissen, was aus ihm geworden ist, was er mit seinem Bild gemacht hat. Harold zumindest sagte, er habe zu dem Zeitpunkt schon ein zu gutes Gefühl gehabt, als daß da noch Zweifel eine Chance gehabt hätten. Er war sicher, daß sich die Sache mit der Frau und den Hüten einlösen werde. Das sagte er zu mir. Der Charmeur.« Pause. »Er wußte, sagte er, daß er das richtige Bild bekommen hatte. Zwar das ohne Rahmen, aber das war nicht das Wesentliche. Er wußte, er würde eine Frau finden, die mit Hüten zu tun hatte. So eine Frau wie auf dem Bild. Ganz blaß geschminkt. Mit einem roten Mund. Ich hab mich immer gefragt, ob ich auch so an Zeichen glauben kann. Es läßt die Welt etwas verständlicher werden. Dann macht plötzlich manches Sinn. Aber es ist auch vermessen, so zu denken. Alles auf sich zu beziehen. Der Flakturm in Berlin, aus dem die Gemälde in der Saline wohl stammten, brannte schlußendlich aus. Hätte er auch als Zeichen nehmen können. Der brannte aus, und es hieß, das Feuer sei von Deutschen gelegt worden. Hitlers Befehl. Alles vernichten, nur, damit dem Feind nichts in die Hände fallen konnte. Na ja, und damit war Harold überzeugt: Er hatte etwas aus der Saline gerettet, was dort sonst heute noch vergammeln würde. Er glaubte dran. So würde die Frau mit den Hüten ihn retten.« Ein Klakken, dann war das Band zu Ende. Mit einer Hand öffnete Nele die Klappe, drehte die Kassette um, drückte den Deckel zu. Mit der anderen Hand lenkte sie. Ein kantiger, goldbrauner Oldsmobile zwang sie, ihre Geschwindigkeit zu reduzieren. Auf der anderen Spur fuhr ein weißer Mercedes mit der gleichen Geschwindigkeit wie sie. Das Bremsen holte ihre Aufmerksamkeit zurück. Sie schaute aus dem Seitenfenster und sah einen Mann mit weiß-grauen Haaren und einem weiß-grauen Bart, der noch seinen Hals bedeckte, sah den uralten Gott am Steuer seines weißen Mercedes, und sah auch, wie er zu ihr hinüberlächelte. Gott schwebte vorbei, überholte mit zäher Ausdauer auch noch den Oldsmobile. Der klapprige goldbraune Wagen bog in einem sanften Schwung in die Ausfahrt ein, da rollte ein Reifen leicht hoppelnd über die Fahrbahn, entfernte sich vom Chassis, rollte quer über die Fahrbahn, auf der Nele noch fuhr. Der Lauf einer Bowlingkugel. Nele bremste scharf, der Reifen holperte über den Seitenstreifen hinweg, bis in den Graben. Der Oldsmobile war die Ausfahrt weiter hochgefahren, mit drei Reifen. Der weiße Mercedes war verschwunden, als hätte es ihn nie gegeben. Nur, um die Anspannung loszuwerden, schickte sie ihm Flüche hinterher. Die Stadt stand groß und kalt und uneinnehmbar da. Auf eine Art majestätisch. Amerikanische Großstädte waren Balkendiagramme mit den gewaltigsten Ausschlägen im Zentrum. Wolkenkratzer konnten Monolithen sein, die aus dem Erdinneren herausgewachsen waren. Nach einer letzten tektonischen Plattenverschiebung. Die Kräfte, die nötig schienen, um solche Häuser zu bauen, mußten mit einer Naturgewalt in Verbindung stehen. Sie schaltete den Walkman wieder ein. Die Stimme ihrer Großmutter sagte: »Und so fand er mich. So kam das Bild zu mir.«

Eine Böe strich durch die West Monroe Street, Titelblätter am buntgepflasterten Kiosk wölbten sich unter den Gummibändern, mit denen sie festgehalten wurden. Das trockene Rascheln von Plastiktüten, die über den Gehsteig taumelten, wo auch immer sie Platz dazu fanden. Ladentüren, die geöffnet wurden, Menschen, die herauskamen, hineingingen, im Gehen wurden Jacken geöffnet, Reißverschlüsse aufgezogen, ein Schal locker um den Hals geworfen. Es war frühlingshaft warm. Das Knirschen von neuen Ledersohlen auf dem Beton des Bürgersteigs, Gelächter zweier Passanten, ein ausgeschnittenes weißes Lachen in einem sehr dunklen Gesicht, eine alte Frau, die einen fragil wirkenden Buggy schob, in dem eine Stoffkatze saß. Vorbei an Geschäftsmännern, deren Schatten noch aus Zahlen und Rationalitäten zu bestehen schien. Vorbei an Schaufenstern, in denen sich die flüchtigen Abbilder der Passanten tummelten und Auslagen als wechselnde Flecken überdeckten. Ein Schnellimbiß, ein Schuhladen, ein Chinese, ein Frühstücksrestaurant, ein schummriger Klamottenladen. Der Neonschriftzug des benachbarten 24/7-Supermarktes warf rhythmisch grüngelbes Licht auf den Bürgersteig.

Still standen, in dem choreographiert wirkenden Strom aus Menschen, Türen, Gesichtern, nur die offenen Telefonapparate, vier, fünf Stück nebeneinander, an manchem ein Passant, die Sprechmuschel am Kinn, einen Becher Kaffee auf dem Apparat abgestellt; still standen die Raucher vor den Eingängen, meist allein, in ihre kontemplative Pause verwickelt, die Papierkörbe und an größeren Kreuzungen Ampeln, die niemand beachtete. Still und begehbar: Zebrastreifen, Feuertreppen, die millionenfach ausgespuckten Kaugummis, plattgetreten auf dem Bürgersteig. Still und nutzlos schön: überfahrene Getränkedosen im Rinnstein. Dann kamen, die Straße weiter hoch, die gähnenden Goldrachen der Hoteleingänge. Die Fahne, groß und mahnend, ragte aus glatten Fassaden über die Fußgänger hinweg. Manchmal öffnete ein Windzug sie. Es wirkte, als segne sie die Darunterlaufenden mit letzter Kraft. Die Sonne brach durch die Wolken, und helle und dunkle Flecken schälten sich aus dem gleichmäßigen Grau des Asphalts. Menschen eilten, ohne ihr Tempo noch Eile zu nennen, sie trugen praktische Kleidung, die dem schnellen Gehen dienlich war. Vielen stand eine Sehnsucht ins Gesicht geschrieben, für die sie das alles taten.

Eine sehr dünne Frau mit dicksohligen Turnschuhen tauchte vor Nele auf, jeder Schritt, jedes Heben der Füße kam einer sportlichen Anstrengung gleich. Ihre Beine waren eingefaßt vom weißen Stretchstoff der Hose, Nele ließ sich von ihr ziehen, sie mußte noch zwei Blocks gehen bis zum Hyatt Regency. Im Gehen zog Nele sich ihr Kleid zurecht über der Jeans. Dabei folgte sie diesem kleinen Hintern, durch dessen Mitte – unter dem Weiß des Hosenstoffs erkennbar – sich ein Hauch von einem Höschen zog. Die tiefsitzende Hose gab den Bund des Tangas frei, ein mit Straßperlen besticktes Band, und als Nele an der nächsten Kreuzung für einen Moment hinter der Frau stand, um die Durchfahrt einiger Autos abzuwarten, las sie *fucktheend* in dem Band. Nele ließ sich weiter von dem Mädchen ziehen, dem weißen Hintern, seinen rätselhaften Versprechungen vielleicht auch – vorbei an einem Schnellrestaurant, vor dessen Tür ein Kind und ein grauhaariger Mann standen, jeder von ihnen steckte in einer Brötchenhälfte, die Sesamkörner täuschend echt auf den Schaumstoff gemalt. Er hatte die Ärmel seines Sweatshirts hochgekrempelt. Ausgewaschene Tätowierungen bläuten die Haut seines Unterarmes. Nele zögerte, in welche Richtung sie ausweichen sollte, der weiße Hintern des Mädchens verschwand, der alte Mann schob den Brötchenausschnitt am Gesicht des Kindes zurecht und sagte: »Liebling, du hast es mir versprochen.« Das Mädchen starrte ihn ungläubig an.

»Weißt du«, sagte der Mann, »du machst es für alle, für Mom, Jennifer, Barb, Ashley und für deinen alten Gran, ja. Wir machen das zusammen, denk immer dran, es geht nicht um dich, es geht um die Brötchen, ich liebe dich, ja, ich liebe dich sehr dafür, hörst du mich.« Das Mädchen begann zu weinen. Nele wich aus und konnte nicht weitergehen. Sie betrachtete den Großvater, der ein Brötchen war. Und die Enkelin, die kein Brötchen sein wollte. Der Mann nahm von einem Stapel, der neben dem Eingang des Restaurants lag, Prospekte und begann, die Sonderangebote der Woche anzupreisen. Nach einigem Zögern folgte auch das Mädchen, es schloß die Augen, wenn es Passanten, die es nicht ignorierten oder abwehrten, Werbezettel in die Hand drückte. Es stellte sich seitlich in den Fluß der Passanten, wohl in der Hoffnung, weniger aufzufallen. »Tut nicht weh«, rief der Mann dem Mädchen zu, »oder, Liebling, tut es weh?« »Nein«, sagte das Mädchen, »tut nicht weh«, und begann wieder zu weinen. »Siehst du, siehst du, ich hab dich nicht angelogen. Es ist Krieg, aber es tut nicht weh.« Der Mann rang sich für jeden Vorbeigehenden ein Lächeln ab, mit der Gelassenheit eines Menschen, den nichts mehr im Leben überraschen konnte. Das Mädchen wischte sich mit dem T-Shirt-Ärmel über die Augen, der Mann rief, »Du bist die Größte, meine Kleine, du bist die Größte auf dieser ganzen kleinen beschissenen Welt. Sorry«, rief er einem Passanten nach, »kommt nicht wieder vor, meine Sprache, ich paß jetzt auf, versprochen, hier, probieren Sie unsere Menüs, sind auch Coupons drauf, zwei mittlere Pepsi zum Preis von einer, drei für eins, vier für eins, zehn für eins, nehmen Sie den Scheiß mit, ich werd sowieso kein Millionär mehr, um mich hat das Glück immer nen Bogen gemacht, aber du bist die Größte, Liebling, hörst du mich, du Brötchen.« Er lachte. »Uns essen sie nicht auf, versprochen, ja, Liebling! Ich paß auf uns auf. Und wenn du mir verlorengehst, dann finde ich dich wieder.« Er sprang hinter einen Mülleimer, tat so, als würde er sich verstecken. Sie beobachtete ihn dabei. »Du gehst verloren, aber ich finde dich wieder, ja, Liebling?« Sie weinte und lachte. »Du gehst verloren und ich suche dich. Klaro!«

*Und so fand er mich.*

Mit welchem Stolz und Schmerz ihre Großmutter das gesagt hatte. Und mit dem Glauben an eine Unausweichlichkeit. *So fand er mich.*

David Steers und Hans Hamann, die zwei Chefs, die aus dem Headquarter in Portland gekommen waren, um das Auswahlverfahren für die Sondereinsatztruppe, wie sie das Team nannten, durchzuführen; David und Hans saßen zwei Brüdern gleich nebeneinander, beiden war das Haar schütter geworden und sie trugen lapislazuliblaue Polohemden der Firma. Profisportlern gleich, hatten sie nichts dagegen, noch auf Brust und Hemdkragen das Logo ihres Hauptsponsors zu zeigen. Beide waren eingerahmt vom Panoramafenster des Konferenzraumes – die Gardinen zur Seite gezogen, dahinter der Innenhof des Hotels; ein asiatisch aussehender Amerikaner in dunkelgrüner Gärtnerkleidung fegte selten begangene Wege. Vor David stand eine Kaffeetasse auf dem Tisch, und er ordnete Kekse um die Tasse herum an. Drei Mobiltelefone lagen griffbereit daneben. Hans schaute auf und lächelte, als Nele sich auf den Platz in der ersten Reihe, direkt vis-à-vis den Chefs, setzen mußte. Kein anderer Platz war mehr frei. Es waren vierzig, vielleicht auch fünfzig Leute im Raum. Nur leises Getuschel. Telefone wurden ausgeschaltet, Computer zugeklappt. Sie erkannte ungefähr zehn Kollegen aus dem Büro in Chicago. »So, dann ist auch die gute Nele Niebuhr eingetroffen«, bemerkte Hans, »wir können also anfangen.« Kannte er ihren Namen oder hatte er ihn, ohne zu blinzeln, von dem Aufkleber am Rande ihres Dekolletés abgelesen?

»Ihr wißt«, knüpfte David ohne Unterbrechung an, »wir haben heute noch viel auf dem Plan. Es wird alles ein bißchen eng vor der Party. Wir fallen mit der Tür ins Haus, nicht, Hans, das tun wir gerne. Es wird ein Briefing von uns geben und dann verschiedene Aufgaben für euch. Wir suchen fünf Leute für die Sondereinsatztruppe. Diejenigen, die für den Job am besten geeignet sind. Warum ihr jetzt schon hier seid, ist euch klar. Wir haben eure Profile im Intranet eingesehen. Ihr habt alle außergewöhnliche Qualifikationen. Hier sitzen Harvard-Philosophen unter uns. Ja, schaut euch nur um.« Es wurde ein bißchen gelacht.

»Nele, daß du das nicht bist, wissen wir«, ergänzt Hans Hamann mit einem provokanten Lächeln, »du hast Kunstgeschichte und Modedesign in Berlin studiert. Deine Abschlußarbeit beschäftigte sich mit einem interessanten Thema. Nämlich, Nele?« Er flippte sehr schnell einen Kugelschreiber zwischen Zeige- und Mittelfinger hin und her. »Damit ihr euch nicht wundert, wir wissen all diese Sachen über jeden von euch. Wir haben uns gut vorbereitet. Wir wollen herausfinden, wer von euch das auch kann. Innerhalb von zwei Stunden.« David schien um Ausgleich bemüht.

»Also, noch einmal kurz zur dir, Nele. Was war dein Thema?«

Sie zögerte. Sollte sie sich so vorführen lassen? »Das Verschwinden«, sagte sie dann leise, »Camouflage, Mimikry.« In den glatten, zivilisierten Gesichtern der Männer zeigte sich keine Reaktion.

»Gib uns mal einen knappen Einblick.« Jetzt klang Hans aufmunternd.

Sie holte Luft, während sie hoffte, daß sich irgendwie eine zusammenhängende Erinnerung an diese Phase ihres Lebens einstellen würde. Sie spürte die hölzerne Lehne an der Wirbelsäule, ihre Zunge schien an den Zähnen zu kleben, sie beschloß, einfach irgendwo anzufangen, vielleicht stellte sich etwas beim Reden ein. »Ich mochte immer Op-art-Muster, ich suchte nach Stoffen, die solche Muster haben, ich fand nie welche. Mich interessierte das Verschwinden des Blicks, die Unmöglichkeit, solche Flächen zu durchdringen, die Wiederkehr, die darin angelegt ist: Man sieht nur sich und seine Hilflosigkeit, diese Oberfläche durchdringen zu wollen. Es ist die Illusion von Bewegung auf einer zweidimensionalen Fläche. Ich wollte einen Stoff finden, der den Übergang erfahrbar macht. Etwas Osmotisches, das wir durchdringen können. Eine Annäherung an die Erinnerung, ähnlich dem geschriebenen Wort, eine Textur eben.« Sie überlegte einen Moment. »Ausdruck fand das Theoretische, ganz banal, in dem Projekt mit den Tapetenkleidern. Die Kleider, die eigentlich auffallen, einen Menschen hervorheben sollen, sollten den Menschen im Hintergrund verschwinden lassen. Als trage jemand die zu ihm passende Welt mit sich herum«, sie lachte aus Unsicherheit, »war das genug Einblick?«

David aß einen Keks aus seinem Ensemble.

»Ach ja, wichtig war die Beschäftigung mit Seetieren, Fischen, Quallen, Korallen, Kalmaren. Als Vorlage für eine Kollektion von Mustern und Farben, die mit Camouflage spielen. Der Blattfetzenfisch hat sich dafür ganz gut geeignet. Er sieht aus wie ein Büschel Seetang, hat aber Augen, Beine –«

»Wir wissen«, unterbrach David Steers sie, »wie ein Blattfetzenfisch aussieht.«

»Entschuldigung. Ich wollte nur erzählen, daß der praktisch keine Feinde hat, weil niemand ihn sieht, seine Feinde haben aufgegeben, könnte man sagen. Mimikry, die Fähigkeit, sich unsichtbar zu machen, das ist eine große Idee der Natur. Das Militär will das nachahmen, aber so perfekt und überzeugend wie die Natur kriegt der Mensch das nie hin. Zumindest nicht an der

Oberfläche. Man könnte darüber streiten, ob Anpassungsfähigkeit oder auch Opportunismus eine Form von Mimikry ist.«

»Wer war hier der Harvard-Philosoph?« fragte David fröhlich in den Saal.

In den Augenblick Stille atmete sie. Die Zusammenhanglosigkeit ihrer Rede verlor sich im Raum, ihr Gefühl, sich lächerlich gemacht zu haben, nicht. Der Gärtner gärtnerte, David kaute die Kekse, Hans schaute sie an. Die Stille weitete sich aus, sie wurde eine Ewigkeit. Ken'ichi wäre stolz auf sie gewesen, mit wie leichter Hand sie seine entzückende Ewigkeit herzustellen vermochte.

»Nun, wir haben«, sagte Hans sehr schnell, »weil es so gut läuft, gerade die Freiräume, ein Team aufzubauen, das mir persönlich am Herzen liegt. Der Strategischen Planung zugeordnet, wird es aber vollkommen selbständig agieren können. Weit über die trockengelaufene Trendforschung hinaus. Es wird um das reine, ungestörte Brainstorming gehen, das nötig ist, um zu ganz neuen Ansätzen zu kommen. Die Idee ist schon alt, aber wir gehen das Projekt wieder neu an. Wir können uns Leute aus ganz unterschiedlichen Bereichen in so einer Gruppe vorstellen. Die Themen sind vielfältig. Mode als letztes Glaubensbekenntnis, Mode als totale Umwelt oder als letzte persönliche Note in unserer lieben, vereinheitlichten Virtualität. Mode, und damit jede Marke, wird in Zukunft immer offensichtlicher Substitut sein, Vakuum zu füllen haben. Sie ist das Privateste, was ein Mensch an sich heranläßt, sie ist der engste Vertraute. Und damit ein Bekenntnis. Das letzte, das wir Säkularisierten noch geben können. Es wird eine ganze Kollektion geben, die Glaubensfragen aufnimmt, nicht nur den Schuh. Damit ist der Anfang gemacht. Jesus ist auf dem Weg, Jesus ist der Star des neuen Ladens in Vegas. Es ist der perfekte Ort, mit dieser Linie anzufangen. Der Sündenpfuhl feiert Hundertjähriges und Jesus ist mit dabei.« Er schaute zu David, und David sagte: »Das sind die noch greifbaren Themen. Aber dann geht es um ein Thema, das weniger faßbar ist. Es wird darum gehen, der Marke unsichtbare Omnipräsenz zu verschaffen, wenn man es mit der Natur vergleicht, ein unauffälliger Ubiquist zu werden. Weltweit verbreitet. Daß der Konsument zunehmend Produktwerbung vermeidet, alles alter Hut. Es geht um Strategien die *absolut* unauffällig sind, *absolut* unbewußt funktionieren. Das sind Strategien, für übersättigte Märkte. In Rußland und China müssen wir noch klassische Werbung machen – und das Kopieren in den Griff kriegen. Aber in Amerika und Europa muß über Neues nachgedacht werden. Das ist der Part, der mir noch mehr am Herzen liegt, als die Kollektion zu Glaubensfragen. Ich bin ja schließlich der Mann, der unsere unglaublich wertvolle Marke sicher durchs 21. Jahrhundert bringen soll.« Er legte seine Hand vor Hans auf den Tisch und wischte darüber, als schiebe er ein Blatt Papier auf ihn zu. »Dieses Feld ist offen, sehr offen, es braucht Leute, die Lust an der Mimikry haben, sich mit der Idee des Verschwindens beschäftigen, dem Wesen des Unsichtbaren auf die Spur gehen wollen. Wir müssen eine transparente Marke werden, die in ihrer Transparenz überall sichtbar ist. Sport Heritage immer ausgenommen, da funktioniert alles nur über Erinnerung, über selige, glückliche Erinnerungen, das ist schon wenig greifbar, da muß wenigstens die Werbung, durch die erinnert wird, greifbar sein. Nein, es geht um eine neue Division, die über Sport Style und Performance steht, aus beiden werden Submarken. Und die eine neue Identität muß von Anfang an über ihre vollkommen unauffällige, nicht bewußt wahrnehmbare Allgegenwart verkauft werden. Nicht endlose Penetration. Auch nicht sublimale Nachrichten. Alles Schnee von gestern. Wir müssen über den Menschen als Träger der Marke hinausgehen, wir müssen zu dem werden, was eine Religion, was ein Bekenntnis mal war. Und von dort aus noch weiter. Es geht um die Eroberung von ganz neuen Räumen. Ideenräumen. Lufträumen. Vielleicht kann man es so nennen. Und dort ist es vorbei mit der Freiwilligkeit.«

Hans sagte: »Davids Idee vom Ablaßhandel.« Er lachte.

David sagte: »Wir haben noch nicht geklärt, wie das mit der Dreifaltigkeit ist.«

Hans griff nach seinem Mobiltelefon, drehte das Gerät wie einen Kreisel.

»Am Anfang kann man Witze machen. Wenn es später funktioniert, werden alle ganz ernst«, sagte David nachdenklich. »Wir sind da auf dem Weg. Wir gehen los. Und haben eigentlich nichts in der Hand. Aber das ist das Aufregende daran.«

Nele beobachtete den Springbrunnen im Innenhof. Ein dünner Schweif Wasser sprang in einem halben Bogen so, daß er gerade Davids Kopf überrundete. Das Wasser flog kontrolliert, löste sich im Schweif etwas auf, wirkte emsig in dieser Bewegung, fast pflichtbewußt. War ein Bogen des Wassers verschwunden, kam der nächste, der den gleichen Weg zeichnete. Es hatte etwas Lächerliches an sich, dieses fliegende Wasser. Erst einen Augenblick später nahm sie wieder Davids Worte wahr. »... wenn es dabei bleibt. Es kann auch sein, daß sich die ersten Ansätze im Laufe des Jahres selbst abschaffen und das Team zu ganz neuen Überlegungen kommt. Fünf Leute werden in den Genuß dieser Arbeitsweise kommen. Zwei Monate im Headquarter in Portland. Vier Wochen in einem Kloster in Brasilien. Danach je vier Wochen in einigen Metropolen der Erde, die etwas gemeinsam haben. Ihre rasante Entwicklung und ihre Fragilität. Shanghai, Moskau, São Paulo, London, Mexiko-Stadt. Berlin oder Havanna. Und dann habt ihr noch drei Monate für die Problemregionen. Wo ein Versorgungsengpaß herrscht, wird der Mensch erfinderisch. Das Team muß den Mangel studieren und die besten Ideen mit nach Hause bringen. Nächstes Jahr, wenn es gut läuft, wenn die Zahlen stimmen, kommt ein neues Programm. Fragen?«

»Es soll also eine Marke eingeführt und dann zum Verschwinden gebracht werden«, sagte jemand hinten im Raum.

»Das hast du richtig verstanden. Klingt paradox. Ist aber notwendig. Nur die Marken, die eine Bereitschaft zu so grundsätzlicher Veränderung zeigen, werden bleiben. Alle anderen werden unfreiwillig verschwinden. Es wird unser entscheidender Vorteil sein. Wir denken weiter als die nächste Zukunft.« David stand auf. »Okay. Und da wir dabei die ersten sein wollen, hier eure Übung. Wer seinen Laptop mithat, kann direkt ins Netz gehen. Für die anderen stehen im Nebenraum Rechner. Ihr habt eine Stunde Zeit. Wir möchten euch bitten, die zehn ärmsten Regionen der Welt, ihre Hauptstädte, Machthaber und politischen Strukturen zu recherchieren.«

Der geduldige Gärtner im Hof zog mit einem Rechen Spuren in den Kies. Fünfzig Leute raschelten mit Taschen, ihrer Kleidung, rückten Stühle. Nele blieb in ihrer Reihe sitzen, eine Hand in ihrer Tasche, darin der Walkman. Anderen hingen weiße Kabel aus den Ohren. Mit trotzigem Stolz setzte sie den altertümlichen Kopfhörer auf.

»Ja, das gestohlene Bild. Warum ich's von ihm bekam? Das ist unsere Geschichte. Sie nahm ihren Anfang nur, weil ich Hunger hatte. Meine zwei Brüder waren noch im Osten, wir hatten seit längerer Zeit nichts mehr von ihnen gehört. Vater war seit 1944 verschollen. Mutter und ich in Berlin. Sie, wie immer, der General mit dem unbedingten Willen zu überleben. Um keine Idee verlegen. Und so begriff sie schnell, wie wir an etwas zum Essen kommen konnten, an den Schlangen vorbei. Ich war jung, zweiundzwanzig Jahre bei Kriegsende, hübsch damals, zumindest nicht häßlicher als andere. Mutter suchte ihre besten Kleider für mich zusammen, ich durfte mich schminken, ihre Strümpfe anziehen. Ich bekam eine Handtasche und eine Kappe mit Federgarnitur, die ich erst, das bleute sie mir ein, aufziehen durfte, wenn ich angekommen war. Ich fand das alles nur großartig. Verstand ihre Ruppigkeit nicht, mit der sie das organisierte. Erst im nachhinein begriff ich, daß es ihr schlechtes Gewissen war. Sie war im Begriff, ihre Tochter zu verschachern. Ohne daß die eine Ahnung hatte! Das wußte sie. Naivität ist auch ein Schutzschild. So ging ich los. Direkt ins Offizierskasino der Amerikaner, am Ende unserer Straße. Eine alte Villa, außen heruntergekommen, drinnen Stuck und Parkett, Fensterscheiben und eine funktionierende Heizung. Aber so weit kam ich erst einmal gar nicht. Ich wurde vor der Tür abgefangen. Drei Soldaten standen dort und rauchten. Einer von ihnen war Harold. Ich stand am Fuß der großen Eingangstreppe und zog die Kappe auf, hatte aber nichts dabei, um sie festzustecken. Also hielt ich sie mit einer Hand fest. Die Männer lachten. Ich hatte Hunger. So sehr, daß mir die Hände zitterten, ständig. Die Knie sind so weich. Du hast kein Blut mehr im Kopf, es ist, als pumpe dein Herz Luft durch die Adern. Seitlich neben dem Treppenaufgang stand eine Kellertür offen. Ich sah helle Küchenfliesen. Ich roch Essensdüfte. Mir war buchstäblich alles egal. Nur hierbleiben, hier, wo es offensichtlich etwas gab. Die Männer, das merkte ich, redeten über mich, lachten immer noch. Es waren zwei weiße und ein schwarzer. Ich lachte einfach mit. Es fiel mir nicht schwer. Ich hielt meinen Hut fest und lachte. Da streckte der Schwarze seine Hand aus, ganz galant, so ging ich die Stufen hoch, seiner Hand entgegen. Ich erinnere noch, daß ich zum ersten Mal sah, wie viel heller die Haut in der Innenfläche ist. Außen war er so braun wie eine Zartbitterschokolade. Ich dachte ständig an Essen in der Zeit. Immer das, was fehlt, daran denkt man. Ich hatte noch nie so nach der Hand eines Mannes gegriffen und mich eine Treppe hochführen lassen, geschweige denn die Hand eines schwarzen Mannes angefaßt. Mir war schwindelig, ich hatte Kopfschmerzen und dieses steinschwere Loch im Magen. Als hätte jemand einen Brunnen gemauert, quer durch mich hindurch. Und der Eimer, der was schöpfen sollte, lief nur leer hin und her. Ich war blaß, sehr blaß, und meine Mutter hatte mir ihren einzigen Lippenstift aufgetragen, den sie noch besaß. Kirschrot. Und immer schön den Hut festhalten. So stand ich auf der obersten Stufe, direkt bei den Männern, und sie scherzten mit mir, ohne daß ich ein Wort verstanden hätte. Sie sagten ihre Vornamen. Ihre Nachnamen standen ja auf ihren Uniformen, soviel hatte ich begriffen. Ich sagte ihnen, wie ich hieß. Good run, das machten sie daraus, aber das verstand ich erst später. Ich war nur damit beschäftigt, zu überlegen, wie lange ich sie bei Laune halten mußte, bis ich mir das Zeichen erlauben konnte, das Zeichen, daß ich Hunger hatte. Ich wollte nicht mit der Tür ins Haus fallen, ich hatte solche Angst, daß sie mich dann gleich fortschickten. Ich lachte und scherzte, als ginge es um mein Leben. Und, ach, natürlich. Ich sah schon, wie sie mich anschauten. Diese Blicke. Komplett auf den Kopf gefallen bin ich ja auch nicht. Für die Männer war es ein Spiel, dessen Regeln sie kannten. Ich setzte Stein für Stein in ihrem Spiel, spielte mit, und wußte doch nicht, wohin die Reise ging. Dann wurde aus der Kellertür gerufen und die drei verabschiedeten sich. Kannst du dir vorstellen, was für eine Angst mich befiel? Heute nennt man das Panik, glaube ich. Ich war gar nicht mehr ich selbst, der Schwindel hatte mich vollständig im Griff. Ich stürzte den Männern hinterher. Und wußte zugleich, daß ich das nicht tun durfte. Nicht betteln. Halt den Kopf hoch, hatte meine Mutter zum Abschied gesagt. Mit so viel Verbitterung. Das hab ich auch erst im nachhinein verstanden. Ich hielt mich also am Treppengeländer fest und sah den schwarzen Harold zwischen den weißen Fliesen in dieser Küche stehen. Er drehte sich zu mir um. Griff nach seiner Kappe, nahm sie vom Kopf und verbeugte sich ganz leicht. Ich nahm auch meine Kappe vom Kopf, hielt sie mir kurz vors Gesicht, ich weiß nicht mehr, warum, vielleicht, weil ich mich so schämte, und dann hielt ich ihm die Kappe umgekehrt hin, doch wie ein Bettler. Aber mit aufrechtem Kopf und kirschrotem Mund. Harold hörte auf zu lachen. Er wurde ganz ernst. Dann drehte er sich um und verschwand. Ich schämte mich nicht nur, ich wurde auch noch wütend auf mich. Ich haßte mich für meine Dreistigkeit. Den Mann hatte ich so sicher verprellt, wie die Kirchuhr zwölf schlug. Ich wollte nicht mit leeren Händen nach Hause kommen. Ich wollte meiner Mutter eine Tochter sein, die zu etwas nütze war, das wollen doch alle Töchter. Ich wollte die Aufgabe, die sie mir gestellt hatte, erfüllen. Aber ich brach in Tränen aus. Flüchtete die Treppe hoch, nur weg vom Haus. An der Seite schlug ich mich in einige Büsche. Setzte mich auf einen Baumstumpf. Sah schon die Ziehfäden vor mir, im feinen Stoff des Kleides. Hörte Mutter schimpfen. Was immer öfter mit Weinen verbunden war, was so verzweifelt klang, daß ich es nicht aushalten konnte. Ich mußte weggehen, wenn sie in ihren Kummer fiel.

Kurz, ich riß mich zusammen auf dem Baumstumpf. Ich sprach mit mir. Ich ließ den Eimer durch meinen gemauerten, leeren Brunnen rauschen. Ich stand auf und stampfte zurück zum Kücheneingang. Da stand der schwarze Mann in der Tür. Er hatte mich, so waren seine Gesten, offensichtlich schon gesucht. Er trug wieder seine Kappe. Dann nahm er sie zusammen mit einem Kopfnicken ab, ein bißchen wie Zauberer ihre Hüte abnehmen, und wirklich, es war zauberhaft. Jetzt lag in seiner Kappe ein Brot. Kein sehr großes, aber ein Brot. Er hielt es mir hin. Ich weinte. Vor Glück. Die Art, wie er über mich lachte, erleichtert, ein Lügner, dem seine Lüge geglaubt worden war. Einige Tage ging ich jeden Abend an die Tür, bekam etwas. Ich war eine Katze, treu. Auf dem Rückweg trug ich den Hut auf dem Kopf. Ich mußte leuchten, noch durch den Filz hindurch, so fühlte ich mich. Es war nie dunkel, wenn ich nach Hause lief. Meiner Mutter das Brot auf den Tisch legen. Und dann kam jeden Abend Mutters Blick. Ob ich unbeschadet wieder zurückgekehrt war. Wenn das ihr Eindruck war, dann wurde sie ganz heiter. Die Frau Mutter, der General, machte Witze. Manchmal nahm sie mich in den Arm. Ich konnte das nicht, mich von ihr in den Arm nehmen lassen. Sie küßte mich auf den Kopf und scherzte, als wäre ich wieder ein Mädchen. Aber ich war so erwachsen. Was Erwachsensein eben bedeutet. Beschädigt zu sein.«

Nele spürte, wie jemand eine Hand auf ihre Schulter legte. Hans Hamann stand schräg hinter ihr. »Du kennst die Fakten schon, Nele?«

»Ja«, sagte sie.

»Beeindruckend«, sagte er und ging. Sie stand auf und suchte einen freien Rechner im Nebenraum. Bei Google gab sie ein: Bild mit Hüten Merkers. Um sie herum herrschte nervöses Tastenklappern. Google suchte lautlos. Keine Treffer. Frau mit Hut Kunstwerk Verschollen. In der Liste: nur unpassende Antworten, für die sie jetzt keine Zeit hatte. Dies und das, aber keine Information. Raubkunst Kunstwerk Wert. Beim Überfliegen: keine Zahl. Sie wollte so klare Antworten, wie ihre Nachbarn klare Antworten fanden. Die zehn ärmsten Länder der Welt.

*Als arm gelten Länder, in denen jeder Einwohner unter 735 $ pro Jahr erwirtschaftet. Hier die ärmsten zehn Länder der Welt, in denen das Bruttosozialprodukt pro Kopf 180 $ oder weniger betrug:*

*Tadschikistan*
*Niger*
*Malawi*
*Eritrea*
*Guinea-Bissau*
*Liberia*
*Sierra Leone*
*Burundi*
*Äthiopien*
*Demokratische Republik Kongo*

Kein bewußter Moment der Entscheidung, eher der Taumel nach einem nächtlichen Hochschrecken, wenn noch unklar war, ob man dort erwachte, wo man eingeschlafen war. Sie verließ das Hyatt. Vielleicht hatte sie noch nie etwas entschieden. Und auch jetzt wieder Tatsachen geschaffen durch Umgehung der Konfrontation. Es würde kein Las Vegas geben, für sie, keine Rückkehr zu Eric. Und auch kein neues Haus, kein neues Leben an diesem Ort. Und noch viel weniger ein Leben an zehn, zwanzig wechselnden Orten, um für übersatte Märkte die Kraft des Mangels zu studieren. Es würde etwas anderes geben. Und die Vorstellung davon glich einem Traum, der, vor langer Zeit geträumt, jetzt wieder eine Spur in die Erinnerung zog, ganz leicht und zerfranst, aber zum Greifen nah.

# Zwei Enden einer Liebe

Eric, im dunkelblauen Anzug, das weiße Hemd überm Hosenbund, durchkreuzte unentwegt den hinteren Teil des Raumes. Im hohen Tempo seiner Bewegungen wirkte er wie eine getaktete Uhr. Er schien nervös, so am Beginn der Party, die ihm zu Ehren und zu seinem Abschied veranstaltet wurde. Er entfernte sich von Nele, nachdem er gesehen hatte, daß sie vor der Tür des Ladens stand.

In ihren Rücken drückte die heilige Geschäftigkeit der Magnificent Mile, der Lärm nie endender Autokolonnen, Busse, Hupen, Musik, Passanten. Lichter fingen sich in der breiten Fensterfront des Ladens. Die Schuhe darin standen still. Als verharrten sie unter der Kontrolle der beweglichen Außenwelt.

Die Jackenaufschläge von Erics engsitzendem Einreiher blähten sich, während er durch den Laden marschierte, seine Hose stauchte sich auf den Schuhen. Er trug das graublaue Modell aus der Thrift-Edition, eines von tausend Paaren weltweit, denen man nachsagte, sie seien aus geschichtsträchtigen Materialien gefertigt, auf Stoff gedruckte FBI-Protokolle der Watergate-Affäre, ausrangierte Talare, wettergegerbtes Segeltuch eines Weltreisenden, Stoffetzen, die von Deutschen 1945 als Zeichen ihrer Kapitulation aus dem Fenster gehängt worden waren.

Diese Märchen erfand die PR-Abteilung. Nicht in Läden, nur in ausgewählten Galerien hatte es die Schuhe gegeben, und Eric war nach New York geflogen, in die 5th Avenue gefahren, um zwischen Bildern von Jasper Johns und Richard Serras Skulpturen ein graublaues Unikat zu erstehen. Der Stoff war, das hatte Nele, die die Reihe mit entworfen hatte, ihm erzählt, verwandt mit einer Lastwagenplane. Die Spuren jahrelangen Gebrauchs waren an einem Nachmittag in den Stoff gescheuert worden. Dann wurde er als ein Material verkauft, das beim Bau von Weltraumfähren Verwendung gefunden haben sollte. Sicher zurückgekehrt aus dem Orbit, nicht in der Erdatmosphäre verglüht. Unter der Sohle dieses Unikats stand *Space Invader*. Jeder Schritt, so die Losung auf dem Beipackzettel, sei der Eroberung des Raumes gewidmet. Die Welt noch völlig unentdeckt. Man müsse nur aufbrechen.

Im Hause hatte, abgesehen vom Marketing, das sich das ausgedacht hatte, niemand damit gerechnet, daß diese Lügen Konsumenten tausend Dollar wert sein könnten. In Neles Abteilung hatten sie überlegt, wie sie später an die Ladenhüter kommen konnten. Einen Zeitpunkt abwarten, da das Management über die Pleite nicht mehr sprechen wollte. Kurz danach mußte man die Zeugnisse des Scheiterns unauffällig loswerden. Die Designer bereiteten sich auf die Konferenzen vor, in denen ihnen die Schuld gegeben wurde: Das Marketing war perfekt, nur die Designs hätten den Kunden nicht überzeugt. Leider war die Nachfrage überwältigend gewesen. Tausend Paar Schuhe wechselten binnen dreier Minuten den Besitzer. Die erfundenen Geschichten, einem Schuh angehängt, wurden zum großen Erfolg des Unternehmens, erschlossen neue Käuferschichten. Ein Schuh für tausend Dollar? Lügen kostet Geld, hatte Eric gesagt. Je mehr man lügt, desto mehr Geld. So funktioniert seit jeher Ablaßhandel, hatte Eric gelacht.

Die Panzerglasscheibe sammelte die Geistergesichter der Vorbeigehenden ein. Auch Neles Geistergesicht. Eric zog am Stahlgriff, zog die Tür zu sich heran, stand in der Öffnung und sagte: »Du setzt einen Kopfhörer auf und gehst? Du läßt Hans Hamann stehen. Womit hast du dir das Gehirn gewaschen?«

Die Lichter verschwanden, das Glas war nur noch Glas. Sein offenes, geradezu naives Gesicht und sein Tonfall paßten nicht zueinander. Einem Impuls folgend, ging sie an ihm vorbei einige Schritte in den Laden hinein, neben ihr ein langgestreckter Spiegel am Beton der Wand, gegenüberliegend die zweifingerigen Halterungen, auf jeder ein Schuh, eine Kompanie aus Schuhen, die sich jeden Augenblick am Beton entlang in Bewegung setzen konnte. In der Mitte des Raumes, von beiden Wänden jeweils zehn, zwölf Meter entfernt, lagen die polierten Betonquader wie Findlinge, die ein Riese als Weg durch einen Fluß gelegt hatte. Auf den Quadern: Taschen, Kappen, Brillen. Gesichert unter einem Dach aus Glas. Dahinter eine schmale Sitzmöglichkeit, an die sich das Wasserbecken anschloß, ein U, das in der Wand verschwand und wieder auftauchte. Darauf trieben die Produktneuheiten der Saison, jedes Produkt auf einem stabilen Floß. Eine Düse sorgte für kontinuierliche Vorwärtsbewegung. Eric angelte sein Mobiltelefon aus der Hosentasche und entfernte sich mit dem leuchtenden Gerät am Ohr. An einer Wand blieb er stehen, nestelte an T-Shirts, lachte, kratzte sich mit einer Geste der Verlegenheit, die sie von ihm kannte, wenn er mit Vorgesetzten sprach, an der Seite des Kopfes, am Ohr. Sie waren eingefaßt vom feinporigen Sichtbeton, die Bohrungen zur Verankerung wie Einschußlöcher. Das indirekte Licht kam aus Schlitzen am oberen und unteren Rand. Es wirkte, als hinge der Beton an einem Streifen Helligkeit, rosa, orange, grün, die Sekunden vor einem polkappennahen Sonnenuntergang. Der plötzliche Eindruck, in einem Bunker zu stehen, mit fröhlichen

Produkten, die Teil eines Ablenkungsmanövers waren. Sie ging einige Schritte auf die Wasserstraße zu. Mit einer Hand stützte sie sich am Verkaufstresen ab, berührte den Computerbildschirm, eingelassen in einen Monolith aus Beton. Soviel Beton. Da war nicht heil rauszukommen.

Eric sprach noch immer mit seinem Mobiltelefon. Im Nebenraum, dem Art Space, wie Ken'ichi ihn nannte, war der Berliner Künstler dabei, sein Kunstwerk zu vervollständigen. In Berlin, so hatte Christina, die zuständige Beraterin, gesagt, würden ihn gerade alle lieben. Er sah aus, als könnte man nichts anderes, als ihn lieben. Bis zur Unschuldigkeit klein war er, schmal und blaß, sogar seine Finger wirkten ausgemergelt. Kaum jemand hatte ihn bisher etwas sagen hören. Er malte den ganzen Tag, während drüben im Laden verkauft wurde. Kunden, die in seine Nähe kamen, begrüßte er nicht, er schaute vor ihnen auf den Fußboden und machte ein sagenhaft sorgenvolles Gesicht. Als verstände er gerade die Absurdität der Welt, als ziehe er eine Verbindung, die alle letzten Rätsel löste. So etwas in der Art. Er hatte dreißig oder vierzig stilisierte Köpfe auf alle drei Wände gemalt, darunter Diktatoren, Präsidenten, weltbekannte Witwen und Schauspieler, wenn Nele sie richtig erkannte. Die Gesichter mieden die Blicke der anderen, starrten ins Leere. Ein Netz aus vielfarbigen Linien rankte um die Köpfe, eine Art wildgewordener Stammbaum, der sich auch über den Boden und die Raumdecke zog. Jeden Tag malte er neue Köpfe dazu, über die vorhandenen, verband sie, es waren Schichten aus Gesichtern und Linien. Vater und Sohn Bush glichen sich sehr und auch dem Schildkrötenkopf, den der Künstler in diesem Augenblick über beide malte. Michael Jackson wurde von Kinderköpfen ausgelöscht. Fidel Castro von einem Gesicht, das Ähnlichkeit mit Putin hatte. Ein flaches Gesicht verschwand unter dem anderen. Nele sagte vom Durchgang aus: »Hallo.« Der Künstler schaute sie traurig an. »Hast du Hunger, Durst?« fragte sie. Er schüttelte theatralisch den Kopf. »Willst du nicht mal aufhören zu arbeiten?« »Nein«, sagte er leise, »keine Zeit.« »Wer kommt noch?« Sein Blick verriet Erstaunen. »Alle«, sagte er, und es klang, als mache ihn allein die Vorstellung unendlich müde. »Du Armer«, sagte Nele. »Danke«, sagte der Künstler.

Eric steckte sein Telefon zusammen mit der Hand in die Hosentasche. Er sah sie an, und Nele wußte, sie würden kein Wort wechseln, keines, das eine Tragweite über den Abend hinaus hatte. Nur der Bleistift des Künstlers kratzte auf dem Putz. Sie fragte: »Und wann geht morgen dein Flug?«

»Ich kapier's einfach nicht. Du hättest auch nach der Vorauswahl einfach sagen können: Ohne mich. Aber nicht so. Das hat Konsequenzen. Das muß dir doch klar sein.«

»Bist du noch alle Sachen losgeworden?«

»Ich hab noch nie erlebt, daß der so aufgebracht war. Der nimmt's persönlich. Keine Ahnung, wieso. Vielleicht, weil du immer von ihm protegiert worden bist.«

»Ich bin nicht protegiert worden.«

»Natürlich. Ohne ihn würdest du im Unternehmen kleinere Brötchen backen.«

»Das stimmt nicht, Eric. Warum lügst du?«

»Wahrscheinlich war er hinter dir her.«

Sie rang nach Luft. Die Betonwände, das ewige Licht, die immer neuen Gesichter.

»Manchmal tut's weh«, sagte Eric.

»Nein«, widersprach sie. Einer Säure gleich fraß sich etwas in sie hinein. Die Stimme des alten Mannes im Brötchenkostüm, Liebling, sag mir, tut es weh, das Gesicht des Mädchens: Nein, versprochen, nein. Ich liebe dich doch. Der Bewegungsmelder der Ladentür pfiff. Eric sagte leise: »Es tut so weh, daß man immun wird.« Ein ganz schwarzer Zauberer, ein weißes

Brötchen im Hut. Ein Gebüsch. Ein kirschroter Mund. Was war Hunger? Menschen in unförmigen T-Shirts an einarmigen Banditen. Der Glaube an den heilenden Zauber von Reichtum, überall im Saal. Jeden Tag ein neuer Versuch. Tag für Tag. Grüne Teppiche mit Spielkartenfarben, Bube, Dame, König, As. Bis die Kasse leer war. »Vollkommen immun«, sagte er und verschwand im Art Space.

Verlorengegangenen, vereinzelten Wörtern gleich, standen die Schuhe, Kappen, Taschen um sie herum, und sie wünschte für Augenblicke, sich deren Gleichgültigkeit aneignen zu können, einfach warten, so lange warten, bis irgend jemand sie irgendwann kaufen und aus dem Laden mitnehmen würde.

Sie sah ihn ganz hinten in dem Nebenraum: Er starrte sein Mobiltelefon an, steckte es zurück in die Hosentasche, blieb so gebeugt stehen, als horche er auf ein Echo. Er drehte den Kopf zur Seite und warf einen Blick durch den Raum, als prüfe er etwas mit einer aus der Mode gekommenen Ernsthaftigkeit. Sie versuchte, dem Blick nicht auszuweichen.

Mit schmerzhafter Fülle stellte sich eine Erinnerung ein. An Simon, mit dem sie fünf Jahre zusammengewesen war, nach der Schule, durch das Studium hindurch. Sie hatte Simons Blick vor Augen, als sie im Berliner Flughafensee geschwommen waren, ihre nackten Körper im grünbraunen Wasser, wie er sich auf den Rücken drehte und sagte, dann soll es das also gewesen sein. Simon, der sie Jahre später, nachdem sie Berlin und die Uni verlassen hatte und schon in Süddeutschland arbeitete, anrief und sagte, er wolle sie noch mal was fragen. Damals, sagte er, warum sie sich getrennt hätten, er habe die Gründe vergessen. Sie hatte die Gründe auch vergessen.

Simon, der für sein Leben gern tauchte und sagte, von allen Fischen würde er ein Hering sein wollen, obwohl Heringe es von allen Seiten abbekämen, von oben die Möwen, von unten die

Orcas; auch wenn alle nur darauf warteten, daß ein Hering vereinzelt durchs Meer schwämme – er wolle einer sein, weil sie im Schwarm so nah beieinander seien, silbern, und wie ein großer Fisch wirkten, sich hinabstürzten und wieder aufstiegen, ein bewegliches Gebilde, ein großer Körper aus tausend kleinen. Und wenn sie aus der Tiefe nach oben kämen, perle über ihnen das Meer in weißen Sprechblasen, erzählte Simon, weil die Luft aus ihren Körpern entweiche.

Das erste Mal seit Jahren hatte sie wieder Simon vor Augen und damit ihre Jugend, sie fühlte den Wechsel zur Gegenwart wie einen Schlag ins Gesicht. Den Verlust von Unschuld. Nicht mehr einfach anfangen, abbrechen, wieder anfangen. Die Leichtigkeit, die nur möglich war, weil jeder sich in einen Mantel aus Unverbindlichkeit hüllte oder kaum etwas hatte, das in die Waagschale gelegt werden konnte. Es schien so einfach, sich von sich selbst abzulenken. Sie hatten sich damals nur getrennt, das wurde ihr nach dem Telefonat bewußt, weil es sich nicht richtig anfühlte, ihre Sehnsucht jetzt schon zu erfüllen, sie sollte so lang wie möglich bleiben, sich nicht erfüllen lassen, weil es außer ihr keine andere Sehnsucht mehr gab. Es war die letzte hartnäckige Lüge, an der sie festhielten: Sie würden nicht alt werden, an keinem Ort festgewachsen, statisch werden wie die Menschen mit ihren kleinen Häusern, Gärten, Einbauschränken, Sicherheitsschlössern. Sie würden nicht diese Leben kopieren, die selbst schon wie eine Kopie wirkten. Sie würden aus ihren Leben eine Reise machen, nur, um nie anzukommen, denn Ankommen war Stillstand, Verharren über eine Zeitspanne hinweg, die man Leben nannte, und Ausbrüche aus den Betonwelten waren nicht vorgesehen, sie fanden höchstens im Unsichtbaren unter sauber gemauerten Oberflächen statt. Es blieb nichts anderes übrig, als weiter an der Sehnsucht festzuhalten, die Menschen deshalb auszutauschen, und einfach noch einmal abtauchen, dreißig, vierzig, fünfzig Meter, und wieder auftauchen und dran glauben, daß es wirklich möglich war, noch einmal ganz von vorne anzufangen. Hätte sie bleiben sollen, festhalten an all dem, was damals gewesen war, anstatt dorthin zu gehen, wo sie sich neu erfinden mußte, immer wieder neu erfinden mußte, und nie wußte, ob die Anstrengungen ausreichten?

Der Berliner Künstler stand zwischen seinen Gespenstergesichtern und lächelte eine Sekunde lang. Menschen füllten den Laden. Die Spiegel machten schlank. Kein Schuh sollte klobig wirken. Eine Kellnerin wanderte mit einem Tablett vorbei, Nele nahm zwei Gläser Rotwein und hielt eines dem Künstler hin. Sie trank ihres in einem Zug leer, er stellte seines in einer Ecke des Raumes ab und wandte sich der Schildkröte zu.

*Schrodys Everlast* ließ den Beton vibrieren, *Eat at Whitey's*, Erics Lieblingsplatte, so oft, so stoisch hatte er sie auch zu Hause gehört, als würde sich ihm etwas Verborgenes erst in der tausendsten Wiederholung zeigen. *They call me white devil, black Jesus, heaven closes, hell freezes.* Sie nahm sie als seine Worte, mit jeder Wiederholung mehr. Die letzten Abende im Haus, als Eric Kisten packte und die verschnürten Erinnerungen nach und nach in die Garage trug, als Nele ihre Kisten füllte, ihre Tasche ins Auto brachte, den Schuhkarton mit den Kassetten fand. Da hatten sich noch andere Texte dazwischengeschlichen, die alkoholschwere Stimme eines alten Mannes, seine Frage, *Have you come here for forgiveness, have you come to raise the dead?* Oder das fröhliche: *Once, there was a time when I was young. Maybe it was yesterday.* Die letzten Abende im Haus, es war niemand mehr zu Besuch gekommen, sie hatten vor dem Fernseher gesessen und schweigend allen Stimmen gelauscht, die immer was zu erzählen hatten. Wie belanglos, unbemerkt ein Stück Leben zu Ende gehen konnte, dachte sie. Mehr und mehr hatte sie gehofft – damit gerechnet –, daß verlorene Heilige und ein schwarzer Jesus um die Ecke biegen, an die Fensterscheibe klopfen, um Einlaß bitten würden. Um dann zu fragen, warum Eric und sie immer noch auf weiße Teufel warteten. Sie waren sie doch selbst. Gib dich hin, würde einer der verlorenen Heiligen vielleicht flüstern, gib dich *diesem* Jenseits hin. Meistens waren Eric und sie zusammen auf dem Sofa, vor laufendem Fernseher, eingeschlafen. Eric im Sitzen, ihr Kopf lag in seinem Schoß. Der Schlaf hatte sie bis in den nächsten Tag getröstet. Dann übernahm wieder die Gewohnheit.

»Nele, Liebling, wir haben uns ja zweihundert Jahre nicht mehr gesehen!« Christina, Protegé des Berliner Künstlers, und Art Consultant, so hieß sie offiziell im Haus, würde morgen mit Eric nach Vegas gehen, um den dortigen Art Space mit Bildern zu füllen. Sie winkte mit einer Zigarette zwischen Zeige- und Mittelfinger. So war sie: winkte immer mit Zigaretten, als sagte sie Hallo und Hallo, ich rauche zugleich. In diesem Falle war es der täuschend echte Nachbau einer Zigarette, nur stieg kein Rauch von ihr auf. Sie sagte: »Nele, Süße, ich bin *so* aufgeregt.« Sie umflatterte Nele, flatterte weiter zum Künstler und zurück. Der Laden war fast voll. Junge Gesichter, bunte T-Shirts, Nietengürtel, echte und falsche Pelze auf der Haut blanker Schultern, Pailletten auf verwaschener Baumwolle, Straßsteine in Nasen, in Oberlippen, an Zähnen. Christina erzählte. »Weißt du«, rief sie, und Nele sah entfernt, am Eingang, wie Eric Hans Hamann und David Steers begrüßte, »weißt du, wir brauchten über fünfhundert Statisten für die Kriegsszenen. So viele. Für einen einzigen verdammten Werbespot. Glück für den Drehbuchautor, daß er mir nicht in die Finger gekommen ist. Die Leute sollten natürlich nicht aussehen wie Rumänen, sondern wie Amerikaner. Warum, hallo, drehen wir den Film dann in Rumänien? Klar, weil dort tausend, ach was, zweitausend Leute zum Casting kommen. Obwohl es kein Geld gibt, nur riesige Buffets. Aber dann sind die mit Herz und Seele dabei, glaubst du nicht, die haben Krieg gespielt, da fehlen einem die Worte. Nur für ein Buffet.« Eric schien sich bei den Chefs für etwas zu bedanken. Seine Gesten waren beflissen, gelegentlich sogar demütig. Eine Weichheit drang in ihre Knie, als zögen sich die Muskeln aus ihrem Körper zurück. »Weißt du«, rief Christina, »die Geschichte ist nicht doll, aber Beckham spielt mit, das ist immer hübsch. Und dann all diese Männer, die noch ohne Sattel reiten können. Und es gibt diese Pferderassen, diese groben Holzwagen, es gibt noch dieses ganze Zeug. Hätten wir hier alles nachbauen müssen. Und so überzüchtete Tiere kannst du für einen Spot auch nicht nehmen, das sieht der Zuschauer, der sieht, wenn was unecht ist.«

»Keiner sieht mehr, wenn was unecht ist«, sagte der Künstler.

»Und die Landschaft«, fuhr Christina unbeirrt fort, ließ dabei die Zigarette, die keine war, durch die Luft kreisen, »oh, Gott, die Landschaft ist einfach – biblisch. Die Karpaten wirken, also, natürlich kommt das auf die Kameraeinstellung an, aber die wirken wie die Appalachen. Und die Donau, das rumänische Tiefland, da waren wir leider nur zwei Mal – wunderschön. Man muß nur die Städte rausretuschieren. Ich hab schon gesagt, ich will irgendwann mal eine Fahrt auf der Donau machen, einmal quer durch Europa.«

»Und vorher alles retuschieren«, sagte Eric, der plötzlich neben Nele stand.

»Einmal quer durch Europa. Jetzt muß ich nur noch jemanden finden, der das mit mir macht.«

»Wo herrscht Krieg?« fragte Nele langsam.

»Eric, wie wäre es mit uns beiden? Von oben nach unten oder andersrum?«

»Ach, du bist Eric«, sagte der Künstler.

»Von der Quelle bis zum Meer«, verkündete Christina. Es wurde von den Bässen geschluckt. Sie legten sich über die Stimmen, Wörter, Sätze, all dem groben Sackleinen, das den Raum durchzog. Christina rief noch einmal, »Von der Quelle bis zum Meer«, mit dem Trotz einer Frau, die in ihrem Leben zu viele Türen selbst hatte aufmachen müssen. Nele spürte, wie Eric nach ihrer Hand griff. Endlich, etwas Festes. Er drückte. Es begann zu schmerzen.

Jemand sagte: »Der malte Hakenkreuze unter die Bäuche seiner Schildkröten. Als Kind.« Eine Kellnerin lächelte ins kurze Glück eines vergangenen Sommers. Nele sah ihre Hand an Rotweingläsern. Hinter Erics Rücken kratzte sich eine Frau mit vier Zentimeter langen Fingernägeln an der Wange, die totenstarren Plastikspachtel muschelweiß lackiert. Eine Stola aus rosafarbenen Pompons flog vorbei. Darunter eine Frau, die ihr ein kokettes Lächeln zuwarf, in der Menge verschwand. Nele merkte, daß sie ihren Blick nicht mehr sammeln konnte. Langsam wurde alles um sie herum rissig und weich. Sie rutschte in einen Spalt. Als sie am anderen Ende auftauchte, sagte jemand mit der Stimme von Eric: »Wir lügen doch alle. Das ist unsere Wahrheit.«

»Es tut so weh«, sagte Nele. »Vorhin, das war gelogen.«

»Belüg mich«, flüsterte Eric und küßte sie. Die Brutalität seines Händedrucks, der Schmerz, verlor sich in der Gewöhnung. Und hinterließ doch im Hals einen Druck, der langsam auf den Brustkorb überging, Besitz von ihr ergriff.

»Alles, was ich sage, ist gelogen«, sagte der Künstler und lachte wie ein kleiner Junge.

Wieder fiel sie in einen Spalt. Zwei Hände und in der Mitte ein großes Glas Rotwein.

»Paß auf, was du sagst.« Christina.

»Achtung, Heimatschutzministerium«, flüsterte der Künstler.

Zwei kichernde Mädchen, die sich umarmten und küßten, ihre Gesichter unter komplizierten Hochsteckfrisuren waren glatt und bildschön. Gleich dahinter eine tätowierte Schulter, brüllender Löwe, Efeuzweig und blaue Klammern, die die gemalte Wunde offen hielten. Ein Gewirr aus Getier. Erics Gesicht verschwand wieder in der Menge, Christina ging auch verloren, eine Motte, die Staub auf sie warf. Um alles herum die geschliffenen Flächen, so glatt, daß es an den Zähnen weh tat. »Keine Lügen mehr«, rief sie gegen die Rücken der Umstehenden. Und merkte dann erst, daß sie im Getümmel ganz allein bei sich stand.

Mechanisch schüttelte sie einigen Leuten die Hand, ihr Lächeln im orangegelben Licht, neben der Kühle der Betonwände, war in die Wangen gefroren, es schmerzte nahe den Ohren, sie hörte sich reden und konnte kaum fassen, daß sie sinnvolle Sätze zu sagen schien – niemand schaute sich pikiert nach einer Ablenkung, nach anderen Gesprächspartnern um. Eric nickte konzentriert seinen Chefs zu. Sie betrachtete ihn aus der Distanz, setzte sich auf einen Hocker und spürte Scham für seine Unterwürfigkeit.

Ein weißblondes Mädchen neben ihr auf dem Hocker rief: »Er hat mich nur angerufen und gesagt, daß Schluß ist.«

»Immerhin«, rief ihre Freundin von gegenüber zurück, »besser als es auf dem Display zu lesen.«

»Was soll ich machen?«

»Solchen Typen muß man ne Bombe ins Haus schicken.«

»Ja.«

»Oder sie erschießen.«

»Ja.«

»Vergiß es einfach, weißt du. Sofort vergessen.«

»Das geht nicht. Ich hab keinen Schalter dafür. Du?«

»Nein.«

»Also.«

»Du mußt aber. Das zieht dich nur runter, weißt du, mach dir klar: Der hat dich sofort vergessen, noch in dem Augenblick, als er sein Telefon zugeklappt hat.«

»Oh, Gott.«

»Ich kenn die Typen. Denen fehlt so was wie ein Gedächtnis.«

»Und warum hab ich das. Mich hat keiner gefragt, ob ich so ein Scheiß-Gedächtnis haben will«, rief das Mädchen.

Sie sah Eric, wie er dort stand, seine hellbraunen, sehr feinen Haare begannen sich zu locken, dort, wo sie länger waren, das offene, freundliche Gesicht, die Schlupflider lagen wie kleine Segel am äußersten Rand über seinen Augen, sie konnten der Grund dafür sein, daß er so oft die Augenbrauen hochzog, die Stirn sich Notenlinien gleich in Falten legte, er immer etwas erstaunt aussah, und die drei Leberflecken auf der linken Wange, die eng beieinander stehenden Eckpunkte eines fast gleichschenkligen Dreiecks, wirkten wie die Bäuche von Noten, die ihren Hals verloren, von den Linien gerutscht waren, sich nun hier auf der linken Wange wieder eingefunden hatten. Wenn Eric lachte, wie jetzt gerade, schoben sich die drei Leberflecke auf seiner Wange zusammen, die Notenköpfe, ein neuer Dreiklang. Eric sah an Hans Hamanns Kopf vorbei, er schien Neles Blick bemerkt zu haben, schaute sie kurz an, nickte ihr zu, so, als fordere er sie auf, näher zu kommen; sie konnte sich nicht bewegen. Der Faden war so dünn, kaum noch da, von ihm zu ihr. Daran hingen noch ein paar Worte, ein kleines Ichwill, ein dünngewaschenes Bitte, ein lumpiges Ichhabedichmalgeliebt. Wirklich, da hing es noch. Ein an den Nähten verdrehtes, löchrig-zerleiertes Wort, das ihnen beiden zu groß geworden war. Jemand trug über einem Hawaiihemd eine Jeansjacke, aus der aller Jeansstoff herausgeschnitten war, nur die Nähte waren als Gitter übriggeblieben.

»Ich schaff mein Telefon ab«, rief das hellblonde Mädchen.

»Dann wird immer noch mit dir Schluß gemacht.«

David Steers löste die Arme vor der Brust, schüttelte energisch den Kopf. Oder seine Haare? Eric starrte vor sich auf den Boden, vielleicht auf die löchrige Weltraumplane, aus der seine Schuhe gefertigt waren. Schämte er sich für sie? Sollte seine Demut die Chefs ablenken? Daß ihr Fehler nicht auf ihn abfärbte? Oder legte er ein gutes Wort für sie ein? Wischte er ihr Verhalten als Fauxpas, als Laune, aus der Luft? Nele stand auf und ging durch den Raum auf die Männer zu.

David Steers hing ein Schlüsselband aus der Hosentasche, es reichte ihm fast bis zu den Knien. Das Logo des Unternehmens, des Pferdehalters Brandmarke, wie es manchmal hieß, war in regelmäßigen Abständen auf das lapislazuliblaue Band gedruckt. Warum, wußte sie nicht, aber sie griff danach, nahm ihn an diese Leine, griff nach ihm, griff nach allen anderen Schlüsselbändern, die aus Hosentaschen hingen, wohin nur, wir Schlüsselkinder, immer ausgesperrt, aber laßt uns eine Runde an der Longierleine spazierengehen, sagte sie, nur setzte sich niemand in Bewegung. David zog den Mund zu zwei schmalen Linien. Hans überlegte laut, wie man vorauseilendes Scheitern honorieren konnte. Sie suchte nach Erics Hand, aber Eric war weit weg, ungreifbar, und die Lichter hinter den Betonwänden kamen auf sie zu, ein Sonnenuntergang ohne Veränderung, ein immerwährender Sonnenuntergang, nur hatte jemand in die Wände geschossen, vielleicht hatte er auf die Schuhe schießen wollen, aber nicht getroffen, man traf sie nicht, sie waren schneller. Hans und David fingen an zu lachen, sie bogen sich vor Lachen, David wischte sich die Tränen aus den Augenwinkeln, er hatte weiter hinten Goldplomben, er lachte und zeigte sein Gold, für einen

Augenblick war sie glücklich, womöglich unterhielt sie die Männer ganz gut, dann drang der mißtrauische Gedanke in sie ein, daß sie auch über sie lachen konnten. Eric schaute wütend auf den Boden, aber er lächelte dabei, zumindest lächelte er. Als sie sich Schritt für Schritt von den Männern entfernte, merkte sie, daß sie ihren Rückzug nicht registrierten. Sie mußten über etwas anderes lachen. Sie hatten sie gar nicht bemerkt.

Sie stand in der Masse und löste sich auf. Es blieb nichts übrig von ihr. Sie war verstreut im Raum, wie alle Stimmen, Lichter, Körper. Nichts Eigenes mehr und kein Ersatz, der darüber hinwegtäuschen konnte. Sie tanzte mit allen anderen nach Regeln, die sie sich nicht ausgedacht hatte. Sie schwamm in einem Meer, das sie fortwährend ausspucken wollte. Sie wollte anschmiegsam sein, sich hineinpassen, und fühlte, wie der Abstand wuchs. Schwarze Tabletts schwebten an abgeknickten Handgelenken vorbei, eine Melodie zwischen den pulsierenden Bässen, im Lichtspalt unterhalb der Decke vermischte sich die warme Luft mit all den Worten, die im Raum waren, Teppiche, gewebt aus Gezwitscher, das Schmatzen der Gummisohlen auf dem polierten Beton, als bewegten sie sich über einen Film aus Nebel; alles vibrierte im Takt eines Atems. Sie war nur noch dieser Atem, ansonsten nackt, ungeschützt, verstreut und sah sehr deutlich, daß es nicht viel Sinn machte, jemand anderem dafür die Schuld zu geben. Der Horizont leuchtete noch schwach gegen die Auflösung an, weit über Augenhöhe; aber auch er zog sich zurück, wie Vögel im Licht schwarze Flecken wurden, die zielstrebig immer dorthin flogen, wo es keine Nester gab.

Der Raum blieb leer zurück. Eric verabschiedete die Kellner. Für Augenblicke standen sie sich gegenüber. Dann versuchten sie, aus der Schwäche des Abschieds heraus, sich zu küssen, am frühen Morgen, auf den Hockern, auf denen sonst die Kunden ihre

Schuhe anprobierten. Eric trug Nele zum Verkaufstresen, setzte sie auf den Beton neben der Kasse, flüsterte, »Nur ein einziges Mal. Hier. Zum Abschied.« Nele ließ sich ausziehen und fand einen Rhythmus, in dem sie sich beide bewegten. Durch Erics Hand hindurch schimmerte das Display der Kasse türkis. Sie spürte die Kühle des Steins an ihrer Haut, die geschliffene Kante an den Schenkeln, der Laden war eine Gruft, in der sie mit königlichen Dreingaben beerdigt worden waren. Ein Nachschimmern der orangefarbenen Neonröhren hinterm Beton. Selbst der Künstler war gegangen. Erics ruhiger Atem, seine Augen geschlossen, das Gesicht in einem Zustand verschlossener Entrücktheit, fast verloren, ihr durch und durch bekannt und völlig fremd. Das Schaufenster beleuchtet, wie immer, bis ans Ende aller Tage würde es beleuchtet sein, Passanten gingen vorbei. Eine Troika aus Collegejungs, im unsichtbaren Wagen zogen sie zwei Mädchen hinter sich her, deren Pferdeschwänze beim Gehen wippten. Einer der Jungs blieb vor dem Schaufenster stehen, staute die Mädchen hinter sich, sie zeigten auf Schuhe, ihre Blicke wanderten von dort in die Tiefe des Ladens, vorbei an allen Trophäen, ohne die Leben nicht mehr möglich schien; durch die Fäden aus Licht, die hinter den Schuhen das Schaufenster in der Vertikalen durchzogen. Sie mußten jetzt schon Erics Hintern sehen, die Hose auf die Knöchel gerutscht, ihre Beine, die Erics Hüfte umschlangen, und sie würden so tun, als sähen sie nichts, dazu waren sie zu lange in die Sonntagsschule gegangen. Sie standen vor dem Schaufenster, zeigten auf die Schuhe, überspielten ihre Irritation, versuchten, blinzelnde Blicke durch das fadenscheinige Licht zu werfen. Nele spürte Eric in sich, als strecke er sich, um an eine noch unberührte Stelle zu reichen. Eine Handbreit schob sie Eric von sich weg. Er drang wieder in sie ein, mit bestimmender Kraft, dann legte er seine Stirn auf ihre Schulter. »Ich würde dich gerne fertigmachen«, sagte er im Takt seiner Bewegung, »und ich würde dich gerne trösten.«

Neben dem Gefühl von Kälte befiel sie eine bodenlose Traurigkeit. Sie sah ihrer beider Nacktheit, Hintern, Beine, Knöchel, die Schutzlosigkeit ihrer Haut in der Gruft. Sie sah sein Gesicht, das auch jetzt noch durchwoben war von einem feinen Optimismus, seinem Glauben an eine komplikationslose Welt. In der alles heilbar war. Notfalls mit Gewalt. Hinter ihm die hellen Gesichter der Collegekinder, ihre staunenden Münder, plötzlich verschwunden. In Neles Vorstellung rannten sie den Bürgersteig hoch, der Junge schloß auf zu seinen Freunden und erwähnte nichts, alle federten, wieder ganz Troika, auf luftgepolsterten Säulen über den Beton, auf goldgefärbtem Silikon, in denen Halbleiter steckten, aber auch so altmodisches Zeug wie Zahnräder, die sich ihrem Gang anzupassen versprachen; die Mädchen folgten mit Schritten, von denen sie hofften, daß sie selbstbewußt aussahen, zumindest wütend, sie trugen auch Turnschuhe, aber die Modelle, die eine Geschichte hatten, wenn auch eine kleine, sie waren vor vielen Jahren, weit vor ihrer Geburt, entworfen worden. Eric kam, stöhnte ganz leise auf, hielt sich an der Kasse fest, die Augenlider zusammengepreßt, atmete einmal aus.

*Aber ich war erwachsen. Was Erwachsensein eben bedeutet. Beschädigt zu sein.*

»Eric, ich komme nicht mit nach Las Vegas. Ich gehe«, sagte sie und rutschte vom Betonblock.

»Aber den anderen Job hast du vergeigt, Liebste. Den kriegst du nicht mehr. Wo willst du hin?«

»Ich gehe.«

Langsam zog er seine Hose hoch, sah sie an. »Das verstehe ich nicht. Was willst du damit sagen?«

»Es ist vorbei, Eric.«

»Vorbei?« fragte er. »So einfach?« und drehte sich in Richtung der Betonwand. »So einfach soll's vorbei sein?«, griff mit rasender Geschwindigkeit einen Schuh vom Podest, feuerte ihn durch den Laden, er flog, einem bunten Geschoß gleich, taumelte weiter über den Boden, blieb liegen. »Das ist nicht wahr«, rief er, schleuderte die Taschen, die treuen, ausharrenden Taschen in Richtung des Schaufensters, keine Kinder mehr vor der Scheibe. In der Nähe einer Kleiderstange hielt er sekundenlang inne, eine Hand auf den Bügeln, wie Zuschauer ohne Kopf hingen die T-Shirts darunter, seine Anzughose war ihm bis auf die Hüfte gerutscht, er stand da, schaute sie an. Beide sahen am anderen, daß sie dabei waren, sich voneinander zu verabschieden. Das Getöse war nötig, um den Abschied voranzubringen.

»Sag das noch einmal.«

»Nein.«

»Ich hasse dich«, rief er. Ließ die T-Shirts hängen.

»Tu mir weh, dann fällt's leichter«, sagte sie.

»Komm her«, sagte er leise. »Komm noch einmal her.« Als klirrende Fragezeichen fielen doch noch die Bügel zu Boden. Dann schaute er in Richtung Schaufenster und hielt für Augenblicke die Geschäftigkeit an. Wieder standen Passanten vor dem Fenster. Eric griff nach einem Schuh und schleuderte ihn bis gegen das Glas. Es knallte dumpf. Die Gesichter draußen wichen zurück, verschwanden. Sie kam zu ihm. Sie sah, daß er weinte. Er küßte sie auf die Stirn. Sie konnte nichts erwidern. »Geh aus meinem Laden«, sagte er, und Nele wußte, daß er deutlich, unter dem Wort liegend, nicht Laden, sondern Leben gesagt hatte.

Es war eine Wand, die sie im Rücken berührte und aus den Betonwänden schob, dazu das lächelnde Licht überm Horizont, und aus den Boxen atmeten noch einmal Schrody und Jesus, zusammen mit allen anderen, die hinter den Mauern standen, den

Gespenstergesichtern, Vater und Sohn, der Künstler, Christina, David, Hans, und der Boden nur ein See, der dünn überfroren war. Eric stand still da, eine Hand auf einen anderen Schuh gelegt. Als drohe er, ihn jeden Moment nach ihr zu werfen. Er harrte aus oder hielt sich fest. Nie wieder die Haut seines Oberkörpers, Rückens, Nackens küssen, nie wieder die ganz leicht eingefallene Brust, ihr Gesicht an seiner Achselhöhle, die Leberflecke küssen, wie Erhebungen platt gefahrener Kaugummis auf Asphalt, das Sofa, das Wohnzimmerfenster, die Terrassentür offen und der Wind fährt die Wege der Nähte ab, läßt den Saum wandern, während die Sonne den durchsichtigen Stoff zu Licht verwandelt. Sand, feiner Sand, der von hinten angestrahlt wird, leuchtende Inselflecken. Irgendwo dort hatten sie sich verloren. In einer von Geschäftigkeit erleuchteten Wüste. Von ferne das rasselnde Summen riesiger Kühlschränke, keine Grillen, die zirpten, die Luft verdrängen mit ihrem Geräusch, nein, nur das Rasseln einer Maschine, manchmal klang es wie ein auslaufendes Schaudern, dazu die Schlitze der Klimaanlage in den Wänden wie Münder, durch sie konnte man rufen. Vom Keller hoch in den ersten Stock, eine blecherne Stimme, die das Unmögliche sagte. So hatten sie durch die Klimaanlage hindurch die drei längst schon fadenscheinig gewordenen Wörter aufgebraucht, wenigstens nur in Englisch, in der fremden Sprache war es einfacher, geliehene Worte, wie ihr ganzes Leben hier geliehen gewesen war.

Sie ging auf die Magnificent Mile ohne sich umzudrehen, ging in die frische Luft des Morgens, eine erste Helligkeit, die schon in den Schächten zwischen den Hochhäusern aufzog, an durchgehend geöffneten Restaurants vorbei, an GAP, DKNY, an F.A.O. Schwarz mit stockwerkgroßen Teddybären im Fenster, ging durch den Duft von Kaffee und frisch Gebackenem, durch Zigarettenrauch, durch den metallischen Geruch von Druckerschwärze, der aus einem Kleinlaster kam, stapelweise wurden Zeitungen vor einen Kiosk geworfen, die Welt wurde wieder für einen neuen Tag ausgestattet, aufgefüllt, mit Getränken, Essen und Informationen, um sich einfach nur wieder entleeren zu können. Sie überquerte Kreuzung nach Kreuzung, setzte die Füße auf das dünngefahrene Weiß der Zebrastreifen, wartete, ging weiter, blieb stehen, war auf eine unerklärliche Weise ganz konzentriert, folgte dem Bürgersteig, den Waschbetonplatten, ein paar Menschen kamen ihr entgegen, überdeutlich sah sie ihre Gesichter, ihre müden, rätselhaften Züge. Plötzlich war ein schwarzer Mann neben ihr mit grauen Haaren, er trug die Arme eng am Körper, die Handflächen wie Windmühlblätter nach hinten gedreht, der Hosenaufschlag seiner weiten Anzughose machte einen Schlag bei jedem Schritt, zur Seite und dann nach vorn, ein Segel an seinem Bein, darunter spitz zulaufende Stiefeletten. Neben ihnen öffnete sich ein kleiner Park, auf sehr grünem Gras standen zwei Schwäne, die Hälse gewendet, die Köpfe in ihrem Gefieder versteckt, und der Mann neben Nele zeigte mit dem Ellenbogen in den Park, sagte melodiös, als singe er, »Guess, they are seeing the stars«, lachte, nach hinten in ein Dunkel hinein, ihm fehlten Backenzähne, und Nele wollte etwas erwidern, da bog er über die Straße hinweg ab, die Hosenaufschläge schwangen im Takt seiner Schritte, er bog ab wie der Reifen auf dem Expressway, Sekunden nur, und er war verschwunden. Ich gehe wie er, sagte sie sich, immer weiter, ganz einfach nur in Bewegung sein, nicht anhalten, geringfügig abbiegen, nicht zurückschauen, keine Fragen, keine Antworten, einfach weitergehen und nicht überlegen, wohin. Hinein ins Dunkel. Gibt es da Sterne? Traurige, ungreifbare Punkte, denen man nur Antworten andichten kann. Ich gehe, sagte sie sich, wie der Mann, gehe und gehe, und ziehe einen Kondensstreif glatter Einsamkeit hinter mir her.

Wie einfach, dachte sie dann, damit der Hunger, die letzte Sehnsucht bleibt. Alles andere kann gekauft werden oder wird, zuweilen auch das, als Brot im Hut gereicht. Aber die Liebe? Lichter Stoff.

Sie ging und ging, zum Glück hörte die Stadt nicht auf. Die Glätte der Fassaden verlor sich, die Oberflächen wurden poröser, Backsteinwände, Feuertreppen, die mehrspurigen Straßen wurden zu schmalen Rinnsalen, Sperrmüll, Maschendrahtkäfige, bald kämen die Zahnpastasuburbs.

Und mit einem Mal merkte sie, was sie zog. Sie wollte dieses Bild sehen. Das im Grauschwarz des Untertagebaus Hoffnung auf ein anderes Leben verbreitet hatte.

# Horizontaler Schwindel in der Wüste

Evi hatte sich daran gewöhnt. Für sie verband sich das aufgeregte Schellen der Haustürklingel mit dem Zeigefinger des Gerichtsvollziehers, der den Klingelknopf drückte. Niemand anderes klingelte mehr an ihrer Tür, so schien es. Der Gerichtsvollzieher war ein freundlicher, unauffälliger Mann mit dem Namen Schmürzel. Er konnte nichts dafür. Das betonte er jedes Mal. Auch gab er ihr jedes Mal die Telefonnummer der Beratungsstelle, an die sie sich wenden sollte. Es ging nicht um große Beträge. Ein paar Telefonrechnungen, Raten für Küchengeräte, Näh- und Malutensilien, verschiedene Versicherungen. Ein Kleinkredit, den sie ohne Bernhards Wissen aufgenommen hatte, um Möbel und ein Klavier zu kaufen, das sich bisher nicht hatte weiterverkaufen lassen. Herr Schmürzel trank eine Tasse Kaffee und riet ihr dabei eindringlich davon ab, Türgeschäfte einzugehen. Im Internet zu bestellen. Sie legte ihm ihre Konten offen, nur ihre, nicht Bernhards. Da sie nicht wollte, daß er in ihre Papiere schaute, schaute sie auch nicht in seine. Herr Schmürzel bat mit pastoraler Stimme: Keine Versicherungen, keine Restposten aufkaufen, keine Kleinkredite mehr. Selbst die Leute, die vorgaben, für die Kirche oder den Tierschutzverein zu sammeln, seien Betrüger. Sie solle am besten die Tür nicht mehr öffnen, riet er ihr.

Also öffnete sie die Tür nicht mehr.

Aber jetzt klingelte jemand Sturm.

Evi saß auf der Kante der Badewanne. Sie trug den Pelzmantel ihrer Mutter, der so wunderbar wärmte, trank direkt aus dem Wasserhahn und stellte sich vor, es sei Alkohol. Irgend etwas, das bis knapp unter die Haut floß. Und den Schmerz auflöste, der ihr seit heute morgen in Kopf und Rücken saß und jetzt begann, von der Wirbelsäule aus, einzeln und genüßlich jedes Organ anzugreifen. Gegen den Schmerz hatte sie den Mantel angezogen. Eigentlich nur, weil sie ihn an der Garderobe hatte hängen sehen und es irrsinnig fand, ihn dort hängen zu lassen statt zu tragen.

Sie wollte sich noch einige Minuten in dem vertrauten Licht des Raumes erlauben, jede Ecke ausgeleuchtet, hier konnte ihr nichts passieren. Sie wollte dem Bedürfnis, in Sicherheit zu sein, nachgeben. Es hatte am Morgen kein schreiendes Tier gegeben. Nur den Schmerz, wie einem Nachhall.

Und jetzt das Klingeln. Bernhard war nicht hier. Er war auf dieser Frühjahrsmesse. Früh am Morgen aufgebrochen nach Süddeutschland. Hinrichs käme nun doch mit und hätte darauf bestanden, mit seinem Auto zu fahren, hatte Bernhard Evi erzählt. Als sie aufgewacht und neben sich das leere Bett gesehen hatte, war ein Streif Erleichterung durch sie hindurch gezogen. Sie hatte sich darauf gefreut, einige Tage allein zu sein. Aber ohne ihn, das spürte sie, war sie angreifbar. Bernhards Abwesenheit ließ das Haus rissig werden.

Sie drehte den Wasserhahn bis zum Anschlag auf, das Wasser rauschte in die Wanne.

Herr Schmürzel hatte nie so geklingelt. Vielleicht, ging ihr dann durch den Kopf, war es schon die Polizei. Es mußte die Polizei sein. Mit einer grundsätzlichen Bereitschaft zur Katastrophe, womöglich mit dem ungeahnten Wunsch danach, stellte sie sich vor, wie die Beamten dort unten die Tür aufbrachen, das Haus durchsuchten, alles mitnahmen, was in ihren Augen Beweismaterial für die Gläubiger sein konnte, um schließlich Evi zu bitten, auf der Rückbank des grün-weißen Kombis Platz zu nehmen.

Eine heftige Gemütsbewegung ließ sie aufstehen. Das Fenster war beschlagen, der Dampf des heißen Wassers dicht, sie hätte ihn aus der Luft lecken können. Warm aufgehoben im Fell eines Tieres. Auf der träge schwankenden Wasseroberfläche verteilten sich weiße Blasenteppiche. Hineinsteigen, durch die Teppiche hindurchsteigen, sagte sie sich, damit der Schmerz nicht weiter eindringen kann. Warmes Wasser an den Knöcheln, die Haut brannte, endlich Wärme bis zu den Unterschenkeln. Füße herausziehen und wieder hineinschieben. Langsam hinknien, der Pelz liegt auf dem Wasser, das Tier kann schwimmen, natürlich kann der Nerz schwimmen, was denkst du denn, der Nerz liebt das Wasser, er taucht nach Fischen, er muß ins Wasser, um sich im Sommer abzukühlen, ohne Wasser hat er seine Temperatur nicht im Griff, ohne Wasser verglüht er. Nerze, ja. Hübsche Tiere. Sollte man keine Pelze draus machen, stimmt. Aber dieser Pelz ist alt, uralt, ich erinnere ihn noch an meiner Mutter. Immer drauf gespart, dann gebraucht gekauft. Nerze sind schwarz. Biber braun. Iltisse haben auch weißes Fell. Ja, alles sehr niedliche Tiere. Und ihr Pelz schwimmt im Wasser, man kann im Wasser sitzen mit diesem Pelz, das Wasser geht bis unter die Brust, das Satin des Nachthemdes bis unter die Brust dunkel gefärbt, oberhalb noch hell, ein Horizont am Nachthemd, und der Satinstoff an den Beinen wie Seegras, durch das der Nerz flitzt. Den Wasserhahn zudrehen, bis nur noch ein kleines Rinnsal fließt. Ein Fluß ist nur ein Fluß, weil er von Quellen gespeist wird. Es kommt immer etwas nach.

Mit einem Rutsch ließ Evi sich ins Wasser gleiten, flutete die Trockenheit der Stoffe. Dann wurde es still, kein Tropfen mehr, das Klingeln hörte auf, der Nerz trieb träge.

Sie schloß die Augen, es war dunkel im Fell. Aus einem ihr nicht benennbaren Grund sah sie ihre Mutter vor sich, in diesem Mantel, vor einer Villa im Grunewald. Eine dieser Stadthausvillen, zu deren Eingang eine sich verjüngende Treppe hinführte, schmiedeeiserner Handlauf, Stuck über allen Fenstern und Türen. Ein Dienstboteneingang. Halle, Salon, Kaminzimmer. Parkett und unberührbar hohe Decken. Viel Platz zwischen Himmel und Erde. Ein Wintergarten, der das Haus ins Außen verlängerte. Was hatte sie damit gemeint, er habe ein Bild, das ihr gehöre, von dem man eine Villa im Grunewald hätte kaufen können?

Von ihm war nie die Rede gewesen. Über Männer im allgemeinen wurde nie gesprochen. Vielleicht war es einfacher, das ganze Thema nicht zu berühren, als nur einen Ausschnitt zu umgehen. *Er* war alle Männer. Evi, abhängig von Zuneigung und darauf bedacht, die wenige, die sie erhielt, nicht noch zu schmälern, beschloß, daß es *ihn* für sie damit auch nicht gab. Natürlich war sie neugierig gewesen. Vor vielen Jahren. Hatte in den Papieren ihrer Mutter geblättert an einem Morgen, als sie beim Arzt gewesen war. Ihre Mutter stellte sie nie zur Rede, aber Evi ahnte, daß sie – an einer Kleinigkeit, einer umgeknickten Papierecke, an der Reihenfolge der Ordner im Regal – ihre Suche bemerkt hatte. Ihre Mutter bemerkte alles. Eine schiefe Perle in einer Hutgarnitur, einen neuen Kratzer an ihrem Arbeitswerkzeug.

Sie hatten, ohne es zu verabreden, einen Stadtplan für ihre Gespräche entwickelt, der aus Umgehungsstraßen bestand. Das Zentrum wurde weiträumig umgangen. Mit den Jahren verlor dieses Gebiet seine Wichtigkeit, wurde zu einer Wüste; und was hatte man schon in Wüsten zu suchen?

Ihm ins Gesicht schauen, dachte sie in diesem Augenblick, wie man einem Kind ins Gesicht schaut, das man Jahre nicht gesehen hat. Ein fremder Mensch, auch wenn es das eigene Kind ist. Nein, sie würde in dieses leere Zentrum nicht vordringen. Und spürte, wie sie die Stimme heben mußte, um den Klagelaut zu übertönen, der von weit außen, hinten, von unter der Wanne noch, zu ihr vordrang. War die Elster zurück? Dieses Tier, das schrie? War sie hier noch sicher? War sie das?

Mit den Ohren unter Wasser und das eigene Blut rauschen hören, sich an der Gleichmäßigkeit der Organe und ihrer Arbeit festhalten. Wie langsam das Herz schlägt, wenn man darauf wartet. Schlucken, ein bißchen Wasser schlucken, dann schlägt es wieder. Im Wasser liegen und warten, auf die Rückkehr der Sicherheit warten, warten, bis alle Angst überwunden ist.

Die Haare des Pelzes bewegten sich kurzgeschnittenen Unterwassergräsern gleich, träge in die eine, dann in die andere Richtung. Nähte schließen, der Befehl ihrer Mutter fiel ihr ein, Stich für Stich, jede Naht muß gut verschlossen werden, mit Knoten, die niemand sieht, denn auf jedem Knoten sitzt eine Perle. Und so wußte Evi, als sie mit fünfzehn Jahren die Ordner durchschaute, wo sie suchen mußte. Das, was im verborgenen bleiben sollte, mußte am auffälligsten geschmückt sein. Und so war es. Ein Brief von Harold Ossian McGee, ein Stück Papier, auf dem er bestätigte, der Vater des noch zu gebärenden Kindes der Frau Gudrun Dahlke zu sein, dieser schlichte Brief steckte unter einer Sammlung von Entwürfen, die Gudrun gezeichnet haben mußte, Hüte, die sie nie realisiert haben konnte, phantastische Modelle, groß wie Wagenräder. Dreißig, vierzig Blätter für einen kleinen Brief.

Seither war Ossian ein Zauberwort, nachts, morgens, mittags, immer so dahingesagt, eine endlose Hexentreppe aus Stoffreststreifen, wie Evi sie unter dem Tisch im Atelier gefaltet hatte, als fransige Girlanden hingen sie vom Mittelbalken des Tisches, zwischen den Stoffrestpuppen, die alle einen Namen bekamen.

So verband sich Ossian mit den Wollgittern über den großen Zehen der Hutmacherinnen, mit dem strengen Geruch ihrer Füße, wenn sie die Schuhe bei der Arbeit auszogen, verband sich mit den Hexentreppen und Puppen, mit dem Flechtwerk aus Sätzen, an dem oberhalb des Tisches gewebt wurde, und mit den Fäden, die ab und zu mal bis zu Evi hinunterreichten. Ossian war Teil des Ateliers, der Wohnung, deren Flurtäfelung langsam verheizt worden war, er war Teil der Straße, irgendwann Teil des Fahrrades, mit dem Evi, zwölfjährig und stolz, die Hutschachteln ausfuhr.

Ossian, soviel war klar, würde irgendwann kommen und sie mitnehmen. Am Schellen der Ladentür, am Schaufenster vorbei, ging sie mit ihm, für alle sichtbar, quer zur Straße, und ging nicht ins dunkle Kino, sondern weiter durch die Straße, und sie war groß, aufrecht vor Selbstbewußtsein, wer hatte schon so einen Vater, wie zwei Verliebte, so gingen sie quer über die Straße, Hand in Hand, durch das ganze kleine Viertel, Straße für Straße und hinter den Gardinen tauchten die Gesichter auf, ein Spalt Gesicht, ein Schlitz Auge, und alle verfolgten aufmerksam, wohin Harold Ossian McGee und sie gingen, die Blicke klebten an ihnen wie Eßpapier auf der Zunge, das die Nachbarinnen lutschten, während sie durch ihre Gardinen schielten, und Ossian kaufte ihr ein Kleid, nein, zwei Kleider, bei Leonore Leitner, der Boutique im Ort, ein mintgrünes und ein blaues Kleid mit Falbeln oder Biesen, wie man es nannte, aus lichtem, weichem Stoff, innen gefüttert, und danach ging's weiter ins Café Friedrich, dem ersten Haus am Platz, Ossian rauchte, strich mit der Hand über die blütenweiße Damasttischdecke, Tabakkrümel fielen auf den Boden, ein Kaffee für Ossian und eine Coke für das Kind, er sagte Coke, natürlich, er sprach alles richtig aus, immer höflich, zuvorkommend, mit einem milden Lächeln, überhaupt lächelte er mehr als er sprach, er sprach nur sehr selten, er schwieg viel mehr, und deshalb schwieg sie auch, hielt das Glas mit beiden Händen fest, es konnte gestohlen werden, und der Zucker klebte Zunge und Gaumen zusammen. Aber eines war stillschweigend klar, natürlich hatte Ossians Besuch einen Grund, ein Mensch wie er kam nirgendwo grundlos hin, schon gar nicht nach Deutschland, er kam sie holen, ja, da staunten alle, er kam sie holen und nahm sie mit nach Amerika, zu all den Blechdosen und Pappschachteln, der Seife, die nach Apfel roch, zu den liebevoll verpackten Lebensmitteln, den weichen, bestickten Unterhosen, den Nylonstrümpfen, den hellbraunen, die sie sich in die Haare flocht, um die Locken glatt zu kriegen. Er wählte sie aus, nahm sie mit dorthin, wo sie alles haben konnte, was es hier nicht gab, und so machten sie sich besser nicht mehr lustig über ihre Haare und Zöpfe und die Farbe, die sich nicht abwaschen ließ, nie mehr machte sich einer lustig, weil sie die war, die nach Amerika gehen durfte; und da in Amerika, da rannte ihr niemand mehr nach und rief Brikett, sicher, vielleicht, hoffentlich, nein, da konnte sie sich unsichtbar machen, in den Hintergrund übergehen, da sah sie niemand mehr, da fiel sie nicht weiter auf, da konnte ihr niemand mehr seine Abscheu entgegenschleudern, diese Scham der Gescheiterten, da konnte ihr niemand mehr die Schuld für etwas geben, dessen sie sich nicht schuldig fühlte. Da war sie alles los. Da war sie ein anderer Mensch, neu erfunden. Ohne die Angst, die andere ihr machten, für alles was sie tat, und sei es nur, Kirschen zu pflücken, erwischt und bestraft zu werden. Da konnten die anderen, die Ossian nicht mitgenommen hatte, weiter an ihren fadenscheinigen Lebenslügen basteln, ihre kleinmütige Feigheit verleugnen und ihren Glauben pflegen, es kämen Tage ohne Erinnerung, Tage voller Licht, in denen sie sich nicht mehr von ihren Schatten verfolgt fühlten. Sie trug ein neues Kleid und das andere im Koffer, Ossian trug ihren Koffer, sie wuchs über ihn hinaus, wenn sie so neben ihm ging. Und es war nur gerecht, daß sie so verschwand. Die Mißachtung ihrer Mutter strafte, indem sie verschwand.

An ihren Händen und Füßen sammelte sich kühles Wasser. Etwas von der Schwere eines Wassertanks hatte sich auf ihren Brustkorb gesenkt. Es ist nur ein Spiel, sagte sie sich und wußte, daß sie es nur gedacht hatte. Ein Spiel, das sie als Kind gespielt hatte. Sie stellte sich vor, wie es wäre, ein anderer Mensch mit ganz anderen Erinnerungen zu sein. Nicht nur für einen Augenblick, sondern tagelang. Sie stellte sich alles vor, ein ganzes fremdes Leben und die Erinnerungen gleich dazu. Den Tag über ging das, aber nachts war das Spiel immer vorbei. Zur Nacht zeigte sich, daß es nicht möglich war, ein anderer zu werden. Ihre Träume konnte sie sich nicht ausdenken. Der Traum zeigte ihr wieder, daß sie der unausweichliche Zufall war, der eine Mensch und kein anderer.

Später, sagte Evi sich, gibt es die Möglichkeit, das Fell zu schütteln wie ein Hund, der durch den Regen gelaufen ist, das Wasser aus dem Fell schütteln, aufstehen und so das Spiel vergessen, das immer gleiche Spiel. Aber vielleicht würde sie auch liegen bleiben, einfach liegen bleiben und warten. Bis das Gefühl, der überflüssigste Mensch auf dieser Erde zu sein, sich aufgelöst hatte.

Die Kälte um sie herum, erstarkender Beton. Auf die allmähliche Verfestigung warten und ins Haus horchen, irgendwo tropfte es ohne Geräusch, Regen, der aufs Meer fällt. Das Nachthemd vom Beige einer Sandbank, an dessen Ufer der Nerz. Dort roch es nach Salz und Fell und Ursprung, nach Herkunft, einer anderen Hälfte, die etwas darüber berichten konnte, wer sie auch war. Kein Gerichtsvollzieher mehr, dachte sie, kein Herr Schmürzel, keine Heimlichkeiten, Beteuerungen und Briefe.

Durch alles hindurch drang das Schellen der Haustürklingel.

Nur mit dem Mund über Wasser, sagte sie leise, »Warum bist du nie hierhergekommen? Für dich wäre es ein Kinderspiel gewesen.« Dann fügte sie an: »Glaube ich zumindest.« Ihre Stimme klang ihr selbst fremd.

Das Klingeln hörte nicht auf. »Hau endlich ab!« rief sie dann, und das Wasser in der Wanne schaukelte heftig, schwappte über den Rand.

Daß sie einige Zeit später doch noch die Tür öffnete, war dem Mantel geschuldet. Mit Wasser vollgesogen, lag er schwer auf ihrem Körper, und sie folgte dem Bedürfnis, sich aus ihm herauszuschälen. Der Nerz blieb im Wasser liegen. Sie stand auf und hatte für einen Augenblick das Gefühl, sich gehäutet zu haben.

Im Bademantel ging sie langsam die Treppe hinunter, in einem Gefühl von Entschlossenheit, sich allem zu stellen, was dort draußen auf sie wartete. Im Riffelglas der Eingangstür war noch eine Silhouette zu sehen. Jemand saß auf der Treppe. Evi war sich plötzlich sicher, daß es nur Ade Schleichweg, ihr Nachbar, sein konnte.

Herr Schultens stand auf, als Evi die Tür öffnete.

»Ich wußte es«, sagte er.

»Was wollen Sie?«

»Lassen Sie mich rein?«

»Ich kaufe nichts.«

»Ich hoffe, ich habe Sie nicht bei etwas Unrechtmäßigem erwischt«, scherzte er.

»Doch.« Evi zog das Revers ihres Bademantels zusammen. »Ich dachte, Sie seien der Gerichtsvollzieher.«

»Im Gegenteil«, lachte er, »ich bringe Ihnen was vorbei.«

»Oh, bitte nicht.«

»Können wir das drinnen verhandeln?«

»Woher wußten Sie, daß ich da bin.«

Er lächelte und sagte nichts.

Als er im Flur stand, dicht, der Flur war schmal, sagt er nur, »Ich entführe Sie jetzt, in Ordnung?«

In der Auffahrt stand ein Geländewagen, der, wie Evi fand, die Anmutung eines polierten Panzers hatte. Herr Schultens hatte vorgeschlagen, daß sie einen Ausflug machen sollten, Evi hatte spontan zugestimmt, immer noch in der Euphorie gefangen, sich in diesem Augenblick den Turbulenzen des Lebens stellen zu wollen. Sie hatte sich rasch angezogen, so schnell es ging, und Herr Schultens hatte im Scherz gefragt, ob sie eine Zahnbürste dabeihabe. »Wie lange dauern bei Ihnen Ausflüge?«, hatte sie irritiert zurückgefragt.

»Sie fahren«, sagte er jetzt, als sie am Auto standen. »Das ist die Idee. Sie fahren und ich sage, wo's langgeht.«

Schneller, als sie reagieren konnte, zog Schultens sie zur Fahrertür, bot Evi den opulenten Ledersitz an. Sekunden später saß er neben ihr und zog mit einem satten Schnappen seine Tür ins Schloß. Er machte ein Gesicht, als hätte er sie erfolgreich in eine Falle gelockt. Es schien ihn anzustrengen, sich diesen Triumph nicht anmerken zu lassen. Der scharfe Geruch fabrikneuen Plastiks juckte Evi in der Nase. Sie beugte sich in Richtung des Fensters, sie wollte ihr Gesicht im Außenspiegel sehen.

Es war ihr nicht möglich, den Außenspiegel zu bewegen. Es gab keinen Hebel mehr dafür. Schultens drückte auf dem Bildschirm herum, und Evi hatte für einen Moment das Gefühl, daß der Raum immer enger wurde – die Außenwelt nur Simulation, ein Bild auf den Scheiben, die türkisen Becken, das Haus, die Schwarztannen, die Schallschutzmauer, all das konnte per Bordcomputer ausgetauscht werden gegen eine andere Umgebung, vielleicht eine Serpentinenstraße in den Bergen, üppige Vegetation, ein Sonnenuntergang über dem Meer, die Art von Landschaft, durch die ein Auto fuhr, wenn für es geworben wurde.

Auf dem Bildschirm oberhalb der Lüftungsschlitze lief ein Film, eine freundliche Frauenstimme erzählte über Klaviermusik hinweg von den Anfängen der Firma Opel. Der Sitz bewegte sich unter ihr, die Sitzfläche schob ihre Beine in Richtung des Lenkrads, die Lehne zog ihren Rücken nach hinten. Die Stimme der Frau war warm und weich, wie der Sitz warm und weich war, vielleicht ein bißchen zu warm, sie sagte, daß Ende der zwanziger Jahre die kreditfinanzierte Konjunktur mit der Weltwirtschaftskrise zusammengebrochen und die Automobilindustrie am stärksten betroffen gewesen sei. Nur durch einen klugen Schachzug der beiden Opel-Brüder sei die Firma dem Krisenszenario entkommen, denn die General Motors Corporation habe die Aktienmehrheit und so weiter. Guter Deal für beide Seiten, der eine spare hohe Einfuhrzölle, der andere baue seine Marktposition aus. Ein Tusch, Evi starrte auf die Bilder des Films. Schultens sagte: »Der RAK zwo. Auf der Avus.«

»Mal so fahren«, sagte sie leise.

»Das war n Rekord, damals.«

»Ich weiß.«

»Wirklich?« fragte Schultens und lachte. »Zweihundert. Über zweihundert. Und hier. Ein Blitz. Kennen Sie den noch?« Ein Laster fuhr aus dem Bild und Schultens tippte mit dem Finger auf das kreisrunde silberne Logo der Firma. »Noch ein Blitz«, sagte Evi. »Die Konzentration auf das Automobilgeschäft führte in den dreißiger Jahren dazu, daß die Fahrradproduktion verkauft werden mußte ...«

»Dieser Bildschirmkram ist nichts für mich«, sagte Evi und legte die Hände ums Lenkrad, »ich brauch was zum Anfassen.«

»Ich auch«, sagte Schultens und streckte für einen Moment keinen Finger nach der Oberfläche aus. »Dann kamen die«, bemerkte er, »hier, der Admiral und der Kapitän. Auch tolle Autos.« Aus plätschernder Klaviermusik wurde Jazz, die Bilder farbig. Evi starrte auf die Bildfläche, sah dort Flugzeuge, ohne daß sie ein Geräusch machten, LKWs, die aus Hallen herausfuhren, ruckende Bilder, und die Soldaten, die marschierten, wirkten, als seien sie mechanisches Aufziehspielzeug, immer bereit, die gespannte Spule abzusurren. Krieg war schwarzweiß. Ihr Vater, ihre Mutter. Schwarz, weiß. Die Frau flüsterte: »Für die Rüstungsindustrie baute Opel Ersatzteile. Ab dem neunten Mai 1945 begann der Wiederaufbau. Nachdem wir zunächst im Auftrag der Amerikaner mit der Produktion von Kühlschränken ...«, Schultens tippte mit dem Finger auf den Bildschirm, nervös und ziellos, wie Evi fand, und sie sagte, im Nachhall ihrer aufwühlenden Erinnerung in der Badewanne: »Mein Vater ist Amerikaner.«

»Klar. Fahren Sie los.«

»Wirklich? Ich?«

»Heute fahren die schönen Frauen.«

»Ich bin aber nicht schön.«

»Wenn Sie wüßten, wie schön Sie sind.«

Als sie nach dem Zündschlüssel in Schultens Hand griff, durchfuhr sie eine Gemütsregung, die sie lange nicht mehr an sich gespürt hatte. Das vorauseilende Zittern, etwas zu machen, was unübersehbare Konsequenzen nach sich ziehen konnte. Diese Konsequenzen in Kauf zu nehmen. In ein Meer stürzen, ohne zu wissen, wie tief es ist und wie man dort wieder herauskommen konnte. »Wenn Sie das sagen«, sagte sie mit fester Stimme, »dann fahre ich wohl mal.«

Sie umklammerte das Lenkrad mit beiden Händen, es vibrierte leicht in den Handflächen, die Spur war frei, nur vereinzelte andere Autos auf der rechten Spur, am Horizont zog eine diffuse Helligkeit auf, das Licht, das sich hinter dem Wolkenhimmel sammelte, der von der Struktur eines Schildkrötenpanzers war. Die Anzeigen leuchteten königsblau, und Schultens erzählte seit einiger Zeit – vielleicht, weil sie nichts sagte und ihn nichts fragte – von seinem letzten Erlebnis in Amerika. In einer der Wüsten des Landes. Er sagte gerade: »Es gab diesen Moment, da war es in dieser verdammten Wüste wirklich ganz still. Die Zylinderkopfdichtung war flötengegangen. Bei einem Neuwagen! Wir hatten gesagt, okay, einer geht und einer bleibt beim Auto, eigentlich eine Schwachsinnsidee, wer sollte schon so einen Jeep aus der Wüste rollen, aber irgendwie wollte ich da auch sitzen bleiben. Mein Kumpel ging dann in die Richtung, aus der wir gekommen waren, mußte ja immer nur den Reifenspuren nachgehen. Aber es war weit. Und ich hockte in dieser verrückten Wüste, da ist alles weiß, wissen Sie, alles weiß, so Sand, der aussieht wie Gips, und es war komplett still. Hab ich noch nie gehört.«

»Ich liebe Stille«, rief sie.

Er klappte die Sonnenblende herunter, wischte mit der flachen Hand über den darin versteckten Spiegel. Evi drückte mit dem Fuß auf das Gaspedal, ihr Herz klopfte im Hals, sie war noch nie so schnell gefahren. Gegen einen trägen Widerstand an, kam das Auto in Bewegung, langsam und doch viel zu schnell. Schultens beschleunigte sie, es war, als drücke er mit ihr auf das Gaspedal. Alles zitterte, die lederne Wuchtigkeit des Sitzes umschloß ihren Körper, und – wie eine Warnung – zog der Gurt sie darin fest. Der Motor vibrierte in ihr. Am äußeren Blickfeld rutschte die Welt vorbei, rutschte unmerklich auseinander, zerfiel in ein Vorn in der Windschutzscheibe und in ein Hinten in allen anderen Scheiben, jedes Ding wurde zu einem Streifen, und sie raste nur noch an Streifen vorbei, das machte es leichter. Die Nieten der Leitplanken waren längst verschwunden, die weißen Mittelstreifen waren eine Linie geworden, und

Schultens sagte: »Bleiben Sie links, das ist Ihre Spur.« Ein rhythmisches Zucken, das Surren der Reifen auf dem Asphalt, wie eine Stimme, dachte Evi, es ist eine Stimme, die etwas sagt, was ich nicht verstehen kann, und Schultens sagte in das Surren hinein, in die Vibration der Luft: »Da war ich froh. Das war ein toller Moment in der Wüste. Vielleicht hatte ich ne Vision von dem ganzen Weiß, was auch immer. Aber ich dachte echt, ich wäre tot. Und irgendwas Neues fing an. Irgendein Schalter wurde umgelegt. Ich war tot, und es war wunderbar. Kommen Sie mit mir mit?«

»Wohin?« rief Evi erstaunt. Sie war so hoch oben über der Autobahn. So mächtig konnte man sich in einem Auto fühlen.

»In das Haus meines Vaters. Bremsen Sie nicht, es gibt nichts zum Bremsen. Fahren Sie. Sie wollten doch richtig fahren.«

Evi atmete mit offenem Mund und fuhr durch die Wüste. »Es ist so wenig Licht«, sagte sie, »es ist zu kurz für die Geschwindigkeit. Wo wollen Sie hin? In das Haus Ihres Vaters? Das mit den Bildern?«

»Ja. Kommen Sie mit? Das Licht ist immer vor Ihnen.«

»Nein, ich hol es ein.«

»Ist erst hundertsechzig.«

»Oh, Gott«, sagte Evi und senkte den Fuß auf das Pedal, der Sitz preßte ihren Rücken zusammen, die Beschleunigung kam von hinten. »Hundertachtzig – neunzig«, zählte sie.

»Kommen Sie?«

Sie konnte nicht sprechen.

»Okay. Ich – wissen Sie, was ich dann gemacht hab in der Wüste? Ich hab angefangen, die Reifenspuren zu verwischen. Ja, das war es. Die störten mich plötzlich, und meine Schuhe, diese Profile von meinen Trekkingschuhen, auch die nervten mich. Ich verwischte alles und trank das Wasser aus dem Kühler, ich betete, daß es kein destilliertes Wasser war, aber es war kein destilliertes Wasser, es war richtiges, die wissen schon, warum die richtiges Wasser in ihre Kühler kippen, und mein Kumpel kam nicht zurück, der kam die ganze Nacht nicht mehr zurück, und ich hockte allein in dieser stillen Wüste, wissen Sie, wie das ist, eine ganze Nacht allein in so einer Wüste zu hocken, wo noch nicht mal irgendein Vogel kräht? Ich dachte, mich hat's auf den Mond verschlagen, ich dachte wirklich, ich bin nicht mehr hier, ich bin im Weltall, so müssen sich die Jungs in ihren Kapseln fühlen, wenn gerade das Internet ausgefallen ist oder sie sich nichts erzählen können, weil der eine draußen herumfliegt und was repariert. Hier, halten Sie das Lenkrad weiter in der Mitte fest, dann können Sie sich entspannen, man kann auch mit zwei Fingern lenken, so gut liegt der auf der Straße. Der läuft von allein.«

»Ja«, sagte Evi, »ich will auch mal in die Wüste«, ihr Körper, ein steifer Hebel, festgeklemmt zwischen Sitz und Pedal, übersetzte die Beschleunigung im Rücken, ein Hebel, der hundertfünfundneunzig fuhr.

»Ich könnte Sie küssen«, sagte Schultens.

»Wann ist Schluß?«

Schultens berührte mit seinem Kopf ihre Schulter, als er sich zu ihr beugte. Mit einem Finger zeigte er auf den Tacho. »Hier unten. Das schaffen wir noch.« Er küßte ihre Hand am Lenkrad.

»Nein«, stöhnte Evi.

»Wenigstens bis zweihundert.«

Stille war nicht auszuhalten bei hundertfünfundneunzig. Stille war nur auszuhalten, wenn man sich sicher fühlte. »Warum soll ich mitkommen?« Von einer auf die nächste Sekunde verschwand die Landschaft, die Welt draußen. Nur noch das Auto und Schultens neben ihr, sein beruhigend großer Körper, und die königsblauen Leuchtzahlen, Gott sei Dank digitale Leuchtzahlen, dachte Evi, auf die war Verlaß. Und Schultens klaubte mit einer Hand den Griff aus der Vertiefung über seiner Tür, hielt sich daran fest, Evi drückte die Handflächen gegen das klebrige Gummi des Lenkrades und sagte, »Ein Auto ist innen immer schwarz, nicht weiß. Warum soll ich mitkommen?«

»Man sieht den Dreck nicht so schnell«, sagte Schultens, »Fahren macht halt dreckig. Beschleunigung bringt uns um. Ich rechne immer damit, daß ich mal auf der Strecke bleibe. Ich dachte, wir suchen gemeinsam nach dem Bild. Sie helfen mir.«

»Hier, zweihundert«, rief Evi. »Oh, Gott, wo ist die Spur.«

»Hier.«

Der Schwindel war horizontal. Es gefiel ihr.

»Hier, bei mir«, rief Schultens und umfaßte mit einer Hand ihren Oberschenkel. Es war ein Spiel. Die Hand rückte Richtung Knie.

»Alles verschwindet«, sagte Evi zur Außenwelt.

»Weg mit dem Dreck. Das liebe ich.«

»Das ist nicht normal.«

»Ja, ansonsten sind wir Schnecken.« Er lachte. »Ohne Sprit sind wir Schnecken. So ist nicht normal, so ist super.«

»Schluß«, stöhnte sie und nahm den Fuß vom Gaspedal, der Wagen fiel schneller als sie dachte aus seinem Vorwärtsdrängen zurück, ein Blick in den Rückspiegel zeigte ihr, daß kein Auto hinter ihr war, ihre Handflächen schwammen im Schweiß, sie wischte sie nacheinander an ihren Oberschenkeln ab, berührte dabei die Hand von Herrn Schultens. Die Umgebung hinter den Scheiben gewann Kontur, ein Baum, eine Wiese, Nachbarautos, alles schälte sich aus der Verwischung. Sie bremste nicht, der Wagen rollte und schien sich selbst zu schwer zu sein.

»Sie haben es geschafft«, sagte Schultens, »nicht knapp davor aufgegeben.«

»Nein.«

»Sie sind großartig.«

»Ich kämpfe.«

»Ja.«

»Ich habe immer gekämpft.«

»Natürlich. Wir sind alle im Kampf. Sie sind großartig.«

Ihre Kraft verschwand aus ihrem Körper, der Motor war ein Vampir, er hatte ihr Blut benutzt. Leer und müde saß sie im Leder. Schultens löste seine Hand von ihrem Oberschenkel, berührte mit seinen Fingerspitzen ihren Handrücken, die Knöchel. Ohne Höchstgeschwindigkeit wurde die Geste bedeutungsvoller, so schien es ihr. Sie preßte ihre Hand ums Lenkrad. »Das macht mich rasend«, sagte er kaum hörbar. Ein blaues Schild über der Autobahn kündigte eine Reihe von Ausfahrten an. »Wir könnten gleich«, sagte er und zeigte aufs Schild. Die Ausfahrt zum Flughafen. Evi rang mit sich, alle Gegenargumente rasselten in ihrem Mund wie Kiesel. Nichts anzuziehen, das Haus nicht richtig abgeschlossen. Dann fiel ihr Bernhard ein. Er war noch bis zum Sonntagabend weg. Er war weg, sie war weg. Oder sie wäre wieder da. Sie wollte die Kiesel einen nach dem nächsten ausspucken. Keine Gedanken. Es mußte von diesem Mann ausgehen. Er flößte ihr diese Gedankenlosigkeit ein, den Sog, der von spontanen Entscheidungen ausging. Ähnlich dem Ziehen, das sie immer spürte, wenn es darum ging, etwas zu kaufen, aufzukaufen, an sich zu binden. Sie nahm die Ausfahrt, fuhr über die Brücke, immerhin fünfzig Stundenkilometer, es erschien ihr als schleichend. Sie wollte keinen Rückweg nehmen, das fühlte sich zu zäh an.

Schultens räusperte sich, Evi beschleunigte. Der Asphalt schluckte die Farbe des Himmels. Eine Redewendung ihrer Mutter fiel ihr wieder ein. Eine Naht schließen, dachte sie. Schultens lächelte, offensichtlich mußte er eine kindliche Freude verbergen. Sie sah den gestrichelten Mittelstreifen links neben sich vorbeiziehen, weißer Faden durch grauen Stoff, sie sah, wie sie den

Stoffpuppen, die sie eine zeitlang gern hergestellt hatte, um sie auf dem Flohmarkt zu verkaufen, mit einer Nadel ins Gesicht stach, um ihnen Grübchen in die Wangen zu ziehen, sie hatte die starke körperliche Empfindung, wie es sein muß, wenn einem das Gesicht gestickt wurde, Auge, Nase, Mund, der Faden zog den mit Watte gefüllten Bezugstoff in Form, eine Naht schließen, dachte sie, der letzte Stich, eine beruhigende und befriedigende Handlung, weil etwas fest miteinander verbunden wird und trotzdem noch Abstand zueinander hat, zwei Stoffteile bleiben immer zwei Stoffteile, sie verschmelzen nicht durch eine Naht. Evi sah ihre Hände am Lenkrad, die Haut über den Knöcheln fast weiß.

Das Schweigen hing wie abgestandene Luft zwischen ihnen, als Evi das Auto ins Parkhaus fuhr. Ein Aufmarsch aus glänzendem Blech im Halbdunkel. Kein Mensch. Schultens beugte sich zu ihr, berührte mit der Hand ihre Wange, veranlaßte sie, ihm ihr Gesicht zuzudrehen. Er küßte sie auf den Mund. Löste seine Lippen von ihren und betrachtete sie. Durch seinen Blick flackerte Unruhe. Sie wartete. Er sagte: »Ich wußte es. Seit ich dich am Friedhof getroffen hatte. Ich wußte es.« Und dann sagte er: »Jetzt reißen wir aus.«

Mit den Kreditkarten, die er hatte, war alles so einfach. Beide beeilten sich in dem, was sie taten. Daß sie doch vor etwas flüchteten, mochte dabei am Rande ihres Bewußtseins eine Rolle spielen. Als sie in ihren Sitzen saßen, die Durchsagen gemacht waren, das Flugzeug sich vom Terminal löste, da überfiel Evi eine Angst, die vorher im Gerausche der Organisation untergegangen war. Weniger die Angst der Ankunft, des Ungewissen. Es war die Angst vor der Rückkehr. Herr Schultens, Klaus, wie sie ihn nennen sollte, saß jetzt viel näher neben ihr als im Auto. Er war ein Magnet, auf den Evi mit einem ständigen Wechsel von Anziehung und Abstoßung reagierte. Seine Galanterien nahmen zu, dezent, aber unausweichlich. Er schien zu glühen in diesem Zustand. Er vermochte ein Loch in den Flugzeugkörper zu schmelzen. Evi spürte, daß auch in ihren Wangen das Blut pochte. Sie wollte ihn fragen, woher er diesen forschen Glauben nahm, mit dem er die Ereignisse zu lenken schien. Das Flugzeug startete, sie hoben ab, flogen. Er hielt ihre Hand. Sie ließ sich halten. Sie spielte mit. Und doch war die Grenze zwischen Ernst und Spiel flüssig, nicht greifbar. Schon gar nicht kontrollierbar. Sie rutschte hinein in dieses, so nannte sie es vor sich selbst, Abenteuer. Das Wort gab der Realität den Anschein der Verrücktheit, des Ausnahmezustands. Nur so, das war ihr klar, konnte sie aushalten, was sie gerade zu erleben im Begriff war.

»Merkt niemand, daß Sie –, daß du weg bist?«

»Wieso weg? Ich muß in das Haus meines Vaters. Ich muß dorthin, aufräumen. Meine Auszubildenden führen das Geschäft, als hätten sie nie etwas anderes in ihrem Leben gemacht. Meine Frau ist zur Kur. Eigentlich sind alle froh, wenn sie mich mal für eine Weile los sind. Ich fehle niemandem.«

»Niemand fehlt dir.«

Er lächelte. »Irgendwas fehlt immer.«

Evi schwieg.

»Und was fehlt dir, Evelyn? Sag mir die Wahrheit. Keine Zeit für Lügen.«

Sie überlegte. Dann sagte sie: »Gewißheit.«

»Gewißheit«, wiederholte er, »ich dachte immer, wenn wir die haben, sind wir tot.«

»Keine Ahnung. Ich werde meinen Vater zumindest nicht mehr suchen, wenn ich tot bin. Aber jetzt, jetzt hätte ich gerne Gewißheit.«

»Ob er noch lebt?«

»Klar. Das. Aber auch«, sie stockte, »ob er – ob ich Teil seiner Gedanken bin. Ob er an mich denkt. Ob er sich fragt, wie ich lebe, wer ich bin, wer das ist, seine Tochter. Das. Nicht viel mehr. Das wäre genug.«

»Klingt bescheiden.«

»Vielleicht.«

»Wo lebt er, wenn er noch leben sollte?«

»In Amerika.«

»In der Wüste.« Er klang zynisch, als er das sagte.

»Wieso? Ist ganz Amerika eine Wüste?«

»Nein, ich verbinde das nur damit.«

»Wie bist du da eigentlich wieder rausgekommen, aus der Wüste, damals, mit dem Auto?«

»Na ja, wir wurden abgeschleppt. Das Auto kam auf nen Sattelschlepper. War ein großes Tohuwabohu, da in der Stille.«

Eine Stewardeß servierte Getränke und Brötchen in Papiertüten. Klaus bestellte für sie beide Prosecco. Sie stießen mit Plastikgläsern an. »Das ist kein tolles Ende der Geschichte, was?«

»Wann gibt's schon tolle Enden.«

»Ich hätte dich gern beeindruckt mit meiner Geschichte«, stellte er fest. »Warst du schon mal dort?«

»Nein.«

»Noch nie deinen Vater –«

»Nein«, sagte sie harsch.

»Ich verstehe das nicht. Immer: Väter, Väter, Väter. Erst kann man nicht viel machen, da ist nun mal die Mutter die, die zählt. Dann soll man zum Paddeln gehen und Fußball spielen, und die Zeit ist so schnell vorbei, da hab ich mich gerade an ihn gewöhnt, da will mein Sohn schon nichts mehr von mir wissen. Da schämt er sich schon für mich. Da kann ich wieder zehn Jahre warten, bis der sich's anders überlegt. Vorher kommt er, weil er Geld will, dann gebe ich ihm Geld und dann ist's auch falsch. Dann macht er mir den Vorwurf, ich würde ihm alles in den Arsch stecken, nur, damit er die Klappe hielte. Was ist denn nun schon wieder passiert, denke ich. Manchmal hab ich das Gefühl, der Fehler an sich ist, daß ich der Vater bin. Als ich ihm dann vorschlug, er soll mich nicht mehr Papa nennen, sondern Klaus, damit dieses Vater-Ding aufhört, da hat er mir unter Tränen vorgeworfen, ich sei wahrscheinlich gar nicht sein richtiger Vater, wenn ich so etwas vorschlüge.«

»Ihr Sohn sieht Ihnen – dir, ich meine, dein Sohn sieht dir aber sehr ähnlich.«

»Aus dem Gesicht geschnitten.«

»Sie waren in einer Klasse«, fiel Evi ein.

Klaus lachte auf.

»Was macht deine Tochter?«

»Lebt in Amerika. Arbeitet dort. Hat einen Freund. Ich höre nicht viel von ihr. Sie lebt ihr Leben.«

»Sie gehen und vergessen einen.«

»Ja. Wir haben es genauso gemacht. Nur sind unsere Eltern nun schon alt geworden. Dann kommt das umgekehrte Spiel.«

»Das steht unseren noch bevor.«

»Nein.«

»Du wirst nicht alt«, sagte Klaus überzeugt.

»Ja, ich werde nicht alt.«

»Du bist zu schnell, um alt zu werden«, er schaute sie aus den Augenwinkeln an und lachte. Die Abschätzigkeit, die sie darin zu sehen meinte, verursachte ihr eine Gänsehaut auf den Unterarmen.

»Ich werde mich rächen«, sagte sie nüchtern.

»An mir?«

»Am Altwerden.«

»Womit?«

»Hiermit«, sagte sie, und küßte Klaus auf den Mund, ohne vorher darüber nachgedacht zu haben.

Langsam sammelte sie ihre verstreuten Einzelteile wieder zusammen. Es brauchte eine Weile, bis sich das Zittern legte. Glücklicherweise breitete Klaus Schultens ein Tuch der Normalität zwischen ihnen aus.

»Wie, und auch noch nie deine Tochter besucht?«

»Ich wollte mich nicht aufdrängen.«

»Wieder so bescheiden.«

Sie schluckte das Wort mit etwas süßem Sekt herunter.

»Amerika ist großartig. Kaputt, verrottet, großartig und bildschön. Endlich mal Platz. Alles kann groß sein. Weil's soviel Platz gibt. Amerikanische Autos sind fahrende Wohnzimmer. Sie verbrauchen eben Unmengen Sprit, ein Wohnzimmer läßt sich nicht mit Rapsöl bewegen. Hätte mich nie gewundert, wenn sie Autos entwickeln, die nur mit Kerosin fahren. Pools sind Seen. Es gibt Pools, in den schwimmen Jollen. Hochhäuser sind hoch. Ihre Spitzen kratzen am Himmel. Alles ist anmaßend, aber prächtig. Mickrigkeit gibt's nicht. Deswegen geht Amerika auch nicht mickrig zugrunde, sondern im großen Stile. Dramatisch. Groß. Gewaltig.«

»Das macht mir angst.«

»Mir auch. Aber ich finde es großartig. Besuch deine Tochter lieber bald«, er lachte. Dann wurde er ernst.

»Du gehörst doch irgendwie da hin. Und warst noch nie da. Das ist ja eine Geschichte.«

Über eine Ferne hinweg kam Evi das erste Mal der Gedanke, daß der Abstand, den sie zu diesem Land hielt, mit der Sehnsucht, die an ihr zerrte, dorthin zu gehen, zusammenhängen mußte. Klaus drehte ihre Handfläche nach oben. Für einen Augenblick dachte sie, er beginne, ihr aus der Hand zu lesen. Sie zuckte zusammen. Keine Weissagungen, keine Einsichten, keine Wahrheit.

»Eigentlich haben wir doch alle so eine Geschichte. Eine Geschichte mit Amerika. Ich hatte dort studieren wollen. Mein Vater kannte doch Leute. Aber er hat mir keinen Kontakt vermittelt. Er hockte in seinem Haus und pfiff sich eins. Als wären das heilige Drähte, die er da spannte, zwischen seiner Insel und dem Kontinent. Es würde mich nicht wundern, wenn alles gelogen war.«

»Kein Filmproduzent?« fragte Evi.

»Ja. Er hat nur diese Bilder gemalt und auf dem Flohmarkt verkauft. Oder gegen ein paar Aprikosen eingetauscht. Niemand wollte sie. Deshalb hat er sein eigenes Gemüse angepflanzt. So ähnlich.«

»Mach ich auch.«

Klaus Schultens trank seinen Plastikbecher in einem Zug leer.

»Was? Gemüse?«

»Sachen auf dem Flohmarkt verkaufen.«

»Du schießt echt den Vogel ab«, sagte er ganz ernst. »Was für ein Leben, Madame, was für ein Leben.«

»Glauben Sie nicht, Sie könnten jetzt schon unverschämt werden.« Sie hörte selbst das Schwanken in ihrem Tonfall, katzenhafte Leichtigkeit und den Alpdruck der Angst. Schultens lachte.

»Nein, Frau Niebuhr, das glaube ich nicht. Ich bin nämlich schon die ganze Zeit unverschämt.«

»Ich will noch etwas trinken.«

Er reagierte.

»Glücklich?« fragte er, als die Stewardeß nach einigem Zureden noch zwei kleine Plastikflaschen Sekt brachte.

»Nein.«

»Und wenn du Gewißheit hättest? Dann vielleicht?«

»Ja. Dann. Vielleicht.«

Die warme Luft außerhalb des Flughafens war eine Wand. Der Taxifahrer hatte kaffeeschwarze Haut, wunderte sich, daß sie kein Gepäck dabeihatten. An seinem Rückspiegel hing eine bunte Fahne, im Fahrtwind zappelte sie hin und her. Nach einigen Versuchen konnte Evi lesen: *To me, black is meaningless, to society, black is a problem.* Der Wunsch durchdrang sie, dem Fahrer etwas zu sagen, aber ihr Englisch fühlte sich so fadenscheinig an. Sie rückte auf der Sitzbank nach vorn. »Hello«, sagte sie in den Rückspiegel und sah, daß er zurücklächelte. Für einen Augenblick durchdrang sie eine warme Gewißheit, erkannt worden zu sein.

Der Fahrer umfuhr Palma auf einem Autobahngürtel, schuhkastenartige Häuser reichten bis an den Rand der Trasse. Wäsche hing vor den Fenstern. Ein Friedhof mit oberirdischen Gräbern, ein Hochhaus für Puppen, so wirkte es. Auf die Berge zu, der Taxifahrer nannte alle Gipfel mit Namen, Evi hörte nur das Wort für alle heraus: Tramuntana. Eine Bergreihe, die klang wie ein Wind. Die bonbonfarbenen Schuhkartons verschwanden, etwas karge Natur, Baustellen für die Autobahnerweiterung. Bagger gruben Schluchten in die Hügel, der Asphalt war schon verlegt, an den Rändern die rote Erde wie Wunden. Sie durchfuhren Tunnel und noch eine kleinere Stadt, dann kamen sie an die Küstenstraße. Bergkiefern klemmten sich an die Hänge, neigten ihre Köpfe Richtung Meer. Grüne Büsche, die silbrigen Blätter der Olivenbäume, ihre Märchenfigurenstämme. Sonnengebleichter Asphalt. Dann lichteten sich die Kiefern, die schroffe Küste wurde sichtbar, wie in Theaterkulissen waren die Klippen hinter einander geschoben, immer heller werdend, ein Nebel, die letzten Klippen wirkten mehr wie ein Teil des Himmels als der Erde. Das Meer war dunstig, der Horizont verlor sich, keine Grenze. Alles war hell. Der Taxifahrer schwang das Auto durch die Kurven. Sie wurde immer wieder gegen Klaus'

Körper gedrückt. Er sagte nichts, schaute, wie sie, aus dem Fenster. Die Landschaft zog vorbei, oben Steine, Bergfüße, unten Kiefern, Büsche, Küste, Meer. Evi war glücklich, mit einem Mal. Selbst überrascht, wie sie so schnell hierhergekommen war. Bei jeder Kurve wieder dachte sie darüber nach, wie es sein müßte, geradeaus zu fahren. Sie griff nach Klaus' Hand. Der Taxifahrer schlafwandelte über die Serpentinen. Die Straße wurde immer schmaler. Evi schloß sich der Hals, jedes Mal, wenn ihnen jemand entgegenkam. Die Enge wurde erfahrbarer durch die angrenzende Weite. Aus der Kurve beschleunigen, bis in die nächste schwingen. Es war, als tanzten sie mit Schwung über den schmalen Weg am Hang, immer nahe des Abgrunds. Klaus hielt sie, als sei dies das Selbstverständlichste der Welt.

Wo im Dorf sie hinwollten, fragte der Taxifahrer.

Klaus fand die Abzweigung wieder, eine versteckte einspurige Straße, die aus der Bergfalte, in der das Dorf hockte, hinunterführte zum Meer. Er freute sich über seine Erinnerungsfähigkeit. »Weiter, weiter«, sagte er bei jedem Haus, an dem sie vorbeikamen. Eine kleine Brücke, ein letztes Steinhaus, dann staubige Wiesen, ein Olivenhain auf Steinterrassen, ein türkises Rechteck, weiter unten, der leuchtende Vorhof des Meeres. »Weiter, weiter.« Eine Weide und zwei Esel, roterdige Steinmauern rechts und links, die Kiefern hingen mit den Köpfen neugierigen Nachbarinnen über die Straße. Hier kam niemand durch, ohne daß sie nicht Notiz von ihm genommen hatten.

»Hier«, rief Klaus, »Stop.«

Ein Bund Schlüssel lag in einem Blumentopf neben der Tür. Evi schaute sich um, während Klaus alle durchprobierte. Das Steinhaus war an den Abhang gebaut, über zwei, vielleicht drei Etagen. Neben der Straße, hier im Eingangsbereich, gab es noch einen Unterstand mit Wellblechdach. Darunter hockte eine Isetta auf einem Bock, verstaubt, ohne Stoßstange und Reifen. Übereinandergeworfene Holzscheite. In einem Holzblock steckte eine Axt. Ein rostiger Kühlschrank, aus dem die Gitter wie Schubladen hingen, weiteres Blech, aufgeschnittene Plastikkanister. Ein Katzenklo, Kochtöpfe, in denen Essensreste von der Sonne festgebacken waren. Es roch nach Vergorenem, nach der Wärme der Luft, nach Blüten, etwas Schwerem, Süßlichem, dann wurde Evi klar, es war Jasmin. Wie ein weißschäumender Wasserfall stürzte sich ein Busch über den Torbogen an der Seite des Hauses. Sie stellte sich ins Zentrum des Duftes. Es verschlug ihr den Atem. Klaus rief sie ins Haus. Eine Treppe hinunter, überall hingen Ölbilder an den Wänden, wo sie Platz ließen, hingen vom Meer ausgewaschene Holzstücke oder spanische Bodenfliesen, oft nur Bruchteile mit Blumenmustern und Ornamenten.

Sie kamen in den zentralen Raum, die Küche. Die Arbeitsflächen waren zugestellt mit Gurken- und Marmeladengläsern voller Farbreste und Pinsel. Terpentin, alte Lappen, Firnis. Klaus öffnete alle Fenster, eine Tür zu einer Terrasse, darüber ein Dach aus hellgrünen Weinranken. Einige Blätter und Lockenkringel hingen bis zum Fußboden. Die stickige Luft des Hauses vermischte sich. Evi hatte den Jasmin in der Nase, er schien bis hierher zu reichen.

Sie hörte, wie eine Flasche entkorkt wurde. Klaus reichte ihr ein Rotweinglas. Sie stand unter dem Dach aus Wein und spürte die Wärme des Alkohols im Brustkorb. Das schräge Sonnenlicht des Spätnachmittags tröpfelte durch den Wein. Klaus trank kontrolliert, aber schnell. Seine Nervosität paßte nicht zu der stillen Verstaubtheit des Hauses, seinem Dornröschenschlaf.

»Was für ein schönes Haus«, sagte Evi.

Schultens stand unter dem Türrahmen, trug den Bauch des Glases mit einer abwägenden Geste der Hand. Das Kompliment schien er auf sich zu beziehen. Dann brach sein Lächeln abrupt ab. »Ein Drecksloch«, sagte er, »viel schlimmer als bei meinem letzten Besuch. Man sollte alles rausreißen, auf einen Haufen werfen und Benzin drübergießen.«

»Wieso? Es ist doch alles so wertvoll.«

Schultens lachte sardonisch. »Was magst du denn aufheben, jetzt wo du hier bist und mir beim Sortieren helfen kannst.«

Der Tonfall schreckte sie, aber auch die Nennung des Grundes. »Ich dachte, die Bilder.«

Er unterbrach sie, indem er sich abwandte. Sie ging ihm nach, gegen einen Widerstand an. Er lehnte im Atelier mit der Schulter an einem Schrank, dessen Türen offen standen. Gegenüber an der Wand hingen die Bilder. Dreißig, vierzig Bilder, die alle ein fast identisches Motiv zeigten. Türkisblaues Wasser, Seealgen, Fische, einige Steine. Licht, das durch das Wasser fiel, wie eine Gaze. Auf manchen Bildern war die Wasseroberfläche zu sehen, wie sie von unten aussah. Angedeutet der Rumpf eines Fischerbootes. Auf einem Bild tauchte neben dem Rumpf eine Hand ins Wasser. Es waren seltsame Bilder mit einer verwinkelten, gebrochenen Perspektive, die Fische waren zu groß für das Seegras, die Hand zu groß für den Schiffsrumpf. Die Steine wirkten wie garnierte Hüte, an ihren Rundungen flimmerten Quallen, Algen, kleine Fischschulen. Aber aus allen Bildern schien etwas zu leuchten, eine Substanz, die in die Farbe gemischt sein mußte. Es war das Licht im Wasser. Es trieb darin wie Staub in der Luft.

»Er hat gezaubert.«

»Das muß einen doch umbringen, immer nur das Gleiche zu malen. Ich würde vor Langeweile sterben.«

»Er hat es immer wieder versucht«, sagte Evi vorsichtig.

Schultens trank sein Glas leer. Schenkte sich aus der mitgebrachten Flasche nach.

»Ich meine, wozu immer Fische malen? Wie wäre es mal mit ein paar Menschen? Wenn schon. Siehst du hier ein Bild von meiner Mutter? Von mir? Ich hab ihm seinen Wunsch erfüllt. Die Urne ist überführt worden, er liegt neben seiner Frau. Im Norden. Da, wo er zu Lebzeiten nie hinwollte. Ich hatte ihn darum gebeten, ein Bild nur, ein Porträt meiner Mutter. Und was malt er den ganzen Tag? Den großen Teich.«

Neben der Tür stand eine Kommode, die untere Schublade geöffnet. Evi fiel ein Schuhkarton auf, in dem offensichtlich Fotos lagen, dazwischen konnte sie die zackigen Ränder von Zeitungsseiten sehen. Zur Hälfte war der Karton mit einem rechteckigen Spiegel abgedeckt. Als sollte jedem, der einen Blick in die Kiste warf, zuerst sein eigenes Gesicht ins Auge fallen.

Schultens nahm ein Bild von der Wand und legte es auf den Fußboden, alles einhändig, ohne das Weinglas abzustellen.

»Warte«, protestierte sie. Er machte weiter. Sie hob die hingelegten wieder hoch und stellte sie auf die Kommode. In dieser Weise wanderten fünf Bilder durch den Raum.

»Du bist mir eine Hilfe«, bemerkte Klaus.

»Was soll ich denn machen?«

Er wandte sich ihr zu, streckte die Hand nach ihr aus, wie er vorher die Hand nach den Bildern ausgestreckt hatte. Er umklammerte ihr Handgelenk, der Griff schmerzte. Seine Gesichtszüge wirkten nüchtern, aber sein Körper schwankte leicht.

»Laß mich los«, sagte Evi, ohne sich zu bewegen.

»Das ist so ein Müll«, stieß Klaus hervor, »ich habe noch nie so viel Müll auf einem Haufen gesehen, und ich sage dir eines, ich sage dir, was ich mit dem Müll machen werde. Ich werde ihn zu Asche machen.« Er trat mit dem Fuß gegen die Schublade, die verhakte, und nur der Spiegel zuckte und rutschte vom Karton. Die Fotos und Zeitungsartikel lagen frei. Evi überlegte, ob sie sich danach bücken sollte, wollte aber Schultens nicht aus den Augen lassen. In der nächsten Sekunde schien etwas anderes von ihm Besitz zu ergreifen. Die kontrollierte Freundlichkeit kehrte zurück. Nur sein Blick zuckte nervös, als bebe er unter der zurückgewendeten Wut. Was ihr vorher nie in den Sinn gekommen war, das stand jetzt zwischen ihnen. Er war viel kräftiger als sie. Er hatte sie bis hierher geführt. Es wurde immer schwieriger, wollte sie ihm entkommen.

Jetzt zog es vom Nacken her den Rücken herunter: Der Schwindel des Unrechtmäßigen, die Nervosität, die von ihrem Aufbruch ausging. Wie eine Schatulle würde sie dieses Geheimnis durchs Leben tragen. Ein, zwei Tage. So wenig, das konnte nicht viel wiegen. Aber Evi ahnte schon jetzt, daß das Gewicht besonders sein würde, das Gewicht des Geheimnisses maß sich an der Radikalität der Entscheidung, die sie getroffen hatte. In dem Moment, als Herr Schultens sie zu Hause überrascht hatte, herausgeklingelt hatte aus ihrem Versinken in der Badewanne.

Da hatte sie das Gefühl einer geheimen Verbindung zwischen ihnen gehabt, einer Nähe, die entstanden war, weil das Verhalten seines Vaters mit dem ihrer Mutter verwandt schien. Das Schweigen, die Abwesenheit, die Mißachtung. Teilten sie einen Phantomschmerz? Er hatte seinen siebenstelligen Umsatz, seine Autos. Er sorgte für Ersatz. Es war ihre Neugierde gewesen, natürlich. Auf die Bilder. Und die völlig verrückte Idee – das wurde ihr jetzt bewußt –, daß er ihr bei ihrer Suche helfen würde, wenn sie vorher ihm geholfen hatte.

Ihr Zuhause war verkapselt, dort oben im Norden, weit weg. Als hätte das Flugzeug sie in ein anderes Leben gebracht, so fühlte sie sich. Das hier, das war eine andere Frau. Solange sie nicht in den Spiegel sah, könnte ihre Täuschung funktionieren. Und solange sie nicht darauf achtete, was ihr den Brustkorb einschnürte: Morgen war ein Tag, der mit Sicherheit kam, und morgen war sie verantwortlich für das, was sie heute tat. Das Heute war umrandet vom Tun, jeder Handgriff, jedes Wort, jeder Schritt war Teil eines Ablenkungsmanövers von sich selbst.

Es funktionierte gut. Nur mußte sie sich bewegen, um den Puffer des Bedeutungslosen aufrechtzuerhalten. Sie löste ihr Handgelenk aus seinem Griff. Nahm unter einem erstaunten Laut die fünf Bilder an sich und lief durchs Haus in den Garten, auf der Suche nach einem Versteck. Im Vorbeigehen nahm sie ein Beet mit stattlichen Tomatenpflanzen wahr, pralle, grüne Früchte. Der schwere, süße Jasmin ersetzte auch hier die Luft. Sie passierte eine grob gemauerte Wand mit Eisentür und daneben eine natürliche Grotte, unterhalb des Hauses. Hier bewahrte Klaus' Vater das Gartengerät auf. Der Moder der Gruft stieg Evi in die Nase. Feuchtes Tauwerk, Jutesäcke mit altgewordenem Laub, so etwas in der Art. Erde, die einen Spaten rosten läßt. Auf einem Tisch in der Höhlenmitte standen Körbe, in denen Johannesbrotbaumschoten lagen, hart und schwarz vom letzten Herbst. Schwarz, wie die Haut des Taxifahrers. So schwarz, wie vielleicht auch ihr Vater war. Sie verbarg die Ölbilder hinter einem geborstenen Türblatt, das an der Wand lehnte. Zerbrach dann eine Schote, das Innere war mehlweiß. Sie kaute auf der holzähnlichen Frucht herum. Etwas Süße ließ sich herauslösen. Sie steckte sich eine Handvoll der schwarzen Finger in die Tasche ihres Mantels und streunte weiter durch den Garten. Einige Weinreben an Drähten. Faltige Kürbisse, die niemand geerntet hatte, von unten angenagt. Das orangefarbene Fleisch ergoß sich ins Beet. Sie stolperte über die Leitungen einer Bewässerungsanlage. Unterhalb der Terrasse mit dem Gemüsegarten war ein wilder Kompost zu sehen und ein in hohem Schilf versteckter Fluß, der das Schmelzwasser der Berge ins Meer trug. Und den Müll des Dorfes. Es roch nach Fäkalien und Dung. Als sie sich umdrehte, sah sie, wie die Marmeladengläser mit Farbresten und verklebten Pinseln aus dem Küchenfenster flogen. Die Pinsel blieben in den Gläsern stecken und landeten wie Pfeile in der Erde. Sitzkissen, Teller, eine Tüte

Mehl folgte. Sie spürte, wie froh sie war, in diesem Augenblick nicht im Haus zu sein. Die Unberechenbarkeit des Mannes, seine kantige Art, Menschen anzuziehen und dann wegzustoßen, die umfassende Atmosphäre völliger Unsicherheit stieß sie ab.

Wie er seine Wut und Enttäuschung am Übriggebliebenen ausließ. Es flog ein Schemel. Sie wich weit an den Rand der Gemüsebeet-Terrasse. Pappkartons, Fotos, Postkarten segelten durch die Luft, eine Zeitungsseite dazwischen wie eine Möwe im Schwebeflug. Sie unterdrückte den Impuls, die Sachen aufzusammeln, an sich zu nehmen. Diese leicht hektische Eiligkeit, die sie immer befiel, wenn es darum ging, etwas zu bewahren, an sich zu nehmen, wenn andere es wegwarfen. Vielleicht war es eine Art Raffsucht, so hatte es Bernhard zumindest mal benannt. Für sie fühlte es sich an wie die Sicherung von Dingen, die es nicht verdient hatten, weggeworfen zu werden. Sie brachte sie zurück in einen Kreislauf, ließ nichts verlorengehen. Es war doch von allem so wenig da. Und am allerwenigsten von dem einen. Aber das war kein greifbar Ding. Sie kaute auf dem abgebrochenen Johannesbrotfinger, sagte sich wieder und wieder, daß sie hier stehenbleiben würde, daß sie Herrn Schultens nicht beim Aufräumen und Einsammeln helfen würde, daß sie sich nicht bewegen würde bis der Sturm abflaute, und bemerkte plötzlich, mit fast analytischem Interesse, wie plump oder grazil, wie eigenartig weit und fröhlich verloren die Dinge fliegen konnten.

Er saß in der Küche auf der Holzbank und starrte in den Fernseher. Eine Modenschau, Streichholzfrauen mit flatterigen Kleidern vor Nachtschwarz.

»Das ist der letzte Sender, den er eingeschaltet hatte«, sagte Klaus Schultens, »der hier mit den Mädchen.« Ihn umgab die

Reue des Cholerikers, der schamhafte Wunsch, der Vorfall von eben sei wieder vergessen. Er bot Evi die Flasche an. Als sie kein Glas fand, stand er auf, suchte eines, ohne den Blick vom Fernseher abzuwenden.

»Ich werde es nicht vermieten«, sagte er und goß ein Wasserglas voll, »das hab ich beschlossen. Ich werde es verkaufen. Deutsche Immobilienbüros gibt's doch wie Sand am Meer. Ich werde hier nichts mehr anfassen. Meine Frau hätte das gemacht. Jeden Stein angefaßt und geschaut, was sie darunter findet. Und? Was findet man da? Kellerasseln, hundert Jahre alten Dreck. Vielleicht hat er ja ein Bild für mich gemalt, aber ich finde es nicht. Entweder man zeigt es, oder man zeigt's nicht. Er ist in den Tod gegangen, wie er immer gewesen ist. Warum sollte es auch anders sein? Nur, weil man merkt, daß man stirbt, ändert man sich ja nicht mehr. Wir denken immer: da wird einer milde. Nur, weil er das Licht sieht. So ein Scheiß. Wir bleiben die Holzköpfe, die wir waren. Du stehst im Bild.«

Evi wich zurück in die Tür, im Rücken die Terrasse mit den in der Abenddämmerung dunkelgrünen Weinranken. Aus dem Augenwinkel sah sie, wie er die Programme durchging. Und bei einem nachkolorierten Western hängenblieb. Der amerikanische Schauspieler sprach irgendeine osteuropäische Sprache, Evi meinte, Russisch zu erkennen.

»Du wirst es nicht los, nur, weil du's wegschmeißt«, sagte sie und ging auf die Terrasse.

»Ach ja?« rief er ihr nach.

»Es wird sogar noch hartnäckiger, je beharrlicher du es loswerden willst«, fügte sie leise an.

Er stand hinter ihr. Sie roch seinen Rotweinatem. Aus der Küche die unverständlichen Western-Dialoge und ein kaugummifadenzartes Streichorchester.

»Was?« fragte er.

Sie wollte es umgehen, eine Antwort geben zu müssen. Die Worte saßen im Hals wie geschwollene Mandeln.

Er berührte ihren Rücken und Nacken, legte eine Hand an ihren Hals. »Was?«

Sie zog sich zusammen. Er hielt sie fest.

»Was, Evelyn, was werde ich nicht los?« Sie dachte, ihm gefällt sein eigenes Spiel. Die Unberechenbarkeit seiner Stimmungswechsel, einem Chamäleon gleich die Farbe des Gemüts wechseln, das band andere Menschen an ihn – und stieß sie zugleich ab. Sie spürte, daß sie ausprobieren wollte, wie weit sie gehen konnte, wie stark sie ihn provozieren konnte. Sie wollte dieses Spiel mal wieder spielen – und ahnte, daß sie es lieber lassen sollte. Die Verletzungsgefahr war zu groß.

»Die Zurückweisung. Das Gefühl, nicht geliebt worden zu sein«, sagte sie ihm dann ins Gesicht.

Er lachte. Sie hörte deutlich, daß es ein Lachen zur Abwehr war. Er ließ sie los. Sein Körper verschwand, die Wärme auch, die von ihm ausgegangen war. Hinterließ sie mit einem deutlichen Gefühl für ihre aufrechte Körperhaltung.

»Ach, ja?« fragte er von der Tür aus und machte eine Geste mit der Hand, als lade er sie ein, sich dort zu seinen Füßen hinzuhocken. »Meinst du. So ist das. Evelyn. Ich hab mich schon lange damit abgefunden, daß man mich nicht lieben kann. Aber meine Frau ist immer noch da. Obwohl sie mich haßt. Ich tue alles dafür, damit sie immer noch mehr Gründe findet, mich zu hassen. Aber sie geht trotzdem nicht.« Er mußte sich räuspern. Über sein Gesicht zog ein Schatten des Zweifels, eine Brüchigkeit, die bei Evi ein flackerndes Mitleid erzeugte.

»Und auch du bist ganz freiwillig hier, oder? Oder hab ich dich gezwungen? Ich glaube nicht. Gerne unterschreibe ich all das, was meine Frau über mich sagt. Aber ich zwinge nie jemanden. Schon gar nicht, mich zu lieben.«

Ein Zittern aus Anspannung hielt Evi davon ab, ihren Gedanken auszusprechen: die Dreistigkeit, mit der er seine Selbstlüge zur Wahrheit drehte. Sie meinte zu spüren, wie unmöglich es Frau Schultens sein mußte, von jemandem loszukommen, der die Gefühle der ihm Nahestehenden zu manipulieren wußte.

»Du zerstörst das Werk deines Vaters. Nur, weil er dich nicht so behandelt hat, wie du es wolltest. Das ist kleinherzig«, fügte sie an.

»Was hast du mit dem gemacht, das deine Mutter dir hinterlassen hat?«

Einen Augenblick lang war Evi irritiert. Es war die erste richtige Frage, die Klaus Schultens ihr stellte. Und er schien eine Antwort zu erwarten.

Wie Boxer im Ring mißtrauten sie dem anderen. Sicherten ihre schwache Seite. Dann sagte Evi, und wußte, während sie redete, daß nur Ehrlichkeit entwaffnend war: »Ich habe alles verschenkt, eine Firma holte es ab, für eine gemeinnützige Stiftung. Nur ihren alten Pelz habe ich behalten. Ich habe ihn ruiniert, weil ich mit ihm baden gegangen bin. Aber ich wollte ihn mit in die Wanne nehmen. Ich weiß auch nicht, warum. Und dann hat mir meine Mutter kurz vor ihrem Tod, als sie doch einen Moment lang milde wurde, noch ein Rätsel vermacht, das ich wohl nie lösen werde. Sie hat von einem Bild erzählt, das mein Vater ihr geschenkt hat, ein wertvolles Bild offensichtlich. Es war nicht in ihrem Besitz als sie starb. Es könnte bei meinem Vater sein. Wenn er noch lebt. Ein Gemälde. Etwas, wovon man ein Haus kaufen könnte. Wodurch man reich wäre. Ich. Aber ich will es gar nicht haben, des Geldes wegen, ich will nur sehen, ob er es noch hat. Wenn ja, dann war er meiner Mutter ein Leben lang verbunden. Man vergißt nicht, was man mal verschenkt hat. Gerade, wenn man es zurückbekommen hat. Wenn ich wüßte, was das Bild für ihn war, dann weiß ich, was meine Mutter für ihn war. Wenn er's verkauft hat und selbst in einer Villa hockt, dann weiß ich auch Bescheid. Ich will nur wissen, was er gemacht hat. Mehr nicht.«

»Verstehe ich nicht. Dann fahr einfach hin. Flug buchen, hinfahren.«

»So einfach ist das.«

»Ja.« Eine Hand unterm Wein, als wiege er die unreifen Trauben oder das Herausgesagte. Evi ahnte, daß sie an seiner Unerschütterlichkeit, die flankiert war von Selbstgerechtigkeit, nicht vorbeikommen konnte.

»So einfach ist das. Ja, klar.« Sie lachte. »Und dann bin ich da, und da hängt kein Bild, gar nichts, weil er schon nicht mehr ist. Das ist wie eine Reise ohne Ziel. Oder er ist da, aber auch kein Bild. Und er will nichts von mir wissen. Das traue ich mir nicht zu. Zu so etwas fehlt mir der Mut.«

Sie verabscheute die Tränen, drehte sich weg. Ging ans Ende der Terrasse, sah durch die Schlieren auf den Müll, der weiter unten in den Gemüsebeeten lag. Mit einer ziehenden Sehnsucht wünschte sie sich, daß Klaus Schultens ihr nachkäme und die Gewißheit ihrer selbsteingestandenen Mutlosigkeit kaschierte, vergessen machte. Und gleichzeitig war er es doch, der mit ihren Gefühlen spielte; als wäre sie mitten in einem überfrorenen Teich eingebrochen.

Sie würde nicht um Hilfe bitten. Sie würde sich selbst retten.

Seine Stimme in ihrem Nacken. »Du bist noch schöner, wenn du weinst.«

Sie ärgerte sich, das zu bemerken: aber in seiner Nähe war Weinen tröstlich. Und die Nuance zuviel, derer sie sich bewußt war, schien um so tröstlicher, da er sie nicht ignorierte. Er reagierte stilvoll. Mit der Selbstverständlichkeit, mit der er ihr die Fahrertür seines Geländewagens aufgehalten, den Flug gekauft, den Wein eingeschenkt hatte. »Wir sind hier«, sagte er leise und schloß seine Arme um sie. »Und wir geben einen Scheiß auf all diese Bilder, die sie uns hinterlassen.« Seine Stimme stockte, als er das sagte. Als wollte er das Stocken korrigieren, wiederholte er den Fluch noch einmal. »Es ist doch so. Wir sind hier. Wir haben unsere Leben. Nur wir zwei.«

Sie sagte nichts.

»Zwei kleine Leben, die wir nutzen müssen. Nicht vergeuden, Evi. Jetzt.«

»Also«, fügte er leise an, »bleibst du bei mir?«

# Mit einem Terroristen im Bunker

Es war ein warmer Frühlingsspätnachmittag auf dem Parkplatz des Truppenübungsgeländes Hohenfels südöstlich von Nürnberg. Ade lehnte mit dem Rücken am Auto und Bernhard wanderte ruhelos über den Platz, der gerade vergrößert wurde. Aus einer Teermaschine quoll schwarze, klebrige Masse über eine Schütte hinweg auf den sandigen Untergrund. Etwas daran erinnerte Bernhard an eine Teigmaschine. Die Luft über dem Parkplatz war geschwängert vom brandigen Geruch flüssigen Teers, vermischt mit den rußschwarzen Abgasen der Maschinen. Drei Männer in Arbeitsoveralls und Leuchtwesten stützten sich auf ihre Schaufeln. Hinter ihnen wartete eine Walze, die riesengroßen Räder rostig und mit Teerbrocken verklebt. Auf dem Fahrersitz saß ein Mann, dessen Oberschenkel über den kleinen Sitz waberten, sein Bauch wurde an das Lenkrad gedrückt, er war vielleicht Mitte Zwanzig, schätzte Bernhard, und er trug ein Sweatshirt mit der Aufschrift: *Ich bring euch beide um.* Nur noch das Jersey seiner Kleidung schien das auslaufende Fett am Körper zu halten. Die drei Männer mit den Schaufeln rauchten und starrten auf den bereits ausgewalzten Teerboden.

Ade rief: »Da kommt sie.« Bernhard ging zurück zum Auto. Die Frau, auf die sie beide und noch einige andere Männer und Frauen hier auf dem Parkplatz gewartet hatten, schleuste sie durch den schwer bewachten Eingang des Kasernengeländes, sie sprach fließend Englisch mit den Soldaten in dem vollverglasten Kontrollhäuschen, scherzte, lachte laut und hielt dann wieder ihre Mappe vor die Brust gedrückt; mit der Gruppe sprach sie Deutsch, sie sagte: »Die Übungen gehen noch heute abend los. Also, ratzfatz zur Sache kommen.«

Die Flure und Zimmer, durch die sie anschließend geschleust wurden, ließen Bernhard an die immer gleichen trostlosen Gänge und Büros in deutschen Behörden denken, wenn man den Personalausweis abholen oder seine Lohnsteuererklärung abgeben mußte. Die Gruppe löste sich auf in eine mäandernde Schlange, von Absperrgittern gelenkt. Nervöse Schulkinder, die auf die Verteilung der Zeugnisse warteten. Sehr bald, ging es ihm durch den Kopf, werde ich tagelang in solchen Gängen stehen und warten, Nummern ziehen, Anträge ausfüllen, mit Fremden sprechen, die auf den Bildschirm starren oder in Pappheftern nachschauen, statt mich zu fragen. Ich weiß nicht mal mehr, dachte er dann, wie man heute eine Bewerbung schreibt; vielleicht doch gegen die Kündigung klagen? dachte er dann, und gab sich in Gedanken selbst eine Antwort, als er an dem Empfangstresen ankam und ein Mann mit kurzgeschorenen Haaren in olivgrüner Uniform ihn auf deutsch mit starkem amerikanischen Akzent fragte: »Sie sind registriert?«

»Ja«, sagte Ade, und Bernhard wollte widersprechen.

»Dann Ihren Personalausweis, bitte.«

»Also, es ist so …«, begann Bernhard.

»Komm, gib her«, sagte Ade.

Der Soldat reichte die Personalausweise an seinen tarngrünen Kollegen weiter. Das Gesicht des Jungen schimmerte bläulich im Monitorlicht. Mit zwei Fingern tippte er etwas in den Computer ein, und nach endlosen Minuten, die Bernhard in sein Gesicht geschaut und keine Regung wahrgenommen hatte, reichte er die zwei Ausweise wie Spielkarten zwischen Zeige- und Mittelfinger zurück.

»Sie sind nicht dabei«, sagte der Junge am Computer und schaute Bernhard an.

»Wir haben uns aber beide angemeldet«, warf Ade ein.

»Ich kann Sie nicht finden.«

»Ach«, sagte Bernhard, »dann gehe ich vielleicht wieder.«

»Jetzt bist du hier, jetzt machst du mit, verdammt!« raunte Ade.

Die Kurzgeschorenen redeten miteinander. Bernhard fühlte sich fehl am Platz. »Ich mach Urlaub in der Gegend und hol dich in einer Woche wieder ab.«

»Jetzt sind wir hier. Jetzt kommst du mit rein.«

»Gehen Sie bitte nach hinten durch«, sagte der Junge am Computer, »ausnahmsweise nehmen wir Ihren Kollegen mit auf. Aber beeilen Sie sich.« Er wies mit einem Kopfnicken den Weg. Am nächsten Tresen füllten sie Vordrucke mit ihren Namen aus, mit Anschrift und Bankverbindung und unterschrieben das Blatt zusammen mit den Geschäftsbedingungen und der Verschwiegenheitserklärung. Dann sagte der GI, der ihnen die Vordrucke gereicht hatte: »Neunzig Euro pro Anwesenheitstag. Bei Dienst rund um die Uhr gibt's hundert. Das Honorar wird zu Beginn der dritten Woche auf Ihr Konto überwiesen. Bei einem Regelverstoß müssen Sie sofort auf eigene Kosten nach Hause fahren. Dann wird das Geld einbehalten. Auch, wenn Sie früher abreisen.«

»Was?« sagte Bernhard, und Ade schob ihn beiseite, der Soldat widmete sich dem nächsten in der Reihe.

»Ich müßte drei Wochen durchhalten, sonst kriege ich gar nichts?«

»Das wußte ich auch nicht.«

Ihr Gepäck wurde durchleuchtet, ihre Körper abgetastet.

»Bernhard, es ist kein Spaziergang«, bemerkte Ade, »aber das hab ich dir gesagt.« Vor einer Tür, die mittig durch einen Holztresen versperrt war, blieb Ade stehen. Eine junge schwarze Soldatin musterte beide Männer, fragte sie nach ihren Schuhgrößen und reichte ihnen kurz darauf sauber gefaltete Kleidung in Tarnfarben über den Tresen, dazu einen Rucksack, Stiefel, eine gepolsterte Weste, ein Regenponcho, Bettwäsche, ein Handtuch, einen alten Bundeswehrhelm, weitere Laken und ein schwarzes Frotteestirnband. Bernhard starrte seinen Haufen an, die Frau lächelte. »Wofür das?« fragte er und zeigte auf die Laken, das Stirnband. »Fürs Verkleiden«, sagte sie auf deutsch.

Bernhard schaute an sich hinunter.

»Sie tragen die Kittel über der Uniform. Eine Hilfe für die Soldaten. Damit sie die Menschen sehen, wie sie sind. In einem Theaterstück trägt man doch auch Kostüme. Die Miles bekommen Sie dann im Camp.«

»Und wo werden wir schlafen, duschen?« fragte Bernhard, als Ade bereits mit seinem Stapel Stoff den Gang hinunterlief und hinter einer Ecke verschwand.

Sie folgten der jungen Frau, die sie am Parkplatz abgeholt hatte, hinein in ein Waldstück, es dämmerte bereits, das Gurren von Tauben war zu hören, Wind strich durch die Bäume, ihre Schritte waren – nachdem sie den betonierten Appellplatz verlassen hatten – auf dem weichen Waldboden nicht mehr zu hören. Sie erreichten einstöckige Steinhütten, die auf einer Lichtung standen. Daneben hockten vier Panzer auf einem betonierten Platz, weiter entfernt ein Helikopter, der mit seinen hängenden Rotorblättern einem flugmüden Insekt glich. An den Platz grenzten Baracken, denen der Putz von den Wänden fiel, Türen standen offen, Gras wuchs zwischen den Fugen der Betonplatten. Dahinter tauchte ein kirchenähnliches Gebäude auf, nicht weit entfernt etwas, das an eine Moschee erinnerte. Noch dahinter, am Rand dieses Dorfes, war eine Kulisse aus kleinen Häusern mit Lebensmittelgeschäft, Frisör und Bäckerei aufgestellt, ein deutsches Städtchen, vorn hübsch und hinten leer. »Ich dachte, wir sind in Irak«, sagte Bernhard sardonisch.

»So sah schon der Kosovo aus. Und Afghanistan«, sagte ein Mann mit Zopf neben ihm. »Was eben gerade geübt wird. Jetzt ist es Irak.«

Über einem Dachgiebel aus aufgemalten, roten Ziegeln hing ein zerfetztes Tarnnetz. Einige Bäume, Kiefern und Schwarztannen mit braunroten Ästen überragten die Kulisse. Es dämmerte bereits, das letzte Tageslicht zog trennscharfe Konturen um alles herum, gerade so, als schnitze es jeden Gegenstand noch einmal aus der Fläche heraus, bevor die gleichmäßige Dunkelheit sich über alles legte. Der Waldboden war stellenweise sandig, ein kleines Stück Strand, von Panzerspuren durchkreuzt. Seine Zartheit wirkte trügerisch, als verberge er einen Bunkereinstieg oder ein Waffenlager. Bernhard stand im Wald und hörte die Stimmen der anderen Teilnehmer, ihr Lachen und Rufen. Viele schienen sich zu kennen. Sie sprachen von sich als Veteranen, soviel hatte Bernhard mitbekommen. Er betrachtete die Kiefern, die mit Zapfen vollbesetzten Äste, die Kronen der Bäume hoch oben. Wie ein Gerücht breitete sich in der Gruppe von vierzig, fünfzig Leuten langsam der Befehl aus, daß sie sich hier sammeln und warten sollten.

Eine Gruppe junger Studentinnen wanderte an ihm vorbei – zumindest sahen die Mädchen so aus, wie sich Bernhard junge Frauen in ihren ersten Semestern an der Uni vorstellte. Zwei lachten laut miteinander, dann setzte eine der beiden im Gehen eine Wasserflasche an den Mund und trank, ohne Luft zu holen. Eine dritte trug in einem durchsichtigen Rucksack ihr Hab und Gut zur Schau. Eine schlenderte hinterher, ihre Jeans war löchrig und hing ihr tief auf der Hüfte. Zwischen dem Bündchen ihrer kurzen Jacke und dem breiten Nietengürtel war sie zart gebräunt und offensichtlich unempfindlich für Kälte. Die hölzernen Fensterläden der Häuser waren verschlossen. Vor vielen Eingängen standen weiße Plastikstühle, manchmal auch ein Tisch. In dreißig, vierzig Metern Entfernung, zwischen kahlen, gräulichen Lärchen, stand ein Steinhaus, die Rauhputzwand übersät mit Einschußlöchern. Die Fenster klafften als schwarze Quadrate. Hinter dem Haus ragte ein Kontrollturm auf, eine Leiter, wie in Schwimmbädern an Sprungtürmen, führte zur Aussichtsplattform, dort war das Geländer umfaßt von Stacheldraht, es ähnelte einer Dornenkrone. Weiter hinten im Wald: Betonmauern mit verrosteten Stahlstreben, die als gekrümmte Finger aus dem Stein ragten. In der Nähe eines Sandhügels tummelten sich einige Soldaten in Tarnkleidung, sie stützten ihre Unterarme auf ihre Maschinengewehre und beobachteten die Ankommenden.

Ade war vorausgegangen, wartete jetzt am Rand des Weges, umarmte den ihm ausgehändigten Kleiderhaufen, obenauf der Helm.

»Ich glaube«, sagte Bernhard, »ich kann nicht. Ich fahr zurück, verzichte auf mein Fremdenlegionärssalär, ich muß...«

»Mann, die haben dich unangemeldet auf ihr heiliges Grundstück gelassen! Das hättest du dir früher überlegen müssen.«

»Ist das eine Auszeichnung? Wir sind lebendige Zielscheiben«, gab Bernhard zurück, im Bewußtsein, wie kompliziert seine Abreise sein würde. Er müßte für die vier Tage in ein Hotel gehen. Das würde teuer werden.

»Nein. Wir spielen hier die Bürgermeister, die alten Patriarchen. Nur deshalb haben sie dich noch genommen. Du alter Patriarch.« Ade lachte. »Auf uns schießt man nicht. Wir sind hier so was wie die Chefs. Und du wirst nichts dagegen haben, auch mal Chef zu spielen, oder?«

»Um erschossen zu werden.« Bernhard bewegte sich, wollte die plötzliche Gemütsregung verscheuchen: Wut auf sich selbst. Seine Lügen hatte ihn hierhergebracht. Noch durch das Gefühl hindurch, wie mächtig das Verschweigen sein Leben im Griff hatte, nahm er wahr, daß er Hunger hatte.

»Tempo«, sagte eine Frauenstimme hinter ihnen, »Abmarsch. In genau fünfundvierzig Minuten beginnt das Training.« Weitere Soldaten tauchten auf, große Männer mit ernsten, schwarzen Gesichtern, einige hellhäutige Jungen, die den schmächtigen Auszubildenden ähnelten, die Bernhard von Dieckmann kannte. Auch denen hier stand eine furchtlose Gleichgültigkeit ins Gesicht geschrieben, als hätten sie schon alles, was das Leben für sie bereithielt, erlebt. Beigefarbene Helme baumelten von ihren Gürteln, sie hatten allerlei Gepäck bei sich, Rucksäcke, Waffen, Tornister; und manche von ihnen trugen, der Dämmerung zum Trotz, Sonnenbrillen.

Der junge Major, der sich als Schulzie vorgestellt hatte und auf dessen Namensband Schulze stand, sprach ein weichgekautes, melodiöses Deutsch und redete von sich immer in der Mehrzahl. Er sagte: »Wer Anweisungen nicht versteht, muß selbst nachfragen. Wir erklären alles nur einmal. Drei Mahlzeiten pro Tag. Entweder in der Kantine oder als Feldration, unsere allseits beliebten MREs. Ausreichend Trinkwasser ist da, ihr könnt es euch an den Ausgaben abholen. Nicht drängeln, jeder kriegt was. Nur das kriegt ihr nicht: Alkohol, Drogen, körperlicher Kontakt mit den Soldaten und Soldatinnen, also Sex«, er sprach das Wort geziert aus und fletschte dabei auf eine pikante Art und Weise die Zähne. »Dafür: Immer pünktlich zur Stelle. Der einzige Grund, warum wir noch in Deutschland und nicht in Spanien trainieren«, er lachte, »und kein Licht mehr im Dorf Punkt zehn. Keine Dekolletés bei den Damen, keine Röcke, kurzen

Hosen, niemals Waldfrüchte sammeln, Pilze schon gar nicht. Die Natur ist giftig.« Er musterte die Jüngeren in der Gruppe. »Macht nie eine schnelle Bewegung, ja, ist das klar? Kein Rumgerenne. Keine Munition berühren, die liegengeblieben ist. Niemals! Kein Sex, sagten wir schon, können wir nicht oft genug sagen. Also: kein Sex, und wenn ihr von Transportautos mitgenommen werdet, setzt ihr die Helme auf. Damit ihr uns möglichst lang erhalten bleibt. Denn schließlich, Freunde, wollen wir ordentlich spielen.« Er wies zwei junge Soldaten an, die Infrarotdetektoren auszuteilen. »Das sind eure M-I-L-E-S, die macht ihr euch schön am Rücken fest. Nicht verlieren. Nicht meinen, daß es nötig sei, die irgendwie aufzuschrauben und reinzugucken. Wenn wir jemanden erwischen, der die Batterien raus nimmt – der fliegt. Wenn jemand zweimal ohne erwischt wird, auch. Ihr habt eure Miles, und wir sind die, die schießen.«

Bernhard hielt die Metallbox von der Größe eines Schwarzbrotes am Rückengurt fest. Alle anderen in der Gruppe zogen die Träger über ihre Schultern, zogen das Gerät zurecht. »Bei Rot bist du tot«, erklärte Schulzie, »wenn's nur orange leuchtet, kannst du noch einmal aufstehen.« Bernhard starrte den Empfänger in seiner Hand an. Auch Ade war schon damit beschäftigt, das Gerät anzulegen. Er trug den alten Helm auf dem Kopf, hatte das schwarze Stirnband aus Frottee darüber befestigt. Andere hatten die Laken schon in Umhänge und Turbane verwandelt. Die meisten trugen weiße Aufkleber auf der Brust, darauf ihre Vornamen.

Major Schulzie sagte: »Ihr COBs sollt natürlich nicht erschossen werden. Unsere Leute haben Sender auf ihren Waffen, so kann festgestellt werden, ob bei dem Einsatz jemand zu Schaden gekommen ist. Ihr habt unterschrieben, nichts nach außen dringen zu lassen. Hier ist der Grund: Es gibt leider immer mal wieder Verletzte, es gab schon Tote. Das waren Leute, die versehentlich und trotz größter Sicherheitsvorkehrungen von Militärfahrzeugen überfahren worden sind. Andere sind erschossen worden. Aber – hey«, er hob die Hand hoch, stoppte sofort das Gemurmel in der Gruppe, »ihr müßt nicht gleich Angst kriegen, ja, wir wissen, daß ihr immer gleich einen ganzen Haufen Angst kriegt, aber ich sage euch, was war, es waren nämlich immer unsere Männer. Verstanden?«

Bernhard flüsterte Ade zu: »COBs?«

»Civilians on the Battlefield«, sagte Ade.

»Fragen?« rief Schulzie. Bernhard schüttelte automatisch den Kopf.

»Dann können wir ja weitermachen. Also, Freunde, wir sagen das nur aus Haftungsgründen, es ist eigentlich eine Selbstverständlichkeit. Alle Manöver werden ausschließlich mit mehrfach gesicherten Attrappen und hypersicheren Platzpatronen durchgeführt. Alles save. Mehr als save. Save, save, save. Es gibt keinen Ort auf der Welt, der sicherer ist als der hier!«

Schulzie erlaubte der Gruppe ein gemeinsames Lachen, und Bernhard dachte: Es klingt wie ein Gebet.

»Nur aufgepaßt«, rief Schulzie dann. »Wenn euer Miles nicht mehr aufhört zu leuchten, dann müßt ihr euch auf den Boden oder ins Bett legen. Tote trinken keinen Kaffee auf der Veranda, klar?«

Ade sagte ironisch: »Jawohl.« Und zu Bernhard, leise: »Also laß dich erschießen, wenn du schnell in die Hütte willst.«

»Jetzt«, rief Schulzie, »stellt ihr euch vor, es geht um euer Leben, ja«, er breitete die Arme aus, als wollte er die ganze Gruppe umfassen, sie waren zu neunt in der ersten Reihe, fünf Männer und die vier jungen Studentinnen. Dahinter standen noch mal fünf weitere versprengte Reihen, einige Leute auch etwas abseits. Schulzie rief und sah dabei aus wie ein ungeduldiger Verkehrspolizist auf einer befahrenen Kreuzung, »Ihr verteilt euch über das Gelände, über das Dorf. Geht in alle Häuser rein, geht aber auch in den Wald, macht einen schönen Spaziergang, sucht mal die Verschläge und Ruinen, die wir für euch übriggelassen haben. Was ihr auch findet, geht überall rein. Das Dorf und der Wald, die gehören euch. Euch! Ist das klar. Wir passen jedoch drauf auf.«

»Sie hier«, er kam einen Schritt auf Ade zu und las mit zusammengekniffenen Augen den Namensaufkleber auf Ades Brust, »Mr. Ade, Sie sind der Vater des Clans. Das Familienoberhaupt. Der Vater des Terroristen, den wir suchen werden. Sie müssen Ihren Clan zusammenhalten und trotzdem den Schwerverbrecher, der einer Ihrer Söhne ist, verstecken. Das ist die erste Übung, nur zum Test und für heute, weil wir es noch die ganzen nächsten verdammten einundzwanzig Tage üben werden! Unsere Männer finden den Terroristen, der sich im Schoß seiner Familie verstecken will!«

»Das Schwein«, raunte jemand hinter Bernhards Rücken.

»Eine Frage«, sagte Ade.

»Ja«, gab Schulzie knapp zurück.

»Wer spielt den Terroristen?«

»Einer von uns.«

Alle schauten sich nach dem Terroristen um.

»Er ist bewaffnet und gefährlich. Klar. Aber, er gehört zu eurer Familie! Also kümmert euch um ihn. Sie hier«, rief Schulzie und griff nach dem Arm einer Studentin, »wie heißen Sie? Sie sind seine Frau.« Schulzie starrte auf den zweifellos eindrucksvollen Busen, dort klebte, etwas tief, ihr Namensschild.

»Marjanka Schrenner«, sagte die junge Frau.

»Miss Schrenner«, wiederholte Major Schulzie, und seine Gesichtszüge schienen in der Anstrengung gefangen zu sein, nicht allzu charmant zu wirken, »Miss Schrenner wird sich uns in den Weg stellen. Natürlich würden Sie für Ihren Mann sterben, wenn's sein muß. Aber erst verstecken Sie ihn, klar? Müssen den Schurken ja nicht gleich finden. Denkt euch aus, wo man einen Menschen gut verstecken kann. Denkt an alles. Ihr müßt uns in die Irre führen, ja? Ihr seid ein Clan. Ihr haltet zusammen, ihr seid eine Familie, keine Berührungsängste, verstanden, ihr wollt gewinnen. Wir brauchen hier nur glaubwürdige Leute! Seid ihr gute Schauspieler? Spielt, als ginge es um euer Leben, ja!« Er wartete nur einen Atemzug lang auf eine Antwort, dann fuhr er fort: »Jeder ist verantwortlich für den anderen, stellt euch das vor. Es lebe der Clan. Eine große Familie. Klar?«

»Und wenn...«, begann ein junger Mann, »noch eine Frage.«

»Ja! Fragen vor!«

»Und wenn Sie den Terroristen nicht finden? Oder, wenn der Terrorist einen von Ihrer Seite erwischt? Ich meine, was...«

»Dann wiederholen wir die Übung.«

»Kriegen wir auch Waffen?« fragte der Mann mit dem dünnen Zopf, der vorher an Bernhard vorbeigegangen war. Er trug eine Lederweste, Jeans und ein kariertes, wattiertes Hemd. Der Berg mit Klamotten lag vor seinen Füßen.

»Immer das gleiche«, antwortete Schulzie. »Ihr würdet gerne, aber ihr kriegt sie nicht. Ganz vielleicht, wenn ihr begriffen habt, wie das Spiel geht, am Ende der zweiten Woche vielleicht, kriegen einige von euch Impulswaffen. Mal sehen, hängt von euch ab.«

»Ich dachte, wir sind Zivilisten«, sagte Bernhard leise zu Ade.

»Ach, das sagen die immer. Nur ein Anreiz, damit wir richtig gutes Theater spielen.«

Schulzie zeigte auf Bernhard und die drei anderen Männer in der ersten Reihe, ein junger, der blaß und kränklich wirkte, der Mann mit dem Zopf und sein Kumpel, der das Laken einer Stola gleich über die Schultern geworfen hatte. »Ihr hier seid die

Brüder des Terroristen. Für euch geht es um Leben und Tod. Ihr wißt, wenn wir euren Bruder drankriegen, kriegen wir als nächstes auch euch. Euer Vater ist zu alt, den würden wir laufenlassen, aber euch nehmen wir gleich mit. Bei Gefahr im Verzug wißt ihr, was wir mit euch machen müssen. Also. Laßt euch nicht kriegen. Und ihr seid die Schwestern, klar«, rief er in Richtung der Studentinnen, »ihr seid eine Blutsbande, so nennt man das, nicht? Ihr geht einer für den anderen durchs Feuer.«

»Und wenn wir alle tot sind? Ich meine, woher wissen wir ...?« fragte der kränkliche Junge.

»Wenn bei euch die Lichter nicht mehr ausgehen, das sehen wir schon. Laßt das mal unser Problem sein.«

»Im Notfall pfeifen sie die Übung ab«, sagte jemand.

»Wie beim Fußball.« Das war der mit dem Zopf.

»Fragen?« rief Schulzie.

»Und die Mutter des Terroristen?« Miss Schrenner.

Schulzie hob das Kinn, musterte aus halbgeschlossenen Augen die Gruppe, verzog den Mund und sagte: »Mütter gibt's heut nicht.« Dann drehte er sich um und schrie unverständliche Befehle in den Wald.

Die Männer in Bernhards Reihe rückten ihre Bettlaken zurecht. Er verspürte, wie immer, das tiefe Bedürfnis, alles richtig zu machen. Obwohl ihm bewußt war, daß seine Maßstäbe an diesem Ort ihre Bedeutung verloren hatten. Er steckte sein Laken gefaltet unter die Weste. Wenn er aufgefordert würde, es zu tragen, könnte er es hervorholen.

Schulzie breitete ein letztes Mal die Arme aus. »Habt ihr alles verstanden?« Es klang wie ein Befehl.

Der Mann mit dem Zopf rief: »Ja!«

»Dann rettet eure Ärsche, und laßt uns ein ordentliches Spiel spielen.« Schulzie entfernte sich in Richtung des Hochstandes im Wald.

Die Statisten bekamen ihr nachtransportiertes Gepäck ausgehändigt und wurden auf die Häuser verteilt. Bernhard saß auf der unteren Etage eines Doppelstockbettes, strich die Bettdecke glatt und lenkte sich ab, indem er den Lack des Bettgestänges studierte. Unzählige hatten sich mit ihrem Namen verewig, anbei Daten, die wohl die Dauer des Aufenthalts anzeigten, aber von allen mit den Zeichen für Geburts- und Todestag versehen worden waren. Ade verstaute seine Sachen im Spind.

»Man bekommt«, faßte Bernhard zusammen, »so etwas wie ein zweites Leben, wenn man hiermit fertig ist.«

»Gott, diesmal ist die Bude aber klamm.«

»Ich will auch ein zweites Leben.«

»Na, dann bist du hier doch richtig«, sagte Ade müde.

»Das kann nicht alles gewesen sein«, platzte es mit einem Mal aus Bernhard heraus.

»Wer sagt, daß was alles gewesen ist?«

»Ich hab Erfahrung. Ich hab meine Arbeit gut gemacht.«

»Ja. Klar.« Ade räumte weiter.

»Ich hab sie sehr gut gemacht.«

»Ohne Zweifel.«

»Es ist so ungerecht.« Bernhard spürte, wie das Glühen, der Implosionsdruck wiederkehrte. Er griff mit einer Hand nach dem Bettgestänge und hielt sich fest.

Kurz darauf gab es in der Kirche, die in ihrem Inneren eine Kantine war, Essen. Heller Maisbrei, Bohnen, ein Stück Schweinefleisch. Ein Küchenhelfer verteilte mit einer übergroßen Schöpfkelle Bratensoße über alle Vertiefungen in dem vorgeformten Tellertablett. In einer Vertiefung zitterte rötlich-transparenter Wackelpudding. Nur den sparte er aus.

»Vollverpflegung«, murmelte Bernhards Nachbar am Tisch, »das ist wirklich was.«

Ade sagt: »Ich freu mich richtig auf die Erdnußbutter-Schnitten. Die sind hervorragend. An denen kann ich mich nicht satt essen.«

»Wann gibt's die?«

»Immer zwischendurch.«

»Du bist schon Veteran«, stellte der Nachbar fest.

»Könnte man so sagen.«

»Und du?« Er schaute Bernhard an.

»Ich bin auch eine Art Veteran«, sagte Bernhard leise. »Nur auf einem anderen Kriegsschauplatz.«

»Das sind wir alle«, sagte der Nachbar. »Ich heiß Frieder. Falls wir in eine Gruppe kommen. Würde mich gerne Leuten anschließen, die wissen, was hier passiert.«

Eine halbe Stunde später kam der Befehl zum Einsatz. Ständig spürte Bernhard, wie Schübe einer Galligkeit in ihm hochkamen. »Warte ab«, sagte Ade, als sie die Tabletts in ein Nirostaregal stellten, das alle drei um mehrere Kopflängen überragte, »das geht heute abend ganz ruhig los. In einer Stunde spielen wir schon Karten. Frieder, kannst du Doppelkopf?«

Die Gruppe sammelte sich draußen. Schulzie tauchte mit einem jungen blonden Soldaten auf, schob ihn zur Gruppe und verschwand wieder.

Der Junge sagte, er heiße Alan Decker und spiele heute den Terroristen. Er hatte wenig Bartwuchs, perfekte Zähne, sehr helle, stoppelkurze Haare und war einen halben Kopf größer als Bernhard. Nur um seine Augen war etwas, das zum Rest nicht paßte. Sein gerader Blick, wie liniertes Papier. Aber voller Angst, tastend, als wollte er alles um sich herum einsammeln, festhalten, weil es ihn retten könnte, während er schon längst ahnte, daß ihn das nicht retten würde, weil nichts mehr zu retten war. Der Verlorenheit trotzend, hatten seine Gesten etwas Verbindliches, er schaffte eine Atmosphäre, wie sie Bernhard aus dem Sportverein kannte. Es war, als trete die Gruppe gleich zu einem Freundschaftsspiel an. Alan, ganz kollegialer Trainer, legte jedem mal eine Hand auf die Schulter, rückte den Mädchen ihre Rucksäcke und Miles zurecht. Er fragte, ob alle etwas zu trinken dabeihätten, ob ihre Hütten in Ordnung seien und ob ihnen warm genug sei. Bernhard wartete darauf, daß er eine Trillerpfeife aus der Brusttasche zog und das Spiel anpfiff. Das Gefühl, sich an diesem Ort womöglich auf einen fremden Menschen verlassen zu können, irritierte Bernhard. Er war ein freundlicher, sehr amerikanischer Terrorist. Ein Kind. Soviel Ahnungslosigkeit hatte er nicht erwartet. Alan könnte sein Sohn sein.

Er sagte: »Wir haben halbe Stunde Zeit. Uns verteilen und verstecken. Let's go!«

Sie verließen die Lichtung, die Hütten, Kulissen und das zerschossene Haus und entfernten sich aus dem Sichtfeld des Wachturmes. Der Himmel war überzogen mit Wolken, kein Mond zu sehen, es war dunkel, als sie in den Wald hineingingen. Er hörte Alans Stimme, der vorn mit den Mädchen redete, und plötzlich waren die Kiefern nur noch Stelen, etwas schwärzer als der Hintergrund. Die Nacht schloß sie ein.

Kein Tier war zu hören, nur sie, die Geräusche ihrer Bewegungen: Laub des letzten Herbstes barst unter ihren Sohlen und das Rascheln der Kleidung. Alle waren erfaßt von der Vorherrschaft des Waldes und beschränkten sich, das Wenige, was sie miteinander sprachen, zu flüstern. Alan probierte ein Nachtsichtgerät aus, das einem Fernglas ähnelte, soviel meinte Bernhard erkennen zu können.

Er zuckte zusammen, jedes Mal, wenn ein morscher Ast unter seinem Fuß brach. Sie machten einen wahnsinnigen Krach, nur um voranzukommen. Sie müßten noch viel mehr Lärm machen, dachte er dann, um schneller voranzukommen.

Alan lotste sie einen flachen Abhang hinunter. Jemand fiel und fluchte. Bernhard folgte einem gespenstischen Laken, von der Dunkelheit sichtbar gemacht. Struppige Büsche knieten zwischen den Bäumen wie Skelette. Bernhard spürte eine Hand auf seinem Rücken und drehte sich um. Da war niemand. Er schrie mit zusammengepreßten Lippen, ohne Laut. Für Sekunden verlor er die Orientierung. Das Laken kam wieder in sein Blickfeld. Er wollte sich daran festhalten.

»Ade?« fragte er.

Jemand rief: »Wir müssen uns beeilen. Hier runter!« Auf einmal flüsterten alle.

»Ade, wo bist du?« wiederholte Bernhard in die körperlosen Stimmen. Plötzlich war er umzingelt von Bettlaken. Eines sagte: »Wir gehen links. Kommt!«

Ein anderes raunte: »Wir müssen uns aufteilen. Die Gruppe ist zu groß.«

Eines sagte: »Scheiß Dunkelheit.«

Alan sagte: »No discussions. Go!«

Drei Laken bogen ab. Gefolgt von zwei schmalen Gestalten. Es raschelte im Laub, dann glaubte er Miss Schrenner neben sich zu sehen. Sie stand da und war gedoppelt, sie hatte ein anderes Mädchen untergehakt. »Ach, laß die gehen«, sagte das Mädchen. »Wir bleiben bei Alan. Der ist doch süß.«

Ein fast tonloser Pfiff auf zwei Fingern, und Bernhard starrte seine Handflächen an. Er hatte gedacht, sie könnten hell und sichtbar sein, aber sie sammelten keinen Funken Licht ein.

»Scheiße, was für ein Wald«, sagte Ade.

»Da bist du ja.«

»Be quiet«, raunte Alan.

»Das letzte Mal haben wir am Tag angefangen. Dann wußte man wenigstens, wo man hinrennt.«

»Alan führt uns«, flüsterte das Mädchen.

»Wir sollen nicht reden.« Das war Miss Schrenner.

»Du bist seine Frau«, erwiderte das Mädchen. »Also frag ihn mal, wo er hinwill.«

»Du bist seine Schwester. Kannst ihn auch fragen.«

»Hey, guys«, bemerkte Alans Stimme nah hinter Bernhards Kopf. »I can see you, I can see everything. Follow me. And hurry up!«

Bernhard griff nach seinen eigenen Händen. Es war ihm ein Bedürfnis, sich an sich selbst festzuhalten. Fast hätte er sich ruckartig umgedreht und nach Alan gegriffen. Nur die Dunkelheit hielt ihn davon ab, seine Hände noch einmal auszustrecken. Jeder Schritt geschah gegen seinen Widerstand. Er mußte seine Kräfte sammeln. Seinen Körper zusammenhalten. Er versuchte, auf seinen Atem zu hören, wie sein Brustkorb sich mit Dunkelheit füllte, bei jedem Einatmen ein Stück Nachtluft in sich aufnahm. So konnte er der Umgebung Herr werden. Es war, als würden seine Ohren Augen werden. Sein Herz pochte im Trommelfell. Aber er hörte Alans Schritte im Laub, das Rascheln beim Vorwärtsbewegen, das Knirschen beim Auftreten. Ade hustete verhalten. Die Mädchen flüsterten in seinem Rücken. Bernhard zählte vor seinem inneren Auge alle Füße. Jetzt waren sie nur noch ein zehnfüßiges Gefährt, genau wie das andere zehnfüßige Gefährt, das links abgebogen war. Aber sie hatten zwei Augen vorn. Auf Augen war Verlaß. Die Schwärze war kalt und waldfeucht. Nebeldicht. Fast so dicht wie Wasser. Von einer Sekunde auf die nächste spürte er unendliche Erleichterung, ein Gedanke wog alles auf: Sie bewegten sich über den Boden eines Meeres aus Luft.

Er hörte, wie Miss Schrenner sagte: »Die anderen sehen gar nichts.«

»Die kennen sich aus. Der Dicke war doch letztes Mal schon dabei.«

»Wie hieß der noch?«

»Vergessen.«

»Du mußt dich erinnern. Das ist wichtig. Das kannst du später immer auf der Bühne brauchen.«

»Wie einer heißt?«

»Nein. Das jetzt.«

»Sch«, zischte es vom Kopf des Gefährts. »Die alte Bunker. Gleich da.«

Bernhard lenkte sich weiter damit ab, ihren Weg durch das Meer nachzuvollziehen. Wieder ortete er seine Handflächen und war fast überrascht, sie immer noch nicht sehen zu können. Er stolperte über eine Erhebung im Boden, die Spitze eines Zweiges streifte seine Wange. Auch für den Rückweg waren sie auf Alans Nachtsichtgerät angewiesen. Er war der Terrorist. Sie nur Zivilisten. Er war gut ausgestattet, sie mußten ihm folgen.

Mitten im Schwarz leuchtete ein türkisblaues Oval. Es bewegte sich, verschwand kurz. Dann tauchte im Widerschein Alans Gesicht auf. Er senkte den Arm mit der Uhr. Sein ganzer Oberkörper wurde im Leuchten des Ziffernblattes sichtbar. Schlagartig war es still. Kein Rascheln, Astknacken. »Twenty minutes«, sagte er leise. »Hurry up. The trap is here.«

Das zehnfüßige Gefährt setzte sich wieder in Bewegung. Bernhard folgte blind, jetzt, da das Licht der Uhr wieder verschwunden war, schien das Schwarz erneut undurchdringbar.

Ein Schuß knallte in größerer Entfernung, und die Mädchen stöhnten hinter Bernhards Rücken auf.

»I said«, raunte Alan, »hurry up!« Sie stolperten und fluchten, Alan machte seine Uhr an, leuchtete in eine Senke im Boden. Als Bernhard neben ihm war, griff der Junge nach seinem Arm, drückte ihn sehr fest und schob ihn weiter. Endlich hatte Bernhard festen Boden unter den Füßen, seine Sohlen knirschten auf Stein, es war eine Betontreppe, er tastete sich mit den Händen vor, stieß mit dem Kopf an einen Eisenpfeiler, Ade fluchte hinter ihm und Bernhard wollte schreien, jetzt, hier, seinen Schmerz herausschreien, was für ein Dreck, und er mittendrin. Er hielt sich mit einer Hand den Kopf, und erstaunlicherweise war Alan vor ihm, leuchtete in einen niedrigen Einstieg, ein schwarzes Quadrat. Gebeugt machte er einige Schritte. Es roch nach nassem Zement, Schimmel, Essensresten und Moos. Alan schob Bernhard tiefer hinein. Die Mädchen flüsterten, Alan flüsterte. Ade mußte neben Bernhard sein, er hörte ihn laut atmen.

»Ich werd ohnmächtig«, sagte Bernhard ins Dunkel und preßte eine Hand gegen seinen Schädel.

»Ist dir schwarz vor Augen?« Ades Stimme.

»Witzbold«, sagte Bernhard. Eine Hand berührte ihn, hielt ihn für Sekunden fest, Miss Schrenners Stimme war nah an seinem Ohr. Sie sagte: »Komm. Komm hierher. Hier sind wir sicher.« Etwas Hölzernes wurde hinter ihnen über den Steinboden geschoben, dann Stein auf Stein, Geraschel von Stoff, Plastikschnallen und das zackige Schnalzen von Klettverschlüssen, eine Taschenlampe ging an, und der Lichtstrahl torkelte durch den Raum.

Da waren sie alle. Die Betonwände mit Moos tapeziert. Umgedrehte Holzkisten. Ade saß schon auf einer, Miss Schrenner setzte sich gerade. Alan leuchtete jeden an, fragte, ob sie immer fünf gewesen seien, das Mädchen bestätigte es laut, und Alan bemerkte, daß es jetzt auch zu spät sei, noch nach Verlorengegangenen zu suchen.

Bernhards Kopf schmerzte. Der Junge stellte die Taschenlampe in die Mitte des Raumes, der Lichtkegel erhellte die Decke, im Beton die Abdrücke der Holzverschalung. Stellenweise war der Zement abgefallen, das rostige Stahlgitter darunter ließ Bernhard an ein Netz erstarrter Adern denken, die den

Beton rechenkarogleich durchzogen. Alan setzte sich neben Miss Schrenner, das andere Mädchen wiederum setzte sich gleich darauf neben ihn. »Ihr habt eure Freundinnen ziehen lassen«, sagte Ade.

»Wir sind nur Kolleginnen«, sagte Miss Schrenner.

»An der Schauspielschule«, ergänzte das andere Mädchen und drückte ihren Oberkörper auf das angewinkelte Knie. Mit den Armen umfaßte sie ihre Unterschenkel. Die Taschenlampe warf Schatten über ihre Gesichter, Bernhard betrachtete sie und mußte tief einatmen, er wollte die feststeckende Wut in seinem Hals lösen. Alan rieb die Handflächen aneinander. »Hölle, mir ist arschkalt«, sagte das Mädchen.

»Gibt es nicht andere Ferienjobs?« fuhr Bernhard sie an.

»Ich find's super«, gab das Mädchen zurück.

»Ihr seid also künftige Schauspielerinnen?« fragte Ade.

»Wir üben den Ernstfall.«

»Tina und ich verdienen Geld. Genau wie ihr.« Miss Schrenner schien eine pragmatische Person zu sein. » Ob du's glaubst oder nicht«, sagte das Mädchen Tina zu Bernhard. »Letztes Mal, das war die beste Erfahrung meines Lebens.«

Alan Decker, unbeteiligt am Gespräch, durchwühlte seinen Rucksack, zog eine Trinkflasche und eine Gasmaske hervor. Miss Schrenner rieb sich mit einer Faust die Augen, dann schaute sie Bernhard an, er saß ihr direkt gegenüber. Er hatt die Beine ausgestreckt, die Füße überschlagen und saß da, als bremse er sie aus. Ihm war nicht mehr bewußt, daß er sehr schnell mit dem obenauf liegenden Fuß hin- und herwackelte. Sie beugte sich vor, legte eine Hand auf die Kappe seines Wanderschuhs, den er nicht gegen die ausgehändigten Stiefel eingetauscht hatte, und hielt ihn fest. Er spürte den Druck ihrer Finger durch das Leder hindurch an den Zehen. »Der ist schmutzig«, sagte er schnell. »Ich hab nichts gegen Schmutz.

Aber halt still«, sagte sie dann. Für eine Weile schwiegen alle. Die feuchte Luft im Bunker zog an ihren Lungen, alle atmeten hörbar. Alan nestelte an der Gasmaske herum. »Warum hast du die?« fragte Tina und klopfte an den Filter, wie man an eine Tür klopft.

»Germs.«

Ade hatte es nicht verstanden und fragte nach.

»Germs«, wiederholte Tina und zuckte mit den Schultern.

»Meint er uns?« fragte Ade.

»Germans?« sagte Miss Schrenner in Alans Richtung.

Er nickte beiläufig, schien ganz konzentriert auf seine Arbeit, stellte die Gummilasche ein und zog die Maske übers Gesicht.

»Damit er uns nicht einatmen muß«, lachte Tina und wirkte traurig dabei. »Du bist wirklich lustig, Alan«, sagte sie dann zu ihm. Er reagierte nicht.

Bernhard betrachtete die drei, wie sie dort auf den Holzkisten hockten. Alan vertieft in das Zurechtrücken der Maske, die Mädchen versunken in fragender Beobachtung. Beide hatten hübsche Gesichter, Miss Schrenner aufgeräumt, fast naiv, ihre Freundin Tina hatte eine Stupsnase und sehr große Augen, die sie fast unermüdlich zusammenkniff. Beide umgab ein Nimbus des Verlassenseins, irgendwo weit hinten klaffte eine Leere.

Er lehnte sich mit dem Rücken an die Wand und verschränkte die Arme vor der Brust. Alan stellte seinen Rucksack beiseite und schaute Tina durch die Maske hindurch an. Für Sekunden ertrug Bernhard den Anblick der Jugendlichkeit nicht mehr und schloß die Augen. Als hinge ein Kettenhemd über ihm, so spürte er die Trägheit seines Körpers, das Gewicht seiner Gedärme, die Lunge ein nasser Sack, und sein ausgeleiertes Herz, das viel zu langsam schlug, mit jedem Schlag weiter ausleierte. Nutzlos und hinfällig würde er durch den Betonboden sinken, angezogen vom Sog eines Moores ohne Grund, das sich unter ihm ausbreitete. So ging es zu Ende. Er öffnete die Augen.

»Ein Glück sind wir in Sicherheit.« Miss Schrenner wartete auf eine Antwort.

»Wir sitzen mit ihrem Erzfeind im Bunker«, sagte Bernhard tonlos, »das ist das Gegenteil von Sicherheit.«

»Mit Sicherheit kennt er sich aus«, versuchte Ade einen Scherz in Richtung der Mädchen. »Er ist Sicherheitsingenieur.«

»Ich war Sicherheitsingenieur. Ich bin nicht mehr bei Dieckmann.«

»Was?« sagte Ade und schaute Bernhard an.

»Der ist wirklich süß«, flüsterte Tina Miss Schrenner zu.

»So süß ist er nicht, wenn er ne Gasmaske aufsetzt, nur weil wir im Raum sind.«

Alan betrachtete alle durch die Fliegenaugen seiner Maske, saß dabei etwas verdreht auf der Holzkiste, hatte eine Hand unter die Uniformjacke geschoben und kratzte sich.

»Du machst mich fertig«, flüsterte Miss Schrenner, »wir sind gerade erst da, und du legst es sofort darauf an, rauszufliegen. Du mußt nicht immer gleich den Erstbesten angraben. Ich bin die Frau vom Terroristen. Die können jeden Moment dieses Loch hier stürmen und wir sterben. Ich stell mir vor …«

»Gott, Janka, nimm deine Rolle nicht immer so ernst! Ich find den doch nur ganz niedlich. Wenn der endlich mal das Ding da abnehmen würde.«

»Außerdem versteht er uns.«

»Nein, wir reden zu schnell.«

»Alan?« fragte Miss Schrenner, und in dem Moment sprang Alan auf, riß sich die Maske vom Gesicht, stieß mit dem Kopf an die Betondecke, zog jaulend seine Jacke aus, die Jacke darunter, das langärmlige T-Shirt, bis er nur noch rundrückig im Unterhemd dastand und zischend fluchte. Miss Schrenner machte ein erschrecktes Gesicht und zugleich eine beschwichtigende Geste mit den Händen. Alan hörte nicht auf zu fluchen, zog auch das Unterhemd noch aus dem Hosenbund und rieb sich mit der flachen Hand über die Haut. Er drehte Tina seinen Rücken zu und rief: »Here, here, was ist das?« Tina griff nach der Taschenlampe und leuchtete seinen Rücken ab. Alan schüttelte sich. Tina strich ihm mit der Hand über den Rücken, er kniete vor ihr. Sie strich unter seinem Unterhemd durch, zog es ihm weiter hoch und Bernhard sah, daß Alan ein hochrotes Gesicht hatte.

Ade sagte: »Mich juckt es auch schon überall.«

»Wanzen«, sagte Miss Schrenner.

»Einbildung.«

Tina warf Bernhard einen strengen Blick zu. Alan fluchte lauter. Dann griff sie mit beiden Händen nach seinem Oberkörper und drehte ihn so, daß er direkt vor ihr hockte. Sie zog ihm das Unterhemd hoch, strich ihm über die Brust, Schultern, die Oberarme, den Bauch und zog ihm dann mit einem kampflustigen Grinsen den elastischen Stoff über den Kopf, so daß er sein Gesicht überspannte. Eine Sekunde nur saß Alan so verhüllt da, dann riß er es herunter. »Fuck you, bitch«, zischte er ihr zu. Sie wich zurück und zog den Kopf zwischen die Schultern. Die jähe Zurückweisung stand ihr im Gesicht, und man konnte ihr dabei zusehen, wie sich die Beleidigung in etwas anderes transformierte. »Selber germ«, sagte sie.

»Fucking german ants«, sagte Alan nach einer Weile, damit beschäftigt, sich wieder anzuziehen. Er schüttelte jedes Kleidungsstück aus, bevor er es überstreifte.

Wie Nachmittagshitze breitete sich eine Wut in Bernhard aus. Er verabscheute die Jugendlichen. Ihre makellosen Körper, das Leben, das sie noch vor sich hatten. Er neidete ihnen die Zeit, die ihnen so reichlich zur Verfügung stand. Mit einem Mal fühlte er die Kälte des Neides. Der so groß war, weil er so viel

Zeit vergeudet hatte. Ein Gedanke schnitt wie ein Messer durch ihn hindurch. Es gab ein Hier und ein Dort. Ein Vorher und ein Nachher. Dann driftete er – erst nur unmerklich – ab. Es nahm etwas Besitz von ihm, zog ihn weiter hinaus, ein Sog, noch kräftiger als das Ziehen der Gezeiten, immer weiter und weiter hinaus; und plötzlich spürte er mit aller Klarheit, daß die Lüge zu einer Welt geworden war, die er verlassen mußte. Er dachte an Evi, an ihr Gesicht, an alle Schattierungen ihrer Reaktionen, am schwersten wog das Wissen, daß er die Risse im Vertrauen erzeugt hatte, daß er der Vergrößerung eines jeden Risses Stück für Stück zugeschaut hatte. Als wären es die Verwerfungen in einer anderen Ehe gewesen, einer, die er nicht führte. Er spürte, wie schwer die Wörter wogen, die er verwenden mußte, um die Wahrheit auszusprechen, als könnten sie nur unter größter Anstrengung gehoben werden. Und wie leichtfüßig dagegen die Lüge daherkam, sie bot sich ständig an, sie war, wenn die Sprache ein Körper war, wie diese Mädchen. Verfügbare, geheimnislose Lügen.

»Yes, german ants. They are the worst on earth«, bestätigte Ade mit einem um Ernsthaftigkeit bemühten Tonfall. Sein Englisch klang im Gegensatz zu der souveränen Aussprache der Mädchen sehr deutsch. Alan schaute ihn kurz an, widmete sich dann wieder seinen Kleidungsstücken. Bernhard rutschte mit dem Rücken gegen die Wand und fragte sich, ob die Feuchtigkeit des Mooses das Miles unschädlich machen konnte. Waren von ferne Schüsse zu hören oder bildete er sich das ein? Ich sitz in einer Kiste, dachte Bernhard, die jemand ins Moor fallen läßt, und draußen ist eine Treibjagd im Gange. »Du bist wirklich nicht mehr bei Dieckmann?« fragte Ade dann.

»Das ist die Wahrheit«, antwortete er in plötzlicher Erregung, während er versuchte, das nagende Gefühl verlorener Zeit wegzuschieben.

»Kann doch nicht sein. Du warst doch dein ganzes Leben lang dort.«

Bernhard stand ruckartig auf, bis sein Kopf die feuchte Decke berührte. »Hey, hey«, rief Alan und griff nach Bernhards Jackensaum. Mit einem Fuß erwischte Bernhard die Taschenlampe, der Lichtstrahl kippte, kurz schlitterte Metall über Stein. Mit einem Mal war es vollkommen dunkel.

»Stay here!«

Bernhard tastete sich mit beiden Händen in die Dunkelheit vor, er wand sich hin und her, die Hand konnte seinen Jackensaum nicht mehr halten, er fiel nach vorn. Ein Rascheln, Schritte, Alan mußte die Taschenlampe auf dem Boden suchen. Flüche, die Stimmen der Mädchen. Bernhard meinte den Schweiß eines anderen Menschen zu riechen. Dann hörte er das faserige Splittern von Holz, das über Beton geschoben wurde. Mit schnellem Schnappen klackte ein Schalter. Stoffrascheln. Stille. Ein schmaler, sehr heller Lichtstrahl schlug eine Schneise durch Bernhards Beine hindurch. Er sah das kompakte Hinterteil von Ade vor sich, schon außerhalb des Ausstiegs. Hinter ihm zwängte er sich hinaus. »Stay here, damn it!« rief Alan, als Bernhard die feuchtkalte Nachtluft am Gesicht spürte. Sie rannten und stolperten vom Bunker weg.

Wenn es mal einen Mond gegeben hatte, jetzt war er verschwunden, der Himmel eine dunkelgraue Fläche, wahrscheinlich aus Nirosta. Bernhard wünschte, er hätte etwas Leuchtendes dabei. Der Gedanke, er könnte sich auf einem Produktionslaufband aufhalten, in einem Fluß ohne nennenswerten Leerlauf, übergangslos von einem Zustand in den anderen gebracht, nicht vereinzelt, sondern eine Form von vielen, die einen Laib transportierte – der Gedanke beruhigte ihn, war Ablenkung genug, damit er einen Fuß vor den nächsten hinein ins Nachtschwarz setzte. Ich geh das Band ab, sagte er sich, gerade auf dem Weg rückwärts, auf dem wir hergekommen sind. »Scheißkrieg«, sagte er leise.

»Ich muß wirklich pinkeln«, sagte Ade und raschelte weg.

Das Platzen der Patronen war sehr laut und ließ die Luft um sie herum nachbeben. »Ade?« fragte Bernhard in die Stille, die kurz, aber gewaltig war. Dann platzten weitere Patronen, rechts hinter ihm in der dunklen Säulenreihe, dem Kiefernportal. »Ade?« Es folgte kein Schuß mehr. Es war so still, daß Bernhard sich jeden Lärm zurückwünschte: das Transportbandschnarren in der Backhalle, den Motorenlärm von Lastwagenkolonnen auf der Autobahn, den Explosionslärm der Platzpatronen.

»Ich geh hier lang«, rief er, ihm war heiß, dann kalt. »He, Ade, wo bist du hin?« setzte er erneut nach vielen Schritten an, »Mann, Adolf, sag doch einen Ton.«

Eine Salve Platzpatronen hinter seinem Rücken. Er begann zu rennen. Er stolperte, fiel auf die Hände, rappelte sich auf, rannte weiter in die undurchdringbare Tiefe hinein. Er rannte gegen die rauhe Borke eines Baumes, stützte sich ab, riß mit dem Handrükken entlang, stürzte weiter und spürte den Widerstand von Geäst im Gesicht. Seine Ellenbogen bohrten sich in weichen Untergrund, Leuchtflecken von Taschenlampen umtanzten die Kiefernsäulen. Schritte, immer mehr Schritte im raschelnden Laub, dem Zischeln der Plastiktüten, in die Brot verpackt wurde, ähnlich. Das papierne Knistern der Schutzanzüge, die die Bäcker trugen.

»Adolf«, echote eine Stimme und lachte. »Help me, Adolf!«

»Yeah! Here I come.« Eine andere Stimme. Ein spindeldürrer Lichtstrahl, keine Gesichter.

»I'll get him«, lachte es von woanders.

»Fuck you. I'll get him.«

»I am Adolf!« Eine tiefgestellte Stimme.

»Oh, Jesus! Help me.«

»Yeah, I help you.« Eine Salve Schüsse.

»Ade?« fragte Bernhard ins Laub hinein.

Elektronisches Piepen. Über das Rauschen im Ohr und das Rascheln des Laubes ging nichts hinaus. Alles war zu laut. Bernhard riß den Mund auf und sog die Schwärze in sich ein, atmete sie stoßweise wieder heraus. Rechts oberhalb seines Gesichtsfeldes sah Bernhard in der Dunkelheit eine rote Diode blinken. »Mann«, sagte Ades Stimme plötzlich, »ich war doch nur pinkeln.« Die raschelnden Schritte im Laub kamen ganz nah. Bernhard streckte eine Hand ins Dunkel, bekam etwas Stoffliches zu fassen, hielt es fest.

»Wir sind beide tot«, sagte Ades Stimme. »Kannst also aufstehen.«

»Gehen wir zurück?«

Bernhard spürte Ades Körper an seinem Arm. Er half ihm hoch, sie standen nah beieinander. Ein Lichtstrahl zuckte über sie hinweg. Bernhard war erstaunt, daß das Licht aus ihm etwas Sichtbares machte. Die Dunkelheit gab seinen verletzbaren Körper preis. Er hatte für Sekunden die abgeschürfte Haut auf seinem Handrücken gesehen.

Eine Gruppe von Soldaten schälte sich aus dem Wald. Fünf oder sechs Männer. Einer fragte, ob Tote neuerdings in der Gegend herumstehen würden. Bernhard sagte, »Ich leg mich nicht wieder hin.« Lautes Rascheln, jemand drückte ihm eine Plastikplane in die Hand, mehrfach gefaltet. Eine andere Stimme, die zuerst wie die von Major Schulzie klang, sagte auf deutsch: »Nehmt die, aber bleibt liegen.« Das Rascheln von Stiefeln im Laub entfernte sich, die Lichtkegel tanzten hindurch und machten aus dem übrigen wieder schwarze Flächen. Bernhard achtete darauf, Ades Körper in der Nähe zu haben. Eine Erinnerung drängte in ihm hoch, plötzlich war sie da. Amerikanische Soldaten hatten ihm und anderen Kindern Bonbons vor die Füße geworfen. Am Waldrand. Im Gefühl kindlichen Stolzes hatte er sich nicht bücken wollen, auch aus Angst, die bewaffneten Männer könnten diesen Moment der Unaufmerksamkeit dazu nutzen, ihn zu verletzen. Die anderen krochen auf der Erde herum. Er fand das abstoßend, wollte seine Freunde so nicht sehen. Als er sich nicht bückte, befahlen die Soldaten ihm mit Gesten und breitem Lachen, was ihrer Meinung nach zu tun sei. Bernhard spürte wieder diese Mischung aus Angst und Stolz, die zusammenschrumpfte zu einer von Pflichterfüllungsgedanken durchweichten Demütigung. Die Männer hatten gelacht. Ob er weggelaufen oder in Sichtweite geblieben war, daran erinnerte sich Bernhard nicht mehr. Aber an das Gefühl, etwas Minderwertiges zu sein, das sich bücken und aufheben sollte, was andere wegwarfen, daran erinnerte er sich. Später vermischte sich dieses Gefühl mit allgemeinen Ressentiments. Obwohl Bernhard nie Organisationen oder Gruppen beitrat, demonstrierte er als Student einfach mit. Im Grunde, das gestand er sich erst später ein, weil alle es machten. Er demonstrierte gegen die Dreistigkeit und Überheblichkeit der Amerikaner, gegen ihr ungebrochenes Selbstbewußtsein, ihr Gewinnerlächeln, gegen die Selbstverständlichkeit, mit der sie andere Länder für ihre Zwecke instrumentalisierten. Und jetzt, jetzt saß er ausgerechnet hier. »Mann, ich hasse die«, brach es aus ihm heraus, »ich habe die schon immer gehaßt.« Langsam schälten sich Schattierungen aus dem Dunkel, jetzt, da keine Taschenlampe mehr blendete. »Wir leuchten aber auch«, flüsterte Ade und zog sein Miles nach vorn, wie eine Wärmelampe pulsierte das Rot vor ihnen in die Nacht. »Die haben uns voll erwischt. Die dachten bestimmt, wir sind der Terrorist.«

»Ich bin kein Terrorist!«, schrie Bernhard. »Ich nicht!«

Ade schüttelte seine Plane auf wie ein Tischtuch. »Ist gut«, sagte er. »Wir ruhen uns hier ein bißchen aus. Dann sehen wir weiter.«

Bernhard zitterte vor ohnmächtiger Wut und dem bedrohlichen Gefühl, den Tränen nahe zu sein.

»Ich bin kein beschissener, überflüssiger Terrorist«, wiederholte er leise, als könnte er damit seine Schreie zurücknehmen.

»Erst mal hinsetzen. Komm, hier ist Platz für dich.«

Bernhard atmete laut ein und aus. Starrte in den Wald, die Kiefernsäulen entlang. Nach langen Minuten, die er damit beschäftigt war, die Enge in Brustkorb und Hals zu lösen und den Druck in den Augen herunterzuschlucken, tastete er nach einem Baum und lehnte sich an. Das Zittern blieb, es kam von innen, von einem Punkt in seinem Körper, den er nicht benennen konnte. Er ahnte, wie erleichternd es sein mußte, weinen zu können. Aber dieses Gewölle in ihm, ein gärender Teigling, durfte nicht weiterwachsen. Er wußte, es bräche hervor und durch ihn hindurch, wie Wasser einen maroden Deich brechen kann. Er schluckte und atmete und war für Minuten dankbar, daß es so dunkel war. Ade konnte sein Gesicht nicht sehen.

»Du hast auch keine Ahnung, wie wir zurückkommen.« Er mußte sich räuspern, seine Stimme war belegt.

»Jetzt komm erst einmal runter.«

»Ich sitze schon.«

»Na, also.«

»Eine Scheiße hast du uns da eingebrockt.«

»Die hast du dir selber eingebrockt, Mann.« Ade lachte.

Bernhard wollte widersprechen. Dann schwieg er.

Ade begann zu rauchen, der Rauch zog eine Spur durch die Waldluft.

»Kann ich auch eine haben?«

Kommentarlos drückte Ade ihm die Schachtel in die Hand. Der Bewegungsablauf war ungewohnt, Bernhards Hände fühlten sich linkisch an, mit einer Hand die Flamme schützen, mit der anderen das Feuerzeug halten. Das Papier klebte an seinen

Lippen, trocken und schlecht im Geschmack. Als er den Rauch einzog, löste sich langsam die Verschnürung im Hals. Etwas Zusätzliches einzuatmen beruhigte ihn. Er überlegte, seit wie vielen Jahren er nicht mehr geraucht hatte. Seit zwanzig, dreißig Jahren? Die Zeit, die diese Kinder im Bunker ihr Leben nannten. Der Rauch verdrängte die Stille; es war keine Kunst zu schweigen, wenn man rauchte.

»Wenn du die Amerikaner so haßt, hättest du dir das natürlich nicht antun sollen«, bemerkte Ade nach einer Weile. »Aber man haßt doch immer nur das, was einem zu ähnlich ist, oder? Ich dachte, Evis Vater ist Amerikaner.«

»Woher weißt du das?«

»Hat sie mal erzählt.«

»Ach«, sagte Bernhard. »Was bedeutet schon der Erzeuger, der sich dann aus dem Staub macht. Die alten Geschichten.«

»Ein bißchen was hat er ihr ja schon vererbt. Man will ja wissen, wo man herkommt.«

»Sie wollte das nie. Ich hätte sie nicht davon abgehalten. Ich hätte zwar auch keine Reise gebucht, aber abgehalten hätte ich sie nicht.«

»Ich dachte ja nur so. Ist eben ein Teil von ihr.«

»Aber es spielt keine Rolle!« sagte Bernhard laut.

»Nein?«

»Nein. Evi ist, Evi war ...« Er stockte. Sie war seine große Liebe, die einzige Frau, der er sich je verbunden gefühlt hatte. Aber davon zu erzählen, war ihm nicht möglich. Es paßte weder in den Wald, noch war es passend, es Ade gegenüber zu erwähnen. Er hatte ihm schon zuviel anvertraut, dieses Thema hatte hier keinen Platz, die Worte klangen hilflos, klein, unaussprechlich. Ihm war bewußt, daß er in der Vergangenheitsform von der Liebe sprach. Heute konnte von ihr keine Rede mehr sein, heute war sie verschwunden – und er überdachte die Jahre, in der das

Gefühl versickert war, wie Wasser in einem stets zu trockenen Boden. Keine Tatsache seines Lebens, über die er gern nachdachte. Er schmeckte das Metallische seiner Lüge auf der Zunge, sah sich durch den Park gehen, nach vorn gebeugt, ein Getriebener, eine Welle Scham schlug ihm in den Nacken, er schloß die Augen.

Ade schwieg, und Bernhard zog den Rauch tief in die Lunge, er wollte ihn noch am Zwerchfell spüren. Mit jedem Zug an der Zigarette löste sich der Grund, noch etwas zu sagen, weiter auf. Nach einigen Minuten schien kein Anknüpfen mehr möglich. Die Zigarettenglut war ein orangefarbener Knopf, eine Stop-Taste. Alles vibrierte minutenlang nach. Ein Stillstand, verharrende Brote, nicht geschnitten, nicht verpackt. Keine roten Kisten über dem Kopf, der Marsch der Elefanten beendet. Kein Geräusch war zu hören, kein Vogel, kein Rascheln und kein Schuß.

Bernhard drückte die Zigarette mit einem Finger tief in den weichen Boden. Von unten kroch es kalt und feucht hinauf.

»Laß uns gehen«, sagte er, »keiner kann uns zwingen, hier zwei Tote zu spielen. Ich stehe auf und gehe.«

»Ich brauch das Geld«, gab Ade knapp zurück. »Wenn ich die drei Wochen durchhalte, kann ich drei Monate davon leben. Das ist nicht zu verachten. Und du brauchst das Geld offensichtlich auch. Soviel hab ich jetzt verstanden.«

Es schmerzte, dieser Tatsache nicht widersprechen zu können.

»Ade, so geht das nicht weiter.«

»Es geht immer weiter.«

»Womöglich muß man umdenken.«

»Mach ich ständig.«

»Ich werde keine Karriere mit solchen Jobs machen, bis ich irgendwie in Frührente gehen kann«, sagte Bernhard.

»War ja nur ein Angebot.«

Die Männer schwiegen.

»Ich sag dir jetzt, was ich vor einiger Zeit gedacht habe.« Bernhard war selbst überrascht, daß er damit anfing. Er atmete bis ins Zwerchfell ein.

»Ich hab gedacht, man muß was machen, damit deine Pools an die Leute kommen.«

»Damit sie aus deinem Blickfeld verschwinden. Ist mir schon klar, daß die dich nerven.«

»Nein, sie sollen verkauft werden.«

Ade schwieg wieder.

Bernhard machte sich die nächste Zigarette an. Rauchen half beim Reden, wie es beim Schweigen half.

»Und was hast du gedacht, was man machen muß, damit sie verkauft werden?«

»Das müßten wir gemeinsam überlegen.«

»Wir.« Ades Stimme hatte fest geklungen, nicht fragend.

»Ja, wir.«

»Nachdenken. Gemeinsam?«

»Ja. Ich meine …«

»Das heißt, Bernhard?«

»Vielleicht sind wir zu zweit besser, als jeder für sich. Könnte doch sein. Ich gehe davon aus, daß es keine Alternative gibt.«

»Das heißt, du würdest mir helfen?« fragte Ade.

»Und du würdest mir helfen«, sagte Bernhard und wünschte in dem Augenblick, er hätte das Gesicht seines Nachbarn sehen können. Ade sagte nichts. Bernhard stand auf, stützte sich dabei an der Borke des Baumes ab und spürte ein Pochen auf seinem Handrücken. Er drehte sich zu Ade um, sah ihn in dem roten Licht des Miles und berührte ihn an der Schulter. Gegenseitig halfen sie sich auf, standen nebeneinander, und Ade schien ihn zu beobachten. Als wäre es eine Verabredung, besiegelten sie das eben Gesagte mit Schweigen. Ade wickelte sich das Laken um den Bauch, Bernhard sah, wie aus dem Weiß der Schärpe ein Rosa wurde. Er selbst wickelte sich in die Plane ein. So gingen sie los, ohne weiter zu besprechen, welche Richtung Sinn machen könnte. Sie folgten den Soldaten, die vorbeigelaufen waren, und der Ruhe, die hinter ihnen den Wald zu schließen schien. Nur die Planen zischelten um ihre Schritte, und eine Böe, die weit über ihren Köpfen durch die Baumkronen ging.

# Falschgeld

Die Zähigkeit des Rückweges, den sie nicht hatte machen wollen – beim ersten Mal, auf der Autobahn –, jetzt bot sich keine Umgehungsstraße mehr an. Sie war vom Haus weggelaufen, voller Scham, denn sie hatte einen Augenblick abgepaßt, als Klaus Schultens im Keller des Hauses verschwunden war, um Rotwein zu holen. Über dem Meer stand der Mond, prächtig, als wäre er näher herangerückt, um das Treiben der Menschen in der Nacht zu beobachten. Das Tal war ein schwarzes V, der Berg oberhalb leuchtete wie ein alter Knochen. In der Mitte die verwinkelten Häuser, ein Haufen schräger Dächer und dunkelgerahmter Fenster, alle geschlossen. Klaus Schultens würde jetzt, das dachte sie, die Kellertreppe hochkommen, nach ihr rufen, bemerken, daß sie nicht mehr da war. Würde es noch ein Taxi geben, das sie zum Flughafen fuhr? Der schnelle Atem, die ungewohnte Bewegung, sie lief auf der anderen Seite des Tals die Straße hoch, sie wollte das Haus weiträumig meiden. Es schien keine andere Möglichkeit zu geben, als sich der Macht, die er ausüben wollte, durch plötzliche Abwesenheit zu entziehen. Die Kraft, sich ihm zu stellen, besaß sie nicht. Während sie die Straße hochlief, unter den neugierigen Köpfen der Bergkiefern hindurch, sah sie Bernhard vor sich, seine stoische Ausgeglichenheit. Sie hatte immer diese Ruhe gesucht, sie als Sicherheit empfunden. Aber das Gefühl, etwas zu vermissen, war geblieben.

Hätte eine Reise nach Amerika die Leere gefüllt? Was hatte Nele mal zu ihr gesagt? Das sei keine neue Heimat für sie, nur ein Ort, an dem sie lebe. Ein Übergang. Evi hatte das Bild einer Brücke vor Augen, auf der ihre Tochter stand. Eine dieser ausladenden amerikanischen Brücken, die rot waren, als flösse Blut durch sie hindurch. Ein Zwischenzustand, hatte Nele dann gesagt. Ein Zwischenzustand, wiederholte Evi das Wort in Gedanken. Wie eine Ehe ein Zwischenzustand war, der immer auch zu Zustandsveränderungen aufforderte. Jeder Schwur enthielt die Aufforderung, ihn zu brechen. War es so? Wer woanders hinging, lud sich das Risiko auf, eines Tages zurückkehren zu müssen. Womöglich zu einem Zeitpunkt, an dem er gescheitert war. War ihre Mutter deshalb nicht nach Amerika gegangen? Aus Angst vor der Rückkehr? In eine vergebliche Sekunde hinein wünschte sie sich, sie hätte die Größe besessen, den Mut auch, ihrer Mutter gesagt zu haben, daß sie sich ihr ähnlich fühle. Und auch, daß sie sie, entgegen alle Zeichen, immer geliebt habe.

Ihre Mutter war als kleine graue Frau gestorben, zerzaust irgendwie, als hätte ein Wind geweht, gegen den sie sich fortwährend hatte auflehnen müssen. Etwas Lilafarbenes war aus dem Körperinneren an die Oberfläche gewandert und hatte durch alles hindurchgeschimmert. Das ausgewaschene Graublau ihrer Augen, zum Schluß so trüb, als wäre ein Stück Gaze über sie gezogen worden. Die borstigen Augenbrauen. Die Haare am Kinn und über der Oberlippe. Warum fiel es ihr so schwer, sich vorzustellen, daß ihre Mutter auch mal jung gewesen war? Daß sie mit diesem Mann geschlafen hatte, dem Fremden, einem schwarzen Soldaten? Daß sie seine Haut berührt hatte. Es schien unmöglich, in das Leben der Eltern einzudringen, es schien notwendig zu sein, dies nicht zu tun. Hatte sie ihm Briefe geschrieben, gegen die Unsicherheit, die zunehmende Entfernung an? Nähte schließen, dachte sie wieder, und sah die Schrift ihrer Mutter vor sich, als wäre sie aus Fäden gelegt, und jemand zog an einem Faden, er löste sich vom Papier, die Schrift ribbelte auf.

Oben im Dorf gab es ein Restaurant, dort bestellte man ihr ein Taxi. Evi schob ihre Hände in die Manteltaschen, stand auf dem armbreiten Bürgersteig, der die Straße einfaßte, starrte in das erleuchtete Schaufenster eines Schreibwarengeschäfts und sah plötzlich die Hände ihrer Mutter vor sich und die Präzision, mit der sie jeden Abend das weiße Seidenpapier über den Hüten im Schaufenster ausgelegt hatte. Das Gesicht von einer raumfassenden Müdigkeit überzogen; Evi sah, wie ihre Mutter sehr langsam die Augenlider schloß und öffnete und währenddessen die Papiere auf den Filz segelten. Ihre hellen Hände und Unterarme, die aus den Kittelärmeln stachen.

Sie hatte ihre Mutter jeden Tag wieder an etwas erinnert, an was sie gar nicht erinnert werden wollte, ging es Evi durch den Kopf. Kein Mensch möchte an eine offengelassene Liebe erinnert werden, in der das Unausgesprochene, der Wunsch, wie es hätte sein können, die Realität längst überwucherte.

Sie bewegte sich abrupt, um den Gedanken zu vertreiben. In einer schneidend-kalten Klarheit erkannte sie, wie die Geschichte sich wiederholt hatte. Im Gefühl, die halbbegonnene Naht zwischen dem Autoverkäufer und ihr zu schließen, war sie hierhergekommen. Im Gefühl, daß es jetzt nichts mehr zu ersehnen gab, nahm sie Reißaus. Sie hatte diese Reise nur angetreten, weil ihre Mutter nie aufgebrochen war.

Das Zittern in ihrem Körper verlor sich nicht.

Plötzlich bemerkte sie, daß sie etwas Papiernes in der Hand hielt, in die Faust eingeschlossen, in ihrer Manteltasche. Als sie die Finger öffnete, lagen zerknüllte Geldscheine in ihrer Hand.

Sie starrte die grünen Hunderter an.

Tief im Verborgenen fiel etwas auf einen dunklen Grund. Er hatte sie bezahlt. Zusammen mit einem Ekel, wie Sodbrennen, stieg das Gefühl der Demütigung auf. So mußte es sein, wenn man bettelte. Sie hatte nicht gebettelt, und er hatte ihr trotzdem Geld gegeben. In einer ersten Reaktion schüttelte sie das Geld aus ihrer Hand, wie ein Ungeziefer, das man loswerden will.

Das Taxi hielt vor dem Restaurant, die Kellnerin zeigte auf Evi, der Taxifahrer war leider nicht mehr schwarz, sie ertappte sich dabei, diesen Zufall ersehnt zu haben. Er sagte in einem polnisch eingefärbten Deutsch, daß sie dort etwas verloren habe, und zeigte auf die Geldscheine vor ihren Füßen.

Der Vorplatz des Flughafens war voller Menschen. Sie standen herum, als warteten sie unablässig auf die Ankunft von jemandem, den sie befürchteten nicht wiederzuerkennen. Viele starrten zu den Bildschirmen hoch, auf denen die Abflüge angekündigt wurden. Sturzbetrunkene Touristen sangen Abschiedslieder. Die klassische Musik aus blechernen Lautsprechern schien niemanden zu stören. Evi fielen Reisende auf, meist Frauen in ihrem Alter, die sich durch Wutausbrüche gegen mißliche Kleinigkeiten Luft machten, als sträubten sie sich gegen eine Heimkehr, als verabscheuten sie den Ort, an den sie zurückkehrten. Evi hatte die Scheine in ihrer Hand gehalten, die Fahrt über im Taxi, hatte den Fahrer davon bezahlt und sich gewundert, daß er den Hunderter akzeptierte: Es schien kein Falschgeld zu sein. Ein Mann pinkelte in der Eingangshalle gegen einen Palmenstamm. Zwei Sicherheitsmänner in Leuchtwesten stellten sich hinter ihm auf, als wollten sie eine moderne spanische Wand sein. Überall wurde die Welt wieder in Ordnung gebracht. Im Strom des Aufbruchs bemühte Evi sich um Unauffälligkeit, sie wollte so sein wie alle anderen, denen die Mobilität, die haltlose Umtriebigkeit, zur Normalität geworden zu sein schien. Evi suchte den frühestmöglichen Flug nach Hamburg am Bildschirm, ging zum Schalter der Fluggesellschaft und bekam ein Ticket. Sie bezahlte wieder mit dem Geld, das zu besitzen sich so falsch anfühlte. Es blieben immer noch drei grüne Hunderter. Auf dem Weg in das Innere des Flughafens hinein ging sie an einem Mülleimer mit runden Öffnungen vorbei, es roch nach kalter Asche und Coca-Cola. Sie sah sich um. Die meisten Reisenden eilten nach vorn gebeugt über Laufbänder.

Herr Schultens hatte sie bezahlt, zu jemandem gemacht, der sich prostituierte, der willenlos eine Dienstleistung vollbrachte, um danach durch den Besitz des Geldes die Demütigung vergessen zu machen. Er hatte sie zu so einem Menschen gemacht, einem Gespenst, das zu allem bereit schien, wenn es nur die pochende Sehnsucht für Sekunden abkühlte. Ein Gespenst wollte sie nicht sein. Niemand sah sie. Sie schaute das grüne Papierknäuel in ihrer Hand an. Am nächsten Mülleimer, dessen Öffnung bunt ummalt war, blieb sie stehen und warf das zerknüllte Geld ins dunkle Loch. Nicht weit von ihr entfernt stand eine Frau, das geliftete Gesicht festgezurrt, die Schlauchbootlippen etwas geöffnet, am letzten Zug der Zigarette. Gleich würde sie die Kippe in den Wüstensand stecken, der das Dach des Mülleimers zierte. Darin steckte schon ein Stoppelwald aus braunweißen Stummeln. Die Frauen tauschten keine Blicke aus, Evi drehte sich nicht um. Sie ging weiter durch die Sicherheitskontrollen, ging an glänzenden Parfümerien vorbei, Treppen hinauf und hinunter, in Gänge hinein und kam aus ihnen heraus, passierte Sitzreihen, Menschen, miauende Haustiere in gepolsterten Käfigen und nahm von ferne die geschäftigen Ankündigungen aus den Lautsprechern wahr, die von Eile und Aufbruch erzählten. Evis Körper war ein Luftzug, er durchkreuzte mit allen anderen die Leere der Welt, hielt das bunte Treiben in Bewegung.

Das Flugzeug startete, flog, schüttelte sich im Wind, und Evi wartete darauf, daß sich ein Gefühl von Erleichterung einstellte, die alltägliche Ratlosigkeit, die ihr Leben formte, eine gedankenlose Einfachheit, an der sie sich festhalten konnte.

Jetzt in der Nacht, von ihrem Grundstück aus gesehen, waren die Schwimmbecken schwarze Flecken, die alles verneinten. Es ließ sich nichts mehr in sie hineinerzählen. Sie waren keine Luftpostbriefumschläge, keine menschgemachten Dinge mehr. Wo sie standen, war die Welt aufgesogen und verschwunden. Schwarze Rechtecke, gefüllt mit nichts.

Evi ging nach oben in ihr Arbeitszimmer. Nahm aus einer Dose Geldscheine, steckte sie in einen Umschlag, den sie an Herrn Schultens adressierte, Opel-Händler, Industriestraße. Sie schrieb keinen Absender, suchte alle Briefmarken zusammen, die sie finden konnte, zog sich den Pelzmantel, der wieder getrocknet war, aber seit seinem Bad etwas schäbig wirkte, noch über ihren Wollmantel, und ging die Straße hoch zum nächstgelegenen Briefkasten, nahe dem Eingang zum Friedhof. Die Straßenlaternen warfen ein gleichgültiges Licht in die Dunkelheit. Mit Schwung schob Evi den Umschlag für Herrn Schultens in den Schlitz. Sie zahlte ihm diesen Tag zurück, daß er sie so mitgenommen hatte, ausgeschleust und eingeschleust in ein fremdes Leben, mit ihr gespielt hatte und sie mit sich hatte spielen lassen. Der dunkelgraue Asphalt des Bürgersteigs sog das Licht der Straßenlaternen auf, ein dunstiger Ring lag um alle Lichter, als atmeten sie ihre Helligkeit in die Nacht. Die Klappe des Briefkastens fiel zu und verbarg ihre Mitteilung, schluckte auch die Heftigkeit, mit der sie den Brief eingeworfen hatte.

Nach dieser letzten Tat stand sie da und schluckte mehrere Male, in dem Bedürfnis, den schlechten Geschmack in ihrem Mund zu beseitigen. Ihr leerer, gedankenfreier Kopf, darin nur der Wunsch, den Tag zu beenden und ihn, wie eine Seite aus einem Kalender, herauszureißen und zu vergessen.

Evi erkannte nicht sofort, was da vor ihr auf dem Gehweg auftauchte. Es sah aus wie eine groß geratene Ratte, es war durch die Raute des angrenzenden Jägerzauns gesprungen und einige Schritte auf sie zugelaufen. Beide, Evi und das Tier, verharrten in ihren Bewegungen, schlicht erschreckt darüber, um diese Zeit noch jemandem auf der Straße zu begegnen. Langsam beugte Evi sich vor, versuchte über den Abstand von sechs, sieben Metern zu erkennen, was da vor ihr stand. Es hatte so wenig Fell wie eine Ratte, aber den Körperbau einer ausgemergelten Katze. Unter der hellen Haut die Rippen. Der Schwanz dünn wie ein kahler Ast. Evi machte einen Schritt auf das Tier zu, dessen Augen plötzlich das Licht der Straßenlaternen einfingen und zu kleinen, gelblichgrünen Scheinwerfern wurden, aus der Tiefe der Umgebung herausleuchteten. Im Gefühl simplen Mitleids, das sich aus einem Schaudern und Neugierde speiste, versuchte Evi eine lockende Geste mit der Hand. Dazu schnalzte sie. Das Tier setzte sich in Bewegung, überwand einen Meter trabend, blieb dann wieder stehen. Evi ging in die Knie. Es war keine große Ratte. Es war eine Katze, die kein Fell mehr hatte.

Im Watschelgang mäanderte Evi vorwärts. Das Tier starrte sie an, als wundere es sich über die linkischen Bewegungen seines Gegenübers, oder über den Pelz, den Evi trug. Es streckte den Kopf vor, überwand den letzten Abstand trabend und drückte seine nasse Nase gegen Evis Finger. Dann ließ es sich am Hals kraulen.

Jemand hatte die Katze rasiert, und das Fell wuchs stoppelig nach. Mit einer Hand umfaßte Evi den Kopf des Tieres, mit der anderen Hand strich sie über seinen Rücken, es drückte einen Buckel in ihre Handfläche, reckte wie warnend den dürren Schwanz in die Luft, und als ihre Hand in dem Winkel am Ende des Rückens angekommen war, spürte Evi, wie ein Zittern durch den Körper des Tieres ging. Es schob seinen stoppeligen Kopf in Evis Hand. Es weckte in Evi unmittelbar das Gefühl, zuständig zu sein. Sie wollte zum Wärmen beitragen, sie wollte helfen, ein bißchen nützlich sein, am Ende dieses Tages, zumindest das.

In einer einzigen Bewegung hob sie den dürren Körper hoch, drückte ihn unter ihren Mantel, hielt ihn fest. Die Katze wehrte sich nicht. Der Pelz verdeckte sie.

Mit eiligen Schritten machte Evi sich wieder auf den Weg. Sie spürte den warmen, pochenden Körper an ihrer Seite und dachte eine Sekunde lang an Herrn Schultens, wie er sie festgehalten hatte. Jeder versuchte, eine Macht über jemand anderen auszuüben, ihn im Griff zu haben. Aber jeder mußte sich entziehen, wenn der Druck zu groß wurde.

Das Tier miaute aus dem Mantel heraus. Evi spürte, wie die Katze sich aus ihren Händen lösen wollte, sie drückte fester. Nie jemandem erzählen, was passiert war. Es verschlucken. Sie ging schneller. Natürlich würde sie schweigen, wie schon ihre Mutter geschwiegen hatte. Über etwas so Mißlungenes ließ sich nur ein Tuch der Verschwiegenheit breiten, Seidenpapier auf Hutlandschaften. Plötzlich sagte sie laut: »Bin ich eine bescheuerte Kuh«, beschleunigte ihren Gang, lief die letzten Meter, schob mit dem Rücken das Tor zur Einfahrt auf und wieder zu, wartete nicht auf das zackige Aufleuchten des Halogenscheinwerfers über der Haustür, rief gegen die schwarzen Rechtecke, »Scheiße, verdammte, blöde, dämliche, dumme Kuh«, mußte in die Erleichterung hinein lachen, drehte sich dabei um, als erwarte sie Verfolger. Die Katze setzte die all ihr zur Verfügung stehende Kraft ein, um sich von Evi zu lösen, aber Evi preßte sie mit dem Unterarm an sich, schloß die Haustür auf, ließ das Tier in den Flur springen, drückte mit dem Gewicht ihres Körpers die Tür zu. Als sei sie geflüchtet und rechtzeitig in Sicherheit gekommen, so lehnte sie am Türblatt. Die Katze trabte bis ans Ende des Flures, sah sich erstaunt um, verschwand im Wohnzimmer. »Entführt«, platzte es aus Evi heraus. Wieder dieses Lachen, das ihr selbst ganz fremd war. Es klang noch fremder in der Stille des Hauses. Eine Weile horchte sie auf lautlose Bewegungen, auf Rückkehr. Als die Katze im Türrahmen auftauchte, schaute sie wieder mit diesem Blick, der etwas Menschliches hatte, weil er aus Staunen bestand. Evi löste sich vom Holz. Während sie eine Untertasse mit Milch füllte und etwas Salami aufschnitt, schob das Tier sich um ihre Knöchel. »Da staunst du«, sagte Evi leise und war plötzlich froh, mit jemandem sprechen zu können. Das Tier leckte gierig die Milch, Tropfen spritzten gegen seine Schnurrbarthaare. Evi trank gleichzeitig in langen Zügen aus einer Wasserflasche, stellte sie ab und sah, wie draußen vor dem Fenster der Halogenstrahler so zackig erlosch, wie er angesprungen war; das Fensterquadrat wurde wieder zu einer schwarzen, undurchdringbaren Fläche, in der Evi nach einer Weile ein Spiegelbild von sich erkannte. Die Gewißheit einer Ähnlichkeit durchzog sie. Sekundenlang hatte sie ihre Tochter in dem schwarzen Quadrat gesehen. Lange schaute sie durch sich, oder das, was darin ihre Tochter war, hindurch, ein Blick wie in einen hauchdünnen Vorhang hinein. Immer in Erwartung, dahinter könnte etwas auftauchen, den Stoff durchdringen. Aber die Nacht draußen schien umfassend und unbewegt. »Ich bin zurückgekommen«, sagte sie zur Scheibe, »ob du es glaubst oder nicht.« Die Katze schleppte ein Stück Salami bis unter die Heizung. Evi schaute ihr bei dem Versuch zu, das Stück zwischen die Zähne zu bekommen, und wollte die Gewißheit, wie tröstlich es war, einen lebendigen Körper zu berühren, der nicht verschwand, darin vergessen machen, daß sie Scheibe für Scheibe von der Salami schnitt und sie der Katze hinhielt; immer ein Stückchen mehr, was sie aneinander band, bis das Tier begann, ihr aus der Hand zu fressen.

Noch in der Nacht wachte Evi vom Geräusch des Schlüssels in der Haustür auf. Ihr erster Gedanke war: Jetzt kommt er mich holen. Dann wunderte sie sich, durch alle Müdigkeit hindurch, über ihren eigenen Gedanken. Mit trotziger Selbstverständlichkeit wurde ihr bewußt: Niemand hat einen Schlüssel zu diesem Haus, außer Bernhard.

Bernhard wirkte, als kehre er von einer langen Reise zurück, die voreilig und überraschend an ein Ende gekommen war. Er stand da und zugleich neben sich, es war sein Mund, der auf und zu ging, seine Hände, die Halt an der Türklinke suchten, dann an der Stuhllehne, dann auf der zerwühlten Bettdecke, zum Schluß in Evis Hand. Er redete und redete, und Evi verstand aus seiner mitunter arg unzusammenhängenden Erzählung, daß seine Arbeit an ein Ende und an einen Anfang gekommen war, daß etwas aufhörte und begann, daß er nicht noch einmal in diesen Krieg ginge – welchen Krieg? – und mit einem Terroristen im Bunker säße, um sich daraufhin erschießen zu lassen. Evi begriff soviel: Es gab kein Dieckmann mehr. Dafür aber eine Perspektive, die er selbst gestalten konnte. Er zeigte ihr seine Handfläche, als liege darin das, wovon er sprach. Sie nickte und bejahte, sie schlief fast, zumindest war es, als sei sie in einem traumähnlichen Zustand. Ob sie ihm verzeihe, fragte er plötzlich mit eindrücklicher Heftigkeit. »Wofür?« fragte sie. »Für meine Lügen«, sagte er leise. »Natürlich«, sagte sie mit einem beschleunigten Herzschlag, der bis in den Hals drang, »natürlich«, und wünschte in dem Moment, die Kraft zu haben zum Reden, um Bernhard, geradeso wie er es eben getan hatte, um Verzeihung zu bitten. Wie über den Zimmerboden verstreute Sachen, so lagen Fetzen von dem herum, was es zu sagen gäbe: daß sie Bernhard für seine Berechenbarkeit, das unaufgeregt Gleichbleibende liebte, die Sicherheit, die darin lag, die Verharrung bedeutete. Aus der sie sich nicht würde befreien können, auch wenn sie noch so sehr wollte: Für ein Leben in Unsicherheit, ständiger Infragestellung, fehlte ihr der Mut. Ein Fetzen dazwischen, war dies: daß sie sich diese Ängstlichkeit einfach nur selbst verzeihen mußte.

# 19:08 Uhr, in die Dämmerung hinein

»Wenn Sie mich so fragen, dann sage ich Ihnen meine Meinung. Es sind nicht meine Bilder, nicht meine Kunst, ich kann damit nicht so viel anfangen. Aber ich verstehe den Reiz, der von Degas ausgeht. Die vermeintliche Einfachheit seiner Motive. Die einfachen Menschen, die er ins Zentrum stellt. Von ihnen geht eine Grazie aus, die mich berührt. Etwas Fragiles, wir sind eben nicht so robust, wie wir immer glauben wollen. Eine Frau mit Hüten? Das Bild kenne ich nicht. Aber es ist durchaus vorstellbar, daß er so etwas gemalt hat. Es ging ihm wohl immer um die Würde, die aus einer Haltung resultiert. Alle Menschen suchen nach Haltung. Die Ballettmädchen vor allem. Sie wollen sich behaupten in einer Welt, die sich ihnen entzieht, ins Unerreichbare strebt. In die Höhe, in etwas Zartes, Schwereloses. Wie kommt man da hin als Mensch? Durch Übung. Noch eine Drehung, noch einen Sprung, noch etwas höher, noch etwas leichter, noch weiter. Aber wohin? Man kommt nicht an, auch im Ballett nicht. Man spürt höchstens seinen Körper. Darum geht es vielleicht. Sich aufzulösen und sich zugleich zu spüren. Das waren Degas' Ballettmädchen. Ich war nie ein besonderer Fan. Aber es sind zarte Bilder von kräftigen Menschen. Während des Krieges mit Deutschland, 1870, war das so? Während des Krieges zog er sich diese Augensache zu. Dann verschlechterte sich sein Sehvermögen. Er konnte nicht mehr malen. Daher verlegte er sich auf die Bildhauerei. Die gestaltende Kraft steckte doch in seinen Händen. Das finde ich eine unglaubliche Vorstellung. Er mußte das Bild, das er im Kopf hatte, nicht vor seinen Augen entstehen lassen, sondern vor seinen Händen. Seine Hände waren seine Augen, könnte man sagen. Und was bildhauerte er? Ballettänzer und Rennpferde. Zwei Sportarten, in denen es um die Präzision der Bewegung geht. Auch um Geschwindigkeit. Um das Flüchtige. Als Turnschuhexpertin, Miss Nele, müßten Sie sich damit doch auskennen.« Er lachte. »Ja, und dann stirbt er einsam und erblindet in Paris, der große Degas. Ich bewundere seinen Perfektionsdrang. Sich ein Leben lang dem gleichen Thema widmen. Immer aufs neue. Um vielleicht irgendwann einmal einen Zipfel Einsicht, eine Erkenntnis zu ergattern.«

»Ich habe das Bild in einer Datenbank gefunden. Dort ist gestohlenes Kulturgut vermerkt. Ich wollte eigentlich nur meine E-Mails anschauen, ein letztes Mal vor meinem Aufbruch. Unten in der Lobby des Hotels in Chicago. In dem Moment dachte ich, ich versuch es einfach noch einmal. Seltsamerweise hatte ich bisher keine E-Mail von meinem Arbeitgeber bekommen, auch keine von Hans Hamann, daß er mich persönlich gefeuert hatte. Ich wollte den Schreck verdauen, daß die nichts von sich hören ließen, daher suchte ich wieder herum. Und da tauchte plötzlich der Hinweis mit dieser Datenbank auf. Das Bild fehlte wirklich. Es war 1944 in Berlin verlorengegangen. Wahrscheinlich zerstört, stand dort noch. Ich dachte sofort: Dann wartet niemand mehr darauf. Sie sind der erste Mensch, dem ich davon erzähle.«

»Sie machen sich strafbar damit.«

Nele schwieg.

»Wissentliche Verheimlichung von illegal entwendetem Kulturgut.«

Sie schwieg weiter.

»Das Bild gehört nicht Ihnen.«

»Das hab ich schon verstanden«, sagte sie.

»Das Bild gehört einem Menschen, einer Institution. Es ist mit Restitutionsansprüchen belegt. Sonst wäre es nicht in der Datenbank vermerkt. Der legale Besitzer sucht es. Es steht ihm zu, denke ich.«

Nele drückte mit einer Hand gegen die Lehne des Vordersitzes. Plötzlich war der Raum zu klein. Das Zittern des Flugzeugkörpers kehrte zurück.

»Ich fühl mich nicht gut«, sagte sie.

»Das ist auch richtig so. Sie müssen schon ein ordentlich schlechtes Gewissen haben.«

»Darf ich raus?«

»Miss Nele, Sie brauchen nicht flüchten. Sie kommen nicht weit«, sagte der Tweedmann und schob die Unterlippe vor, sein Widerspruchsgeist war geweckt. »Ich kann bei euch jungen Menschen nie einschätzen, wie weit euer Unrechtsbewußtsein noch entwickelt ist. Bei vielen scheint es ja gänzlich abhanden gekommen zu sein. Ich will Ihnen nur sagen, was für ein bebendes Geheimnis Sie da haben. Kein van Gogh oder Picasso, der wieder auftaucht, aber dennoch ein Vulkan. Und ein verlorenes Bild, es wird sehr schwer sein, es wieder in den Kreislauf des Kunsthandels einzuschleusen. Dazu bräuchten Sie Mittelsmänner, dunkle Gestalten. Wenn Sie so einen Service nicht in Anspruch nehmen wollen, muß das Bild in Familienbesitz bleiben, und zwar für lange, lange Zeit. In hundert Jahren redet vielleicht niemand mehr von Kunst. Persönlich glaube ich das zwar nicht. Aber möglich ist alles. Vielleicht sind Bilder, die in diesem dann so lang vergangenen Krieg geraubt worden sind, einfach nur noch Suchergebnisse in einer virtuellen Datenbank, von der niemand mehr die Adresse kennt. Vielleicht ist das so, weil andere Dinge wichtiger sind. Vielleicht sind wir alle im Krieg. Ein

Krieg um ganz andere Bilder, um Weltanschauungen, was weiß ich. Zumindest nicht um das Gemälde eines alten Meisters. Jetzt drängeln Sie nicht so. Eines sage ich Ihnen: Jetzt, da ich es weiß, könnte ich mit Ihnen einen richtig feinen Ritt durch die Gerichtssäle der Welt machen. Mir liegen Bilder am Herzen, das wissen Sie. Ich will, daß sie an Orten hängen, die entweder öffentlich zugänglich sind oder dem Bild anderweitig guttun. Irgendein überheiztes Wohnzimmer leistet das nicht, Miss Nele. Ich will, daß Bilder dahin zurückkommen, wohin sie gehören. Ich bin, wenn Sie so wollen, ein Heimatschutzministerium für Bilder.« Er lachte, aber es klang bitter. »Und jetzt sagen Sie mir: Wo hängt das Bild?«

# Schwarzes Quadrat

Es gab nur einen Harold Ossian McGee in der 29. Straße im Staat New York, genauer: in Queens. Die White Pages zeigten sogar eine Telefonnummer an, Nele schrieb sie vom Bildschirm ab. Sie hielt den Zettel, der im Klappdeckel einer der Kassetten gesteckt hatte, in der Hand und verglich den Namen, den ihre Großmutter aufgeschrieben hatte, mit ihrer Eingabe im Suchfeld dieses mächtigen Telefonverzeichnisses. Durch die Lobby mäanderten Hotelgäste, irgendwo klirrten Gläser, der Fahrstuhl schnurrte, ein Telefon klingelte altmodisch. Eben gerade hatte sie den Hinweis auf das verschollene Bild entdeckt und wie im Rausch den Namen eingegeben, das Netz schien gnädig zu sein, es gab seine Informationen preis.

Sechs Seiten Harold McGee in allen Staaten, aber eben nur einen Menschen dieses Namens in New York. Und in der kantigen Schrift ihrer Großmutter stand Harold Ossian McGee, New York auf dem Kassettenzettel. Nele hatte ihren Laptop auf den Knien. Der Schlüssel für das Zimmer, das sie eigentlich für eine Woche gemietet hatte, im Gefühl, eine Woche Zeit mitgemietet zu haben, ein Vorschuß an Zeit, Kreditkartenzahlung, von irgendeinem fremden Zeitkonto abgebucht, der Schlüssel lag vor ihr auf dem niedrigen Sofatisch. Keine E-Mail aus dem Büro, keine von Eric. Wie kindisch, das zu hoffen, dachte sie. Seit dem

Abschied im Laden, seit dem letzten Zusammensein mit Eric, hatte sie ihr Mobiltelefon nicht mehr eingeschaltet. Auf eine Art war sie aus der Welt, in der sie sich vorher so prächtig eingerichtet hatte, verschwunden. Ihr hatte der Gedanke gefallen, nicht mehr erreichbar zu sein, ihre Spuren selbst zu verwischen, auf eine Reise zu gehen, die womöglich vollkommen sinnlos war, wenn der Mensch, den sie träfe, nicht mit dem Menschen übereinstimmte, den zu suchen sie aufbrach. Zweifel mischten sich dazwischen, die sich verloren, als sie die solide Verläßlichkeit des Messingschlüssels mit seinem Plexiglasanhänger in der Hand spürte.

In New York ankommen, wenn es zum Morgen dämmerte. So eintönig lange mit dem Auto Richtung Osten fahren, bis alles Zurückliegende zu einer Erinnerung wurde, die nicht mehr einschmelzbar war, Eisblumen hinter Glas. Aus dem Land heraus an die Küste fahren, das Meer sehen. Ein richtiges Meer, keinen See, der vorgab, so groß wie ein Meer zu sein. Sich mit der voreingestellten Geschwindigkeit fortbewegen, so lange, bis sie sich wie das Tempo ureigener Fortbewegung anfühlte. Und dann: den Menschen sehen und – vielleicht – das Bild. In ihr entstand die Ahnung, gespeist aus ihrer Hoffnung, daß es einen Ort gäbe, an dem die Fäden zusammenliefen. Der Mensch, das Bild, die Geschichte. Sie hatte drei der fünf Kassetten noch nicht abgehört. Sie hob sie sich für die Fahrt auf.

Sie schlief die letzte Nacht in dem gemieteten Zimmer, am Kopfende der Nachdruck eines berühmten Kunstwerkes hinter Glas. Die Gardinen in sandfarbenen Wellen, das leise Rauschen der Klimaanlage. Ein schmaler Schrank, in dem jemand stehen könnte, ein Zauberer, eine aus Vegas geflohene Gestalt, die ihr mit melodiöser Stimme Träume einflüsterte, Geschichten mit einem guten Ende, in denen Menschen vor sich selbst gerettet wurden, uramerikanische Geschichten.

Nele hing dem Gedanken nach, ob Menschen, die in Hotelzimmern lebten, zu retten waren, sie lebten an einem Ort, der jedermann gehörte, im Geruch von Freiheit, der sich an alle abrieb, die ihren Kopf auf das Kissen legten, ihre Jacke in den Schrank hängten, ihr Glas neben den Fernseher stellten, ihren Körper in der Dusche vom Schmutz des Alltags reinigten. Vom Alltäglichen, dem Erlahmen des Geistes, davor wurde man in Hotelzimmern gerettet.

Am Morgen die *Chicago Tribune* neben dem Frühstücksteller. *Rain alert. Europe.* Eine Anzeige mit einer einsamen Burg vor Bergpanorama. *The most cities. Book your flight on AA.com. Woman in police custody in death of woman, removal of fetus. How to build a skyscraper. Don't be a victim: Self-defense. Bush taken aback by ally's comments. The president and Pakistan's leader downplayed a purported U.S. threat to bomb Pakistan »back to the Stone Age«. Terror fears shut air terminals. War price on U.S. lives equal to 9/11. Astronaut collapses during ceremony. Starbucks raising prices. Vote. Some wonder: Can cops drink on job?*

»Frühstück Nummer drei«, sagte sie zu dem Kellner, der Kaffeetasse und Saftglas umdrehte, das zweite Gedeck mit einer höflich-diskreten Geste entfernte. »French«, ergänzte er und verschwand lautlos. Die schwarzen Buchstaben, Informationen, das Vergessen fördernde Barbiturate. Dann der pelzig-herbe Geschmack von Kaffee mit Milch, der ihren Magen aufrührte, und das Warten darauf, daß etwas, das man logisches Denken nannte, zurückfand in ihren Kopf. Alle Kellner trugen Weste und Schlips aus dem Stoff der Sitzbezüge. Keiner von ihnen stand je still. Wie ihre Mutter, dachte sie plötzlich, die mit Geschäftigkeit den bewegungslosen Kern ihres Leben vergessen machen wollte.

War es so schlimm, so ein Leben? Warum waren ihre Anstrengungen gegen die Kopie eines solchen Lebens so groß. Weil es sie so stark dahin zog? Der Wunsch so präsent war, an einen

Ort zu gehören, von dem man, ohne nachzudenken, sagen konnte: Heimat?

*Homeland Security Office Announces Current Nationwide Threat Level: Elevated Button.*

Was war schon Heimat? Etwas in Verteidigungshaltung, vom Aussterben bedroht. Das war, was es so dringlich machte, es finden zu wollen.

Für kurze Zeit dachte sie noch, sie sollte ihre Reise planen: in den Supermarkt gehen, Wasser und was zum Essen einkaufen. Dann entschied sie sich dagegen und fuhr los. Keine weiteren Verzögerungen. Immer das Schwanken in der Magengegend, die Bereitschaft, ihre Entscheidung zu revidieren. Daher mußte sie schnell aufbrechen. Als sie Teil der ereignislosen Landschaft Indianas geworden war, wurde es leichter. Das brachte sie nach Ohio, wo die Highways, die Abzweigungen, die Kornfelder, das Blau des Himmels und die Quellwolken nicht anders aussahen. Kurz vor Toledo fand sie den Mut, eine Kassette in den Walkman zu legen und sich die Kopfhörer überzuziehen.

»Kennst du das? Wenn der Rücken schmerzt und man, um die Schmerzen zu vermeiden, krumm geht oder schräg steht? Ich hatte mein Leben lang Rückenschmerzen und habe das Vermeiden gelernt, ich habe es zur Perfektion gebracht. Tut's weh, fragte ich mich und konnte mir selbst die Antwort geben: Nein, es tut nicht weh. Ich hatte den Schmerz besiegt. Das muß man erst einmal hinbekommen, sagte ich mir.« Stille. Rascheln. »Ich verliere ständig den Faden. Das Reden geht nur, ich sag's jetzt einfach, weil diese Maschine hier läuft. Die drehenden Rädchen in der Mitte. Da muß ich halt reden. Aber ich vergesse immer wieder, was ich sagen wollte.« Stille. Räuspern. »Ich wollte dir sagen, wie es dazu kam, daß Harold Ossian McGee, dein Vater, das Bild wieder mitnahm.«

Landschaft und Asphalt zogen unablässig vorüber. Es dämmerte, die Wolkendecke war dicht, vielleicht würde es bald regnen. Über die Stimme ihrer Großmutter hinweg wiederholte Nele den Namen des Mannes und dachte in dem Moment: Die Kassetten sind für meine Mutter, verdammt noch mal, einfach für meine Mutter. Nur warum hatte ihre Großmutter sie ihr in die Hand gedrückt? Hatte sie der Mut verlassen, nachdem alles erzählt war? Der Tochter die Wahrheit in die Hand drücken, läppische fünf Kassetten, ging das? Nele war die Mitte, die Hälfte des Weges.

Oder war alles gelogen? Erzählte ihre Großmutter vielleicht einfach nur eine Lüge, eine Geschichte, die ein gutes Ende hatte, und weil Nele sie glaubte, wurde sie real? Die Gedanken einer schon wirren, alten, vergeßlichen Frau. Konnte das sein? Nele schob den Gedanken beiseite. Er stellte ihr Handeln zu grundsätzlich in Frage.

Dann dachte sie: Gedehnt wie die Strecke von Chicago nach New York. So weit konnten sich Mütter und Töchter entfernen. Nur, weil sie sich so ähnlich sind.

»Ich ging jeden Tag an die Tür zur Küche. Und jeden Tag zauberte Harold dort unten etwas zum Essen aus dem Hut. Jeden Tag für ein anderes Zeichen. Mein Knie, das kurz nicht vom Rocksaum bedeckt war. Ein ausgestellter Spann, eine abgewinkelte Hand. Er beobachtete mich aufmerksam. Unter seinen Blicken wurden mir meine Gesten bewußt. Es war so einfach. Meine Hand an die Wange legen, kindliche Freude, wenn er was aus der Mütze zog. Für Augenblicke war der gemauerte Brunnen in meinem Inneren vergessen. Harold war ein Spiegel, der meinen Anblick aufsog. Er sagte Wörter, die ich später nachschlug. Aber es ging auch ohne. Die Verabredung war gemacht. Ich hatte sie getroffen. Ich war hungrig. Und ich hatte keine Ahnung.«

Nele nahm das Mädchen erst wahr, als sie an ihm vorbeifuhr. Ein schwarzes Zucken am Rande des Blickfeldes, dann schaute sie in den Rückspiegel. In dem Moment setzte die Person sich hin. Nele bremste, mehr aus der Angst, sie angefahren zu haben, als aus dem Impuls, einen Tramper mitnehmen zu wollen. Im Warnblinkerlicht lief sie auf dem Seitenstreifen zurück. Das Mädchen lehnte mit dem Rücken an der Leitplanke und rauchte.

»Sag mal, tickst du noch richtig, hier am Highway zu hokken?«

»Was hast du für ein Problem?«

»Keines.«

»Dann brauchst du mich ja auch nicht so anzuschreien.«

Nele ging zurück zu ihrem Wagen.

»He! Wo du schon stehst, kannst mich auch mitnehmen.«

Sie reagierte nicht.

»He! Du willst doch, daß ich hier wegkomme.« Das Mädchen war ihr nachgelaufen. Ganz in Schwarz, einen Sack, der einem großen Turnbeutel glich, in der Hand. Sie hatte Haare, die jetzt, an einem Tag mit hoher Luftfeuchtigkeit, den Borsten einer Drahtbürste ähnlich waren. Ihre Haut war schlecht. Sie trug einen Ring am Zeigefinger. Sie hob eine Hand und rieb sich ein Auge wie ein Kind, das müde ist. Nele stieg in ihr Auto, der Schlüssel steckte noch im Zündschloß. Ihr Herz schlug im Hals, vom Laufen, der spontanen Beschleunigung. Das Mädchen bückte sich, sein Gesicht auf Höhe des Seitenfensters. Sie lächelte, wie man lächelt, wenn man einen Menschen für sich gewinnen will. Sie machte das mit einer Beiläufigkeit, die zeigte, wie wenig sie darauf spekulierte, daß es funktionierte. Nele hörte aus den Kopfhörern die Stimme ihrer Großmutter, blechern, einsam. Das Mädchen klopfte an die Scheibe. Mit einem Mal das Gesicht sehr ernst. Sie hätte es gehaßt, wenn es ihr bewußt gewesen wäre: aber für Sekunden bekam sie etwas Flehendes.

Nele wollte niemanden im Auto haben. Sie wollte allein sein. Und dann öffnete sie, einer plötzlichen Gemütsregung folgend, die Zentralverriegelung. Das Mädchen stieg ein und setzte sich direkt auf den Walkman.

»Mann, paß doch auf.«

Das Mädchen streckte sich, Nele zog unter seinem Po das Gerät hervor. »War keine Absicht.«

Nele untersuchte das Gerät.

»Oh, Gott, das wird ja eine schöne Fahrt«, sagte das Mädchen zur Seitenscheibe. »Darf ich noch eine Sache fragen?«

Die Spur war frei, Nele beschleunigte, reihte sich ein in den Sog der Fahrbahn.

»Wo fährst du hin?«

»Nach New York.«

»Echt? Ist ja der Jackpot«, rief das Mädchen und ballte dabei die Faust, zog, wie ein Fallschirmspringer, an einer unsichtbaren Leine, eine Gewinnergeste. »Ich halt auch die Klappe. Wenn ich den ganzen Weg mitfahren darf.«

Nele wollte die Kassette zurückspulen, einhändig und ohne hinzuschauen war das nicht einfach.

»Ich kann dir helfen«, sagte das Mädchen, »was für eine Sprache lernst du? Spanisch? Chinesisch?«

Zögernd überließ Nele dem Mädchen den Walkman, es drückte die Tasten, die Kassette raste zurück, schlug mit einem Gurren an; dann setzte es sich selbst die Kopfhörer auf.

»Hä? Was ist denn das? Für Fortgeschrittene?« sie horchte.

»Das ist meine Großmutter.«

»Und was spricht die?«

»Deutsch.«

»Guten Tag und Dankeschön«, sagte das Mädchen auf deutsch, »das hab ich in der Schule gelernt. Von so einer Austauschschülerin. Ich hab ihren Namen vergessen. Die kam in unser Senior Year. Die hat nie gelacht. Ich fand die nett. Wahrscheinlich, weil niemand anderes was mit ihr anfangen konnte. Die war so ernsthaft, Mann. Vielleicht hat sie einfach nie nen Witz verstanden. Ich hab sie manchmal mitgenommen zum Cruisen. Ich hatte Mitleid mit ihr. Samstagabend und sie hockt allein irgendwo rum. Die war nett, nur ein bißchen zu schweigsam. Einmal fuhren wir durch den Drive Thru, da hab ich ihr das gesagt: He, sag doch mal was, mach doch mal nen Witz, da fing sie an zu weinen. Wir mit unseren Burgern in der Hand im Auto, und sie hörte gar nicht mehr auf. Ich immer: He, ist doch gut, wir haben alle keine Freunde. Sie immer: Aber da geht man doch drauf, wenn man keine Freunde hat. Ich wieder: Wenn du's nicht anders kennst, gehst du nicht drauf. Sie wieder: Man braucht doch zumindest einen Menschen, der einen sieht, wie man ist. Dann waren wir mittendrin. Sie heulte, aß und redete. Ich aß und redete. Ich so: Okay, Maren. Maren hieß sie, jetzt fällt's mir wieder ein. Ich so: Maren, wenn du nicht lernst, das Spiel mitzuspielen, dann gehst du drauf. Wenn du alles ernst nimmst, dann wird's hart. Hier kannst du nicht gut anders sein. Wenn du anders als die anderen bist, hast du eben ein Problem. Schule und alles funktioniert hier nur, weil alle gleich sind. Wenn du hübsch und intelligent bist, mußt du dir eines abgewöhnen. Mach dich häßlich, dann darfst du schlau sein. Bist du hübsch, dann vergiß alles was du weißt. Wenn du ein Genie bist, dann mußt du genial häßlich oder genial unsozial sein. Der totale Einzelgänger werden. Dann gleicht's sich aus. Alles geht nicht. Alles kannst du nicht haben. Dann bist du zuviel. Das hält hier auf'm platten Land keiner aus. Sie wieder: Aber dann muß ich ja die ganze Zeit so tun, als wäre ich jemand anderes. Ich: Ja, klar. Machen wir alle. Sie: Aber das ist ja schrecklich! Ich: Quatsch, das ist nicht schrecklich. Das ist super. Du mußt dich halt tarnen, wenn du akzeptiert werden willst. Alle wollen gesehen werden, aber niemand will durchschaut werden. Das wäre zuviel, das wäre zu nah. Wenn du die Leute durchschauen willst, mußt du selbst verschwinden, unauffällig sein. Dann kannst du alles beobachten. Sie wieder: Aber dann bist du doch allein. Ich so: Klar, bin ich allein. Sie: Schrecklich! Ich: Wieso, wir sind alle allein.«

Nele konzentrierte sich auf eine Abzweigung. Sie mußten an Cleveland vorbei Richtung Youngstown. Die Straßenschilder nahmen vorweg, wo sie in zwei, drei, vielleicht vier Stunden sein würden. Das Fahren erschien ihr plötzlich als ein unablässiges Hineinsehnen in eine öffentlich angezeigte Zukunft.

Das Mädchen fragte mit völlig verändertem Tonfall, sehr vorsichtig, fast zart: »Und was sagt deine Großmutter?«

»Interessiert dich das?«

»Ja.«

»Es ist auch sehr traurig.«

»Deutsch, halt.«

Nele lachte, »Sie erzählt davon, wie sie kurz nach dem Krieg einen Amerikaner kennengelernt hat, der ihr immer was zum Essen geschenkt hat. Wie sie ein bißchen mit ihm geflirtet hat. Als Bezahlung, quasi.«

»Sie hat sich verkauft für Essen?«

»Ich nehme es an.«

»Beschissene Zeit«, konstatierte das Mädchen. »Und er, was hat er gemacht?«

»Mein Großvater?«

»Ja, cool, genau. He, das ist dein Großvater.«

»Das weiß ich noch nicht. So weit hab ich es noch nicht abgehört.«

Das Mädchen reichte ihr die Kopfhörer. »Dann mach das und erzähl mir danach. Solange halt ich auch die Klappe.«

Es war seltsam. Nur, weil jetzt jemand neben ihr saß, bekam das Zuhören etwas Geheimnisvolles, fast etwas Unrechtmäßiges, es war, wie die Tagebücher einer anderen Person zu lesen, im Wissen, daß der Besitzer jeden Moment durch die Tür kommen konnte. Und gleichzeitig blätterte sich die Empfindung in ihr auf, die Geschichte verteidigen zu wollen. Gegen irgendeine Art von Beschlagnahmung. Das Mädchen war eine Öffentlichkeit. Es forderte etwas ein. Nele dachte spontan: Ich werde ihr nicht die Wahrheit sagen. Die Geschichte nicht so erzählen, wie ich sie hören werde.

Sie mußte vorspulen. Dann kam sie dort an, wo sie aufgehört hatte. »Er sagte Wörter, die ich später nachschlug. Aber es ging auch ohne. Die Verabredung war gemacht. Ich hatte sie getroffen. Ich war hungrig. Und ich hatte keine Ahnung. Schon gar nicht, wie das ist, wenn ein Mensch sich in einen anderen verliebt. Er gab mir das Essen. Und nach zwei, drei Wochen, ich weiß nicht mehr, wie lang das so ging, wagte er etwas. Er kam einen Schritt auf mich zu. Ich hielt die Kappe vor meinen Bauch, mit beiden Händen, das weiß ich noch, die Innenflächen waren feucht, das wollte ich verbergen mit dem Filz, und er klaubte meine Rechte aus dem Gewirr und hielt sie fest. Dann küßte er meinen Handrücken, diese braunen Lippen an mir, und ich dachte wirklich: Das hinterläßt einen Fleck. Ich wappnete mich innerlich schon, der Generalin gegenüberzutreten. Meiner Mutter diesen Fleck auf meiner Hand zu erklären. Aber dann war da kein Fleck, nur ein Zittern. Ich zitterte, aber nicht vor Hunger. Er küßte mich noch mehrere Male, immer ein bißchen höher. Bis aufs Handgelenk. Dieser dunkle Kopf, die Haare, wie grob gewirkter Filz, wenn er noch nicht gebügelt ist. Ich roch ihn. Gott, was man alles riechen kann, ohne je sagen zu können, wie es riecht. Das ist alles – ich«, ein Räuspern, ein Ausatmen. »Ich hab mir vorgenommen, das hier aufzusprechen. Ich will, daß du es weißt. Ich wollte meine Hand wegziehen, ich wollte nicht geküßt werden von diesem Mann. Er sollte mir Essen geben, mehr nicht. Und ich hätte es damals nie in Worte fassen können, aber jetzt weiß ich, was dort passiert ist. Ich hab den Blick später nie wieder gesehen, aber ich weiß, was für ein Blick das ist. So schauen Menschen, wenn sie sich nicht mehr unter Kontrolle haben, wenn etwas mit ihnen gemacht wird. Wenn sie bereit sind, alle Verletzungen in Kauf zu nehmen. Das ist ja keine Entscheidung, da kann man ja nichts entscheiden. Es war einfach da. Von seiner Seite. Von meiner Seite nicht. Das ist so schwer, das zu sagen. Aber von meiner Seite gab es diesen Blick nicht, nicht ehrlich. Ich machte nur mit, weil ich mir sicher war, daß sonst meine Essensquelle versiegte. Und mir die Kraft fehlte, eine neue zu erschließen. Er wartete ab, schaute nach meiner Reaktion. Und ich lächelte, wie immer, ich machte diese Gesten der Zustimmung. Vielleicht, das dachte ich damals, hat er einfach noch nie diese Signale von einer Frau bekommen, schon gar nicht von einer weißen. In mehrerer Hinsicht war ich ja eine Unberührbare für ihn. Das Fraternisierungsverbot. Wir wurden alle voreinander gewarnt. Und dann er. Als jemand – und das hab ich damals ja alles gar nicht verstanden, erst seit einiger Zeit ist mir das klar geworden –, als jemand, der für andere der letzte Dreck war. Wie wir auch als der letzte Dreck angesehen wurden. Als er mir das Bild schenkte, sagte er nichts darüber, daß das Bild so wertvoll sei. Er sagte nur, wie wertvoll ich ihm sei. Darüber habe ich viel nachgedacht. Immer dieses Nachdenken. Es hört nie auf, wenn man den anderen nicht befragt. Wenn man das alles mit sich selbst ausmacht. – Wertvoll, das hat ja mit einem Reichtum zu tun. Irgendwie habe ich ihn reich gemacht. Den armen Mann. Und mit jedem Stück Brot, das er mir zukommen ließ, wuchs mein schlechtes Gewissen. Ich machte ihn reich, nur um die Aufgabe zu erfüllen, die meine Mutter, Frau General, an mich gestellt hatte. Und als er mir dann das Bild schenkte, sagte ich ihm, daß das nicht ginge. Ich konnte das Bild nicht annehmen. Er ließ es aber bei mir. Er meinte, ich würde mich noch umentscheiden. Zu dem Zeitpunkt war ich schon schwanger. Mir dir. Als wir uns das nächste Mal sahen, brachte ich ihm das Bild zurück. Das war nicht gerade einfach. Immer dieses Gemälde in der Gegend herumtragen. Ich trug's unterm Mantel, mit einem Hutband gegen meinen Rücken geschnürt. Ich sagte ihm, daß ich schwanger war. Er weinte vor Freude.« Nele hörte ein Lachen, das sich vom Mikrofon entfernte. Dann wieder nah: »Ach, Gott, ich dachte wirklich so Sachen! Daß seine Tränen schwarz sein mußten. Als sie durchsichtig waren, war ich ganz erstaunt. Sie hinterließen nur so eine glänzende Schneckenspur auf seiner Wange. Ich – ich wußte nur, daß meine Angst, es der Generalin zu sagen, größer war, als die Schwangerschaft an sich auszuhalten. Ich dachte immer: Es dauert noch so lang. Es bliebe mir so viel Zeit. Irgendwie würde das Kind schon von allein wieder verschwinden, dachte ich. Meiner Mutter das zu sagen, sie um Hilfe zu bitten, das ging nicht. Und allein wußte ich nicht, was zu tun gewesen wäre. Also redete ich mir ein, wenn ich mich schlecht behandeln würde, verschwände das Kind. Ich lief stundenlang herum, bis zur Erschöpfung. Ich kletterte auf einen Baum, sprang herunter. Immer wieder. Und Harold gab mir diesen Zettel, auf dem er erklärte, der Vater zu sein. Ein Freund von ihm hatte den Text übersetzt. Dann wurde mein Bauch sichtbar. Eine Zeitlang ließ meine Mutter die Erklärung gelten, das käme vom Hunger. Irgendwann sprach sie es aus. Ich mußte nur noch zustimmen. Sie schlug mich nicht. Sie schimpfte nicht. Sie ging einfach, kalt und aufrecht und schweigend, aus dem Zimmer. An dem Abend brachte ich das Bild zu ihm zurück. Mit Händen und Füßen machte ich ihm klar, daß wir uns nicht wiedersehen würden. Ich dachte damals – ach, und man wünscht immer, man könnte es rückgängig machen –, damals dachte ich, ich muß das alles allein schultern. Die große

Unberührbare aus mir machen. Ewig leiden. Buße tun. Dann würde meine Mutter schon wieder zurück ins Zimmer kommen.«

Nele drückte die Stop-Taste.

»Und? Was ist?«

Sie atmete tief ein.

»Sag, sag, sag«, drängelte das Mädchen. Und Nele gab ihrem Bedürfnis nach, weil es ihr plötzlich irrsinnig vorkam, auszuatmen, ohne dabei die Luft fürs Reden zu nutzen.

Das Mädchen schwieg am Ende, schaute aus dem Seitenfenster, die Füße auf das Armaturenbrett gestützt, es trug einen Schuh, den Nele mitentworfen hatte, es trug Jesus. Nach einer Weile sagte es, »Ist doch verständlich, wie sie's gemacht hat. Amerika hat auch so einen Hunger, es ist nett zu jedem, der ihm dabei hilft, diesen Hunger zu stillen. Wenn wir dann satt sind, den Lieferdienst satt haben, soll er abhauen. Aufdringliche Leute mögen wir nicht. Und wenn sie dann nicht lockerlassen, und rumnerven, dann drohen wir ihnen halt. Und wenn dann einer über uns lacht, dann schlagen wir zu. Je mehr wir uns als Opfer fühlen, desto unnachgiebiger führen wir Krieg. Je schwächer wir uns fühlen, desto größer wird unser Hunger nach Krieg.«

Sie hielten an einer Mall mit Kino und Burger King. Das Mädchen – es hatte Nele zwischenzeitlich seinen Namen verraten, Gail Wolfinger – wollte unbedingt das Essen bezahlen. Sie saßen im Neonlicht, öffneten die Verpackungen, drückten den Ketchup auf die Papierunterlagen in den Tabletts, um sie herum waren alle Tische besetzt, laute Musik über dem Stimmengewirr und immer der Geruch von in Fett gebratenem Fleisch in der Nase. Es war Nele, die vorschlug, ins Kino zu gehen.

»Mir ist's egal. Ich hab keinen Termin. Hast du's nicht eilig, gen Osten zu kommen?«

»Eigentlich schon«, sagte Nele.

»Dann laß uns weiterfahren.«

»Nein. Ich brauch eine Pause.«

Sie entschieden sich für den Film, der in zehn Minuten beginnen sollte.

Es tat gut, im Dunkel des Kinosaals zu sitzen. Zu wissen, sie und Gail waren nicht allein. Alle hatten etwas mitgebracht, das sie trösten wollten, die nächsten zwei Stunden. Seltsamerweise mußte Nele daran denken, wie sie aus dem Hotel ausgecheckt war. Ihre Hand mit dem Kugelschreiber, als sie die Zimmerrechnung unterschrieb. Ihr Name, der aussah wie eine Reihe von Nullen. Als sei das die Schlußsumme ihres Lebens mit Eric in Chicago, ihres Lebens in Amerika.

Jetzt mußten schon die Handwerker im Haus sein. Standen zu dritt, viert im Wohnzimmer herum, stellten Plastikeimer, Werkzeugkisten ab, hielten ihre Preßlufthammer wie Waffen. Mit geübten Blicken schauten sie sich um. Die Holzböden mußten raus, die Fußbodenheizung sollte unter den Estrich. Sie verhandelten darüber, wer die Bohlen mitnehmen durfte, um sie gebündelt teuer als Kaminholz zu verkaufen.

Und sie saß mit dem aufgelesenen Mädchen im Dunkeln und das Haus gehörte einer Vergangenheit an, die unberührbar wirkte. In wenigen Tagen würde sein Inneres kaum noch wiederzuerkennen sein. Es wurde zurechtgemacht für ein anderes Leben.

Die Kamera fuhr zusammen mit dem Wagen die Achterbahn hinunter und hinauf. Es wurde nie auf die Gesichter der Fahrenden geschnitten. Nele stürzte auf Schienen zu und raste dann in einen Himmel. Sie rutschte tiefer in ihren Sitz, die Unterarme auf den Lehnen, und spürte, wie sie mit ihrem rechten

Arm Gails linke Hand berührte. Gail bewegte sich nicht. Aus einer Tüte griff Nele warmes Popcorn, schob die buttrig-salzigen, styroporleichten Luftkörper in den Mund, bis sie kaum noch kauen konnte. Alles klebte am Gaumen. Gail schaute aus dem Dunkel herüber, das Gesicht erhellt vom Film. Einladend hielt Nele ihr die Tüte hin. Immer abwechselnd senkten sie ihre Hände in die Tüte, als wären sie darauf bedacht, sich nicht darin zu treffen. Binnen weniger Minuten waren sie am Boden angekommen, dort, wo die Maiskörner lagen, die in der Hitze nicht aufgeplatzt waren, hart wie Steine, an denen man sich die Zähne ausbeißen konnte.

Gail schlug nach dem Kino vor, zur benachbarten Bowlingbahn zu gehen. Nele war, wie fast immer nach einem Film, in einer seelischen Abwesenheit gefangen; sie folgte Gail über den Parkplatz zum Eingang der Bowlingbahn. Vor der Tür thronte ein aufgebockter Hummvee, in beige-grünem Camouflagemuster gestrichen. Ein Pärchen posierte vor dem Fahrzeug für ein Foto. Die Frau lachte übermütig, der Mann versuchte, verwegen auszusehen. Zwei weitere Passanten hielten sich ihre Digitalkameras mit Abstand vors Gesicht. Scherzend zog die Gruppe um das Pärchen weiter in Richtung der Schwingtüren. Die Luft im Inneren war überheizt. Gail schien sich auszukennen, Bowlingbahnen funktionierten immer gleich; sie lieh Schuhe für beide aus und nahm die Chipkarte entgegen, mit der sie ihre Bowlingbahn in Betrieb setzen konnten. Wie Statisten, immer auf Abruf, wurden die zehn Kegel automatisch auf dem Ende der Bahn abgestellt. Das Dunkel dahinter war ein schwarzes Quadrat, dem Kamin im Haus nicht unähnlich. Gail saß an dem kleinen, runden Tisch, oberhalb der Rinne, in der die Kugeln bereitlagen. Trank Gin Tonic und tippte auf dem Bildschirm herum, der in den Tisch eingelassen war. Auf die Seiten ihrer Leihschuhe war in Rot die Größe geschrieben. Alle Gäste trugen ihre Schuhgrößen sichtbar an den Füßen. »Nummer vierzig«, sagte sie zu Gail, und es war ihre eigene Schuhgröße, »your turn.«

»Kannst gar nicht abwarten, zu verlieren, was?«

Auf den Nachbarbahnen wurden die Kugeln geworfen, das Parkett bebte, wenn eine den Boden traf. Es mußten über dreißig Bahnen sein, die sich zentralperspektivisch verjüngten zu schwarzen Bühnen, die wiederum alle Teil eines wandfüllenden, sehr großen Gemäldes waren. Es zeigte eine Wüstenlandschaft, keine Palmen, aber eine Kamelkarawane am linken Rand des Bildes. Ein türkisblauer Himmel, eine dottergelbe Sonne mit ausladender Strahlung. Rechts waren vier Männer mit Ferngläsern zu sehen. Einer drehte den Bowlingbahn-Gästen sein Gesicht zu. Er trug einen Helm mit geöffnetem Kinngurt und grinste, hielt sein Fernglas auf Schulterhöhe. In den Spiegelgläsern seiner Sonnenbrille waren die Bowlingbahnen und zwei blaue Kugeln zu sehen. Um Bewegung anzudeuten, war dem Blau eine Art nebliger Kondensstreif angehängt worden. Es wirkte wie eine Bremsspur, die direkt ins Auge ging.

»Um was spielen wir?«

»Wer verliert, muß fahren.«

»Ich hab keinen Führerschein«, sagte Gail.

»Du lügst schlecht.«

»War nen Versuch wert. Kennst du die Regeln?«

»Werfen und gucken, ob was umfällt.«

Gail tippte mit dem Zeigefinger die Bildschirmoberfläche an. Die Kugeln rollten heraus. Ihnen war eine Ähnlichkeit mit den sich eilig drehenden Globen im Vorspann der Nachrichtensendungen nicht abzusprechen, grün-blaue Oberfläche, durchzogen von glänzenden hellen Flecken aus Atmosphäre.

»Du hast den ersten Wurf«, sagte Gail.

»Ich denke immer, daß einer meiner Finger drin steckenbleiben könnte.«

»Schau dich um. Hier hat keiner mehr Finger.«

Eine sehr schlanke Frau in einer sehr engen Jeans auf der Bahn neben ihnen warf, schaute, hüpfte und riß dann die Arme in die Luft.

»Bowling ist was für die ganz harten Kerle.«

»Klar.«

»Strike!« rief die Frau neben ihnen. Ihre Weltkugel hatte alle Kegel umgepflügt.

»Na dann, los«, sagte Nele und nahm eine Kugel aus der Ablage. Die Gummisohlen ihrer Leihschuhe quietschten auf dem Parkett. Ihre Finger verschwanden in den Löchern, von unten faßte sie mit der anderen Hand nach, trug die Kugel bis zu der Fußlinie, die nicht übertreten werden durfte, und warf. Schlingernd rollte der Globus über das helle Parkett, seine Bögen wurden größer, Nele stand an der Linie und steuerte mit dem Oberkörper gegen die Bewegung der Kugel, dann hoppelte das Ding in die Seitenrinne und verschwand in einem Nebenausgang des schwarzen Quadrats. Gail deutete ihr an, ein zweites Mal zu werfen. Mit der Kugel in der Hand stellte sie sich konzentriert an die Linie und spürte, wie ihr Blick die Kegel im Ziel traf, eine zehnköpfige Truppe weißer, hagerer Gegner, als Speerspitze vorn ein einzelner, den sie treffen wollte. Der Globus zog an ihrer Schulter, sie sah kurz den Aufkleber auf der Bahn, ein stilisierter, durchgestrichener Turnschuh, sie warf erneut. Alle Kegel fielen, bis auf einen, der zwar taumelte, dann aber stehen blieb. Eine kindliche Freude durchzog ihren Körper, sie klatschte in die Hände, schob sich zu Gail in die Bank. Auf dem Bildschirm erschien in einer Tabellenzelle eine Zahl, und Gail rutschte von ihr weg, aus dem Rund heraus. Sie krempelte die Ärmel ihres Wollpullovers hoch und griff die nächste Kugel. In dem Moment ging der Alarm los.

Ein ohrenbetäubender Sirenenton durchschnitt den Raum. Alle Bewegung kam sekundenlang zum Stillstand. Gail hielt die

Kugel mit beiden Händen fest. Das Neonlicht über den Bahnen flackerte wie ein Gewitter über der Wüste. Der Soldat mit Helm und Fernglas, die Kamelkarawane, alle wurden vom Dunkel geschluckt. Als das Licht eine Sekunde später wieder anging, roch Nele das verbrannte Gummi. Die Sirene brach abrupt ab. Stimmen brandeten auf, die Bewegung kehrte in den Saal zurück. Gail legte die Kugel auf die Ablage und ging zielstrebig in die Richtung, aus der der scharfe Brandgeruch zu kommen schien. Nele rutschte aus dem Sitzrund. Gails schwarze Hemdsärmeligkeit paßte nicht zu dem, was passierte. Jeans dominierten, T-Shirts, nackte Oberarme, Stretchhosen, Sweatshirts, und überall die Schuhe, auf denen die Größen ihrer Träger standen. Nele ging hinter Gail her, die Sprinkleranlage setzte ein, kleine Fontänen fielen von der Decke, jemand rief in ein Megaphon, aber die Sirene nahm wieder ihren Ton auf, eine hohe, elliptische Schwingung, plötzlich war der Raum dicht gefüllt mit Menschen, die alle in eine Richtung strebten, Nele schob sich gegen den Strom, kam nicht weiter, ein kräftiger Typ faßte sie und drehte sie um. Sie entwand sich seinen nahezu schenkeldicken Oberarmen, nahm den Geruch eines fruchtigen Waschmittels an seinem T-Shirt wahr, fing ihr Gleichgewicht, sah dabei ihre Füße in den Nummerschuhen und spürte die drängende Kraft einer großen Gruppe von Menschen, ihre Kraft, wenn sie alle das gleiche wollten. Gail war verschwunden. Das Megaphon brach durch die Sirene, aber kein Wort war zu verstehen, die lauten Befehle gaben wieder, was langsam in dem überheißen, langen Raum geschah. Die Nähe der Körper erzeugte eine Enge, die niemand mehr gewohnt war. Fremde berührten sich an Armen und Beinen, an Rücken und Bauch. Zu viele Intimsphären wurden verletzt, die Nervosität stieg. Rote Wangen, Schweißperlen, jemand, der sich mit Schwimmbewegungen durch die zähflüssige Masse manövrieren wollte. Ein unerklärlicher Stau, es ging nichts mehr vorwärts, nichts zurück. Eine Frau fing an zu schreien. Sie setzte eine Kettenreaktion in Gang, die nicht so sehr vom im Lärm untergehenden Schrei, als vielmehr von ihrer Gestik ausging: Sie schlug um sich. Die, die es traf, zogen die Köpfe ein. Zwei Männer griffen nach ihr und bogen ihr die Arme auf den Rücken. Es blieb nur das panische Gesicht der Frau, die vielleicht Anfang Vierzig war und eine sorgfältig in Form gebrachte Fönfrisur hatte. Dann brach alle Form und Sorgfalt auf. Die Sprinklerfontänen trafen Gesichter und Köpfe. Weiße T-Shirts nahmen die Farbe sehr blasser Haut an. »Gail!«, rief Nele in das Gesicht eines Mannes, nur geringfügig über seinen Kopf hinweg, der von der Seite aus an sie gedrückt wurde. Nele sammelte ihre Kraft, wollte sich aus der Enge ziehen und auf Schultern stemmen, diese breiten, trainierten Schultern, die überall um sie herum waren. Dann durchzog der Gestank von verbranntem Gummi, stärker als alle anderen Gerüche, den Raum, metallisch-süßlich und beißend. Eine stechende Sehnsucht nach Sauerstoff durchzog Nele. Sie atmete den Geruch von Schweiß ein, ihren eigenen, den der anderen, die Nähe der Körper, ihre gemeinsame Hitze. Der Druck aller machte es zunehmend schwer, zu atmen. Mit beiden Händen schob sie den Rücken vor sich wenige Zentimeter von ihrer Brust fort. Sekundenlang nur währte das Gefühl, sich befreit zu haben. Sie spürte ein Knie an ihrem Steißbein, Füße, Schuhsohlen an den Unterschenkeln. Jemand wollte, wie sie zuvor, über alle hinüberklettern. Es war eine sehr dünne Frau, ein Mädchen eher noch, Beine in einer weißen Stretchhose tauchten neben Neles Gesicht auf, das Oberteil hochgerutscht, kletterte sie mit nacktem Bauch aus der Masse heraus; ihre Nase blutete, das Rot tropfte auf ihr Kinn und lief von dort am Hals hinunter. Nele spürte, wie eine seltsam bewegungslose Ruhe von ihr Besitz ergriff. Sie hielt still. Der Anblick der blutenden Nase blieb, und dann sah sie, wie der

Turnschuh des Mädchens das Ohr eines Mannes weiter vorn traf, wie eine Hand aus der Masse auftauchte, nach dem Schuh griff und ihn wegschleuderte, das Mädchen mitschleuderte, zumindest ihren Oberkörper und ein Bein, das andere Bein steckte irgendwo fest. Über Köpfe und Schultern hinweg fielen Bein, Oberkörper, Kopf, dann öffnete sich ein Spalt und alles verschwand. Sekundenlang stellte sich in Nele die Erinnerung an ein Konzert ein, an die gewollte Enge in Bühnennähe, an Menschen, die sprangen, um auf Händen getragen zu werden, bis sie irgendwann wieder Boden unter den Füßen hatten.

Das hier war kein Stagediving. Das war auch kein Schwarm Heringe, wie Simon es sich erträumt hatte, die zu einer gemeinsamen Bewegung fanden und imstande waren, auszusehen wie ein großer Fisch. Das hier war eine träge Masse, die, von oben beregnet, immer schwerfälliger wurde. Der Sirenenton brach ab und hinterließ eine Sekunde gedehnter Stille. An die gleichmäßige Deckenverkleidung starrend, konnte Nele nicht feststellen, ob sie überhaupt einen Meter weiter Richtung Ausgang gekommen war. Die Sirene schwieg, als fügte sie sich einem kollektiven Flehen. Stimmen brandeten auf, Schreie und Befehle. Nele atmete ganz flach, eingesenkt in das sie selbst befremdende, stoische Aushalten. Sie dachte an Gail, an ihren Ring auf dem Zeigefinger, an die heruntergekauten Fingernägel, an den fusseligen Wollpulli, an die schwarze Stoffhose, an ihre Drahthaare. Und den ganz eigenen Geruch. Gail roch nicht nach Deo oder Waschmittel oder Parfum. Und auch nicht nach gar nichts, wie es hier üblich war. Sie roch nach einem Mädchen, das lange draußen gewesen war, an der frischen Luft, auf Wiesen, in einem Wald. Das wurde Nele mit einem Mal bewußt. Im Druck der Masse, während Schweiß sich mit dem Wasser aus der Sprinkleranlage vermischte, tauchte Gail mit eindrucksvoller Präsenz in ihrer Erinnerung auf. Und über die seelische Trägheit hinweg, von der sie erfaßt war, spürte sie eine Sehnsucht, in die Nähe dieses seltsamen Mädchens zu kommen, das sich für ihre Geschichte interessierte.

Die Überzahl der fremden Körper in ihren dehnbaren Sportklamotten, dem bügelfreien Alltagszeug, das alle trugen, als rechneten sie immer damit, in eine Situation wie diese zu kommen, das Zeug, das Nele nur zu gut kannte, weil sie es jahrelang entworfen hatte –, die Körper und die Enge, die durch sie entstand, weckten ein klares Bedürfnis in ihr.

Gail mußte – so hatte Nele sie plötzlich vor Augen – schon am Auto stehen, in der kühlen Nachtluft, von der es unendliche Vorräte gab, dort draußen. In Ruhe eine rauchen, die Unterarme auf das Autodach gelegt. Wartete Gail wirklich? Würde sie warten? Ein Ruck ging durch die Masse, eine Bewegung Richtung Ausgang wurde spürbar, als wäre dort ein Pfropfen gelöst worden. Haare klebten an Köpfen, Stoffe auf Körpern, der Regen säuberte die Luft nicht vom Gestank, der alle an das erinnerte, an was niemand erinnert werden wollte. Irgendwo hinter ihnen brannte es nach wie vor. Feuer bekam der Mensch selten in den Griff. Feuer ließ sich nicht zähmen.

Als Nele durch die Tür gedrückt wurde, vom Gebäude weglief, auf den Parkplatz zu, sah sie, daß Gail nicht am Auto stand und rauchte. Gegen ihre Vermutung gelaufen wie gegen eine Wand, stand sie da und schaute sich um. Aus dem Eingang stoben Menschen in alle Richtungen. Umrundeten den Hummvee, der dort wie ein nutzlos gewordener Thron stand. Schaulustige standen vor den Schwingtüren der Malleingänge und lugten hinüber. Über einige Autodächer hinweg hörte Nele die Erzählung einer Frau. Sie habe gehört, daß bei Ausbruch des Feuers ein Angestellter alle Türen abgeschlossen habe. Niemand sollte rausgehen, ohne vorher seine Schuhe ausgezogen zu haben. Die Frau lachte, es klang hysterisch. Sie schlug mit der Faust auf das Dach des Autos. »Der Typ hätte uns gegrillt«, rief sie in den Nachthimmel, »nur, weil er seine scheiß Schuhe behalten wollte.« »Der *hat* uns gegrillt«, sagte der Mann, der neben ihr stand. »Wegen ein paar beschissener Schuhe«, sagte die Frau, »bin ich fast umgekippt.« »Den verklag ich«, sagte der Mann, »daß der seines Lebens nicht mehr froh wird.« Nele spürte, wie die stoische Ruhe, die sie im Griff hatte, sich von den Rändern her auflöste. Die Enge kehrte zurück, die Atemnot. Sie breitete sich aus als eine spürbare Lust an der Katastrophe, eine Sehnsucht danach, bedroht zu werden. Die Befreiung, die folgte, war nicht mehr so wichtig. Sie hatten sich nicht selbst befreit, jemand hatte einfach endlich die Türen aufgeschlossen. Alle mußten sich Luft machen. Ein Stakkato aller jemals erfundener Flüche – der Druck war zu hoch. Sie waren von der Katastrophe verschont worden, das Leben ging weiter. Der heimliche Wunsch nach Aufregung blieb.

Es tat gut, den Griff der Autotür in der Hand zu halten, seine stabile Kälte. Mit dem Rücken lehnte Nele sich gegen die Seitenscheibe, atmete so tief ein, daß es in der Lunge schmerzte, nahm den freien Platz um sie herum wahr, nur von Blech begrenzt. Der Himmel war dunkel und klar. Irgendwo mußten Sterne sein. Ihr Licht wurde geschluckt von der Parkplatzbeleuchtung. Ihr wurde bewußt, daß sie noch die Bowling-Schuhe trug, mit einer Vierzig auf den Seiten. Die Schuhe gefielen ihr. Es fuhren kaum Autos ab. Vielmehr wurden Türen geöffnet, Menschen lehnten sich, geradeso wie sie, an die zuverlässigen Kurven von Kotflügeln, Kofferraum- und Seitentüren. Manchmal war das Knallen einer Tür zu hören, die ins Schloß fiel, manchmal das Startgeräusch eines Motors. Gail tauchte nicht auf. Vom Burger King kam der süßliche Geruch von Pommes und gebratenem Fleisch. Nele löste sich vom Auto und ging zurück in Richtung des Bowlinggebäudes. Jetzt bemerkte sie den GI mit Helm und offenem Kinngurt, den der Airbrush-Maler auch hier außen auf die Fassade gebracht hatte. Auch hier hielt er ein Fernglas, trug eine verspiegelte Brille. Aus der Nähe konnte sie sehen, daß in die nahezu fenstergroßen Gläser seiner Sonnenbrille jeweils eine Reihe parkender Autos gemalt worden war. So, wie auf dem Wandbild im Inneren des Gebäudes die Bowlingbahnen. Der GI grinste. Dem schuhkartonartigen Bau war die Aufregung, das Feuer, die Sprinkleranlage, all das, was eben noch in seinem Inneren stattgefunden hatte, nicht anzumerken. Es fuhr kein Löschzug der Feuerwehr auf den Parkplatz, es quoll kein Rauch aus dem Dach. Nele ging in den hellerleuchteten Eingang, holte ihre Tasche aus dem Schließfach, legte den Schlüssel auf einen verwaisten Tresen. Dann umrundete sie das Gebäude. Eine Hintertür stand offen. Da lehnte Gail an der Wand neben einem Mann und beide rauchten. Als sie Nele sah, ging sie auf sie zu. Gail hatte den Pullover um die Hüfte gebunden, ihr T-Shirt darunter war verdreckt, ihre Hose am Knie eingerissen.

Nele nahm Gail in den Arm und wunderte sich selbst darüber. Sie hielt sie fest.

»Du bist nicht losgefahren«, sagte Gail nur.

Im Auto begann Gail von dem Mann zu erzählen, dem Besitzer der Bowlingbahn. Ein Veteran aus dem ersten Golfkrieg, erzählte sie, er hatte ihr seine Tätowierungen gezeigt. Jahreszahlen, Frauengesichter, Zeichen seines Überlebens. »Der stand in seinem Bowlingbahn-Lager und konnte sich nicht bewegen. Den schockte das Feuer so, daß er nichts mehr machen konnte. Dann haben ein paar andere und ich Kisten vom Brandherd weggezogen. An der Tür, da draußen, hat er mir seine Geschichte erzählt. Es ist immer so, mir erzählen alle Leute ihre

Geschichten.« Äußerlich unversehrt, berichtete sie weiter, sei er nicht mehr als sein eigener Schatten gewesen, als er aus dem Krieg zurückkam. »Als ihm die Bowlingbahn angeboten wurde, habe er gewußt, das sei die letzte Chance, die Kurve zu kriegen. Er sei da reinmarschiert, habe die Wände bemalt, sich selbst an seinem Gebäude verewigt, damit er sich jeden Tag, wenn er davor parkte, ausstieg, hineinging, an das erinnerte, was er gewesen war.«

»Er wollte sich daran erinnern, was er als Soldat erlebt hat?« fragte Nele.

»Die haben ihm tausendmal gesagt, er sei ein Held«, erzählte Gail weiter. »Weil das ein paar Mal zuviel gewesen sei, erzählte er mir, habe er es nicht mehr glauben können. Dann sei seine Frau gegangen. Immer das gleiche Lied. Nimmt sich einen Typen, der weniger kaputt ist. Er hatte es satt, zu sagen, er sei Golfkriegsveteran und offiziell ein Held. Sich mit anderen Veteranen zu verbünden, das lag ihm nicht. Da fühlte er sich geballt lächerlich gemacht, sagte er. Dann hat er sich als GI auf seine Bowlingbahn gemalt. Er meinte, er habe keine Ahnung, warum, aber zumindest mußte er ab dem Augenblick selbst kein Held mehr sein. Ab da konnte er sich hinter der Bar verschanzen und gucken, daß alles läuft.«

»Ich hatte Angst um dich«, sagte Nele.

»Ich dachte nur, es wäre ganz sinnvoll, ein bißchen zu helfen. War dann eher überflüssig. Da waren genug andere, die das Zeug wegschleppten. Hauptsächlich Bowlingsachen und Schuhe, der Mann ist verrückt nach Schuhen.«

»Sein Angestellter auch.«

»Das ist komisch, daß du dir Sorgen gemacht hast.«

»Warum?«

»Du kennst mich doch gar nicht.«

»Dann kann ich mir trotzdem Sorgen machen.«

»Das machen nur Freunde.« Gail schaute zu ihr hinüber, das spürte Nele. Sie konzentrierte sich auf das Einfädeln in den nächtlichen Straßenverkehr.

Das Nachtblau war durchbrochen von weißen, roten, orangefarbenen Lichtern. Straßen voller bewegter Lichter, die erleuchteten Läden an den Seiten fielen dahinter zurück. Nele bog in eine Überführung ein, eine zweispurige Brücke, die über den Highway führte. Vor ihr Bremslichter, Stau. Durch die Seitenscheibe konnte sie hinunterschauen auf die Autobahn. Ihre gesamte Schulzeit hatte sie über eine solche Autobahnbrücke gehen müssen. Einmal über den grauen, trockenen Fluß. Im frühmorgendlichen Dunkel auf der Brücke stehen und das Licht der Scheinwerfer sehen, die unter ihr durchsausen. Sich wundern, warum Lichter wie Augen sind, umgekehrte, die nicht sehen, sondern etwas aussenden. Fortbewegung war weiß, Rückschau rot, Orange zeigte Spurwechsel an. Wenn sie auf dieser Brücke gestanden hatte, die über die Autobahn führte, und unter ihr die Autos durchrasten, dann rasten sie Geschossen gleich durch sie hindurch, aus ihr heraus, es knallte ein Schuß und das Auto hatte ihren Körper verlassen. Es war, als hätte sie Geschosse gebären können, dort oben auf der Brücke. Geschosse, größer als Bowlingkugeln. Und die am Frühmorgen, noch im Dunkel der Nacht, aus Licht waren. Nur, weil der Mensch nachts nichts sah, hatte er sich das Licht erfunden. Es sollte die Angst vor der Dunkelheit nehmen, aber es machte nur noch ängstlicher. Rasten die Menschen dem Licht davon? Es bringt für die Dauer der Vorbeifahrt Schilder zum Leuchten. Wie eine Erinnerung, die kurz aufflackert, umgeben von Arealen, die dem Vergessen anheimgefallen sind. Zum Glück gibt's dort keine Nacht mehr, das hatte Eric von der Stadt in der Wüste gesagt, von Las Vegas. Nie mehr schlafen, keine Zeit ungefüllt verstreichen lassen. Als ginge es immerzu nur um das: sich von diesem Tag zu verabschieden, sich immer wieder zu verabschieden, um irgendwann doch einmal anzukommen.

Keiner von beiden hatte Lust, weiterzufahren. Nele bog auf eine Landstraße ab. Beim nächsten Motel-Schild, das einsam in die Nacht starrte, hielt sie an. Der Sand des Parkplatzes knirschte unter den Reifen. Das einstöckige Gebäude umrahmte die Autos.

Sobald sie im Zimmer waren, schaltete Gail den Fernseher ein, ging dann ins Bad, duschte. In ein Handtuch gehüllt, durchkreuzte sie das Zimmer, sammelte ihre verstreuten Sachen zusammen. Als Nele aus dem Bad zurückkam, saß Gail angezogen im Schneidersitz vor dem Fernseher, den Rücken an das Fußende des Bettes gelehnt. Die zwei identischen Paar Schuhe lagen wie umgeworfene Kegel neben dem Zimmereingang.

Im Flackern des Fernsehlichtes setzte Nele sich gedankenverloren auf die Bettkante. Zerstreut wartete sie auf die Nachricht, die es zumindest in die Lokalnachrichten schaffen mußte. Es kam nichts über eine brennende Bowlingbahn im Einkaufszentrum. Gail reichte Nele ein großes Glas Gin Tonic. Nele rutschte vom Bett runter zu Gail, winkelte die Beine an. In dem Moment lehnte Gail sich zur Seite, legte ihren Kopf auf Neles Schulter, rollte sich dann ein, drehte sich, lag mit ihrem Kopf in Neles Schoß, die Hände am Gesicht. Ohne nachzudenken, legte Nele die Hände auf Gails Haar. Es fühlte sich so an, wie es aussah: widerspenstig, drahtig, unnachgiebig. Gails Körperwärme drang durch alle Kleidung hindurch an Neles Bauch. Sie roch das Duschgel, das im Badezimmer gelegen hatte, nur ganz entfernt noch Rauch und Verbranntes.

Es machte keinen Sinn mehr für sie, plötzlich, innezuhalten. Einem Impuls folgend, beugte sie sich vor und küßte Gail auf die Schläfe, fragte sich gleichzeitig, warum darauf einen Kuß? Sie spürte die feinen Haare der Augenbrauen an ihren Lippen, und eine verwirrend ruhige Selbstverständlichkeit, die sie weitermachen ließ.

Sie hörte den anderen Herzschlag, Puls, ihren Atem, sie atmete, Gail würde ihren Herzschlag hören, ihren Puls, sie waren einfach nur zwei Menschen, die sich in den simpelsten Vorgängen ähnelten. Sie spürte ihren eigenen Körper dort, wo er durch Gails begrenzt wurde. Sie hielten still, als gäbe es brunnentiefe Klangräume, in die sie hineinhorchen wollten. In den Gewässern ihrer Haltlosigkeit schwamm eine Qualle, die auf der Haut brannte. Einen Körper festhalten, gegen all die Auflösung an. Für Sekunden spürte sie etwas Mädchenhaftes im Raum, es war leicht, ein Vorhang im Wind, der von hinten beleuchtet durchsichtig wirkte. Die Nähte, immer diese Nähte, die sich alle am Saum trafen, Straßen, Kreuzungen, Abzweigungen, der Stadtplan ihrer Kindheit, Schulzeit, Studienzeit, als fuhr sie diese so lang erscheinenden Jahre an den Nähten entlang ab. Und eine Naht führte halt hierher.

Sie schloß die Augen und rollte sich, fast wie Gail, ein, wollte in keiner Vorahnung gleich zurückkehrender Verlorenheit an der Bettkante lehnen, flüchtig abgelenkt nur durch den Fernseher. Nele hielt das Mädchen fest und küßte ihr Gesicht. Sie spürte die Haut auf ihren Lippen. Da war sie. Alles andere mochte verlorengehen, wohin auch immer.

Mit einem Ruck nahm Gail Abstand zu ihr auf.

»Gewöhn dich nicht zu sehr an mich.«

»Warum?«

»Weil ich dann abhauen muß. Ich muß immer gehen, wenn's zu vertraut wird.«

»Zu jemand anderem ins Auto steigen.«

»Ja«, Gails Mund saß schief in ihrem Gesicht. »Immer wieder eine neue Geschichte anfangen.« Das Grinsen enthielt eine sich verschließende Traurigkeit, der nichts mehr von ihrer ursprünglichen Koketterie anhing. Ein kurzer Blick, als triumphiere sie vor sich selbst über die wiedergewonnene Distanz. Sehr kurz, der Augenblick des Triumphes. Gail richtete sich auf, drehte sich zum Fernseher. Eine Sekunde lang hatte Nele den Eindruck gehabt, in Gails Gesicht die Angst gesehen zu haben, sich in etwas zu verlieren, das sie nicht mehr kontrollieren konnte.

Sie retteten sich in die Nacht hinein, indem sie redeten und tranken, den Moment vor dem Fernseher zunichte machten. Gail erzählte von ihrer Jugend in Sidney, Ohio, der Ort, aus dem sie floh, wie sie es nannte, weil dort der Rest der Welt verschwunden war. Sie sagte: »Die Hand aufs Herz legen, wenn die Hymne kommt, dazu zwingt mich keiner mehr. Früher bin ich ständig aus der Klasse geflogen, deswegen. Der Direktor fragte mich, wo ich herkäme, daß ich nicht bereit sei, dankbar und laut von den Werten zu singen, die ich so selbstverständlich nutzte. Ich sagte, ich käme aus dieser Stadt, Sidney, Ohio. Da *muß* man doch die Hymne lieben, sagte er. Ich: Nur, weil es hier nichts mehr anderes gibt, muß ich Amerika lieben? Ich will an die Küste. Noch weiter. Ich will die Welt sehen. Ich will raus und verstehen, warum wir so gehaßt werden, daß man uns angreift. Man greift nur die Leute an, die man haßt.«

»Oder die, die man zu sehr liebt.«

Gail schwieg. Dann sagte sie beiläufig, das Thema wechselnd: »Du hast wirklich süße Locken.«

»Ich habe sie nie gemocht.«

»Ha! Und ich hätte sie immer haben wollen. Ich hab mal gehört, daß die Haare so aussehen, wie man ist.«

»Hast du jemanden vorgewarnt, daß du gehst?«

»Nein. Es wird sich niemand drum kümmern.«

»Wo sind deine Eltern?«

»In ihrer Kirche?« fragte Gail zurück.

»Hast du Geschwister?«

»Ist das ein Verhör?«

»Sag mal.«

»Eine Schwester. Die wiegt ne halbe Tonne und schleppt sich und ihre vier Kinder durch den Tag. Die macht so sagenhaft einen auf Drama. Wir sind im Krieg, sagt sie zehnmal am Tag. Alle wollen uns kaputtmachen, so diese Sachen. Das heult sie ihren minderjährigen Kindern vor, die das komplett kapieren. Sie sieht in jedem Supermarkt mindestens drei Verdächtige mit Kofferbomben. Überhaupt sieht sie überall nur noch Koffer mit Bomben. Die einzige Bombe ist sie.« Gail lachte, trank und zerbiß einen Eiswürfel. »Frag mich nicht so aus«, sagte sie dann, »das bin ich nicht gewohnt.«

Später ließen sie sich Pizzas kommen, eine Flasche Gin und Tonic in Dosen. Gails Vater war, nach vielen verschiedenen Jobs, Priester einer – wie es klang – eingeschworenen Methodistengemeinde geworden. Ihre Mutter leitete die nachmittäglichen Kirchenaktivitäten und den Chor, organisierte die Wohltätigkeitsveranstaltungen, zählte die Spenden. Wenn nötig, bügelte sie auch noch die Gewänder der Meßdiener. Sie lagen auf dem weichen, durchgelegenen Bett, die Rücken am Kopfteil, und Gail kündigte ein Spiel an.

»Ohne nachzudenken«, erklärte sie. »Sag mir deine erste Erinnerung, die dir einfällt.«

»An was?«

»An deinen Vater.«

Nele schloß die Augen. Der Gin hatte ihr Luft in die Adern gepumpt. Es war schwarz hinter den geschlossenen Lidern, es war möglich, daß es gar keine Welt mehr um sie herum gab. Da tauchte, von ganz fern, etwas auf.

»Wenn wir am Sonntagabend zurückkamen von einem Ausflug an die Nordsee, an die Ostsee, irgendwo herkamen, dann bin ich immer im Auto eingeschlafen. Im Dämmern wußte ich aber genau, wann wir von der Autobahn abbogen, eine Straße überquerten, in eine andere nach links fuhren, dann in unsere Straße kamen, vor der Einfahrt hielten, meine Mutter das Tor öffnete, mein Vater bis vor die Garage fuhr. Ich war wach, kriegte das mit und tat so, als würde ich schlafen. Die beiden räumten den Kofferraum aus. Und dann kam mein Vater zurück, hob mich aus dem Auto und trug mich hoch in mein Zimmer, legte mich dort ins Bett. In eine Decke gewickelt, und ich spielte schlafen, und er trug mich. Dieser Weg, vom Auto bis ins Zimmer, das war das Schönste am Sonntag, das war alles, was ich mir wünschte. Die kalte Nachtluft im Gesicht, der Körper in der Decke, die Sicherheit. Auch, als ich schon viel zu schwer war, machte ich weiter die Schlafende, nur, um vom Auto ins Bett getragen zu werden.«

»Wahrscheinlich wußte er, daß du nur so tust.«

»Aber er trug mich trotzdem«, sagte Nele langsam. Die Erinnerung zog eine Spur der Verunsicherung hinter sich her. Ihre Eltern schienen unerreichbar weit weg. Sie schienen ihr fremder, als das Mädchen ihr fremd war.

»Jetzt mußt du mich fragen«, wischte Gail den Gedanken weg.

»Was?«

»Irgendeine erste Erinnerung.«

»Als das erste Mal etwas weh tat.«

»Scheiß-Frage«, beendete Gail das Spiel. »Das solltest du wissen. Ich spür nie was. Ich hab noch nie was gespürt. Wenn du hier empfindlich bist, gehst du kaputt.« Sie zerbiß wieder einen Eiswürfel, es knirschte laut. »Nein, he, das stimmt nicht. Ein Mal hat was weh getan.« Sie sah Nele von der Seite an. Ein kindischer Schweif Hoffnung durchzog Neles ginmüden Kopf: die Hoffnung, daß Gail die Situation von vorhin noch einmal erwähnte.

»Ja. Als die Türme einstürzten, da hab ich was gespürt. Das Leben ist groß, nah und gewaltig, das hab ich gespürt. Und ich bin miniklein dagegen. Ich bin eine Kakerlake neben nem Hochhaus. Da muß ich doch aufpassen, daß nicht alles in mich eindringt. Da mußt du doch deine Haut retten. Vor den Menschen. Denn die sind ja dafür zuständig, daß das Leben viel zu groß und gewaltig ist.«

Alle Fenster geschlossen und über ihnen nur das rhythmische Rotieren des Ventilators. Einmal wachte Nele auf in der Nacht, es war dunkel, sie spürte den Luftzug und dachte, es sei ein Wind, der draußen um das Motel zog. Der gleichmäßige, flache Atem Gails dicht neben ihr. Die Wärme, die von ihr ausging. Nele drehte sich, schob ihren Rücken gegen Gails Bauch. Gail umfaßte im Schlaf Neles Hüfte. Es war die Art von Vertrautem, die es nur im Fremden und in der Nacht gab. In der Nacht, dachte Nele im Wegdämmern, werden die erratischen Monologe entworfen, ohne daß ihr einfiel, wo sie diesen Satz einmal gehört hatte. Es mußte eine lange Zeit zurückliegen, ein Zufall, daß es ihr einfiel. Aber sagte man nicht, dachte sie und wechselte hinüber in den Schlaf, daß es Zufälle nicht gäbe. Daß ein Zufall nur die Wiederkehr von etwas sei, das lang zurücklag?

# Fliegende Fische

Am Morgen warf Gail ihre Sachen ins Auto und sagte mit ruppigem, ironischem Tonfall: »Thank God, it's sunday. Und ich bin hier und nicht in Sidney, Ohio.«

Als sie losfuhren, tauchten sie in ein Straßennetz im Zustand sonntagmorgendlicher Ruhe ein. Einige Müllfahrzeuge, ein paar Polizeistreifen kamen ihnen entgegen. Taxis und andere Autos, aber kein Mensch an der Landstraße, die sie zurück zum Highway führen sollte.

Gail fuhr. Beide trugen sie ihre Bowling-Schuhe mit der Vierzig drauf, wie Schwestern. Kurz hinter einer Stadt mit dem Namen Aurora, Felder bis zum Horizont, sagte Gail: »Beim nächsten Fluß halten wir an.«

»Nein, laß uns heute durchfahren.«

»Nein, wir halten an. Ich hol einen Fisch, den braten wir.«

»Du machst Witze.«

»Ich will heute keinen Burger, keine Pizza. Ich will nen Fisch.«

Nele lachte.

»He, lach nicht.«

»Okay, du angelst einen Fisch, ich mach das Feuer.«

»Weißt du, wie das geht?«

»Weißt du, wie du angelst?«

»Wenn mein Vater nicht priestert, fliegenfischt er. Da bin ich immer mitgegangen. Das ist das Größte.«

»Fliegen fischen?«

»Nicht Fliegen fischen. Mit Fliegen Fische fischen. Ich denk, du kommst von der Küste, hast du gesagt.«

»Und wo ist deine Angel?«

Gail zog, ohne den Blick von der Straße zu wenden, ihre Nylontasche von der Rückbank, öffnete einhändig das Verschlußband, wühlte und holte einen kleinen, roten Schubfachkoffer hervor, den sie auf Neles Oberschenkel stellte. »Mach auf.« In den quadratischen Schubfächern, die Nele an ihren ersten Nähkorb denken ließen, lagen keine Garnrollen, sondern Kunstwerke der Nachahmung – wie Gail sie nannte. Sie lenkte mit einer Hand, mit den Fingern der anderen hob sie eine Fliege aus ihrem Fach, ein gelb-weißer, länglicher Körper mit Flügeln aus roten Federn, verstärkt von feinen lamettaartigen Fäden. Sie legte sie Nele in die Hand. Die Fliege war halb so groß wie ein Daumen und aus ihrem Bauch ragte der Widerhaken. Der Hals war abgesetzt mit grünlich schimmerndem Garn. Wie Fühler, so standen einige haardünne Fäden aus dem Unterbauch ab, umspielten den Widerhaken. Von vorn wirkte es, als habe ihr jemand ein Gesicht gestickt, kleine rötliche Wangen, fast ein Lächeln, zwei schwarze Perlenaugen.

»Meine Mutter macht auch solche Sachen«, sagte Nele.

»Deine Mutter bindet Fliegen?«

»Nein. Sie näht Puppen.«

»Was bitte angelt sie mit denen?« fragte Gail.

»Keine Ahnung. Kindliche Sehnsüchte aus den tiefen Gewässern ihrer Seele.«

»Und gibt sie ihren Puppen Namen?«

»Ich hoffe nicht. Haben die Namen?«

»Klar.«

Nele lachte.

»Lorin's Wet Fly. Lorin heißt meine Mutter.«

»Und die?« Nele zeigte auf eine silbrigweiße Fliege.

»Goldkopfnymphe.«

»Und die?«

»Wolfinger's Flybulb. Die hat mein Vater gemacht.«

»Die zwei hier?«

»Gary's Wet Gazeuse Nymph. The Irresistible Ratzfatz.«

»Und diese zu lang gefönte Blaue?«

»Fantastic Nightshift.«

»Und der häßliche Puschel da?«

»Das ist die Schönste«, korrigierte Gail. »Marilyn Moon Fly.«

»Du hast ja ne Vollmeise.«

Jetzt lachte Gail voll kindlicher Vorfreude. »Es geht darum«, begeisterte sie sich, »die Natur zu überlisten. Trockenfliegen sollen Insekten und ihre Larven nachahmen. Naßfliegen imitieren die gerade geschlüpften oder soeben untergegangenen. Man hängt sie kurz unter die Wasseroberfläche. Die Streamer sehen aus wie kleine Beutefische, die in Bewegung sind. Jede Fliege soll den Fisch daran erinnern, was er gerne ißt.« Lachsfliegen sähen wieder anders aus, weil man lange dachte, Lachse schnappen nach Schmetterlingen. Es gab einen Ehrgeiz unter Fliegenfischern, soviel verstand Nele, die eine Wunderfliege zu entwerfen, mit der man immer, zu jeder Jahreszeit, etwas fangen konnte. »Mein Vater aber«, sagte Gail, »vertritt die Auffassung, man müsse sich voll und ganz an die Natur halten, um sie richtig nachahmen zu können. Äpfel für Birnen, das geht nicht. Fische sind ja nicht blöd. Die lassen sich nicht so leicht täuschen wie Menschen. Du mußt die Schnur so werfen, daß die Fliege genau richtig aufs Wasser kommt. Denn die Schnur hat eine Seele«, sagte sie und lachte dazu. »Eine Seele?« fragte Nele. »Ja, und es macht mich wahnsinnig, wenn ich's nicht hinbekomme.

Weil ich weiß, daß der Fisch mir das, was ich da mache, nicht abkauft.«

»Aber du weißt, wie es geht, dieses Werfen?«

»Irgendwann will ich es perfekt beherrschen. Es ist nicht einfach. Man muß eine ordentliche Strecke überwinden.«

»Nie zu nah rankommen.«

»Nein! Du mußt Abstand halten zum Fisch. So in mittlerer Entfernung tummeln sich die meisten. Und die wissen Bescheid.«

»Mit denen kannst du spielen.«

»Ja. Und die mit mir.«

»Nach denen wirfst du deine Seelenschnur aus«, lachte Nele.

»Hey, kein Fisch ist einfach rumzukriegen.«

»Gail, mach dir nichts vor. Der Fisch hat keine Chance gegen dich.«

»Doch! Du siehst doch, was ich alles brauche. Der Fisch braucht nur sich. Ich brauche tausend Sachen.«

»Gail?«

Gail blickte geradeaus.

»Gail?« fragte sie noch einmal.

»Ich hab dich schon verstanden, Nele. Frag nicht so ernst. Tu dir einen Gefallen. Komm mir nicht zu nah. Du weißt, was sonst passiert.«

Nele schlug die Augen nieder. »Es ist mir sehr ernst«, sagte Nele und griff nach einer Kassettenhülle, die vor ihr auf dem Armaturenbrett lag. Darin steckte der Zettel, auf dem ihre Großmutter den Namen des Großvaters notiert hatte und sie selbst die hoffentlich dazugehörige Adresse und Telefonnummer. Plötzlich fiel Nele das Ungelenke in der Schrift ihrer Großmutter auf, sie sah, was dieses Papier wirklich war: ein Wunschzettel. Sich ihn heranwünschen, nachdem sie ihn weggestoßen hatte.

»Du weckst schlafende Hunde. Also wundere dich nicht, wenn sie dich beißen. Und danach verschwinden«, stellte Gail fest.

Der Fluß lag nahe der Ortschaft Millington, zwischen dem Allegheny und dem Ohio River. Ein Nadelwald reichte bis fast ans Ufer, ein steiniges, schmales Zwischenstück trennte Wasser und Wald. Der Fluß war breit, floß an manchen Stellen träge, kurz danach reißend. Zur Mitte hin war das Wasser verwirbelt durch eine Strömung. An Findlingen im Flußbett zog weißer Schaum vorbei, kleine, langgezogene Wasserfälle. Nele konnte von den äußersten Ufersteinen aus den Grund sehen, dort, wo das Wasser noch flach war, zur Mitte hin wirkte der Fluß tiefschwarz.

Auf dem Parkplatz hatten einige Autos gestanden, hier am Fluß, verteilt und jeder für sich, angelten Männer in Gummihosen, die bis unter die Achseln reichten – sie warfen mit komplizierten Bewegungen Unsichtbares durch die Luft. Taschen, Eimer, Kescher und Kisten lagerten auf den Steinen am Ufer, wie eben gehobene Schätze. Gail trug ihren Wollpulli und die schwarze Hose, hatte aus einer Plastikröhre, die auch in der Tasche steckte, eine zusammensteckbare Angel gezogen, dann waren sie über einen Trampelpfad durch die Tannen gewandert und am Fluß angekommen. Der Himmel war offen, sehr weit. Ein Rest Unausgesprochenes lag zwischen ihnen, weitete sich, als würde es von zwei Seiten wie ein Gummiband gezogen werden.

Gails Bewegungen bekamen plötzlich etwas Eiliges, als wollte sie Zeit aufholen. Mit einer beiläufigen Geste grüßte sie den Mann, der ihr in einiger Entfernung am nächsten war. Der grüßte zurück. Sie hakte sich routiniert einige Fliegen in die Maschen ihres Pullovers, wie Phantasieorden. Nele sah ihr noch einige Minuten lang zu, wie sie durch die Ufersteine ins Wasser watete, und überlegte, ob sie ihr nachrief, daß sie aufpassen solle, fand die Bemerkung dann aber mütterlich und schwieg. Sie beobachtete, wie Gail drei, vier Würfe machte – kompliziert wirkende Schnörkel, die sie in die Luft zeichnete –, und dann still stehen blieb, die Angel vor dem Bauch, den Blick über den Fluß gerichtet. Ließ sich ein Mensch überhaupt wirklich kennenlernen? Hatte sie Eric gekannt? ging es ihr plötzlich durch den Kopf. War es überhaupt möglich, andere Menschen zu verstehen, wenn man sich selbst kaum verstand?

Nele ging flußaufwärts, vergaß die Zeit beim Gehen, versenkte sich in das stete Rauschen des Wassers, das dem Vogelgezwitscher am Ufer wie ein Grundton diente; sie stieg von Stein zu Stein, die Männer waren ein Teil der Natur, in Meditation versunken; sie ging in einem weiten Bogen durch den Nadelwaldstreifen zurück zum Parkplatz und holte aus dem Auto den Walkman. Sie wollte die letzte Kassette hören. Die vorletzte bot noch ein paar Umdrehungen an. Ohne zurückzuspulen, hörte sie den Rest. »Wie das damals war. Du kamst zur Welt, meine Mutter sagte nur, das braune Ding da muß ins Heim, ich hielt dich im Arm und fand dich wunderschön, ich sah deine Farbe gar nicht. Erst nach Wochen fiel sie mir auf, als es anstrengend wurde, als meine Kräfte nachließen. Dann täuscht einen die Natur nicht mehr. Wenn ich irgendwie konnte, zog ich dir keine weißen Sachen an, in Weiß hast du noch schwärzer geleuchtet. Ich achtete darauf, daß die Frau Generalin dich nicht so oft zu Gesicht bekam, ich begann, dich zu verstecken. Ich hatte nur meine Mutter. Und sie nur mich. Keiner kam zurück. Wenn du ein Junge geworden wärest, vielleicht hätte sie dich eher akzeptiert. – Und Harold? Ja, das war die Frage. Irgendwann ging ich zum Kasino. An die Küchentür. Mit Hut und Mantel, dich eingewickelt, so daß du auch als ein Laib Brot hättest durchgehen können. Nur dein Gesicht war frei und du starrtest mich an, mit einem Blick, als wüßtest du alles. Es fehlte nur noch, daß du so eine Sorgenfalte zwischen den Augenbrauen bekamst, wie ich sie hatte. Niemand kam an die Küchentür. Durch den Spalt betrachtete ich die gekachelten Wände, gelbweiße Fliesen mit einem schwarzen Rand als Abschluß. Ich traute mich, zu rufen. Niemand kam. Ich hatte dich kleines Brot in der Hand, drehte mich um und ging. Es war, als fiele etwas durch mich hindurch. Der Eimer durch den Brunnen. Ich hielt dich fest und war innen, ich weiß auch nicht wie. Wie diese kleinen Sterne verglühen. Was immer im Fernsehen kommt. So fühlte ich mich. Die Enttäuschung war so groß. Ich ließ die Wut an dir aus, und während ich dich ruppig behandelte, wußte ich immer: du kannst nichts dafür. Aber es ging nicht anders. Ich hatte Harold weggeschickt. *Ich* war so dumm gewesen. Das ist so schwer zuzugeben. Die Dummheit der anderen kann man leicht brandmarken. Die eigene Dummheit – wie Unkraut, das nicht vergeht. Egal, wieviel Gift man draufschüttet, es kommt wieder, bleibt, wächst und gedeiht. Meine Mutter sagte das immer, wenn einer von uns beiden krank war: Unkraut vergeht nicht. Jetzt gerade kam mir der Gedanke, daß du mich so gehaßt haben mußt, wie ich meine Mutter manchmal haßte. Man gibt es weiter. Man gibt es immer weiter.«

Am frühen Nachmittag kamen die Männer auf dem Parkplatz zusammen, die Schirmmützen auf der Stirn, die Brust vorgeschoben, zeigten sie sich ihre Fänge, den frisch aufgeschnittenen Fischen tropften Innereien aus den Bäuchen. Jeder Angler schaute beim anderen, die Umstehenden steckten die Hände unter die Lätze ihrer Gummihosen, lachten ausgelassen. Einer machte Fotos. Sie waren Jäger gewesen und mußten es vor niemandem verbergen. Sie schienen glücklich.

Gail tauchte nicht auf, und als Nele einen Mann fragte, erinnerte der sich nach einem kurzen Nachdenken: »Das Mädchen dort unten? Die ist irgendwann flußabwärts gelaufen. Man sieht ja nicht oft Frauen hier. Daher hab ich's mir gemerkt.«

»Immer den Fischen nach«, lachte ein stämmiger Kleiner mit Schnauzer, der neben dem Mann stand. »Da unten sind die besten Puffs. Ihre Schwester hat es schon richtig gemacht.«

Nele widersprach nicht. Sie ließ Gail ihre Schwester sein.

Der Mann schlußfolgerte, daß die Gesuchte bald auftauchen würde, schließlich sei am Nachmittag nichts mehr zu holen.

Nele ging ein Stück durch den Wald, weil das Wasser des Flusses an dieser Stelle rauh war, kleine, weiße Stromschnellen. Sie ging mit der Strömung. Von Gail war nichts zu sehen. Sie ging noch ein Stück weiter. Dann rief sie das erste Mal ihren Namen über den Fluß. Sie legte die Hände an den Mund und rief. Wartete minutenlang, daß Gail hinter den Steinen oder aus dem Wald auftauchen würde. Sie tauchte nicht auf.

Das Licht änderte sich, der Tag neigte sich, die Sonne stand flach, es wurde kühl, und Schatten reichten von Stein zu Stein und verbanden sie miteinander. Das gegenüberliegende Flußufer war schon von den Tannen in ein mattes Halbdunkel getaucht. Sie dachte an die Bowling-Schuhe, die Gail trug, es war nicht die Art von Schuhen, in denen man weit lief. Von ferne hörte sie Motorengeräusche, ein Hupen auch, und entschloß sich, zum Parkplatz zurückzukehren. Wider Erwarten war Gail auch dort nicht. Abgesehen von einem Geländewagen und Neles Autos war der Platz leer. Der Stämmige mit dem Schnauzer lehnte an dem Jeep. »He, Ihre Schwester ist immer noch unterwegs?« rief er.

»Ich kann sie nicht finden«, rief Nele zurück.

»Dann fahren Sie mir nach. Da unten ist ein dicker Forellenpuff. Ich zeig Ihnen, wo sie steht.«

Er stieg in seinen Range Rover, Nele in ihren Kleinwagen, und sie fuhren den Sandweg entlang, parallel zum Ufer, die Reifen des Wagens schrammten über den Sandweg, kleine Steine sprangen aus den Profilrillen heraus gegen das Chassis, durch das offene Fenster drang kühle Luft, der Motor surrte. Sie stiegen aus und gingen an den Fluß. Dort war von Gail auch nichts zu sehen.

»Na, Ihre Schwester kann sich ja nicht in Luft aufgelöst haben«, sagte der Mann, »wie heißt sie denn?«

»Gail.«

»Okay, Gail«, rief er über den Fluß, »Feierabend. Hier wartet jemand auf dich.«

»Danke«, sagte Nele.

»Keine Ursache. Ich bin Trainer, ich kann wahrscheinlich lauter Befehle erteilen als Sie.«

»Gail, verdammt noch mal«, rief er plötzlich erneut, und Nele erschrak ob des Tonfalls. Danach wischte er sich mit der flachen Hand über den buschigen Oberlippenbart und den Mund.

»Komm, wir fahren zur nächsten Stelle. Da wird sie sein.«

Dort unten waren zwei Angler. Keiner von beiden hatte ein fliegenfischendes Mädchen gesehen, das ihren Weg gekreuzt hatte. Sie seien ein ordentlicher Grenzposten, scherzte der eine, hier käme keiner ohne Bestechungsgeld durch. Nele drückte ihre Zähne aufeinander, so fest, daß die Muskeln in den Wangen schmerzten. Der Mann überlegte laut, sagte, daß Gail in dem Zwischenstück nicht sein konnte, da dort das Ufer steil war, ungünstig zum Stehen und Aufwerfen. Offensichtlich und mit einer Bestimmtheit bemühte er sich, besonnen und pragmatisch zu bleiben, machte zwischendurch kleine scherzhafte Bemerkungen. Nele gab mechanische Antworten. Dann überlegte sie, ob Gail nicht flußaufwärts gewandert sein könnte. »Dann hätte sie an uns allen vorbeistiefeln müssen. Das wäre keinem entgangen.«

Es war früher Abend, als sie zurück an ihren Ausgangspunkt, den Parkplatz, kamen. Nele lief den Pfad durch den Wald hinunter zum Fluß und redete sich zu. Gail mußte in der Zwischenzeit dort angekommen sein. Sie mußten sie verpaßt haben, aus irgendeinem Grund. Gail war nicht da. Es dämmerte bereits, die Sonne drohte hinter den Tannenspitzen zu verschwinden. Neles Rufen schallte über den Fluß. Sie rief ihre Sorge und ihre Angst heraus und nannte dabei nur Gails Namen. Das Wasser zog als Straße vorbei, unbeteiligt und nur mit leisem Rauschen beschäftigt.

Der Mann mit dem Schnauzer wartete auf dem Parkplatz. Nele sagte: »Fahren Sie ruhig. Ich warte noch ein bißchen.«

»Sie haben ja wohl ein Rad ab. Ich bleib natürlich hier.«

»Sie ist nicht meine Schwester«, entfuhr es ihr plötzlich.

»Ach so.«

»Sie ist meine Freundin.«

»Macht wohl keinen Unterschied. Um Freunde sorgt man sich wie um die eigene Familie.« Er fragte Nele, ob ihre Freundin noch Sachen im Auto habe. Da erst fiel es ihr ein, nachzuschauen. Gail hatte alles mitgenommen, den Nylontaschensack, eine Wasserflasche, aus der sie getrunken hatte.

»Ich werde ungern zu persönlich, aber vielleicht ist sie früher nach Hause gegangen?« fragte der Mann. Er war einer dieser Menschen, die Rechtschaffenheit und Optimismus mit sich herumtragen wie eine zweite Haut. Sie reinigen Atmosphären von schlechten Gedanken, Zweifeln, selbst Ängste können erodieren, wenn sie in der Nähe sind. Plötzlich sah Nele das Mädchen Gail an der Straße stehen, auf dem Seitenstreifen einer Autobahn, nah an den vorbeirasenden Fahrzeugen, so daß wieder jemand an ihr vorbeifuhr und dachte, er hätte sie gestreift. Es würde Angebote geben, die Nachfrage war groß.

»Das könnte sein«, sagte Nele leise. »Wir hatten einen Streit, vorher«, log sie und es fühlte sich für den Augenblick des Aussprechens wie die Wahrheit an, »eine Meinungsverschiedenheit. Vielleicht hatte sie keine Lust mehr.« Auf mich, dachte Nele den Satz zu Ende.

»Wenn man nichts fängt, wird selbst Fliegenfischen irgendwann langweilig. Ich denke mal, es wäre nicht schlecht, wenn Sie bei sich zu Hause nachschauen.«

Erst als sie im Auto saß, die Kassettenhülle sah, halb geöffnet auf dem Armaturenbrett, darin der Zettel –, fiel ihr der Satz ein, den Gail gesagt hatte. *Du weckst schlafende Hunde. Also wundere dich nicht, wenn sie dich beißen. Und danach verschwinden.*

Sie sammelte alles zusammen, was sie von Gail noch wahrgenommen hatte in den letzten Minuten. Dazwischen die Bilder der letzten Nacht im Motel, Gails ginschwere Stimme, ihr dreckiges Lachen, das wie gegen sich selbst gerichtet klang, ihre Gesten des Abstandhaltens, unterbrochen von der einen kleinen Schwäche, die sie sich zugestanden hatte.

Dann: Wie sie am Hinterausgang gestanden und geraucht hatte. Mit Erstaunen festgestellt hatte, daß Nele nicht losgefahren sei. Als rechne sie vorauseilend schon immer damit, daß die anderen gingen. Um diesem Verlust vorzubeugen, ging sie noch lieber zuerst. Wer andere zurückwies, konnte selbst nicht mehr zurückgewiesen werden.

Von der typischen Müdigkeit erfaßt, die ein Tag an der frischen Luft bei einem Stadtmensch wie ihr bewirkte, nickte sie immer wieder am Steuer ein, wachte auf und war erstaunt, noch auf der Spur zu fahren. So schrumpfte eine Wegstrecke auf einen erinnerungslosen, schwarzen Punkt zusammen. Mit einem Mal wurde sie ganz ruhig und ein klarer Gedanke breitete sich aus. Sie selbst hatte Gail zum Verschwinden gebracht. Sie hatte sich zu schnell an sie gewöhnt.

In der Nacht, in einem weiteren weichgrauen, namenlosen Motel, wachte sie auf und meinte Gails Atem neben sich zu hören. Sie wickelte sich fest in die Bettdecke ein, in der Hoffnung, ihre Haut sei zu keiner Erinnerung mehr fähig. Am folgenden Tag spann sie sich ein in das Gewebe des liegengelassenen Lebens, zog es sich über, soweit es sich überziehen ließ. Es war ihre Art, Gails abschiedslosem Verschwinden zu begegnen. In Gedanken redete sie mit Gail. Im Wagen roch es nach dem Fluß, nach Fischen, die niemand gefangen hatte, nach Gail, irgendwie, nach dem Wollpulli, der Luft, den fehlenden künstlichen Duftstoffen. Nach ihrer Struppigkeit, nach ihrer schlechten Haut, die sie nicht überschminkte. In Bewegung zu sein, schuf eine wohltuende Leere im Kopf. Der Tag verging in Unauffälligkeit. Die Landschaft veränderte sich. Sie kam der Küste immer näher. Es war, als ziehe das Meer sie. Das frostige Schütteln verlor sich. Eine körperliche Erleichterung, und zugleich fühlte sie, wie jeder Entzug menschlicher Nähe, jeder Abschied, eine Narbe hinterließ; in vernarbter Haut ließ sich nichts mehr spüren.

Während sie an der Wagenseite stand und tankte, den giftigleckeren Geruch vom Benzin einatmete, fiel ihr Blick in den Fußraum hinter dem Beifahrersitz, dort lag etwas. Sie tastete unter dem Sitz, suchte mit ausgestrecktem Arm. Es waren Schuhe. Es war das Paar Jesus, Gails Schuhe. Nele zog einen Schuh hervor, schaute gegen das Dach der Tankstelle, sah den Kathedralenhimmel aus Neonlicht und lachte und fluchte gleichzeitig. Sie warf den Schuh zurück ins Auto, er sprang wie ein Fisch über den Sitz. Das Lachen, der Blick des Tankwarts, und mit der flachen Hand aufs Autodach schlagen. »Es tut weh, Gail«, sagte sie, »und du weißt zu gut, wie es wehtut.«

## 20:21 Uhr, schon über Europa

Eine simple Sehnsucht durchzog sie: nicht in einer Welt zu leben, die sich auf dem Rückzug befand. Die übervoll immer leerer wurde. Aber es schien nur noch diese Welt zu geben. Was hatte der Tweedmann gesagt? So schrecklich schön wie ein leeres Schwimmbecken? Alle wollten baden und konnten nicht. Irgend jemand hatte das Wasser herausgelassen.

Der Alkohol durchzog ihren Kopf als leichte, dünne Spur, die Art von Luft, durch die sie gerade flogen.

»Jetzt lassen Sie uns die Flasche leer trinken«, sagte der Tweedmann dankenswerterweise, »wir lassen ja auch sonst von nichts Pfützen übrig, wir trinken alles aus, bis es weg ist, und irgendwann können Sie Ihren Enkeln erzählen, Sie sind noch in einem Flugzeug geflogen, das Kerosin brauchte. Aber das wollte ich nicht sagen, ich wollte Sie fragen, kennen Sie den Rausch im Spiel?«

Nele strich über den Bezug des vorderen Sitzes. »Bin mir nicht sicher«, sagte sie langsam, »ob ich das meine, was Sie meinen.«

»Ich meine das Gefühl, das in einen eindringt, wenn man etwas gewinnt. Auf eine Zahl setzt, den Zufall im Griff zu haben scheint, sein Schicksal als etwas spürt, das man in der Hand halten kann wie einen kleinen, greifbaren Gegenstand, höchstens noch ein Tier, einen Vogel, einen Fisch. Man hat es in der Hand, hält es fest, die Zahlen reagieren so, wie man es geplant hat. Man hat die Kontrolle über den Zufall. Das ist der größte, vorstellbare Rausch. Eine Sekunde Kontrolle über das alles hier. Das Verlieren ist so schmerzhaft, weil man so nah dran war. Der Verlust bringt einen wieder dahin zurück, wo man herkommt: Man ist doch eben nur ein Mensch. Das kenne ich gut. Gewinnen zu wollen. Das Schicksal auszuspielen. Weil man sich auserwählt fühlt, nah dran zu sein, weil man es schon mal gespürt hat, wie nah dran man war. Ist doch klar, daß man es dann immer wieder versucht. Es ist so ein wahnsinniges Gefühl, es stülpt die eigene kleine Existenz um, wendet etwas nach draußen, was sonst nie zum Zuge kommt. Kraftvoll, sehr mächtig. Einmal nach außen gestülpt, kann es eine Dominanz entwickeln, die der Selbstzerstörung in nichts nachsteht. Man würde alles dafür tun, um nur noch einmal zu gewinnen. Und dann gibt es Menschen, die scheinen das Gegenteil zu suchen. Nicht die Kontrolle des Zufalls, sie streben eher danach, alles zu verlieren. Wollen sich alles vom Hals schaffen. Im Vorfeld. Das Schicksal nicht einfordern, nicht festhalten, was für eine absurde Idee auch! Sie verlieren sich in ihrem Alltag, um mit dem Rausch, der von der Idee einer kontrollierbaren Schicksalhaftigkeit ausgeht, gar nicht erst in Kontakt zu kommen. Sie schneiden sich vom Leben ab, um nicht in Versuchung zu geraten. Ich bewundere solche Menschen. Meine Frau war so. Es ist kaum sichtbar, aber diese Menschen gewinnen durch ihren Rückzug etwas.«

»Was?« fragte Nele.

»Sicherheit.«

Nele sah ihn an. Er schaute zurück.

»Eine echte Sicherheitsgefahr«, sagte sie, »diese Sicherheit.«

Der alte Mann schwieg. Sie tranken, in der Flasche war nur noch ein Rest.

»Für Eltern«, begann er dann, »ist die Rückkehr des eigenen Kindes immer ein Triumph. Im stillen geben sie sich selber recht. Wer tröstet oder zumindest bedauert, der zeigt Großherzigkeit. Wer sich über das Scheitern von jemand anderem freut, der muß eine kleine, traurige Rache üben. Selbst nicht aufgebrochen zu sein. Selbst viel zu lang stillgestanden zu haben. Da erscheint der Aufbruch des Kindes immer wie ein Abwenden. Der Triumph über die Rückkehr ist zumindest ein kleines Pflaster. Der Schmerz wird gestillt, indem man sich sagen kann: Es lohnt eben doch nicht, aufzubrechen. Es lohnt sich nicht, es anders zu machen, als ich es für mich und damit doch auch für dich vorgesehen habe. So kurz und engherzig der Triumph auch sein mag, er heilt ein Stück einer großen Wunde.«

»Für meine Mutter wird es so sein.«

»Verzeihen Sie ihr das.«

Nele überlegte.

»Ich kann nur sagen, ich wünschte, man hätte mir verziehen«, sagte der Tweedmann leise.

Nele schaute geradeaus. Eine Stewardeß brachte mit ihren Schritten den Gang zum Beben.

Der alte Mann sagte in Richtung der vorderen Sitzlehne: »Das eine Leben, das man geschenkt bekommen hat, nicht genutzt zu haben, das läßt ein Herz auf Stecknadelgröße zusammenschrumpfen. Ich hatte so viel vorgehabt und habe es nicht gemacht. Hatte zuviel Angst. Jetzt halte ich mich an die Bilder, an meine stummen, schönen Bilder. Ich begleite sie, lasse sie nicht aus den Augen. Sie sind bei mir, und ich bei ihnen. Sie weiten mir das Herz, von Zeit zu Zeit.« Er zog sich zusammen, so schien es, als müsse er sich schützen. Er wurde mit einem Mal ganz klein. »Sie aber, meine Liebe, sind noch jung. Reden Sie nicht rum. Machen Sie was draus. Etwas, das der Größe des Geschenks würdig ist. Und zwar sofort.« Er lachte, aber es klang nicht sehr solide. Neles Hals verschnürte sich. Konnte es sein, daß er weinte? »Bitte«, sagte sie, »hören Sie auf zu weinen.«

»Ich lache nur«, sagte er, »um nicht zu weinen.«

»Ich verrate Ihnen was«, flüsterte Nele, »wir sind bald da.«

»Wie gut, wie gut. Boden unter den Füßen, Wände für die Bilder.«

»Sie haben mich so gut abgelenkt, daß ich meine Angst vor dem Fliegen vergessen hab.«

»Sie haben mich so gut betrunken gemacht.«

»Und Sie mich erst.«

»Ich hab«, sagte er mit schleifender Stimme, »vorhin geträumt, wir würden alle Bilder zurückgeben. Alle, die in diesem Flugzeug sind. Daß es sich nur um Bilder handelt, die aus Enteignungen stammen, und jetzt, nach langen Prozessen, an die ursprünglichen Eigentümer zurückgegeben werden sollten. Ich hab die ganze Zeit gelitten im Traum, mich von jedem Bild einzeln verabschiedet, weil ich wußte, ich würde sie gleich zurückgeben an die Nachfahren der Besitzer, die sich die Gemälde dann ins Wohnzimmer hängten, und mir war klar, daß jedes Bild eine offene Wunde in der Familiengeschichte bepflastern würde, jedes Bild schloß einen Riß, einen Haufen Abgründe. Und ich dachte immer, während ich die Bilder aus einem Transporter lud und den Leuten in ihre Wohnzimmer schleppte, da dachte ich immer: Kann das Bild etwas wiedergutmachen? Kann es eine Leerstelle füllen? Die Bilder paßten nie so richtig an die Wände, da war der Kamin zu groß oder ein Regal im Weg. Einmal eine ganze Küche. Einer wollte es ins Schlafzimmer hängen, ans Fenster, hinter einen Vorhang, da hab ich protestiert. Der Mann sagte immer, hier ist es zu Hause. Und ich dachte: Der erinnert sich falsch. Seine Erinnerung trügt ihn, da kann das Bild früher unmöglich gehangen haben. Da war ja noch nicht mal ein Haken, an dem es hätte hängen können. Gott, es war schrecklich! Ich mußte die Bilder zurücklassen an Orten, an denen sie nicht heimisch waren.« Er lachte noch einmal traurig und schaute Nele an. »Aber wer hat schon noch eine Heimat?«

Im Dämmerlicht sah sie, wie er ihr seine Hand anbot, nebenbei und mit abwartender Ruhe. Sie zögerte. Dann legte sie ihre Hand in seine. Er umfaßte sie mit seinen Fingern, die Haut war wie Papier, trocken, aber warm. Sie schauten gegen die Lehnen ihrer Vordersitze, und er legte seine andere Hand auf ihrer beider Hände. Er hielt sie fest, und sie saßen ganz still, während das Flugzeug mit neunhundertfünfzig Stundenkilometern auf einen Flughafen zuraste.

»Ich hab im Traum immer nur gesagt: Bitte laßt mir doch meine Bilder, nur noch dieses eine Bild. Oder eben dies. Mann, hab ich gefleht.«

»Sie bleiben Ihnen, sie verschwinden nicht.«

»Ja.« Er hielt inne, wartete ab. Dann fragte er leise: »Hab ich Ihnen das schon einmal erzählt? Hab ich mich wiederholt? Gerade kommt es mir so vor. Aber meine Angst war so groß, daß die Menschen mir meine Bilder nehmen könnten, einfach so, völlig selbstverständlich nahmen sie mir alle meine Bilder ab. Ich war nackt. Wie schrecklich.« Erstaunt sah er sie an. Dann fand er zurück in etwas, das seine Verfassung sein mußte. Nele hielt ganz still und spürte, wie Zuversicht von ihm zu ihr herüberdrang. Es war, als könnte er sie mit seiner Ehrlichkeit trösten.

Ohne daß sie es zuerst bemerkte, küßte er sie in der Nähe ihres Mittelscheitels, er küßte ihre Haare und ihren Kopf, er küßte sie, wie Väter ihre Töchter küssen. Schüchtern, voller Sehnsucht. Und voller Hoffnung auf ein stilles, unausgesprochenes Verzeihen.

»Behalten Sie das Bild«, flüsterte er, »lassen Sie es dort, wo es ist. Erfinden Sie eine Geschichte drum herum, wenn Sie es wollen. Erfinden Sie was. Fangen Sie einfach an. Wiederholen Sie eine Geschichte. Das ist sie dann: ihre Geschichte.«

Nele betrachtete die Lehne, das Klapptablett, das Netz, in dem der Hochglanz steckte, ihre Knie eng verpackt und ganz unten, neben ihr, denn sie hatte sie seit einiger Zeit abgestreift, Jesus, das Modell, das es nur in Las Vegas zu kaufen gab, benannt nach Jesus Delano, dem Triathleten. Jesus berechtigte wieder dazu, Fußgänger zu sein, er adelte das Gehen. Ein Pendant zur Limousine, das war er, die langsam um die Blocks fuhr, deren getönte Scheiben die Insassen verbargen und sie damit zu Objekten der Begierde machten. Man würde mit Jesus durch Vegas gehen können, unendliche Reflexe ließen den Asphalt glänzen, die Bürgersteige, ein Widerschein aller Glühlampen, Neonröhren, Leuchtreklamen, Bildtafeln, die ihr Licht über die Umgebung warfen, wie man ein Damasttuch über Tische warf.

Jesus, ein vollkommen wasserabweisender, atmungsaktiver Schuh, der mit einem verdeckten Verschlußmechanismus ausgestattet war, dessen Form und Farbe dem Schuppenkörper einer Forelle glich. Zusätzlich zogen sich sehr feine, weiße Sehnen aus Plastilin über den Vorderfuß und von der Ferse hinunter in die Sohle, die durchsichtig und flach war; eine silberfarbene Flüssigkeit erzeugte ein transparent wirkendes Licht, wenn sie gedrückt wurde und in Bewegung geriet. So warf die Sohle einen Lichtkranz um sich herum auf den Asphalt. Jesus ging nicht unter. Jesus warf ein weiteres Licht, das zusammen mit allen anderen Lichtern noch weit über die Grenzen der Stadt hinnausstrahlen würde, bis in die Wüste hinein, einem Halo gleich, als bräuchte die Stadt diesen Puffer, um sich emsig gegen die Ereignislosigkeit ihrer Umgebung zu behaupten. Eine glänzende Insel, auf der sie waren, und ein Feuerwerk, das sie abbrennen würden, um ihr noch mehr Glanz hinzuzufügen, zu niemandes Ehren.

Jesus, so hatte das Management in der Entwicklungsphase immer wieder betont, sei ein Schachzug, der die Konkurrenz um Längen zurückwerfen würde. Für Jesus würde Jesus Werbung machen und eine durchscheinende, verzweifelte Lichtgestalt, die zu allem bereit war, eine noch unverbrauchte, ein wunderbares Bild, wie sie Jesus flankierte. Diesen sehr schwarzen großen Mann mit seinem glänzenden Schädel, als wäre er aus poliertem Mahagoni. Und neben ihm das blonde Mädchen, das überall und immer jede Pore ihrer Haut nach außen ins Licht drehte, sich langsam in ihrer Nacktheit auflöste, bis irgendwann nichts mehr von ihr übrigblieb. Nele sah das ruhige, pulsierende Licht im Fußraum. Als leuchte die Beschleunigung nach innen, ins Flugzeug hinein. Und plötzlich wirkte der Schuh neben ihren Füßen wie ein Denkmal, das anderen schwerfälligen Denkmälern gegenüber den Vorteil hatte, unendlich beweglich zu sein.

Mit einem Fuß tippte sie die Schuhe an, sah den leuchtenden Jesus, der irgendwie zurückgekommen war. Oder war das eine Erfindung? Erzählte man sich diese Geschichte, um an Erlösung zu glauben? War es eine Lüge, die zur Wahrheit wurde, weil Menschen an sie glaubten? War alle Wahrheit Erfindung? Weil der Wunsch so groß war, ein zweites Leben, eine zweite Chance zu haben, die Wirklichkeit zu überlisten, hineinzuragen in eine Hoffnung, in eine Geschichte, deren Ende gestaltbar war. Sie hob einen Schuh vom Boden auf, erinnerte sich. Sah die Buchstaben am oberen Rand der Sohle, Erhebungen im Material. *We return* stand dort.

# Ein Punkt

Seit den fünfziger Jahren sei er nicht mehr umgezogen, wozu auch, er liebe die Gegend. Nicht allzu weit entfernt von seinem früheren Militärstützpunkt, habe es ihn nur etwas nördlich verschlagen. Die Stadt sei nah, aber er habe keine Lust mehr, sie aufzusuchen. Vielmehr meide er Hochhäuser, Einkaufsstraßen, Menschenaufläufe und ähnliches, ihn habe es schon immer eher in die Natur gezogen, auch jetzt noch, wenn er es hinbekäme. Aber irgendwie sei er nicht mehr der Typ, hatte er mit einem koketten Lachen verraten, der die Bären jage. Eher würden die Bären jetzt ihn jagen.

Das hatte der Mann am Telefon gesagt, nachdem Nele mit zitternden Fingern die Nummer gewählt hatte, die sie vor einiger Zeit, noch im Hotel in Chicago, auf der Seite der White Pages gefunden und auf die Hülle der Kassette notiert hatte.

Redselig und klar, aber auch alt hatte er geklungen, einsam, denn er ließ sich in ein Gespräch verwickeln, ohne Ausflüchte zu suchen. Am Ende, als Nele spürte, daß das Gespräch zu versiegen drohte, sagte er noch, er habe dieses überraschende Plaudern am Nachmittag genossen, und bedankte sich dafür, daß sie sich verwählt hatte.

Nele stand in einer Telefonzelle am Fuß der schnurgeraden Straße, sie hatte nicht ihr Mobiltelefon anschalten wollen.

Durch die Scheibe sah sie ihr Auto. Seine Stimme war – obwohl sie mit einem Finger gegen den Hebel drückte, die Leitung war tot – noch nah. Der Hörer warm in ihrer Hand. Es roch nach frisch gemähtem Gras. Erleichterung breitete sich in ihr aus. Es war eine vertraute Stimme, fand sie, die Frage hatte ihr auf der Zungenspitze gelegen, aber die Wörter hatten sich in dem Moment nicht zusammensammeln lassen. Ihr war bewußt, daß sie für diese Frage das sichere, kleine Karree der Telefonzelle verlassen mußte. Die Schnurstraße kannte nur ein Ziel, ohne Widerstreit und Lügen, wie schön wäre es, dachte sie, so eine Straße zu sein.

Von den aufgereihten Wohnhäusern ging eine ereignislose, beruhigende Atmosphäre aus. Braune, rote, hellblaue Wände, weiße Fensterrahmen, kassettierte Garagentüren, Walmdächer, die an Scheunen erinnerten. Sein Haus hatte die Nummer 1405, war hauptsächlich aus Holz mit einem steinernen Erker, der Vorgarten wirkte gepflegt, aber verlassen. Vor der Garage stand kein Auto, zwischen den Betonplatten wuchs Gras. Auf der Veranda, die eigentlich keine war – nur eine Stufe, Fundament für das Haus –, hockten ausgeblichene Korbstühle um ein Korbsofa und einen Glastisch mit drei Beinen. Eine Fußmatte wünschte Willkommen. Die klare Luft der Dämmerung – auch hier eine blaue Stunde, die sich gemächlich in die Zwischenräume der aufgereihten Holzhäuser legte. Sie konturierte die Dinge, schälte sie noch ein letztes Mal für diesen Tag aus ihrer Umgebung heraus.

Nele klopfte an den Rahmen der Fliegentür, rutschte ab, traf den grobgewebten Zwirn, der ihre Knöchel abfederte.

Im vorderen Fenster kein Licht, und einfach hineingehen wollte sie nicht.

Eingeschlafen, dachte sie und klopfte ein zweites Mal auf den Rahmen, weniger kraftvoll. Ich geh ins Hotel und komme morgen wieder, dachte sie dann. Vielleicht auch erst übermorgen. Oder überübermorgen. Vielleicht sollte ich gar nicht wiederkommen.

Unschlüssig trat sie von der Veranda zurück auf den Weg und betrachtete das Haus. Jesus, an ihren Füßen, warf ein unauffällig pulsierendes Licht aus seiner Sohle über den Beton. Sie versuchte, in das Haus hineinzuhorchen, schaute dabei auf Gails Schuhe, in denen nun ihre Füße steckten, wie in Gail eine ferne Erinnerung an diese Deutsche stecken mußte, die sie von Ohio bis nach Pennsylvania mitgenommen hatte.

Die Dämmerung zog sich zusammen, schloß die gerade noch herausgeschnitzten Konturen aller Dinge in sich ein. Mit Unterstützung des Lichts in der Sohle wagte Nele es noch einmal, sich dem Haus zu nähern, ein Ohr am Gitter der Fliegentür, in der Hoffnung, Stimmen, Musik, einen Fernseher zu hören. Vielleicht wenigstens ein Husten. Es war ganz still. Ihre Hand hielt den Griff der Fliegentür, ein altmodisches Modell, mit dem Daumen mußte man einen Hebel oberhalb des Griffes drücken. Sie öffnete die Fliegentür und klopfte auf das Holz der Tür. In ihr Warten hinein rollte ein Auto auf die Einfahrt und kam zum Stehen. Nele drehte sich um, und die Scheinwerfer des Lieferwagens erloschen.

Ein Mann stieg aus, seine Haare waren sehr blond und drahtig, Weizen im Spätsommer. Er war dicklich von der kompakten Art, trug einen ausgewaschenen Kapuzenpulli, Jeans und Turnschuhe. Öffnete die Seitentür des Wagens und zog eine Plastikkiste heraus, die mit Einkaufstüten gefüllt war.

»Kriegt der alte Herr Besuch«, nuschelte er, als er den Weg zur Tür hinaufkam, die Kiste vor dem Bauch tragend. Seine Unterarme waren bis zu den Handgelenken vollständig tätowiert.

»Ist er zu Hause?« fragte Nele.

»Würde mich wundern, wenn nicht.«

»Er macht nicht auf.«

»Hätte mich auch noch mehr gewundert.« Er stellte die Kiste auf den Glastisch, schüttelte aus der Kapuzenjackentasche einen Schlüsselbund, der aus einem tellergroßen Ring bestand, die Schlüssel daran wie Strahlen, und schloß auf. »Ich bin's. Brian vom Superstore«, rief er, ließ sich von Nele die Fliegentür und die Tür aufhalten, während er die Kiste durch einen Flur bis in die Küche trug. Nele folgte, ihr schlug warme Luft entgegen, der staubige Geruch eines Hauses, das zu selten gelüftet wurde, dann der synthetische Duft eines Luftsprays, Lavendel, Kiefernnadeln, etwas dazwischen, sie stand in der Küche und damit zugleich im Wohnzimmer. »Ich hab Ihnen was mitgebracht«, rief Brian dann, »ne nette Überraschung.«

Nele sah die Rückseite eines Liegesessels, das Fußteil ausgeklappt, zwei Hausschuhe lagen darauf, die Füße entspannt zur Seite gefallen. Dahinter lief ein Fernseher ohne Ton, das blaue Licht zuckte durchs Zimmer. Über dem Gerät, an den Panelen der Wand, hing ein Bild mit goldenem Rahmen. Im Halbdunkel konnte sie es nicht genau erkennen. Brian stellte die Kiste auf einen runden Eßtisch, vier Quäkerstühle darum, und Nele fielen die Tulpen auf, die aus einem abgeschnittenen Milchkanister wuchsen, die Köpfe tiefhängend, kurz über dem Tisch, als wären sie den langen Stengeln, die im Wasser weitergewachsen waren, zu schwer geworden.

»Der schläft«, sagte Brian und kam vom Liegesessel zurück. Er hatte ein Schuljungengesicht, leicht gerötete Wangen und diese abstehenden, weizenblonden Haare. »Dann gehe ich lieber wieder«, sagte Nele.

»Jetzt bleib hier. Mann, der freut sich sogar, wenn ich vorbeikomme.« Brian begann, die Lebensmittel aus der Kiste zu holen und sie in der Küche zu verteilen. Aus dem Kühlschrank fiel weißes Licht.

»Du hast an die Zigaretten gedacht«, sagte plötzlich der Liegesessel mit der tiefen, verschlafenen Stimme, die sie schon einmal gehört hatte, »und das willst du mir als Überraschung verkaufen.«

»Nein«, sagte Brian vom Küchentresen her, »ich hab Besuch mit reingebracht, Mr. McGee.«

»Bist auch noch ein bißchen zu jung, um Selbstgespräche zu führen.«

»Wenn Sie wüßten, wie jung ich nicht mehr bin.«

»Sollte ich besser mal wach werden?«

»Keine schlechte Idee«, Brian warf die Kühlschranktür zu, »besser jetzt als gleich.«

»Der Punkt macht mich so müde. Mann, ich schlaf ständig ein.«

»Ich hab Ihnen angeboten, noch was dazuzumalen.«

»Zwei Punkte, was? Ha-ha.«

Der Ton des Fernsehers schwoll an, Stimmen, Musik, künstliches Zuschauerlachen. Alle im Raum lauschten eine Zeitlang den Geräuschen.

»Also keine zwei Punkte«, resümierte Brian und klemmte die Kiste unter den Arm. »Du kannst dich davorsetzen«, er nickte zur Kommode hin, die neben dem Fernseher stand. Kurz darüber hing ein Blatt Papier, darauf ein großer, schwarzer Punkt. »Wenn du dich davorhockst, kann er dein Gesicht sehen.« Brian ging dorthin, bückte sich, um mit dem Punkt gleichauf zu sein, und sagte: »So, Mr. McGee, ich bin weg. Zigaretten hab ich keine mitgebracht. Sie wissen, warum. Beim Rauchen geht Ihnen der Punkt verloren. Und dann bin ich dran schuld, wenn Sie aus dem Sessel kippen. Aber Milch ist im Kühlschrank. Für ne ganze Kompanie.«

»Witzbold«, sagte die Stimme. Brian winkte Nele heran. Sie folgte seiner Aufforderung zögerlich, er wich zur Seite, und ehe sie sichs versah, hatte er sie ins Blickfeld des Mannes gezogen, der ausgestreckt im Sessel lag, den Kopf durch ein Kissen abgestützt, sein Gesicht nur im Flackern des Fernsehlichts erhellt. Brian schob ihr den Schemel hin, der vor der Kommode stand, bedeutete ihr, sich zu setzen, griff unter den Schirm der Stehlampe. Nele setzte sich. In dem jetzt warmgelben Licht glänzten die Wangen des Mannes, seine großen Augen, das Weiß darin durchzogen von dunklen Flecken, die Stirn in Furchen. Er schaute ganz ernst, auch erstaunt, er zog immerwährend die Augenbrauen hoch; auf den Wangenknochen hockten kleine Polster, seine Haut war nicht faltig, sie wirkte wie dunkles Pergament, von innen aufgefüllt. Die Schultern eckig und schmal unter Hemd und Strickjacke. »Hallo«, sagte Nele und spürte den Reiz, sich zu räuspern, »ich habe mich mit reingeschmuggelt.«

Er reagierte nicht, starrte nur Neles Gesicht an, oder den Punkt dahinter, das war nicht zu entscheiden. Der Fernseher füllte den bewegungslosen Augenblick mit ununterscheidbarem Geflimmer und Dialogen aus einer anderen Welt.

»Wer bist du?« fragte der alte Mann.

»Deine Enkeltochter«, sagte sie leise.

»Brian«, sagte der Mann, »bleib doch noch einen Moment.«

»Klingt mir nach ner Familiensache«, sagte Brian. Er stand hinter dem Liegesessel. Nele fühlte sich, als stände sie auf einer Bühne und jemand hätte sie aufgefordert, etwas zu tun, das sie nicht konnte, singen oder ein Gedicht aufsagen. Die Blicke der Männer von vorne, am Hinterkopf der Punkt. Sie ruckelte, der Stuhl war fest, unverrückbar vom Teppich festgehalten.

»Halt still«, sagte der Mann, »sonst kann ich dich nicht sehen, bitte.« Brian legte von hinten dem Sessel die Hände auf. »Hartnäckige Krankheit haben Sie sich da eingefangen.«

»Ja, die wünschst du deinem ärgsten Feind nicht an den Hals.«

»Doch, dem schon«, sagte Brian.

Nele nahm die Steifheit des Schemels an.

»Besser«, sagte der alte Mann.

»Mit Ihnen will man echt nicht tauschen«, Brian zeigte mit einem Finger auf sein Ohr, rollte die Augen, drehte taumelnd den Kopf. »So eine Entzündung im Ohr, die das ganze Gleichgewicht durcheinanderbringt, Mann, und das seit hundert Wochen.«

»Seit drei. Bring mir lieber noch ein Glas Milch.«

»Hey«, rief Brian, während er sich vom Liegesessel Richtung Küche entfernte, »Sie könnten sich ruhig mal ein bißchen freuen.« Aus dem Sessel heraus sagte er zu Nele oder zu dem Punkt: »Wenn mir nicht schon schwindelig wäre, dann ginge es jetzt sicher los.« Mit dem ausgerichteten und doch irgendwie ziellosen Blick schob er sich in den Polstern zurecht, als wolle er Haltung annehmen, schaltete den Fernseher aus. Brians Hände tauchten auf, bis zum Handgelenk die helle Haut, darüber vielfarbige Bilder, reichten von hinten ein Glas Milch. Der alte Mann hielt es mit beiden Händen fest, Brian verschränkte hinter dem Sessel die Arme, die Bilder auf seinen Unterarmen flossen ineinander, es wirkte, als habe er einen Arm voll Bilder eingesammelt, all das, was andere nur anschauten, zog er sich auf die Haut. Brian sagte: »Auch, wenn das Aussichten sind, die ich gern mit Ihnen teilen würde. Aber ich muß los. Der Fisch im Wagen taut auf. Und ich will endlich eine von Ihren Zigaretten rauchen.«

»Muß ich wirklich hier sitzen?« fragte Nele.

»Das schafft ihr schon«, rief Brian beim Hinausgehen. »Und bei der nächsten Tour frag ich Sie, wie's gewesen ist. Trinken Sie Ihre Milch.«

Als warte sie auf den Anfang einer Geschichte, den ersten Satz, so hockte sie da, den Mund geöffnet, sprachlos. In dem Moment, da die Tür hinter dem Jungen ins Schloß gefallen war, wußte Nele, daß sie auch Angst davor hatte, mit dem Mann allein zu sein. Trotz seiner offensichtlichen Hilflosigkeit. Hier war niemand, der eine Geschichte erzählen konnte, niemand, der einfach Fragen stellen konnte. Wo konnte sie anfangen, was wußte sie schon? Sie war losgestürmt, auch erleichtert, Chicago zu verlassen – und hier angekommen. Hatte sich in etwas hineingesponnen, ganz feine Fäden, die, so schien es, jemand plötzlich vom Himmel hatte hängen lassen. So mußte es ihre Mutter gemacht haben, immer wieder und wieder, vielleicht schon ihr Leben lang: endlose Fäden zwirbeln, dann Stich um Stich, Naht für Naht, der Unbegreiflichkeit des väterlichen Verschwindens etwas entgegensetzen, das blieb. Die Reste sichern, sammeln, festhalten, anheften, zunähen, nur nichts gehen lassen.

Vielleicht redet er, wenn ich schweige, dachte sie. Und wünschte einen Augenblick lang, Gail wäre mit ihrer schroffen, direkten Art mit im Raum. Die geschulte Leichtigkeit, mit der sie Gespräche steuern konnte. Small talk hatte Nele noch nie beherrscht. Eine Unfähigkeit, die ihr erst in Amerika als Problem erschienen war.

Mit einer Hand machte er eine Geste, als wehre er etwas Angebotenes ab. Die Haut in seinem Handteller war heller und von eingeschnitzten Falten durchzogen, in denen Dunkleres saß. Etwas Milch schwappte über den Rand des Glases, er balancierte es bis zu dem Beistelltisch neben sich. Eine Sammlung von gerahmten Fotos hing an der getäfelten Wand links neben Nele. Auf den meisten war er als junger Mann, als Soldat zu sehen. Dann drehte sie sich zum Fernseher hin und sah darüber das Bild aus der Nähe. Eine Frau mit Hüten, einen Hut in der Hand. Ein weißes Gesicht, sehr hell stach es aus dem Hintergrund, die Hüte wirkten leicht, als seien sie nicht Teil eines Ölgemäldes, sondern aus Stoff. Ihr Herz schlug im Hals. Sie spürte, wie ihre Handflächen feucht wurden. Vom Rahmen, auf den er das Bild nachträglich gezogen haben mußte, waren Stuckteile abgesprungen, der weiße Gips sichtbar. Das Bild selbst, seine Oberfläche, wirkte unbeschädigt. Mit einem Ruck stand sie auf, und er sagte im Befehlston: »Hinsetzen.« Sie folgte. Als habe er das Warten satt oder wollte die Härte seines Tonfalls abmildern, sagte er: »Der Krieg ist die beste Zeit meines Lebens gewesen.«

Dann fügte er hinzu, sie solle nicht zusammenzucken, sondern sich das vorstellen. Es blieben die guten Erinnerungen übrig, am Tage, die schrecklichen zögen sich zurück in die Nacht. Für ihn stecke der Krieg voller guter Erinnerungen. Sie seien die Unterlegenen gewesen, der letzte Dreck, gerade in der Armee. Aber dann hätten sie die Double V Campaign losgetreten, so hätten die Zeitungen es genannt, und Nele wollte ihn nicht unterbrechen, ahnte nur, daß das V für Victory stehen mußte, wie überall. Er sagte, es sei ein doppelter Sieg für sie gewesen. Über das faschistische Deutschland und über den allgegenwärtigen Rassismus in der Armee. Nichts sei mehr an ihnen vorbeigegangen, sagte er, sogar die Navy habe sie zur Offiziersausbildung zulassen müssen, die Marines hätte zwei Bataillone gegründet, sie seien nicht mehr nur Köche, Stewards und die für die Drecksarbeit gewesen, sie hätten sich einen Platz erkämpft, sie gaben plötzlich Befehle. Damit verbinde er den Krieg in Europa und den Sieg über Deutschland. Es habe mit ihrer Ankunft in Neapel begonnen, erzählte er, den Punkt an der Wand fest im Blick, sie davor festgeschnürt, Ankunft im stockfinsteren Hafen, und sie mußten in rasender Eile und völlig unkoordiniert am Außenrand des Hafenbeckens das Schiff verlassen. Gekenterte, halb gesunkene Boote, Reste von Kriegsmaterial blockierten die Weiterfahrt. Sie hätten Planken ausgelegt, seien von Wrack zu Wrack geschaukelt, vollbepackt, einmal abgerutscht, er wäre wie ein Stein versunken. Das morsche Knacken der Bohlen, sie bogen sich unter den Füßen, am tiefsten Punkt sei er knietief durchs Wasser gegangen. Nie sicher, ob das Brett sein Gewicht hielte, ob der Bootsrumpf oder was auch immer, an dem es endete, nicht gleich selbst versinken würde. Keinen Gedanken daran verschwenden, über was sie gerade gingen, was unter, über, vor, hinter ihnen war. Darum ging es, keinen Gedanken eindringen zu lassen. Vor ihm nur sein halbes Bataillon, alle schwarz wie die Nacht, ein gutes Gefühl. Nur ein Ziel haben, an Land kommen, festen Boden unter den Füßen haben. Wir seien eben doch keine Fische, lachte er.

Ich muß mir alles merken, sagte sie sich, um es meiner Mutter erzählen zu können.

»Es ist genau wie eine Seekrankheit, diese Labyrinthitis«, sagte er dann. »Kannst nur auf den Punkt starren und das Stampfen der Wellen mitmachen. Als würdest du in ner Badewanne liegen, die den ganzen Tag hin- und herschaukelt. Mußt mit jeder Welle mitgehen, also, in der Vorstellung, dann gibt die Seekrankheit für Minuten auf. Zum Kotzen«, sagte er sehr laut, »schaukeln, bis der Arzt kommt. Warst du schon mal seekrank?«

»Ich werde seekrank im Flugzeug«, sagte Nele unsicher und zugleich verärgert über ihre Unbeholfenheit.

»Niemand wird von Seekrankheit verschont. Nur, wenn du alt und taub bist, hast du gute Chancen. Ich bin alt, aber nicht taub, und hol mir den Kram noch an Land, weißt du? Wenn ich wenigstens auf See wäre. Dann wüßte ich ja, es hört auf, wenn ich einen Fuß an Land setze. Aber ich Idiot fang sie mir erst an Land ein«, er lachte sardonisch. »Bitte, bleib, wo du bist«, befahl er Nele, sie gehorchte.

Von ihrem Punkt aus sah sie, wie ähnlich seine Hände denen ihrer Mutter waren – nicht in der Größe, in der Form. Er hatte schlanke Finger, die Nägel waren flächig und glatt. Heller als die Haut. Wie bei ihrer Mutter. Diese Haut alterte nicht. Zumindest nicht so, wie die Haut ihres Vaters alterte. Die Haut ihrer Mutter, die Haut des alten Mannes, wirkte wie unterfüttert, die Falten am Handgelenk eingeschnitzt. Nele sah den alten Holztisch in ihrer Studentenwohnung vor sich, alle Schnittmuster, die sie je ausgeradelt hatte, waren auf diesem Tisch entstanden, ins Holz geritzt von den Spitzen des Kopierrades, das zugleich mit knirschendem Ratschen das Kopierpapier perforierte. Halbkreise, Geraden, Rundungen, Spitzbögen. Ein sich überlagerndes Wegenetz, aus dem ihre Kleidung entstanden war.

Er atmete laut aus. »Die Achterbahn wirkt ganz stabil, gibt's nicht viel dran zu rütteln. Nur ich hock immer im falschen Wagen. Erst in dem, der rückwärts runterfährt. Und dann in dem, der rückwärts rauffährt. Nie in dem, der vorwärts dahin fährt, wo man eben so hinfährt. Mädchen, wenigstens du, bleib wo du bist.«

»Ich sitz still.«

Er rutschte auf dem Sessel hin und her, den Blick starr auf den Punkt gerichtet. Äußerlich wirkte er gesund, drahtig für sein Alter. Achtzig? Fünfundachtzig? Der Schwindel war unsichtbar. Sie sah nur seinen schmalen Körper, nicht diese Schatten, die ihn umwarfen. Sie sah ihre Mutter in ihm.

»Wir waren immer noch im Krieg«, begann er dann leise, »und Eisenhower redet von Geschenken. Ein Witz. Niemand wollte den Deutschen was schenken. Wozu diesen Irren was schenken? Eisenhower wollte uns klarmachen, daß es verboten war, was zu schenken. Weißt du, was ein Geschenk ist? Man macht jemandem eine Freude. Man freut sich darüber, daß der andere sich freut. Man verzeiht sich was. Wir haben Kleinigkeiten verschenkt. Wir konnten was verschenken, weil wir genug hatten. Aber Eisenhower wollte uns das Verzeihen verbieten. Zu recht. Es war unverzeihlich. Verstehst du mich?« Er stockte, suchte in ihrem Gesicht nach Zustimmung, fand wohl nicht das, was er suchte, sagte: »Wir haben diese Hefte als Klopapier benutzt. Die Gebrauchsanweisungen, wie wir mit den Deutschen umzugehen haben. Das waren Monster in den Heften, die Frauen, eine Krankheit, wenn du eine deutsche Frau anfaßt, wirst du krank. Oder ein kleiner Hitler. Je nachdem. Das stand in den Heften. Klopapier.«

Er stöhnte, als bereiteten ihm die vagabundierenden Erinnerungen Schmerzen, die die Entzündung im Labyrinth noch übertrafen. Es schien, als ließen sich die am tiefsten versunkenen Erinnerungen am einfachsten heraufbeschwören, wenn ein äußerlicher Schmerz das Denken dämpfte und der Blick, auf das gleiche gerichtet, festgehalten war.

»Ich hab den Krieg überlebt, dann überlebe ich doch auch diese lächerliche Achterbahn, nicht?«

»Natürlich«, sagte Nele.

»Noch nicht Zeit, zu verschwinden.«

»Nein.«

»Du bist aber nicht meine Schwiegertochter«, sagte er nachdenklich. »Ich bin standfest, weißt du, ich halte durch. Alle sagten immer, die Deutschen würden Revanche üben. Gerade in dem Moment, wenn wir ihnen die Hand reichen. Paß auf die Frauen auf, sagten die Chefs immer, die schlagen zurück. Mann, diese Frauen, die alles mitgemacht und alles abbekommen hatten. Revanche? Wer? Die Frauen? Mann, haben wir gelacht, über Eisenhower gelacht. Die wollten Zigaretten und ihre Ruhe und schickten ihre Kinder raus, die sollten die Bonbons holen. Keine Frau will Bonbons von der Straße klauben. Und die Kinder krochen unters Auto dafür, riskierten ihr Leben für ein Bonbon. Und wir fuhren nicht los, weil wir wußten, wie sich das anfühlt. Unters Auto zu kriechen, um was zu bekommen. Jetzt saßen wir obenauf. Und die halbverhungerten Kinder krochen unter deinem Auto durch.«

»Ich bin auch nicht deine Schwiegertochter«, sagte Nele in die Stille.

»Weiß ich. Wir gaben den Kindern damals die Hand.« Er lächelte durch das Verhaltene, durch den Schwindel hindurch.

»Ich bin deine Enkeltochter.«

»Wir mähten den Rasen ab. Kein nachwachsender Hitler. Marshall hatte gute Berater, er hatte die besten Berater, die hatten die Pläne. Die hatten es sich überlegt. Gib den Leuten Geld in die Hand, und sie kommen auf andere Gedanken. Wie überall. Kannst du dir was kaufen, vergißt du deine krummen Ideen. Gibst du Kindern Süßes, sind sie brav und höflich.« Er lachte traurig. Sie lachte mit.

Dann sagte sie, »so sind wir Amerikaner geworden.«

Er hörte auf zu lachen. »So werden alle Amerikaner. Weil sie sich kaufen lassen. Scharf sind auf unser schmutzstarrendes Falschgeld.«

Einen Moment lang machte er ein Gesicht, als wendeten sich seine Augen nach innen, als zurre sie dort jemand fest, und ihnen blieb nichts anderes übrig, als ins Dunkel zu starren. Nele dachte: Ob Altwerden bedeutet, daß sechzig Jahre alte Erinnerungen das Denken belagern, die man einem Fremden erzählt, von dem man nicht mal den Namen weiß? Nur, weil sie nach außen drängen, wie Schweiß, um die Körpertemperatur abzukühlen? Als wären es glühende Erinnerungen, die noch das Zeug zur Kernschmelze hatten. Schweigen. Ein stilles Haus. Draußen: ein, zwei Autos, denen sie dabei zuhören konnten, wie sie die schnurgerade Straße hinauffuhren. Das goldgerahmte Bild wollte angeschaut werden, Nele konnte sich kaum zurückhalten.

»Beweg dich doch bitte nicht«, nahm er ihre Gedanken vorweg.

Das band sie wieder an den Schemel.

»Ich bin Sergeant Major gewesen«, sagte er und klang dabei wieder weich und durchlässig und stolz. Nur seine Augen wirkten immer noch abgewandt. »Bevor ich freiwillig ausgeschieden bin.« Mit kaum hörbarer Stimme fuhr er fort, »Zuhause zeichneten sie die aus, die sich drüben was zuschulden hatten kommen lassen. Den Kalkleisten hefteten sie sowieso alles an. Ich hab gekämpft für dieses Land, für mein Land, und dann wollten sie uns aufs Boot zurückschicken, als wären wir Ratten. Aber dann war Schluß«, er lächelte und hielt selbst das Lächeln zurück. »Dann haben wir gesiegt. Doppelt gesiegt. Dann konnten sie uns nicht mehr so einfach zurückschicken. Aber zur Hölle damit. Ich war fertig mit diesem Land und hab trotzdem weitergemacht, hab's durchgestanden. Jetzt zahlen die meine Rente, da kommen die nicht drum herum.« Er tippte mit einem Zeigefinger auf sein Schlüsselbein. »Verziehen. Doch. Auch wenn mir manchmal einfällt, wie wütend ich bin.« Verlegen, aber mit einem Ausdruck heftiger Traurigkeit im Gesicht, zog er den Ausschnitt seiner Strickjacke zurecht. Schien für Sekunden zurückgeworfen in einen Schwindel. Plötzlich lachte er auf. »Die Frauen, die Wohnungen, Händeschütteln. Alles verboten. Keine Geschenke. Wir waren einfach zu neugierig, Mann, weißt du? Seit Adam und Eva wollen wir dahin, wo wir nicht hinsollen. Wir wollen sogar noch wissen, wie es in der Hölle aussieht. Und nur, weil so ein paar Besserwisser meinen, sie kontrollieren den Himmel, wollen wir auch gleich dorthin. Ich laß mir nicht sagen, wohin und wohin nicht. Ich gehe immer einfach. Ich gehe auch jetzt einfach nach da oben, auch wenn der mich da nicht haben will. Nur jetzt noch nicht.«

Nele sammelte ihren verstreuten, in seinen Erinnerungen ziellos gewordenen Mut zusammen. Schmerzhaft wurde ihr bewußt, daß sie weder die Kassetten, noch das Stück Papier bei sich hatte, was als Beweis gelten konnte, den Wunschzettel ihrer Großmutter mit seinem Namen. Das hatte sie unten, am Ende der Straße, im Auto vergessen.

»Du hast eine Tochter in Deutschland. Ich bin die Tochter deiner Tochter. Deine Enkeltochter. Deswegen bin ich hier reinspaziert. Wir sind verwandt.«

»Ich hab keine Tochter in Deutschland«, sagte er.

Wieder nur die Straße draußen und das Vorbeisurren der Autos.

»Tut mir leid, ich hab wirklich keine Tochter in Deutschland.« Er hob beide Hände, als schütze er sich oder segne sein Gegenüber. Es war, als wollte er Nele seine verletzlichsten Stellen zeigen, die Haut, in die alles eindrang, in der die Erinnerungen steckten, die weichen, hellen Innenflächen seiner Hände. Gleichzeitig zog er die Schultern in Richtung der Ohren. Sein hinten festgezurrter Blick wendete sich nach außen, kam aber nicht bis zum Punkt. Beide Hände sanken auf seine Oberschenkel, die Handflächen nach oben. Ganz langsam schloß er die Finger zu zwei entspannten Fäusten.

»Kein Weg zurück«, sagte er in einer Kraftlosigkeit, die Nele erschreckte, »kein Weg zurück mehr. Der Hafen ist zu voll mit Zeug.«

Sie sah die beiden Menschen vor sich, den Mann im Sessel und ihre Großmutter, die klein und durchscheinend geworden war, trotzig, auf eine Art, wie ein Kind. Wie dieses Gemälde zwischen ihnen im Kreis gewandert war, wie ein Schelm im Märchen, der die Wahrheit kannte, dem aber niemand Glauben schenkte. In der Küche sprang der Kühlschrank mit einem Zittern an und rauschte in die Stille hinein. Den Kopf zur Seite gelegt, berührte das Kinn des alten Mannes nahezu seine Schulter. Die Leberflecken auf seinen Wangen waren schwarze Punkte, dicht bei dicht, erhobene Sommersprossen. Sah sie ihre Mutter in ihm oder bildete sie sich das ein? Die Ehrlichkeit, mit der sie sich fragte, hinterließ eine Kälte im Brustkorb. Natürlich schenkte sie dem Bild mehr Glauben. Es war hier und erzählte seinen Teil der Geschichte. Aber er verneinte den anderen Teil.

Ohne Zweifel war sie reichlich blaß im Gegensatz zu ihm. Wasser, wenn es an der Küste hell wird. Er war das, was weit draußen war, die verwunschene Tiefsee. Die Mitte aller Weltozeane. Den Ort, den sie wenige Male hoch oben überflogen hatte. Den sie auch jetzt bald überfliegen würde.

Er atmete durch den Mund, und der Rhythmus seines Atems klang, als schlafe er. Dieser alte Mann, von dem sie so gut wie gar nichts wußte. Wie sie von Gail nichts wußte, dachte sie in dem Augenblick. Der Mann wird irgendwann verschwinden, geradeso, wie Gail aufgetaucht und verschwunden war, und all das mitnehmen, was er nicht geteilt hat. Wie jeder Mensch alles mitnahm, was er nicht geteilt hatte, meistens die eigene Wahrheit.

Ermutigt durch seine geschlossenen Augen, den gleichmäßigen Atem, stand sie auf, griff nach dem Bild, hob den Draht auf seiner Rückseite vom Haken, stellte das Bild auf die Kommode, so daß es den Punkt ersetzte.

»Faß das nicht an«, sagte er harsch.

»Ich stelle es nur hier hin.« Sie wich zur Seite.

»Faß das Bild nicht an!«

»Ich bin vorsichtig, ganz vorsichtig«, beschwichtigte Nele.

»Du hast keine Ahnung, was das Bild bedeutet!« sagte der alte Mann mit aufgerissenen Augen.

»Doch«, sagte sie, »ich weiß, was es bedeutet.«

Er starrte das Bild an, vielleicht noch den Punkt dahinter, vielleicht noch das Nachbild ihres Gesichtes.

»Ich habe keine Tochter in Deutschland«, unterbrach er die Stille. »Es tut mir leid. Das ist eine andere Geschichte.«

»Nein«, sagte Nele bestimmt.
»Doch. Das muß eine andere Geschichte sein.«
»Du siehst meiner Mutter ähnlich.«
»Wir sind alle Menschen.«
»Es entstehen keine Verpflichtungen.«
»Bitte gehen Sie«, sagte er.
»Nein.«
»Bitte gehen Sie.«
»Warum?«
»Ich bin müde.«
»Weshalb«, begann Nele und stockte, »lügen Sie?«
»Sie wollen mich beleidigen. Gehen Sie.«
»Warum sagen Sie nicht die Wahrheit?«
»Bitte verlassen Sie mein Haus!«
»Ich wollte nur.«
»Ich habe Sie um etwas gebeten.«
»Es geht um meine Mutter.«
»Sie wissen ja, wo die Tür ist.«
»Um eine Geschichte.«
»Ich werde Sie nicht bis dorthin bringen können.«
»Nur ein Wort. Ein Ende für die Geschichte.«
»Die Fliegentür klemmt manchmal.«
»Ein kleines Wort. Das ich ihr mitbringen kann.«
»Gehen Sie.«
»Ein Wort.«
»Jetzt!«

Sie ging und nahm zuletzt eines der Bilder an der linken Wand wahr. Darauf der alte Mann, noch sehr jung, vielleicht Anfang Zwanzig, in Uniform. Ein Porträtbild, das sich Eltern auf den Kaminsims stellen, ins Schlafzimmer hängen. Ihre Kinder ausstellen, als Selbstversicherung, als Erinnerung, wie sie ihr eigenes Leben um ein weiteres verlängert haben. Eine Schwarzweißaufnahme. Darauf lachte er ein sich selbst ermutigendes Lachen, seine Wangen glänzten. Etwas Zögerliches, vielmehr Angst, war um seine Augen zu erkennen. Im Halbdunkel des Zimmers waren die Augen auf dem Porträt zwei schwarze Punkte gewesen. Nele nahm sie mit, in den Flur, bis zur Tür. Den Augen war ein Erschrecken über etwas Unerklärliches eingeschrieben. Lachend und zutiefst erschüttert zugleich, so schaute der junge Mann den alten von der Seite an.

Nele faßte nach dem Knauf der Haustür und drehte ihn. Die Tür öffnete sich einen Spalt, kühle Nachtluft drang nach innen. Aus dem Wohnzimmer hörte sie eine Stimme.

»Wie heißt du«, hörte sie die Stimme noch einmal rufen.

Ohne zu überlegen, rief sie: »Evelyn.«

»Es tut mir leid, Evelyn.«

In dem Moment knallte es draußen, in weiter Ferne, und als Nele vor das Haus trat, war der von den Hausdächern angeschnittene Himmel hell erleuchtet, silbrig-goldene Fasern, die am Himmel hingen, dann sanken, sich auflösten, zu Staub zerfielen. Nacheinander zischten Leuchtschnüre ins Blauschwarz, breiteten sich aus, verstreuten ihre Farben. Rot, dann wieder weiß. Einmal grün. Silbriges Gelb, sattes, schweres Gold. Lichtsträuße, die sich in etwas auflösten, das dem Fell eines Pudels ähnelte. Dieser Nebel zog über den Nachthimmel. In ihm öffneten sich weitere Lichter, sie drängten das Weiß in den Hintergrund. Das Knallen kam mit Verzögerung an. Eric hatte immer gesagt, nichts sei so vergänglich wie Bewegung. Nichts ist so vergänglich wie Licht, dachte Nele in dem Augenblick. Plötzlich fiel ein Gesicht aus einem Lichtstrauß, ein lächelnder Mund und Punktaugen. Und gleich noch ein Gesicht, das auf den Nebel geworfen lächelte und verschwand.

Der Pudelhaarnebel rieselte auf die Dächer der Häuser. Sekundenlang erhellte das Feuerwerk dunkle Fensterscheiben, als hätte im Inneren jemand eine Lampe angeschaltet. Licht tauchte auf und verschwand. Hauptsache Licht, dachte Nele, weil die Nacht so vollkommen ist. Hauptsache ein bißchen Licht, dachte sie dann, als kleine Lüge und als Trost.

Sie wartete nach dem letzten Knall auf den nächsten. Es folgte keiner mehr, es blieb der Nebel und die Stille, und beides löste sich langsam auf. Sie wußte, sie würde ihrer Mutter nicht das erzählen, was eben passiert war. Sie würde ihr eine Lüge erzählen, eine Geschichte, einen Trost.

# 21:33 Uhr, im Anflug

Geradeso wie der alte Mann schlief auch Nele ein. Maskiert mit den Schlafbrillen über den Gesichtern, zwei reisende Ganoven. Mit einer Schulter war sie gegen ihn gerutscht. Nach deutscher Zeit war es kurz vor fünf Uhr morgens.

Im Einschlafen hatte er gemurmelt: »Alles nur geträumt.«

In dem unruhigen, leichten Dämmern, das durchzogen war von der Ahnung, bald anzukommen, sah sie das Bild einer Katze vor sich, die um ihre Beine strich, sehnig, schlank, drückte sie ihre Flanke an ihren Unterschenkel, senkte den Kopf, strich mit ihm am Knöchel vorbei, sehr lebendig, kein Schatten. In einem trägen Sog gefangen, drang langsam die Erkenntnis zu ihr durch, daß dies kein Traum, sondern ein Gemälde war, in dem sie und die Katze hockten; eine Katze, deren Fell die Farbe von trockenem Getreide hatte und wirkte, als sei es ihr eben erst gewachsen. Das Bild wurde, soviel konnte Nele erkennen, von einem Kreis Experten begutachtet, darunter auch dem alten Mann. Jemand sagte von außen ins Bild: Kunst ohne Vorahnung ist nichts. Sie verstand, sprunghaft, assoziativ, wie Erkenntnisse im Traum zustande kommen, daß das Gemälde gerade erst entdeckt worden war, ein noch unbekanntes Bild, eine Sensation. Die Experten holten tellergroße Lupen aus ihren Taschen und starrten die Katze aus der Nähe an, ihr Fell, das sich jede Sekunde entzünden konnte, so schien es, unter ihren Brennglasaugen. Mit murmelnden Stimmen beschrieben die Experten die Katze, ihr verschmitzt wirkendes Gesicht, dann Neles Beine, die knöchrigen Knie, den Saum ihres Sommerrockes, eine doppelte Naht, im Hintergrund Dünen, dann ein niedriges, hölzernes Stadthaus mit Terrasse, ausgestreckt in Richtung eines Meeres, das nicht im Bild war, das nur Nele sehen konnte: es lag friedlich und harmlos da als stahlgraue, unberührbare Fläche. Plötzlich sah sie die Katze und ihr eigenes Bein vielfach vergrößert, bewunderte selbst, wie konturiert, selbstbewußt und doch voller Fragen der Maler alles gemalt hatte. Die Experten berieten sich unterdessen: Fälschung oder Original? Keiner hatte eine Antwort. Es ist, sagte einer, überhaupt unmöglich, daß ein Bild einfach auftaucht. Sie kannten doch alle Bilder. Die Mehrheit der Experten plädierte für Fälschung, dann erhoben sich die Stimmen, plötzlich schrieen sie durcheinander, gaben ihre Distinguiertheit auf, hielten sich die Lupen vor die eigenen Gesichter, sodaß ihre Augen Zerrspiegeln glichen, die Iris eine Bowlingkugel, sie konnte jeden Moment durch das Glas der Lupe fallen, das fragile Bild zertrümmern. Nele wollte vom Liegestuhl aus, in dem sie jetzt lag – die Katze immer noch neben ihr, mit einer Hand strich sie dem Tier über den Rücken, spürte den Gegendruck, das Aufbäumen des kleinen Körpers in ihre Handfläche hinein –, sie wollte protestieren, konnte aber nicht sprechen, sie war nur eine Figur im Bild. Sie hatte Ohren, konnte hören, aber nicht sprechen, von ihrer Sprache war nichts übriggeblieben. Sie stand auf, drehte sich um in Richtung des Hauses, das jetzt nicht mehr aus Holz, sondern aus Stoffresten zusammengenäht war. Die Wände abgesteppt mit rotem Wollfaden, die Türen und Fenster mit einer Zickzacknaht eingefaßt, es gab sogar Fensterläden. Sie sah eine Expertenhand ins Bild greifen und einen Stoffladen öffnen: Da stand ihre Mutter und blickte hinaus. Sie rief nach ihr, was wieder nicht viel nützte. Sie bewegte sich langsam auf das Stoffhaus zu, der Fensterladen offen, ihre Mutter stand dort in der ihr eigenen Vorsichtigkeit und wagte sich nicht hinaus. Die Tochter betrat die Terrasse des Hauses – die Katze strich um ihre Beine –, sie rüttelte an der Tür, die statt eines Türknaufs mit einem Knopf verschlossen war. Nach einer Weile wurde ihr klar, daß der Knopf kein Knopfloch hatte, die Tür war zugenäht. Eine falsche Naht, nur vorgetäuscht. Die Fensterläden bewegten sich im Wind, im Fenster war ihre Mutter nicht mehr zu sehen. Sie rief nach ihr, aber der Stoff schluckte alles. Ihre Mutter hatte sich im Inneren des Hauses eingenäht. Nele spürte den Impuls zu lachen, ohne Ton, denn hinter dem Haus tauchten ihre zwei Väter auf – der eine war Deutscher, der andere Amerikaner, soviel schien sicher –, sie saßen je in einem offenen, buntverzierten Achterbahnwagen, fuhren um das Haus herum, als gäbe es Schienen, auf denen sie fahren konnten. Nele wußte, daß sie ihnen Namen geben sollte, damit sie nicht einfach wieder gingen. Erkennen ist Wiedererkennen, sagte jemand von außen ins Bild, alles kommt wieder. Nele lauschte und fügte weiter im Kopf Wörter aneinander. Ich bin, sagte sie zu sich, in einer Fläche, die es nur gibt, weil jemand Linien zueinander in Beziehung gesetzt hat. Ich bin einsortiert in eine Zentralperspektive. Sie sollte dazu dienen, alles objektiv zu machen, erklärbar. An dem fernen Punkt, dort, da hinten, da fing das Erzählen an. Dort begann die Geschichte. Wirklich, war es so? Dort werde ich wieder ankommen. Die Katze trabte selbstvergessen fort, über den Bildrand hinaus. Wie sonst nur Schatten aus Bildrändern traben. Die Spur ihrer Pfoten verschwand sofort. Und plötzlich fiel Schnee, puderzuckerfeiner Schnee bis zum Meeresspiegel, eine Seltenheit, und Nele hörte die Stimme eines Mannes, den sie sehr gut kannte, er sagte: In der Wüste gibt es Licht statt Schnee, weil wir uns überall nach

Schnee sehnen, der Schnee erzählt vom Neuanfang. Das Licht erlöst uns, wie der Schnee, von unserer Angst, daß es kein Morgen geben könnte. Ist das gelogen? fragte Nele. Sind all diese Geschichten gelogen? Erzählen wir uns das nur, weil wir glauben wollen, Geschichten könnten uns von dem befreien, was das Leben ist? Was kann ich erzählen, wenn da keine Geschichte mehr ist, wenn die Sprache versiegt, in der ich sie erzählen kann, wenn das Schweigen sich der Geschichten bemächtigt hat, wenn alles verschwindet, gibt es dann keine Erlösung? Was kann ich schon erzählen, gegen dieses Nichts, das die eigene Erinnerung ist. Wessen Geschichte erzähle ich dann, wenn mir meine abhanden gekommen ist? Sie liegt in den Händen der Experten mit ihren Lupen und Zerrspiegelaugen. Sie halten sie fest, flüsterte jemand, sie haben nur das. Ist es dann besser, auch einfach zu schweigen? Was ist schon eine Geschichte, verglichen mit einem Leben? Zwei Seiten und dazwischen nur eine lose Naht. Ein Stich hier, einer dort, vorsichtiges Zusammenziehen, bestenfalls. Nie werden die Stoffe eins, nur nah beieinander liegen sie, Fremdes, das sich durch Nähte näherkommt. Ein Leben nachnähen, den Stoff über das Leben ziehen und anpassen, abstecken, auftrennen, neu zusammenheften. Wie wir den Irrtum, das Nachgenähte lieben, weil wir das Leben lieben. Ich will die Wahrheit nicht wissen, sagte da ihre Mutter, ich will nur eine Geschichte haben, die an ein Ende kommt.

Die beiden Väter beschleunigten sich. Erst flog einer über den Bildrand hinaus, dann der andere. Keiner hinterließ einen Schatten. Je näher die Lupen rückten, desto größer wurde das Bild, desto mehr verzerrte es. Keine Möglichkeit mehr, sich einen Weg hindurch zu bahnen. An Neles Füßen hingen klobige, schwere Schuhe. Als sie endlich am Rand ankam, waren die Väter längst verschwunden. Eine Windböe zog vorbei, der Maler hatte den Wind gemalt, es flog etwas auf, ein Blatt, ein Fensterladen, und Nele wußte in dem Moment, daß die Väter verschwunden waren, weil sie ihnen zu nahe gekommen war. Sie rief über die Dünen hinweg, dem Gemurmel der Experten zum Trotz, in der Sprache, die ihr gerade vertrauter war, Sätze, sie rief, daß sie alles übersetzen wolle, ihrer Mutter, in ihre Muttersprache übersetzen, nur war kein Ton davon zu hören, und während sie rief, sah sie Evi vor sich, wie sie zaghaft hinter den Wänden des Hauses, ein Ohr an den Stoff gelegt, wartete.

Was ist schon dabei, rief Nele den Experten entgegen. Zwei Menschen haben eine Erfahrung gemacht und suchen die Geschichte dazu, weil wir nicht damit leben können, eine Erfahrung zu machen, die ohne Geschichte bleibt.

Also kein Schweigen. Schnurrte die Katze von außen ins Bild hinein? Ich kann, sagte es dann in Neles Kopf, nicht aufhören, alles taucht wieder auf, kommt zurück, auch Gail. Ich rede mit ihr, ich kleine, ratternde Nähmaschine, ich rede, während sie zu mir sagt, die gewitzte, messerscharfe Abstandhalterin, daß es doch alle so machen, geradeso wie die Amerikaner: Sie erzählen sich ihre Geschichten einfach wieder und wieder. Immer die gleichen Geschichten, wieder und wieder. Daher sind sie am Leben. Sie versichern sich ihres Lebens, sie versichern sich ihrer selbst, etwas anderes haben sie nicht. Sie reichern sich an im Erzählen, denn auch ihr Leben ist wie unser Leben nur ein stecknadelgroßer Punkt. Und was erzählen wir uns? Was gibt es zu erzählen, uns versichert niemand mehr, nicht uns. Bleibt kaum etwas übrig, als ihren Geschichten zu lauschen. Andächtig legen wir unsere Stimmen über ihre, füllen mit ihren Geschichten unsere Leere. Ist es so? Habe ich es genauso gemacht? Wir verschwinden, gab sich Nele selbst eine Antwort, hinter ihren Erzählungen, und ich will nicht mehr verschwinden, ohne Anfang, ohne Ende, nur, weil ich immer die Fremde bin, die nicht hierhin und nicht dorthin, zu keiner Geschichte mehr gehört.

Ein Schaudern, der Moment des Verschwindens. Mit einem Mal war das Bild dunkel, die Experten gegangen. Sie spürte die kantige Schulter des Tweedmannes, hörte neben allen Geräuschen, die langsam zu ihr drangen, auch seinen Atem, ein wenig schnoddrig in der Nase, vollkommen gleichmäßig. Die Schlafbrille lag kühl auf ihren Augen, auf Stirn und Brauen, und darunter war es unendlich und mit einem Mal beruhigend schwarz.

In der Nacht bestand eine jede Stadt aus Lichtpunkten, und jetzt, da sie auf halber Höhe zu schweben schienen, waren über den Stadtpunkten noch die Sterne zu sehen. Als würde der Mensch den nächtlichen Himmel imitieren wollen, so wirkte die Stadt. Jede Glühbirne mußte ein Stern sein. Und der Mensch, der die Glühbirne erfunden hatte, was war der? Natürlich. Ein Gott. Aber auch das war nur eine Lüge. Vielleicht gehörte es zusammen: Zurückzukommen und die eigene, mitgebrachte Lüge glauben, weil es den Ort, an dem sie entstanden war, nicht mehr gab.

# Rücklichter

Der Tweedmann trug eine Uhr mit dortiger und hiesiger Zeit auf einem schwarzen und weißen Ziffernblatt. Um kurz vor halb sechs am Morgen des nächsten Tages, der hier schon angefangen hatte und der dort, wo sie herkamen, gerade noch zu Ende ging – um kurz vor halb sechs verabschiedeten sie sich in den Gängen des Frankfurter Flughafens. Sie zögerten kurz, vielleicht griff die Unbehaustheit der Umgebung auf sie über, aber dann nahm er sie in den Arm. Als sie sich wieder voneinander lösten, schauten beide verlegen auf den Fußboden. Sie wußte, daß er wußte, daß ihr seine Hände in Erinnerung bleiben würden und der Kuß. Sie wußte auch, daß er wußte, daß es ihm nicht anders erging. Er löste sich von ihr, entfernte sich. Dann blieb er stehen, wandte sich um. Sie sah, daß er den Mund öffnete, um etwas zu sagen. Sie hoffte, daß es nicht die Frage war, die sie sich auch gerade stellte. Er sagte ganz leise etwas, das sie nicht verstand. Dazu lächelte er, und das Lächeln verzog sein Gesicht. Er betrachtete sie, und Nele wußte, es war der Blick, mit dem er auch seine Bilder betrachtete. Er speicherte ein Bild und ließ zugleich das andere, das Kunstwerk, gehen. Noch lang zeigten sie sich, über vorbeieilende Passagiere hinweg, vom Gang auseinandergezogen, die im Spiegelglas der Flughafenwände nicht maskierbaren Innenflächen ihrer Hände, als besiegelten sie damit ihr Geheimnis.

Um sieben Uhr kam Nele in Hamburg an und sah, während sie noch auf ihr Gepäck wartete, die Menschen in der Wartehalle hinter den Trennscheiben. Abwesend, bis sie jemanden entdeckten, den sie kannten. Dann leuchteten ihre Gesichter auf, als sei ein Scheinwerfer angeschaltet worden. Winken, von einem Bein aufs andere, sich in die Höhe strecken. Danach: Die Blumen auspacken, die man mitgebracht hatte, das Papier zerknüllen, festhalten. Mißglückte Umarmungen, Koffer und Umhängetaschen noch in den Händen. Alles absetzen, noch einmal umarmen. Verhuschte Küsse auf die Wange zwischen Eheleuten. Menschen, die Partnerlook trugen, um sich ihrer Verbundenheit zu versichern. Funktionsjacken, Jeans, Turnschuhe, die bequeme Kleidung, die man trug, seit die Welt unbequem war. Die Rollkoffer wie treue, rechteckige Kinder, bedingungslos folgsam, an einer Hand hinter sich hergezogen. Die, die nicht abgeholt wurden, verbargen die Scham vor ihrer öffentlichen Einsamkeit in einer Gischt von Geschäftigkeit. Sie waren die ersten am Taxistand.

Nele war zurück in Deutschland, zuerst abzulesen an den wandhohen Streifen von Werbung, oft dieselbe Werbung wie in Amerika, Leuchtkästen voller Werbung, nur mit deutschen Textkrümeln. Sie war wieder in Deutschland, es war noch Nacht und kühl, mit der Aussicht auf wärmere Temperaturen. Sie war zurückgekommen, obwohl sie für immer hatte fortbleiben wollen. Sie konnte nicht umhin, ab diesem Moment zwei Leben in sich zu spüren, die sich in ein Dort und Hier teilten, eins schien mit dem anderen so gut wie nichts zu tun zu haben. Das eine war jetzt und das andere Erinnerung, konnte sie zwischen ihnen wechseln, wie Kugeln Bahnen wechseln, unauffällig, wurfbedingt, noch im Rollen? Ein Gürtel Leuchtwerbung und am Ende des Wartesaals ein Plakat, darauf ein Mann, der versuchte, ein Auto zu umarmen. Liebe deinen Nächsten, schwarze Schrift auf lichtblauem Grund. Ein Kind saß zusammengesackt im Korb des Gepäckwagens, das Kinn auf die Brust gefallen, lehnte es am Kosmetikkoffer der Mutter und schlief. Geschäftsmänner, die ihre Mobiltelefone aktivierten und mit zuckenden Daumen die kleinen Geräte erforschten. Fröhliche Melodien, wie lang verzögerte Hilferufe. Sie war am Flughafen in Deutschland, und sie war wie alles hier, unzugehörig, aus dem Zusammenhang gerissen. Eine Frau hob einen Hartschalenkoffer vom Band, auf den das Bild eines rissigen Wüstenbodens gedruckt war. Minuten später war sie draußen.

Die Kofferraumklappe öffnete sich ohne berührt worden zu sein. Sie wartete die ruhige, elegante Bewegung ab, mit der der Taxifahrer ihre Tasche in den Filzrachen schob. Einige Zeitungsseiten flogen über den Asphalt, blieben am Reifen des Wagens kleben, der Fahrer griff danach und zeigte mit dem gefalteten Bündel auf den Rücksitz. Die Flughafenhalle war ein gläserner Kuppelbau, die Straße davor provisorisch, begrenzt von einer Baugrube im Ausmaß eines U-Bahn-Schachtes, alle Wände mit Beton verschalt. Ein Übergang, auf dem sie standen, und Nele konnte den Blick nicht abwenden vom Flutlicht, das von vier Seiten aus den glatt versteinerten Graben erstrahlen ließ. Außerhalb lichtete sich gerade die Nacht, der Himmel eine Fläche. Und dort unten im Schacht war es so hell, daß jedes Werkzeug, jede Schraube und Verankerung im Grau zu erkennen waren. Man leuchtete es aus, um etwas zu finden, das sich noch versteckt hatte, so schien es. Ein Dieb, ein Flüchtiger, eine dunkle Gestalt, jemanden, den man zu fassen bekommen wollte, nur, weil er ein Mensch war. Dabei warf er schon lange keine Schatten mehr in diesem Licht. Vielleicht, dachte sie, war der Graben wie eine Erinnerung, die man bis in den letzten Winkel erhellte, um sich ihr nicht stellen zu müssen. Das Licht war dazu da, die Geschichte verschwinden zu lassen. Ein Licht machte die Nachtschwärze erst wirklich schwarz. Es war ein weißes, vollkommen vernünftiges, durch und durch rationales Licht. Der Mensch mußte es erfunden haben, als seine Angst zu groß geworden war. Vor dem geheimnisvoll Anderen, Chaotischen, Ungewissen und Unerklärlichen, dem Vergangenen, das da war, aber nicht wieder auftauchen durfte. Das Licht war eine Lüge, aber es nahm dem Menschen seine Angst. Es ließ das Dunkle, die Wahrheit verschwinden, die er schon seit langer Zeit und an vielen Orten hatte bannen, richten, vergessen wollen, nur weil er den mächtigeren Teil seiner selbst darin sah.

Der Fahrer lenkte das Taxi auf die Autobahn. Schwarze Sitze, Rücklehnen, Fußmatten, schwarzes Armaturenbrett, und in der Luft hing uralter Zigarettenrauch. Eine Frauenstimme befahl über Funk Wagen in die Flughafenstraße, den Lattenkamp, die Alsterchaussee.

Die Spuren ähnelten den Bahnen beim Bowling. Drei Finger in die Kugel gesteckt und die Hand eingerollt. Sie rasten aufs Ziel zu. Rein ins Dunkel, geheimnisvoller, vergessener und genau gekannter Ort. Zehn Kegel vor dem Ziel.

»Hier«, sagte Nele zum Taxifahrer, »können Sie rausfahren, hier geht's zu mir nach Hause.«

In Gedanken wiederholte sie den ersten Satz, den sie hier in Deutschland gesagt hatte, er hörte sich völlig falsch an. Mit jeder Wiederholung mehr.

»Ja, ja, ja«, rief der Taxifahrer als Antwort und mit russischem Akzent. Er klang dabei wie ein Weihnachtsmann, der gerne allen Menschen, am liebsten der gesamten Menschheit ihre Wünsche erfüllen wollte.

An ihrem Fenster zog die Ausfahrt vorbei, die geduckten Reihen- und Mehrfamilienhäuser, roter Backstein, betonierte Auffahrten, der Aldi, der Bäcker, das Internetcafé, das Bistro, der Gyros-Grieche, der Döner-Laden, das Blumengeschäft, die Boutique für Übergrößen, der Hunde-Frisör, Kalles Kramladen, Sanitätsbedarf, die bis nach außen vergilbte Kegelkneipe. Weiß umzirkelte Parkplätze vor den Schuhkartongebäuden, einige Mehrfamilienhäuser, dann eine mit Stacheldraht umzäunte Wiese, wieder eine Neubausiedlung, rot verklinkerte Doppelhaushälften, vor den Häusern Holzdächer, unter denen die Autos wohnen durften. Niedrige Buchenhecken, an denen noch das ockerfarbene Laub vom letzten Herbst hing. Frisch bepflanzte Vorgärten, weiße Friesenzäune, dunkle Jägerzäune, grüne Maschendrahtzäune. Ein gelb gerahmter Schäferhund im Profil. Ein großes rotes Schild: Parken vor der Einfahrt strengstens verboten. Bürgersteige, die aussahen, als seien sie noch nie benutzt worden.

»Dort rechts.«

»Ja, ja, ja.«

Die Straße, die sie so genau kannte, die Schuhkarton-Post, die Lagerhäuser, an die reihenweise LKWs andocken konnten, wie Ferkel an die Zitzen ihrer Mutter, Baustoff-Lübbke, der Opel-Händler und dann Ade Schleichweg mit seinen Pools. Alles schien sich klein zu machen, hier in der unmittelbaren Nähe zur Autobahn. Alles duckte sich in ihren dunkelgrauen, rauschenden Schatten. Nur die türkisen Becken strahlten in ihrer stoisch-gleichmütigen, nutzlosen Schönheit. Als wären sie sich sicher, alles zu überdauern. Sie standen noch genauso herum wie vor fünf Jahren, als Nele das letzte Mal an diesem Ort gewesen war.

»Hier können Sie anhalten.«

Das Taxi verschwand in der Dämmerung. Ein durchgehend bedeckter Himmel, in unauffälligen Schattierungen dem Panzer einer Schildkröte nicht unähnlich.

Die Luft roch nach nassem Stein. Das stetige, leise Rauschen der Autobahn über die Schallschutzwand hinweg. Amseln zwitscherten in den Buchenhecken. Eine sprang unter der Hecke hervor und wieder hinein, ansonsten bewegte sich nichts. Nele stand ganz still da. Die Becken, die in den Himmel ragten, die Mauer zwischen den Grundstücken, an der sie lehnten, der Efeu, die Garagenauffahrt, die Pfeiler des Tores, oben begrenzt durch jeweils eine Waschbetonplatte. Der Rasen vor dem Haus, darin einige Osterglocken. Zwei Rhododendren, die Blätter gelackt von der Feuchtigkeit. Winterharte Gewächse, Pflanzen, die der Kälte trotzten. Das undurchdringbare Grau der Steine, ihr strenges Zickzackmuster, Moos in den Fugen wie Dichtungsmasse. Geraffte Halbgardinen in quadratischen Fenstern wie müde Tränensäcke. Hinter allem die Schwarztannen, sie bewachten die Schallschutzwand. Noch dahinter die Autobahn. Hatte jemand diese Schmucklosigkeit beabsichtigt? Wer strafte sich für was, mit einem Leben an unbehausten, geschichtslosen Orten? Plötzlich hatte sie das Gefühl, daß all dies so sein mußte. Diese Straßenzüge waren ein Erdbebengebiet, und nur hartnäckige Versteinerung konnte ein Auseinanderbrechen verhindern.

Nele schauderte. Es war kühl. Ihr Gepäck stand auf dem Bürgersteig, wirkte mit einem Mal fremd, ein unheimliches Objekt, das irgendwo hingestellt werden wollte. Sie öffnete das schmiedeeiserne Tor zur Garagenauffahrt, das Metall der Klinke lag in ihrer Hand wie ein Eiswürfel. Augenblicklich ging das Flutlicht an. Es überstrahlte die Auffahrt. Sie trug ihre Tasche bis zum Hauseingang, stellte sie ab. Drehte wieder um und ging durch das Tor zurück auf die Straße. Nach einigen Minuten erlosch der Scheinwerfer. Da stand ihr Vater hinter den Streben von Nachbar Ades Tor.

»Nele!«

»Papa!«

»Mein Schatz, du bist hier!«

»Ja.«

Er streckte seine Hände durch das Gitter, kam dann erst auf die Idee, das Tor zu öffnen. Sie verhaspelten sich dabei, wirkten wie ungeübte Zootiere, die bei der Fütterung mit dem Käfiggitter kollidierten. Ihr Vater hielt ein Klemmbrett, ein Kugelschreiber baumelte an einem Faden.

»Was machst du hier?«

»Inventur. Mit Ade.«

»So früh am Morgen?«

»Es gibt viel zu tun.«

»Wieso, verstehe ich nicht. Und dann gehst du ins Büro?«

»Ich gehe nicht mehr ins Büro.«

Nele neigte den Kopf. Ihr Vater schmunzelte und schaffte es dennoch, dabei eine besorgte Stirn zu machen. Seine Sommersprossen, die helle Haut verliehen ihm etwas Jungenhaftes. Er hatte immer diese kaltroten Wangen, wenn er längere Zeit an der frischen Luft war.

»Ja. Ade und ich werden den Poolhandel wieder zum Laufen bringen. Wir bauen das Angebot aus: Gartenteiche, Carports, Holzhäuser. Die Verträge sind schon unterschrieben, wir vertreten ein Dutzend Firmen mit ihren Produkten.«

»Du hast dich selbständig gemacht.«

»Ja. Ich mußte ziemlich alt werden, um das erste Risiko meines Beruflebens einzugehen. Ich hab darin keine Übung. Aber jetzt übe ich.«

»Bernhard«, hallte es über den Hof. »Bist du fertig?«

»Komme«, rief Bernhard zurück. »Nele ist da.«

»Hallo, Nele«, hallte es.

»Ich mach nur noch eine kleine Runde, dann können wir später frühstücken, ja?« fragte ihr Vater vorsichtig. »Du bist da«, fügte er leise an, »wie überraschend, wie schön.«

Sie nickte zum Schleichweg hin, der so hieß, weil er Ades Grundstück einfaßte und von der Straße zu einer Fußgängerbrücke führte, die sich wie ein durchgedrückter Rücken über die Autobahn streckte. »Ich gehe noch mal kurz dort hoch, okay?«

»Mach das. Bis gleich.«

Nele folgte dem Bürgersteig, bog ab in den Seitenweg, zwei rot-weiße, sich überlappende Schranken markierten den Eingang. Kiesel und Sand knirschten unter ihren Sohlen, das Rauschen von der Autobahn wurde lauter, durchbrach als Geräusch die Bewegungslosigkeit der Umgebung. Als Nele auf die Brücke trat, umschloß das Brummen sie wie eine andere Art von Luft.

Unter ihr fuhren die Autos in zwei Richtungen. Der morgendliche Verkehr war dicht. Doppelte Leuchtkegel kamen auf die Brücke zu, doppelte Rücklichter fuhren weg. Sie stand dort oben am Geländer und es war, als führen die Autos in sie hinein, durch sie hindurch, ein Knall, und sie hatten ihren Körper verlassen. Man konnte Geschosse gebären, hier oben auf der Brücke. Wenn das ihre Heimat war, dann verzog sie sich ständig in zwei Richtungen. Als wäre sie in Eile, vollauf damit beschäftigt, nichts zurückzulassen. Außer mit Benzin angereicherte Luft.

Ihre Mutter fragte leise: »Warum bist du nicht reingekommen? Ich hab dich vom Küchenfenster aus gesehen.«

Nele erschrak heftig, drehte sich um.

»Was machst du hier draußen?«

»Ich glaube, ankommen«, sagte Nele.

Ungelenk, wie aus der Übung, umarmten sich die beiden Frauen. Nele roch das Fell des alten Mantels, den Evi trug. Staubig und zugleich wie ein Hund, der in den Regen gekommen war.

»Komm nach Hause«, sagte Evi.

»Ich möchte noch einen Moment hier stehen.«

»Hab ich was verpaßt?« fragte Evi. »Hast du gesagt, daß du kommst?«

»Nein«, sagte Nele, und spürte doch in dem Moment, daß ihre Ankunft eine logische Folge von allem war, was seit der Auflösung des Hauses in Chicago passiert war. Und trotzdem fühlte es sich an, wie über einen Berg aus Porzellanscherben zu balancieren, weißes, schönes Porzellan, das zertrümmert worden war, damit das Glück aus den Bruchstellen sprang.

Nele lehnte sich über das Geländer. Ihre Mutter streckte eine Hand nach ihr aus, wartete. In ihrem Gesicht sammelten sich die ersten Fragen. Eine Begründung für die Reise. Die fehlende Ankündigung. Eine kleine Sorge dazwischen. Eine Erklärung für ihr Kofferabstellen und Verschwinden. Eine klitzekleine Hoffnung. Und dann ein kurzer Triumph, der sich von hinten nach vorn schlich. Endlich war ihre Tochter zurückgekommen. Beharrlich streckte Evi ihre Hand nach Nele aus. Die Geste wurde fordernd, und je fordernder sie wurde, desto beharrlicher verweigerte Nele sich ihr. Es gab keine Worte, die ihr Gefühl erklären konnten. Sie hatte nach dem suchen wollen, was mal gewesen war. Die Reste sichern. Kurz dachte sie: Ich bin an der Ausgrabungsstelle angekommen, aber die Grabräuber waren schon da.

»Ich hab deinen Vater getroffen«, sagte Nele, obwohl sie sich eigentlich vorgenommen hatte, jetzt nichts zu sagen.

»Nein.«

»Doch. Ich war bei ihm.«

»Oh, Gott. Wirklich?« Aus Evis Gesicht verlor sich jede Forderung, jeder Triumph. Ihr Mund stand offen, ungläubig schaute sie Nele an. Dann drangen ihr, gerade so, als hätte jemand eine Quelle angebohrt, Tränen in die Augen. Sie wischte sie mit einer hastigen Geste weg. »Er lebt? Wie? Woher wußtest du das?«

»Ja, er lebt.«

Evi hielt sich am Pelz fest. Zog sich in das Fell hinein, so schien es, wurde ganz klein. »Das kann nicht wahr sein.«

»Doch, das ist die Wahrheit, Mama.«

Unten auf der Autobahn scherten zwei Scheinwerfer aus dem Strom der Lichter aus und wechselten auf die Standspur. Ein Fahrzeug kam langsam auf die Brücke zu, blieb knapp davor stehen. Nele sah von oben, daß zwei Menschen in dem dunkelgrünen Geländewagen saßen. Griffleisten auf dem Dach, Stahlgestänge vor dem Kühlergrill, ein sicherer, breitschultriger Haufen Blech. Evi folgte Neles Blick hinunter. Nele hatte das Gefühl, daß ihre Mutter erschrak. Sie starrte das Auto an. Die Warnblinker wurden eingeschaltet. Ihr Licht zuckte über den Seitenstreifen, den Graben daneben. Ihre Mutter wich einen Schritt zurück, nahm Abstand von der Brüstung, als wollte sie von unten nicht gesehen werden. Die Hände noch in den Manteltaschen, schob sie mit einem Fuß Kieselsteine auf dem groben Teer zusammen. Schaute auf ihre Schuhspitzen. Scharrte langsam mit dem Schuh. Der Belag wirkte an der Kante der Brücke brüchig. Nele spürte plötzlich, daß das Beharrliche, das ihre Mutter umgab, Trotz war. Es war ihr nichts anderes übriggeblieben, als die Zurückweisung, die fehlende Liebe durch eine Selbstbehauptung zu ersetzen, die sich aus distanzschaffender Widerborstigkeit speiste.

Ihre Mutter hielt das Geländer fest, ihre dunklen Hände auf dem silbrig schimmernden Grau, sie schob mit der Schuhspitze Steine zusammen. Ein nach außen gebremstes, untergründiges Zittern lag in ihren Gesten. Unten schossen die Autos Richtung Stadt. Der Tag hatte die Nacht verdrängt.

In ihrem räudigen, alten Mantel, mit dem Gesicht, das immer etwas erstaunt über sich selbst wirkte, sah Evi mit einem Mal stolz aus. Die Kieselsteine vor ihren Schuhspitzen, wirkte sie, als habe sie einen Sieg errungen. Die Warnblinker des Geländewagens blinkten. Autos rasten am orangefarbenen Licht vorbei. Mit hochgezogenen Schultern rückte sie in die Nähe des

Geländers, wie um zu provozieren, daß der Mensch, der unten im Auto am Steuer saß, sie sah.

»Nur so uralte Asseln, die unter den Steinen hocken, wenn du sie aufhebst und druntergucksst. Wie beruhigend, daß sie unter den Steinen hocken. Wir können drüber hinwegtoben und Sachen werfen, die Asseln stört das nicht.«

»Was für Asseln?« fragte Nele verwundert.

»Sag mir, wie das bei meinem Vater war. Was hat er gesagt?«

Nele dachte nicht nach, sie erzählte von den Kassetten, der Fahrt, vom Bild. Wo es hing, was passiert war, als sie es berührt hatte. Bis dahin hielt sie sich an die Wahrheit. Ohne es selbst recht zu bemerken, zog ein Wort das nächste nach sich. Und plötzlich war es eine Geschichte. »Er hat mich gefragt, ob ich wüßte, was das Bild bedeuten würde, und ich sagte ihm, daß ich es wisse.«

»Und?«

Nele zögerte. »Er bat mich darum, ihm nicht die Erinnerung zu nehmen.«

»Ja«, sagte Evi abwesend. Ihr Blick schien mit den Autos fortgetragen zu werden.

»Es ist ein sehr wertvolles Bild. Und ein schönes Bild. Ganz einfach, simpel, nichts Aufregendes. Er hat nie vergessen, was es erzählt. Er hat eure Geschichte nicht vergessen.«

»Unsere Geschichte. Ja. Was ist jetzt dort drüben?«

»Nacht«, sagte Nele.

Ihre Mutter lehnte sich mit dem Rücken gegen das Geländer, schaute über die Bahnen und die Lichter hinweg, sehr weit, so schien es, als suche sie das Ende oder den Anfang der Straße.

Nele drückte ihre Zähne aufeinander, spürte die Knochen an der Haut der Wange, ihr war innerlich kalt vom Lügen. Evi stand ganz still da, die Hände in den Taschen des Mantels. Sie wartete ab. Hatte sie jemals etwas anderes gemacht? Jetzt wartete sie auf das Ende der Geschichte, natürlich. Nele hatte einfach angefangen, die Lüge hatte sich eingefügt, es hätte so sein können, es war einfach so. Ihre Mutter schien auf etwas zu horchen, vielleicht darauf, wie es sich anfühlte, über diese Entfernung hinweg, all die Jahre, mit ihrem Vater verbunden gewesen zu sein. »Und du bist wirklich einfach hingefahren.«

Es war ein fast unhörbares Echo, das von ihrer Mutter ausging. Nicht in die größtmögliche Entfernung strebte sie, um von dort zurückzukommen, sie suchte den Stein, den sie kannte. Wozu auch dieser Radius, dieses Verstreuen? Hätte sie auch einfach bleiben sollen, festhalten, wie ihre Mutter, an dem, was war; anstatt dorthin zu gehen, wo sie sich immer neu erfinden konnte, aber niemals mehr sicher gewesen war, ob sie sich nicht selbst verlorengegangen war. Ihre Mutter hatte sich festgenäht, aus gutem Grund. Fäden in einen Boden geschlagen, der in seiner schmucklosen Unwirtlichkeit nichts bereithielt, außer ein treuer, vermeintlich sicherer Ort zu sein.

Es brauchte Verharrungskräfte ungeahnten Ausmaßes, um sich an so einem Ort einzurichten. Die Fliehkräfte zu ignorieren, die von ihm ausgingen.

Die beharrlich mitwartenden Schwimmbecken mußten geholfen haben. Über die Jahre hinweg mußten die Verheißungen, von denen sie erzählten, verblaßt sein. Baden, tauchen, sich erfrischen, am Beckenrand hängen, die Beine baumeln lassen, keinen Boden mehr unter den Füßen, sich treiben lassen, auf dem Rücken liegen, den Himmel im Blick.

»Sag, was er noch gesagt hat.« Evi wandte den Blick nicht von der Autobahn, dem Warnblinklicht, den seltsamen Asseln, dachte Nele in dem Moment, unter den Steinen.

Um das graue Licht des Tages zu erhellen, ließen die meisten Autofahrer ihre Scheinwerfer an. Nele starrte in die weißen Kreise, bis sie nur noch weiße Kreise sah. Es ging nicht mehr anders, Blickkontakt war unter diesen Umständen nicht möglich. Nach den ersten Sätzen wurde es leichter. Sie beschrieb, was sie im Haus gesehen hatte, sie berichtete in Kurzform von seinen Kriegserinnerungen, die ihr, als sie sie wiedergab, wie uralte Gegenstände vorkamen, die niemand mehr aus dem Fundbüro abholen wollte. In die Lücken legte sie ihre eigenen Worte, füllte mit ihnen die Leerstellen auf oder umwanderte sprachlich das fragile Terrain. Sie log und hörte sich selbst beim Lügen zu und wunderte sich darüber, daß ihre Mutter das Zittern in ihrer Stimme nicht hörte, die wachsame Anspannung, die es brauchte, um aus einem Erlebnis eine Geschichte zu machen. Was hatte der Tweedmann gesagt? Erfinde eine Geschichte um das Bild. Fang endlich an, hatte er gesagt.

Nele redete durch den Lärm hindurch, die Luft roch nach Abgasen, unermüdliche Bewegung. Evi löste sich vom Geländer der Brücke, sagte leise, so daß es kaum zu hören war: »Ich hatte mir das immer gewünscht. Mehr brauche ich gar nicht. Nur das. Das zu wissen.«

Nele schaute auf den Boden. Sie mußte schlucken.

»Diese kleine Sache. Daß er – daß er sich erinnerte. Daß ich ein Teil seines Lebens bin.«

»Ja«, sagte Nele leise und dachte an das Gemälde an der Wand. Es war, als hielte sie sich am Goldrahmen fest.

»Er ist ein alter Mann, er wird womöglich nicht mehr lang leben.«

»Er hatte diese Krankheit.«

»Es ist – das klingt verrückt, aber es löst sich etwas auf«, sagte Evi. Nele sammelte ihren Mut zusammen. »Vielleicht solltest du hinfahren.«

Evi schaute ihre Tochter erstaunt an. Dann sagte sie: »Manchmal sollte man ehrlich mit sich sein. Ich hab mich nie getraut. Ich werde mich nie trauen.«

Nele sah, daß die Warnblinker des Geländewagens erloschen. Kurz darauf setzte sich das Auto auf der Standspur in Bewegung, fuhr unter der Brücke durch. Sie mußte an Gail denken. Wie sie das Mädchen von der Standspur aufgelesen hatte. So zufällig wie der Reifen, der abgesprungen war, während der Wagen noch weiterfuhr, die Ausfahrt hoch. Der Reifen war über die Fahrbahn gerollt und wieder zurück, im Graben verschwunden. Mann kann auch mit drei Reifen fahren, dachte sie, aber vielleicht fällt man dann in irgendeiner Kurve mal um. Einen Augenblick lang war ihr, als könnte Gail dort unten im Straßengraben auf dem verlorengegangenen Autoreifen sitzen – und was tun, warten?

»Würdest du sagen, ist das dein Zuhause hier?«

»Ja«, antwortete Evi nach einer Weile, »aber was ist das schon. Ein Ort, an dem andere sind, denen man sich nahe fühlt, die, vielleicht, auf einen warten.«

Nele drehte sich um, der Geländewagen wechselte jenseits der Brücke auf die Fahrbahn, beschleunigte und verschwand zwischen anderen Autos. Ein Motorrad raste unter ihnen durch, das Geräusch zerschnitt die Luft. Sekundenlang wurde alles umgepflügt.

»Selbst wenn es eine Geschichte wäre, ich würde sie trotzdem glauben. Ich weiß nicht, warum«, sagte Evi.

Es schien Nele wieder möglich zu atmen.

»Was ist eigentlich auf dem Bild?«

»Eine Frau mit Hüten.«

Evis Gesicht, ein einziges Staunen. Dann begann sie zu lachen. »Hüte? Wirklich?«

»Ja«, sagte Nele laut, froh, sich wieder an die Wahrheit halten zu können.

»Er hat ihr wirklich ein Bild mit Hüten geschenkt! Weißt du, von wem das ist? Kennt man den Maler?«

»Degas«, sagte Nele beiläufig.

»Ach so. Nur ein Degas«, Evi lachte aus vollem Herzen.

»Ja, nur so ein Degas. Kein van Gogh, kein Picasso.«

»Und wie – das hast du noch gar nicht erzählt. Wo hat er dieses Bild hergehabt?«

Nele erzählte von den Flaktürmen in Berlin, von der Saline und der Datenbank im Internet.

Evi lachte nicht mehr. Ihr Blick glitt zur Seite. »Bilder werden gesucht? Wie Menschen?«

»Ja.«

»Es soll bei ihm bleiben.«

Nele zögerte.

»Es soll unbedingt bei ihm bleiben. Dort an der Wand.«

»Dann dürfen wir keine schlafenden Hunde wecken.«

»Nein, sonst wird das Bild verschwinden.«

»Ist es das, was du willst?« fragte Nele.

»Ja«, sagte Evi, »ich will, daß es unser Geheimnis bleibt.«

Auf eine Art spitzbübisch lehnte sie dort am Geländer und bezog Stärke aus ihrer Verschwiegenheit.

Nele suchte nach Worten, fand aber keine. Es war, als rannten beide Sprachen in ihr um die Wette, nur jeweils in entgegengesetzte Richtungen. Niemand machte Scheinwerfer an. Wie stabil ihre Mutter plötzlich wirkte. In ihrer eigenen Fremdheit eingerichtet. Im räudigen Mantel, dessen Fell so aussah, als sei es zu lang gewaschen worden. Jemand sollte es bürsten, vielleicht. Evi zog eine Hand aus der Manteltasche. Sie wischte über ihre Augen. Dann schaute sie in den undurchsichtigen Himmel. »Danke«, sagte sie, »daß du ihn gefunden hast.«

Keine Sprache übrig, in der Nele sagen konnte, daß sie gelogen hatte. Nicht einmal ihre Muttersprache taugte mehr dazu. Sie schwieg. Evi zog ihre Tochter zu sich heran. Nele ließ sich einfangen und bemerkte plötzlich, wie ein Zittern unter dem

Pelz auf sie überging, eines der Art, das den Körper durchfährt, wenn sich eine Anspannung löst.

Als suchten sie einen Moment, da die eine noch einmal in der anderen verschwinden konnte, so hielten sich die beiden Frauen dort auf der Brücke fest. Unter ihnen das Rauschen der Motoren, die unermüdliche Umtriebigkeit der Welt.

Mit feinen Nadeln stachen Evi und Nele in alles hinein, was um sie war. Der Tag, die Brücke, die Autobahn, die Lichter, der Graben, das Gras, die Schallschutzwand, die Rückseiten der Schwimmbecken, leuchtend türkis jetzt, gegen das Grau des Himmels, und dazwischen zwei Männer, die über den Hof an den Pools vorbeigingen, jeder ein Klemmbrett vor dem Bauch mit Papier, auf dem sie notierten, womit der Neuanfang zu wagen war.

Mit feinen Stichen nähten Evi und Nele sich aneinander fest, fügten lose Teile zusammen, schlossen Nähte. Unter ihnen dehnte die Beschleunigung beharrlich den Ort. Mit jedem Faden versuchten die Frauen festzuzurren, was im Begriff war, sich hierhin und dorthin aufzulösen. Heimat war ein Stoff, gedehnt, dünngewaschen und ausgefranst, längst ganz licht.

Vielleicht, dachte Nele dann, geht es nicht mehr um den Stoff, sondern nur um die Nähte. Sie waren wie die Wörter, die es brauchte, um aus einer Lüge eine Geschichte zu machen, wie der Tweedmann gesagt hatte, eine Legendenlügengeschichte, die wahr wurde, weil jemand sie glaubte.

Ein Faden verschwand im Stoff und tauchte knapp daneben wieder auf. Vielleicht, dachte Nele, konnte genauso auch die Lüge verschwinden und, knapp daneben, als etwas anderes auftauchen. Vielleicht. Wie jede Naht aus zwei Seiten bestand, es Licht nur durch Schatten gab, ein Weggehen das Zurückkommen einschloß, genauso wie die Liebe eine andere Seite hatte, das Schweigen, und ein Ende vielleicht überhaupt nichts anderes war, als ein neuer Anfang.

Ich möchte mich bei Wolfgang Hörner für seine Geduld, Ideen und seine beharrliche Hoffnung bedanken, bei Esther Kormann für ihre Anregungen, bei dem Berliner Senat für das Alfred-Döblin-Stipendium und beim Land Schleswig-Holstein für die Förderung des Buchprojektes. Ich danke Marianne Warda, die mir vertrauensvoll die Briefe ihres Vaters zur Verfügung gestellt hat. Mis más cordiales agradecimientos a Gabriela Serna Cardozo por sus cuidados cariñosos hacia Paquito.

Und ich danke Wolfram, er weiß, für was alles.